DAISY SCHAFFT ALLES

KYLIE GILMORE

Übersetzt von
ANNA DRAGO

Übersetzt von
KATRIN DOLLE

1
____

Der Blog, der sich wie ein Lauffeuer verbreitete …
Daisy schafft alles
Mom, Ehefrau, häusliche Diva

Valentinstag mit Baby

Ich weiß genau, was Sie gerade denken, Valentinstag mit einem Baby im Schlepptau? Nicht gerade romantisch. Doch ich darf Ihnen sagen, dass das doch geht. Erfahren Sie, was mein lieber Ehemann und ich für unseren besonderen ersten Valentinstag mit Baby Wonneproppen geplant haben. Lassen Sie mich zunächst das Setting in unserem charmanten viktorianischen Haus beschreiben: Frische rote Rosen in einer Kristallvase auf dem Tisch in der Empfangshalle, eine rosa Papierherzkette, die über dem Kamin hängt, und der Duft von Zimt in der Luft. (Wenn Sie den auch ohne zu backen haben wollen: Kochen Sie einfach etwas heißes Wasser und legen Sie Zimtstangen hinein, um diesen Duft zu bekommen, der für Männer erwiesenermaßen ein Aphrodisiakum ist.) Ich trage ein kurzes rotes Kleid – auf das Stichwort hin dramatische Musik –, das ich bei Target im Schlussverkauf erstanden habe. Meine Damen, ich kann Ihnen sagen, Sie müssen kein Vermögen ausgeben, um gut auszusehen. Die fließende A-

Linie verdeckt jedes hartnäckige Schwangerschaftspfund, das vielleicht noch zurückgeblieben ist, doch mein lieber Ehemann achtet nie auf meine Taille, da sein Blick oben kleben bleibt, dank eines roten Seidenpush-Up BHs und meines tiefen Wasserfallausschnitts. Mal sieht man etwas, mal nicht …

Okay, zurück zum Baby. Ja, Ihr anbetungswürdiges Baby kann sich ruhig auch in diesen Tag einfühlen. Für mein Baby Wonneproppen habe ich diese niedlichen Herzstiefelchen gestrickt. Außerdem habe ich einen anbetungswürdigen roten Body mit langen Ärmeln und aufgesticktem Herz gefunden, dazu passende rote Leggins und Voilà! Baby Wonneproppen ist unser pausbäckiger Cupido. Denn ist das wunderschöne Kind, das Sie gemeinsam haben – mit all Ihrer Liebe, den Hoffnungen und Träumen, die dazugehören – ‚nicht das Beste an Ihrer Ehe? Meiner Meinung nach schon.

Jetzt kommt der große Tag. Dieses Jahr fällt er auf einen Sonntag, deswegen können wir den ganzen Tag feiern. Als erstes besuchen wir für eine kleine Familienschlittenfahrt einen Pferdehof in der Nähe. (Wenn Sie in der Nähe keinen Pferdehof haben, fahren Sie einfach durch eine schöne Gegend. Vielleicht schläft Ihr Baby sogar ein und lässt Ihnen Zeit für intime Unterhaltungen.) Dann zu einem Valentinstagsbrunch ins Restaurant meiner Eltern, wo wir herzförmige Waffeln essen, Eier und Speck. Bringen Sie das pürierte Bioessen Ihres Babys mit, das Sie ihm zu Hause schon vorbereitet haben. Oder lassen Sie Ihr Baby Rührei probieren, wenn es schon alt genug ist. Natürlich können Sie auch zu Hause einen köstlichen Brunch zubereiten. Für die Familie zu kochen, ist auch eine schöne Art, *Ich liebe dich* zu sagen.

Wieder zu Hause zünde ich ein paar Kerzen an, lege leise Jazzmusik auf (oder andere sanfte, langsame Rhythmen, bei denen Sie entspannen können), und mein lieber Ehemann und ich werden mit unserem kleinen Cupido langsam tanzen, bis er zu seinem Nachmittagsschläfchen einnickt (das Baby natürlich, nicht mein Ehemann, LOL). Ich lege mein Baby in sein Bettchen, dann sind nur noch mein lieber Ehemann und ich da, wir halten einander im Wohnzimmer beim flackernden Kerzenschein, umgeben von Rosen, Herzen und Zimtaroma. Und das ist jetzt wichtig: Sobald Ihr Liebster auf die Idee kommt, das Ganze ins Schlafzimmer zu verlagern, sorgen Sie dafür, dass er diesen Gedanken nicht vergisst. Vorfreude ist die schönste Freude.

Keine Nachmittagswonne, Leute.

Um ihn abzulenken, sagen Sie ihm, dass Sie eine Überraschung für ihn haben. Er muss sich hinsetzen, die Augen schließen und auf sein Geschenk warten. Und das sind ... seidige, gewagte, schwarze Dessous.

Für Sie, natürlich.

Aber auch für ihn. Und seine Lust.

Hoffentlich versteht ihr lieber Ehemann den Hinweis und gibt Ihnen daraufhin sein Geschenk. Ich werde Sie auf dem Laufenden halten, obwohl ich doch tatsächlich eine Reisebroschüre über die Bermudas in seinem Computerschreibtisch gefunden habe!

Sobald Baby Wonneproppen von seinem Mittagsschläfchen aufwacht, packen wir ihn ein und besuchen Verwandte. Habe ich bereits erwähnt, was für einen herrlich eisigkalten Winter wir dieses Jahr in Connecticut hatten? Jedenfalls wird unser kleiner Cupido jedem einen frischgebackenen Herzkeks in einer rosa Schleife überreichen. Dann wird es Zeit für das Familienabendessen zu Hause, nur wir drei mit Essen vom Chinesen. Mein lieber Ehemann lässt mich am Valentinstag nicht kochen. Er möchte, dass ich ausgeruht bin für ... andere Aktivitäten. Und, meine Damen, jetzt kommt das Allerbeste: Bitte erzählen Sie das ihren lieben Ehemännern – er übernimmt die Babypflicht für die Nacht. Meine ich das Bad, das Bettfertigmachen, das Gute-Nacht-Lied, das Zubettbringen. Gibt es etwas, das Ihr Herz mehr zum Schmelzen bringt, als zu sehen, wie Ihr Mann sich liebevoll um Ihr Kind kümmert?

Endlich schläft Baby Wonneproppen. Und ich liege in meinem Bett. Warte in der schwarzen Seide. Es ist noch nicht ganz unsere Zubettgehzeit, und das ist okay, denn das hier wird eine Weile dauern. Und jetzt kommt der Abspann, meine Lieben. Manche Dinge bleiben privat.

XOXO!

Daisy

Daisy Garner klickte in ihrem Blog auf *posten* und stand auf, streckte ihren Rücken, der wehtat, weil sie in ihrer langen Abendschicht die Gäste im Garner's Sports Bar & Grill bedient hatte. In ihren dicken Wollsocken, der Trainingshose und dem alten NYU Sweatshirt ging sie in die Küche und betrachtete die Unordnung. Das winzige Einzimmerapartment hatte einmal ihrer Schwester Liz gehört. Damals war die Küche, ach, verdammt, die ganze Wohnung, ordentlich und blitzblank gewesen. Doch jetzt? Die Spüle voller Geschirr, Fläschchensterilisator, der nachgefüllt werden musste, ein Mülleimer, der vor Imbisspackungen und einer alten Pizzaschachtel überquoll. *Morgen nehme ich die Küche in Angriff* versprach sie sich zum trillionsten Mal.

So leise sie nur konnte, goss sie sich ein Glas Wasser ein, neigte das Glas so, dass das Wasser leise hineinfloss, verzweifelt bemüht, ihren empfindlichen, sechs Monate alten Sohn nicht aufzuwecken. Bryce Power-Lunge schlief friedlich. Sie hoffte nur, er würde lang genug schlafen, dass sie sich auf dem Sofa ausstrecken und wenigstens eine Wiederholung von *Law & Order: SVU* sehen könnte. Sie ging zum Sofa.

WAAAAHHHH!!!!!

Ihre Milch schoss hervor und tränkte die Vorderseite ihres Sweatshirts. *Verdammt.*

„Ich komme", brummte sie.

Zu schade, dass es hier keinen lieben Ehemann gab, der sich um das Baby hätte kümmern können. *Nur ich allein und meine Vorstellungskraft.* Obwohl sie tatsächlich etwas an Valentinstag vorhatte. Sie würde zum ersten Valentinstagstanz in Jorge Chavez' Tanzstudio gehen. Jorge gehörte praktisch zur Familie. Er hatte vor Kurzem Travis O'Hares Großmutter, Maggie, geheiratet. Trav war Bryces Vater. Und Travs Bruder, Ryan, war mit Daisys jüngerer Schwester Liz verlobt. Also Familie, wenn auch auf diversen Umwegen.

Daisy freute sich für Liz und Maggie, die immer noch in diesem albernen, ein wenig Übelkeit erregenden Liebeswahn steckten, doch sie selbst hatte zusätzlich zum Muttersein nicht die Energie für eine Beziehung. Sie konnte ja nicht einmal diesen kleinen Mann zufriedenstellen; sie wollte sich jetzt wirklich nicht auch noch darum kümmern müssen, einen erwachsenen Mann glücklich zu machen. Sie hob ihren rotgesichtigen Sohn hoch, setzte sich auf einen gepolsterten Schaukelstuhl, über dessen Lehne sie ein paar Pullover geworfen hatte, und begann, ihn zu stillen. Er saugte gierig, als wäre er nicht erst vor zwei Stunden gefüttert worden.

Sie seufzte. Mit zweiunddreißig hätte sie wirklich ihr Leben im Griff haben sollen. Sie bekam die Tatsache, dass sie immer noch hochverschuldet war, nicht aus dem Kopf. Daran arbeitete sie. Die langen Nächte, ohne durchschlafen zu können, dazu die langen Schichten als Kellnerin im Restaurant ihrer Eltern waren ermüdend. Es war auch nicht immer ein Zuckerschlecken, für ihre Eltern zu arbeiten. Der Vorteil war, dass sie sich ganz schön verbogen, um ihren Dienstplan flexibel zu gestalten. Ihre Mom kümmerte sich sogar an ein paar Tagen die Woche um Bryce, während Daisy arbeitete. (An den übrigen Tagen hatte sie einen Babysitter.) Der Nachteil war, dass sie sie behandelten wie ein hilfloses Kind, um das sie sich kümmern mussten. Sie konnte ihnen keinen Vorwurf daraus machen. Klassische Beispiele für ihre vielen Fehlschläge: die fünfzehnjährige Daisy, die mit Polizeichef Bailey an ihrer Seite auf der Türschwelle stand.

Ihr Dad hatte die Tür aufgemacht. Er hatte einen Blick auf Daisy in ihrer üblichen Kleidung geworfen – zu großer Pullover, zerrissene Jeans und Stiefel – und seinen Kopf geschüttelt. „Schon wieder?"

Ihre Mom war hinter ihm aufgetaucht und hatte müde gefragt: „Was hat sie dieses Mal angestellt?"

Daisy hatte die Handschellen des Polizeibeamten angestarrt. Sie wusste, dass sie es diesmal wirklich vergeigt hatte. Vermutlich würde sie für immer aus dem Verkehr gezogen werden. Dürfte ihr Zimmer nie wieder verlassen. Von Wasser und Brot leben.

Chief Bailey hatte gesagt, er hätte sie auch ins *Gefängnis* stecken können. Ein Mädchen namens Daisy wäre mit Sicherheit innerhalb von Minuten von irgendwem rangenommen worden. Sie erschauderte.

Der Polizeibeamte hatte mit dem Daumen in Richtung der leeren Einfahrt ihrer Eltern gedeutet. „Sie hat mit Ihrem Wagen einen kleinen Ausflug gemacht." Er zählte an seinen Fingern ihre Vergehen ab. „Fahren ohne Fahrerlaubnis, Geschwindigkeitsüberschreitung, fahrlässige Gefährdung im Straßenverkehr." Er stemmte seine Hände in die Hüften und sah sie streng an. Unter seinem strengen Blick war sie zusammengezuckt. „Ganz ehrlich, man konnte sie nicht übersehen. Sie hatte den Warnblinker an, die Scheibenwischer, der Kofferraum war auf, und sie hatte einen Platten."

Der platte Reifen war daher gekommen, dass sie versucht hatte, einem Eichhörnchen auszuweichen, und dabei auf dem Bürgersteig gelandet war, wo sie über eine zerbrochene Bierflasche gefahren war. Sie war gleich wieder auf die Straße zurückgebogen und hatte auf den Knopf gedrückt, den sie für den Warnblinker gehalten hatte, und hatte irgendwie stattdessen den Kofferraum geöffnet. Der Rest war angegangen, als sie nach dem Knopf gesucht hatte, um den Kofferraum wieder zu schließen.

„Dorothy Marie Garner, was hast du dir dabei gedacht?", wollte ihre Mutter wissen.

Daisy seufzte, als sie ihren vollständigen Namen hörte. Sie *hasste* ihren richtigen Namen. Den hatte sie ihrer Urgroßmutter zu verdanken, die sie nie kennengelernt hatte. Ihr Dad hatte sie als Kind Daisy genannt, weil, wie er gesagt hatte, sie immer fröhlich und sonnig wie ein Gänseblümchen gewesen war.

Ihre Mom fuhr fort. „Du hättest jemanden töten oder verletzen können! Du weißt doch nicht einmal, wie man fährt! Ich begreife das einfach nicht. Es ist einfach sowas von falsch. Habe ich dir denn nichts über richtig und falsch beigebracht?"

Daisy, die immer noch neben dem Polizisten stand, schwieg. Es war beinahe besser, neben dem Chief zu stehen, als hineinzugehen und sich ihren Eltern zu stellen.

„Der Wagen ist abgeschleppt worden", sagte Chief Bailey.

„Soll ich Sie zum Abschlepphof mitnehmen, damit Sie ihn abholen können?"

„Nein, mein Wagen ist in der Garage", sagte ihr Dad. „Danke."

Chief Bailey wippte auf seinen Absätzen auf und ab. „Hören Sie, das war bei ihr ja der erste Vorfall mit dem Wagen, deswegen überlasse ich Ihnen die Bestrafung, doch wenn das wieder vorkommt, wird es eine offizielle Strafe geben."

„Und ob sie bestraft werden wird", hatte ihre Mom gesagt. „Tut mir leid, dass Sie den Aufwand mit ihr hatten. Das wird nie wieder vorkommen."

Ihr Dad hatte sie angesehen und enttäuscht den Kopf geschüttelt. Er sah sie dauernd kopfschüttelnd an. „Geh ins Haus, Daisy."

Sie war in ihr Zimmer geschossen, um ihren Eltern aus dem Weg zu gehen, doch ein paar Minuten später waren sie gekommen, um mit ihr zu reden.

„Stell die Musik aus", hatte ihr Dad gesagt. „Sofort."

Sie hatte Eminem ausgestellt, sich auf ihre Bettkante gesetzt, mit den ausgefransten Rändern ihrer Jeans gespielt und das Loch an ihrem Knie größer gezupft.

Ihre Eltern sahen sie an, und die Enttäuschung war ganz klar in ihren Augen zu erkennen.

„Du hast Hausarrest", hatte ihr Dad gesagt.

„Drei Monate", hatte ihre Mom hinzugefügt.

„Drei Monate!", hatte Daisy geschrien. „Das ist krank! Ich kann nicht drei Monate lang zu Hause bleiben. Da sterbe ich!"

„Wir waren all die Jahre überaus geduldig", sagte ihre Mom. „Aber mit dir ist immer etwas. Wenn du noch einmal mit einem Polizisten hier auftauchst, lasse ich ihn einfach hart durchgreifen."

„Ihr würdet zulassen, dass sie mich ins Gefängnis werfen?", hatte sie entsetzt gefragt.

„Du würdest in eine Jugendstrafanstalt kommen", hatte ihr Vater gesagt.

Daisy schlug mit einer Faust auf die Matratze. „Ich kann es nicht fassen, dass ihr mich so verraten würdet!"

„Wir fürchten, dass du es nur auf diese Art lernst", sagte ihre Mom ernst.

In den drei Monaten Hausarrest hatte sie es fünf weitere Male geschafft, sich nach draußen zu schleichen und ihren Wagen zu fahren. Sie liebte die Geschwindigkeit, den Kitzel der Gefahr, die Freiheit der offenen Strecke. Sie war zweimal wegen überhöhter Geschwindigkeit angehalten worden, kein Jugendknast. Wenn es hart auf hart kam, konnten ihre Eltern sie nicht den Wölfen vorwerfen, obwohl sie es immer mehr leid waren, sich mit ihren Sperenzchen abzugeben. Sie spürte die Last ihres Misstrauens und ihre resignierte Erwartung, dass sie Mist bauen würde.

Den Rest ihrer Highschool-Jahre verbrachte sie mit älteren Bad Boys – sie waren unabhängig und hatten Alkohol und eine Fahrerlaubnis. Und sie verurteilten sie nie.

Doch das war alles vor Bryce. Zum ersten Mal in ihrem Leben hörte sie nicht auf ihren Impuls und suchte nicht das nächste Abenteuer; sie plante im Voraus, tat alles, um ihrem Sohn eine stabile, strahlende Zukunft zu ermöglichen. Sie liebte den kleinen Schreihals.

Sie streichelte die verschwitzten blonden Strähnen ihres Sohnes. Vermisste sie es, in der Stadt zu leben? (New York City war die einzige erwähnenswerte Stadt in diesem Teil von Connecticut.) Zu reisen, wohin auch immer der Wind sie trug? Ihrem reinen Instinkt zu folgen, mit beiden Füßen voran in Neues und Aufregendes zu springen? Natürlich vermisste sie das. Doch sie hatte sich ihrem neuen Leben zu Hause in Clover Park ergeben und tat ihr Bestes, um sich anzupassen. Sie konnte sich verändern. Erwachsen werden. Die Tochter sein, die ihre Eltern immer haben wollten. Die Mom sein, die ihr Sohn verdiente.

Es war nicht gerade hilfreich, dass bei jedem Kampf, den sie mit Bryce hatte, ihre Mutter eine ähnliche Geschichte parat hatte, bei der sie ihre eigene Leistung als Mutter und ihre erfolgreichen Lösungen für alltägliche Probleme präsentierte. Das Baby weinte? Wiege es mit einem Gute-Nacht-Lied in den Schlaf. (Klappte bei Daisy nie.) Koliken? Leg ihn auf deinen Schoß und reibe ihm den Rücken. (Nein.) Er möchte einfach nicht schlafen? Spiel klassische Musik in einem abgedunkelten Raum. (Doppelt Nein). Neben ihrer Mom fühlte Daisy sich wie eine unfähige, ungeschickte Katastrophe von einer Mutter. Und ihre Mom sah immer so cool und adrett aus, selbst wenn sie einen Vollzeitjob hatte, das Garner's mit Daisys Dad leitete und eine Familie großzog.

War es angesichts solch perfekter Mütterlichkeit ein Wunder, dass Daisy ein paar fiktive Erfolge für sich selbst brauchte?

Sie hatte den Blog begonnen, um ihre neuen Erfahrungen als Mom mit anderen Moms zu teilen – ihr Baby anziehen, ihr Baby trösten (oder nicht), neu erworbene Fertigkeiten zelebrieren. Doch je mehr ihre perfekte Mom ihr auf die Nerven ging, desto perfekter wurde ihr Leben im Blog. Alles in ihrer Fantasiewelt war wunderbar – ein charmantes Haus, ein hingebungsvoller Ehemann, ein Baby, das nicht die ganze Zeit schrie.

Und Tausende von Followern liebten ihr Fantasieleben.

2

───────

„Daisy Garner, möchtest du mich heiraten?"

Sie biss sich auf die Innenseite ihrer Wange, um nicht zu schreien. Nicht schon wieder. Travis O'Hare auf einem Knie, dazu noch im Anzug, und er hielt ihr einen Diamantring entgegen. Natürlich musste er das beim Valentinstagstanz vor ihrer ganzen Familie und all ihren Freunden tun.

Die Hitze kroch ihren Hals empor. „Steh auf", zischte sie.

„Erst, wenn ich eine Antwort habe." Seine haselnussbraunen Augen, die für gewöhnlich amüsiert tanzten, waren todernst und durchbohrten sie.

Sie seufzte. Tangomusik spielte im Hintergrund weiter, doch niemand tanzte. Ihre Eltern, Travs Bruder Shane, seine Großmutter Maggie, Jorge, Jorges Töchter und all ihre Freunde starrten sie an und warteten darauf, dass sie ja sagte. Zu schade, dass ihre Schwester Liz mit Ryan frühzeitig gegangen war. *Sie* wäre auf Daisys Seite gewesen.

„Nein", sagte Daisy so laut und deutlich, dass alle es hören konnten. Sie drehte sich zu ihrem Publikum um. „Tanzt, Leute, hier gibt es nichts zu sehen." Sie wandte sich Trav zu. „Du kannst mich nicht zum Jasagen nötigen, indem du es vor versammelter Mannschaft tust."

In einer geschmeidigen Bewegung stand er von seinem Knie auf. Der Mann war dank seines Jobs ein einziger glatter, sehniger Muskel. Er war Landschaftsarchitekt, zögerte aber nicht, selbst Hand anzulegen und körperlich hart zu arbeiten, um Gärten zu gestalten.

„Daze, komm schon." Trav nahm ihre Hand, und eine vertraute Wärme schoss ihren Arm hinauf. Sie ignorierte sie und zog ihre Hand aus seiner. Die Zeiten, in denen sie sich kopfüber in die Lust stürzte, waren endgültig vorüber.

„Ich muss nach Bryce sehen."

Sie wandte sich ab, und er stellte sich vor sie. Zu nahe. Seine stechenden Augen durchbohrten ihre. Sie blinzelte. Es war, als versuchte er, in ihre Seele zu blicken.

„Dem geht es gut", sagte Trav. „Deine Mom kümmert sich um ihn."

Sie sah hinüber, wo ihre Mom Bryce gerade in die Höhe hob, während er anbetungswürdige erfreute Quietscher ausstieß. So lachte er *nie* für Daisy. Sie drehte sich wieder zu Trav um. „Okay, schön. Hör zu. Das ist jetzt das dritte Mal, dass du mir einen Antrag gemacht hast. Ich will dich nicht heiraten. Frag mich bitte nicht wieder. Langsam wird es für uns beide peinlich."

Sein Gesicht wurde knallrot. Sie hatte nicht so harsch sein wollen, aber *komm schon*. Sie trat zur Seite, um an ihm vorbei zu gehen, doch er machte den gleichen Schritt. Sie ging in die andere Richtung. Wieder tat er es ihr nach und grinste.

Sie versetzte ihm einen Stoß. „Hör auf damit."

Seine Augen tanzten vor Schalk, sein üblicher Humor war wieder da. „Wir tanzen doch."

Sie unterdrückte ein Lächeln. Er brachte sie wirklich zum Lachen. Sie wollte ihn nur nicht ermuntern.

Sie zwang sich, ein ernstes Gesicht zu machen. „Nein, das tun wir nicht. Ich versuche zu gehen, und du stehst mir im Weg."

Er verzog den Mundwinkel zu einem charmanten, schiefen Lächeln. „Tanz mit mir. Das ist doch wohl das Mindeste, was du für einen Mann tun kannst, der dir den Samen gegeben hat, den du so verzweifelt gebraucht hast."

„So verzweifelt gebraucht?", platzte es viel zu laut aus ihr heraus. Sie senkte ihre Stimme. „Es war doch wohl eher betrunkener –"

„Segen", sagte er und drehte sie in seinen Armen. Er begann einen übertriebenen Tango, führte sie in die eine Richtung, nur um plötzlich die Richtung zu ändern und sie mit ausgestrecktem Arm in die andere Richtung zu führen.

Sie brach in Gelächter aus. „Du spinnst. Hast du Stunden bei Jorge genommen?"

„Nicht eine. Aber ich bin gut, stimmt's?"

„Klar doch", brachte sie hervor, bevor er sie herumwirbelte. Das Lied endete und ging in einen langsamen Tanz über, der ein Walzer hätte sein können, doch er zog sie an sich und schob sie langsam herum. Sie sagte sich, dass sie sich von ihm lösen könnte, doch die Hitze, die von ihm ausging, war bezaubernd, und es fühlte sich so gut an, in seinen Armen zu entspannen, einfach gehalten zu werden. Sie lehnte ihre Wange an seine Brust und atmete seinen sauberen Duft ein. Er duftete immer, als wäre er gerade aus der Dusche gekommen. Sie seufzte.

Er streichelte ihre langen Haare und flüsterte in ihr Ohr: „Daisy, Daisy, Daisy, ich krieg dich schon noch."

Sie sah in sein unglaublich attraktives Gesicht auf, seine funkelnden haselnussbraunen Augen, die üblichen Stoppeln an seinem Kinn und sein stets breites Lächeln. „Warum fühle ich mich jetzt gerade wie Rotkäppchen?"

Er schenkte ihr ein offenes Lächeln und legte eine Hand an ihren Hals. Sie quietschte und wand sich, doch er hielt sie fest und tat, als wollte er sie beißen.

Sie schlug nach seinem Arm, da ihr das ein wenig zu sehr gefiel. „Halt dich zurück, du großer böser Wolf."

Er tanzte weiter, als wäre nichts passiert. Trav war schon immer groß und ein Bad Boy gewesen. Er war ein wütender Rebell gewesen, ein Jahr unter ihr an der Highschool. Als Teenager hatte sie all den Ärger, in den er ständig verwickelt war und aus dem er ohne einen Kratzer wieder herauskam, bewundert. Damals hatte sie keine Zeit mit ihm verbracht, da sie auf ältere Typen mit Autos gestanden hatte. Jetzt war er wegen eines sechs Monate alten Grundes sehr besonders für sie. Das hieß aber nicht, dass sie ihn heiraten wollte.

Trav sprach leise in ihr Ohr. „Was muss ich tun, damit du ja sagst?"

Sie versteifte sich. Er würde einfach nicht aufhören, sie weiter zu bedrängen. Was Beziehungen anging, war ihre Erfolgsbilanz verheerend. Sie bekam Kopfschmerzen, wenn sie nur an all den Schmerz und die gebrochenen Herzen dachte. Die Bad Boys, die sie betrogen hatten, die Männer, die sie verlassen hatten, und – am schlimmsten – Max, der abgehauen war, nachdem sie ihr Baby verloren hatte. Sie verdrängte diesen Schmerz. Jetzt hatte sie Bryce. Und er durfte nicht Teil ihrer Beziehungshavarien werden. Das würde sie nicht zulassen.

Sie versuchte, sich von Trav zu befreien, doch er hielt ihre Arme fest, zwang sie zu bleiben. Na schön. Bei Heiratsantrag Nummer 3 musste sie wohl schonungslos sein.

„Du liebst mich nicht."

Er sah verwirrt aus. „Du bist die Mutter meines einzigen Kindes; natürlich liebe ich dich."

Sie schüttelte den Kopf. „Du liebst Bryce. Du liebst nicht mich. Wir haben das Ganze falsch herum aufgezogen, das kannst du nicht ändern. Ich kann mich an die Nacht, in der wir miteinander geschlafen haben, kaum erinnern. Du?"

Er zögerte. „An Teile."

„Siehst du? Und jetzt kannst du mich von Bryce nicht mehr unterscheiden. Ich werde nie wissen, ob du mich um meiner selbst willen liebst oder wegen des Babys."

Er neigte seinen Kopf zur Seite. „Willst du die Wahrheit hören? Liebe ist etwas, das von Firmen erfunden wurde, um mehr Karten verkaufen zu können."

„Wenn du das wirklich glaubst, dann hast du noch nie geliebt."

„Dann sagst du also ja, wenn ich dir irgendeine kitschige Liebeserklärung mache?"

Sie schürzte die Lippen und dachte angestrengt: *Du bist ein Idiot.* Sie behielt es nur für sich selbst, da sie sich nicht streiten wollte.

Er ließ seine Hände sinken und ließ sie los. „Verdammt, ich möchte, dass er meinen Namen bekommt. Er ist ein O'Hare. Ich möchte, dass er eine Familie hat, *zwei* Eltern, die mit ihm zusammenleben."

„Er hat eine Familie, sieh dich doch um." Und damit verschwand sie, überhitzt, wie sie es für gewöhnlich in Travs Gegenwart war. Er war ihr immer zu nah, er war zu fordernd, zu … sexy. Doch in letzter Zeit hörte sie auf ihren Verstand, nicht ihre Libido.

Sie blieb am Erfrischungsstand stehen, um sich ein Glas Punsch zu nehmen. Ein paar Minuten später sah sie sich im Raum nach ihrer Mom und Bryce um. Ihre Mom reichte Bryce gerade Trav. Daisy seufzte. Trav konnte tatsächlich gut mit Bryce umgehen. Ihr Sohn klatschte mit beiden Händen an das Gesicht seines Daddys und zeigte ein glückliches Lächeln mit zwei Zähnen. Sein Daddy erwiderte das Lächeln. Im gleichen Moment vergab sie Trav dafür, dass er so drängte. Sie liebte ihn dafür, dass er Bryce liebte. Nur nicht auf diese verliebte Art und Weise.

Sie ging zu dem glücklichen Paar. Liebe war sowieso überbewertet.

Ihre Mom stellte sich ihr in den Weg, bevor sie Bryce erreichen konnte. Die ältere Frau mit den langen, welligen blonden Haaren und den blauen Augen sah aus wie eine zwanzig Jahre ältere, aufpolierte Version von Daisy. Daisy wappnete sich.

„Dorothy Marie Garner, was hast du dir dabei gedacht?", verlangte ihre Mom zu wissen. „Travis vor allen anderen solch eine Abfuhr zu erteilen. Hättest du nicht wenigstens *vielleicht* sagen können?"

Daisy warf ihre Hände in die Luft. „Ich werde ihn sicher nicht aus Mitleid heiraten."

„Mitleid. Ha! Er ist ein guter Mann. Er ist Bryces Vater. Du kannst dir nichts Besseres wünschen."

„Mom, es geht dich nichts an. Ganz im Ernst."

„Warum musst du denn alles so kompliziert machen?", fragte ihre Mom. „Lass Trav sich doch um dich und Bryce kümmern. Er hat sein eigenes Unternehmen, das richtig gut läuft, wie ich höre. Du musst nicht arbeiten, wenn du es nicht willst. Du kannst in einem Haus wohnen und nicht in diesem grässlichen Apartment. Er könnte dir dabei behilflich sein, deine Kanten ein wenig zu glätten."

Daisy hätte sich an ihrer Wut beinahe verschluckt. „Meine Kanten? Was soll das denn schon wieder heißen?"

„Nur, dass ..." Ihre Mom unterbrach sich, wählte ihre Worte sorgfältig. „Es ist schließlich kein Geheimnis, dass du immer ein wenig Hilfe brauchtest, um auf der Spur zu bleiben. Ich mein ja nur, du hast keine nennenswerte Karriere. Hättest du nur wenigstens das College beendet oder einen Job länger als zwei Jahre behalten. Als ich in deinem Alter war –"

„Ich weiß, dass ich mein Leben nicht immer im Griff hatte", sagte Daisy mit zusammengebissenen Zähnen. „Ich habe ein paar dumme Entscheidungen getroffen." Sie atmete tief ein, ihre Brust schmerzte bei dem Wissen, dass ihre perfekte Mom ihrer Erstgeborenen nichts zutraute. „Ich bemühe mich wirklich sehr, Bryce ein anständiges Leben zu sichern. Und ich möchte nicht, dass Trav oder sonst irgendwer das für mich tut. Ich möchte es selbst schaffen."

Ihre Mom zog besorgt die Brauen zusammen. „Aber, Liebling bist du dir denn sicher, dass du weißt, wie?"

Daisy sah rot. „Das werde ich schon herausfinden!"

Sie stapfte in Travs Richtung, nahm Bryce und die Windeltasche, die sie zugleich als Handtasche benutzte, und eilte zu Tür. Sie blieb stehen, als ihr auffiel, dass sie sich und ihn noch einpacken musste, und ging zur Garderobe, um ihre Daunenjacke und seinen Schneeanzug zu holen. So viel zum Thema dramatischer Abgang.

„Lass mich dir helfen", sagte Travis, der an ihrer Seite auftauchte.

Ohne ein Wort reichte sie ihm Bryce, und er schob die Beine des Babys in den Schneeanzug und bugsierte auch die Arme irgendwie hinein. Geschickt schlossen seine Finger die Schnallen schneller, als sie es jemals gekonnt hätte. Was Babyausrüstung anging, war er ein Könner.

Sie zog den Reißverschluss ihrer Jacke zu und streckte ihre Arme nach Bryce aus.

Trav reichte ihn ihr und zog Bryce die Kapuze über den Kopf. „Geht es dir gut?"

Sie blinzelte frustrierte Tränen weg, die vom Streit mit ihrer Mom, vom Schlafmangel und von der gnadenlosen Verfolgung durch den Typen, mit dem sie impulsiv und betrunken an einem traurigen, einsamen Thanksgiving-Wochenende mal etwas gehabt hatte, herrührten. Lust, Alkohol und Rachesex – sie war am Tag zuvor abserviert worden – nicht gerade ihre stärkste Zeit.

Sie hatte die Stadt gleich danach verlassen. Trav hatte sie angerufen, immer wieder, doch sie hatte immer den Anrufbeantworter antworten lassen. Er verstand einfach nicht, dass es ein One-Night-Stand gewesen war. Das musste es sein; sie war nicht bereit für mehr, damals nicht, jetzt nicht. Als sie von der Schwangerschaft überrascht worden war, war aus dem Bedauern ihrer impulsiven Natur Entsetzen geworden. Die Schwangerschaft hatte ihr die ganze Zeit über Angst eingejagt, bis sie ihr schönes Baby in den Armen gehalten hatte.

Daisy rief Trav noch über die Schulter zu, als sie zum Ausgang eilte: „Mir geht es gut. Nacht."

Einen Moment später hörte sie Schritte hinter sich. Sie ging schneller.

„Warte", sagte Trav.

Sie verlangsamte ihre Schritte nicht, doch sie wusste, dass es ihr Schicksal war, sich wieder und wieder und wieder mit ihm abgeben zu müssen. Bryce band sie für immer an ihn. Sie schloss den tomatenroten Kombi auf. Sie konnte es immer noch nicht fassen, dass sie einen Kombi fuhr. Es war ein Geschenk von Trav für Bryces Sicherheit gewesen.

Trav holte sie ein.

Sie wischte eine Träne weg und drehte sich zu Trav um. „Können wir später reden? Der Abend ist wirklich scheiße für mich gelaufen."

Er hielt Bryces blaues Deckchen mit dem aufgestickten Teddybären an der Ecke in der Hand. „Naja, ich habe ein lautes „Nein" auf meinen Heiratsantrag bekommen, ich kann also auch ein Lied von beschissenen Abenden singen."

Sein Tonfall klang unbeschwert, doch sie wusste, dass sie ihn verletzt hatte. Er reichte ihr die Decke.

Bryce entspannte sich an ihrer Schulter. Der Junge war von dem aufregenden Abend ganz erschöpft. Sie kuschelte ihn an sich. „Ich habe mich mit meiner Mom gestritten."

„Wir müssen uns unterhalten", sagte er direkt.

Da sie absolut keine Geduld mehr hatte, blaffte sie: „Mach aber schnell. Bryce muss ins Bett."

Er reagierte überhaupt nicht auf ihren Tonfall. Das tat er nie. Ruhig, ausgeglichen, immer gut gelaunt. Am liebsten hätte sie ihn dafür geschüttelt. Genau das war das Problem mit Trav. Er fühlte sich immer so weit weg an, als wäre der echte Trav, der Trav, der ein wütender, aufsässiger Teenager gewesen war, der Himmel und Hölle in Bewegung gesetzt hatte, so tief vergraben, dass von ihm nur noch dieser nette aber distanzierte Typ übrig geblieben war.

„Es wird nicht lange dauern", erwiderte er.

Travs Brust schmerzte, als er zusah, wie Daisy ihren Sohn in den Autositz legte. Diesen Anblick würde er niemals leid sein. Mutter und Kind, einander so nahe. Er wusste nicht, ob er das als Baby mit seiner Mom auch gehabt hatte, doch als Kind hatten sie *Peter Pan* zusammen gesehen, und jeden Abend, wenn sie ihn zu Bett brachte, hatte er gesagt: „Ich wünschte, ich könnte geradewegs zum Fenster hinaus nach Nimmerland fliegen." Und dann sagte sie: „Ich auch." Dann streute sie Feenstaub über ihn und sagte: „Hab glückliche Gedanken und flieg in deinen Träumen." Das war seine schönste Erinnerung an sie.

Soweit es Trav betraf, war das einzige klaffende Loch im Leben seines Sohnes die Tatsache, dass seine Eltern nicht zusammen waren. Wie eine Familie es sein sollte. Wie er es sich für seine eigene Familie immer gewünscht hatte.

Daisy schloss vorsichtig die Autotür und drehte sich zu ihm um.

„Ich werde uns nicht aufgeben", informierte er sie.

„Es gibt kein *uns*", sagte Daisy.

Die Frau brachte ihn um den Verstand. Ihre Tränen waren ihm nicht entgangen. Er wusste, dass sie erschöpft war. Wenn sie ihn nur an sich heranlassen würde. Er wollte ihr Leben einfacher machen. Diese dunklen Ringe unter ihren Augen verschwinden lassen; etwas von dieser sprudelnden Persönlichkeit zurückbekommen.

Er hob seine Hände. „Du willst uns wirklich keine Chance geben? Wovor hast du denn Angst?"

Sie stieß ein gequältes Seufzen aus, das ihn anpisste, doch er unterdrückte seine Wut, denn er wusste, dass sie ihm nie etwas anderes als Ärger eingebracht hatte.

„Ich habe vor gar nichts Angst", sagte sie. „Aber lass uns einfach mal annehmen, wir wären zusammen, und es funktioniert nicht. Dann würde Bryce leiden."

„Und was, wenn es doch funktioniert? Dann könnte Bryce eine normale Familie haben."

Sie strich ihre langen, blonden Haare aus dem Gesicht und atmete gereizt aus, was als weißer Nebel in der kalten Luft zu sehen war. Selbst wenn sie müde, frustriert und kurz davor war, wütend zu werden, so wie jetzt, war sie schön. Sie war schon immer so schön gewesen. Er hatte etwas für sie übriggehabt, seitdem er in seinem ersten Highschooljahr nach Clover Park gezogen war. Nicht, dass sie das dürre Kind ein Jahr unter sich überhaupt bemerkt hätte. Ältere Mädels gaben sich nicht mit Neulingen ab. Jetzt war es anders. Sie waren jetzt verantwortungsvolle Erwachsene mit einem Kind. Jetzt ging es nur noch um Bryce.

„Bryce kennt es nicht anders", sagte sie. „Für ihn ist das eine normale Familie."

„Aber ich möchte mehr für ihn. Eine echte Familie. Zwei Eltern, die mit ihm zusammenleben."

„Ich ... möchte nur im Moment keine Beziehung mit irgendjemandem. Ich bin zum ersten Mal in meinem Leben allein. Ich arbeite hart, um aus den Schulden herauszukommen und Bryce ein schönes Leben zu ermöglichen. Ich muss allen, inklusive mir selbst, zeigen, dass ich das schaffen kann. Ich habe zu lange in meinem Leben andere meine Probleme lösen lassen. Wenn ich es mir leicht mache, werde ich niemals erfahren, wie es sich anfühlt, unabhängig zu sein."

„Ich habe nie gesagt, dass es einfach wäre, mit mir zusammen zu sein", sagte er und sprach mit heiterem Tonfall weiter. „Ich schraube die Zahnpastatube nicht zu, und du möchtest wirklich nicht sehen, wie diese Frisur am Morgen aussieht." Er zerzauste seine Haare und knurrte.

„*Trav*, du weißt, was ich meine. Nun sei doch mal ernst."

Er hielt inne, nun ganz ernst. „Du könntest immer noch unabhängig sein. Wir können das unter unseren Bedingungen machen. Ich würde dir niemals im Weg stehen." Seine Stimme klang ganz rau, weil sich ihm die Kehle zugeschnürt hatte. Wie ärgerlich. Er räusperte sich.

Sie runzelte die Stirn und sah zu Boden. „Keiner vertraut mir, und zwar aus gutem Grund. Ich habe zu viele dumme Entscheidungen getroffen." Sie blickte ihm in die Augen, und er konnte den Schmerz in ihren sehen. „Impulsiv, unüberlegte Entscheidungen, die immer dazu führten, dass ich keinen Job hatte, kein Dach über dem Kopf, kein Geld. Ganz im Ernst, bis Bryce war mein Leben ein ganz schönes Desaster. Wenn es meine Familie nicht gäbe, möchte ich gar nicht daran denken, wo ich geendet wäre."

Sie ist sich gegenüber viel zu streng. Es war ja nicht so, als hätte sie Drogen genommen oder getrunken. Sie hatte nur nicht ihre Nische gefunden. Hatte nicht die richtige Person gefunden, mit der sie ihr Leben teilen wollte. Doch er wusste, dass das vorbei war. Er war ihre Person. Ihre kleine Familie war ihre Nische. Man konnte kein Wunder wie Bryce bekommen und *nicht* wissen, dass es ihnen bestimmt war, eine Familie zu sein. Doch davon sagte er nichts. Er wusste, wann es an der Zeit war, einzulenken. Das hieß nicht, dass er sie aufgab.

Er blickte auf den Rücksitz zu seinem schlafenden Sohn.

„Gute Nacht, kleiner Mann." Er drehte sich zu ihr um. „Gute Nacht, Daze."

Sie sah erleichtert aus, dass er sie nun gehen ließ, was einen bitteren Beigeschmack hatte.

„Gute Nacht, Trav."

Er trat beiseite, als sie sich auf den Fahrersitz setzte. Normalerweise fiel es ihm leicht, mit Frauen umzugehen. Flirten, sie zum Lachen bringen, einander eine Zeitlang genießen. Doch jetzt ... da es wirklich darauf ankam und es um die Zukunft seines Sohnes ging, war er ratlos. So langsam fühlte er sich wie ein Verlierer. Aber, wie sein großer Bruder Ry ihm immer eingetrichtert hatte, *Gewinner gaben niemals auf.*

Daisy ließ den Wagen an und öffnete ihr Fenster. „Keine Heiratsanträge mehr. Okay?"

Er zwinkerte. „Nur, wenn du ihn machst."

Sie lachte. „Das ist in Ordnung."

Er trat zurück, sein Lächeln ins Gesicht gepflastert, und blickte ihr hinterher, als sie mit seinem Sohn davonfuhr. Er ging zu seinem eigenen Wagen und atmete frustriert aus. Er hasste es so sehr, sich von Bryce verabschieden zu müssen. Er wollte Bryces sabberndes Lächeln mit den zwei Zähnen jeden Morgen sehen und ihn jede Nacht zu Bett bringen. Er wollte, dass er ein felsenfestes Fundament bekam. Er öffnete die Tür seines Toyota RAV4, den er vor allem wegen seiner Sicherheit und Verlässlichkeit gekauft hatte, als Bryce in sein Leben gekommen war, und dröhnte sich den ganzen Weg zu seinem leeren Haus die Ohren mit Metallica zu.

3

Am nächsten Morgen fuhr Travis mit seinem Vorarbeiter und Freund, Rico del Toro, zum Steinbruch, um neuen Streusplitt zu holen. Die Wettervorhersage spielte verrückt, da ihnen am Wochenende womöglich ein Schneesturm bevorstand. Sein Schneeräumservice sorgte dafür, dass sein Unternehmen auch in den Wintermonaten weiterlief. Rico war jedoch der einzige Festangestellte. Der Rest der Mannschaft waren nur Zeitarbeiter.

„Du bist heute aber sehr schweigsam, *jefe*", sagte Rico vom Beifahrersitz des Trucks aus.

Obwohl Travis Rico schon seit ihrer Kindheit in New Jersey kannte, schon bevor Travis mit fünfzehn nach Clover Park gezogen war, sprach er immer noch nicht gerne über das, was ihn ärgerte.

„Schluss jetzt mit diesem Boss-Scheiß", blaffte Travis.

„Auch noch empfindlich."

Trav atmete vernehmbar aus. „Es ist Montag. Ich bin noch nicht richtig wach."

„Da hatte wohl jemand keinen schönen Valentinstag", neckte Rico ihn.

Trav schnaubte und sah zu ihm hinüber. „Du schon?"

Die Frauen liebten Rico, und er liebte sie. Nicht so sehr,

dass er bei ihnen blieb, doch das wussten sie für gewöhnlich von Anfang an. Sein Ruf war legendär.

Rico schob seine Brust vor. „Ich spreche nicht über meine Liebschaften, aber jemand wollte einen knackigen, karamellbraunen Valentin. *Bow-chicka-wow-wow.*"

„Himmel, Mann, halt die Klappe." Er blieb an einer Ampel stehen, das Desaster mit Daisy vom vorigen Abend noch ganz frisch in seiner Erinnerung. Er musste wirklich damit aufhören, ihr Anträge zu machen. Es wurde langsam peinlich. Vielleicht war wirklich keine Hochzeit für sie vorgesehen. Die Ampel wurde grün, und er drückte aufs Gas.

Rico packte den Griff über der Tür. „Verdammt. Was ist denn heute mit dir los?"

„Daisy hat mir schon wieder eine Abfuhr erteilt."

Rico schnalzte mit der Zunge. „Ich habe dir doch gesagt, du sollst sie nicht mehr fragen. Hab doch wenigstens ein bisschen Stolz."

„Ich habe Stolz", schnappte Travis zurück. „Und ich habe außerdem einen Sohn, der nicht meinen Namen trägt und keine Familie hat."

„Und warum nimmt dich das so mit? Ich dachte, ihr macht dieses ... dieses Ding, wo ihr euch beide um ihn–"

„Co-Parenting."

„Ja, genau das. Ihr habt dieses Co-Parenting. Wen kratzt schon, wie man das nennt?"

„Mich schon!", schnauzte Travis.

Rico schwieg.

Trav stellte das Radio an, und die restliche Strecke plärrte Hardrock aus den Lautsprechern. Er parkte den Truck, stellte den Motor ab und wandte sich seinem Freund zu. „Entschuldige", murmelte er.

Auch wenn sein Freund immer den rauen Macho gab, wusste er, dass Rico extrem sensibel war. In seiner Freizeit schrieb er Balladen für seine Akustikgitarre. Er sang gerne über die Liebe, auch wenn er behauptete, noch nie verliebt gewesen zu sein. Er „liebte einfach die Liebe", was zum Teufel auch immer das bedeutete.

Rico presste die Lippen aufeinander, dann klopfte er Travis auf den Arm. „Mach dir deswegen keine Sorgen."

Trav grunzte. Sie gingen zu dem kleinen Büro, um ihre Bestellung aufzugeben. Niemand war da. Also warteten sie darauf, dass Stan, der Typ, der sich um das Geschäft kümmerte, auftauchte.

„Daisy verwirrt mich", gestand Travis. „Ich weiß bei ihr nicht, ob es vorwärts oder rückwärts geht."

„*Ay*, du gehst das Ganze völlig falsch an. Frauen fühlen sich von Verzweiflung abgestoßen."

Trav hob eine Braue. „Ich bin nicht verzweifelt."

„Riecht aber ganz danach."

„Oh Blödsinn."

„Zieh dich einfach ein bisschen zurück", sagte Rico. „Sie hat dir laut und deutlich gesagt, dass sie nicht heiraten möchte. Bleib cool. Ich wette mit dir, wenn du dich zurückziehst, wird *sie* zu *dir* kommen."

„Wirklich?"

Rico nickte. „Wirklich. Du bist doch ein guter Fang, Mann. Frauen stehen auf Dreitagesbärte." Er rieb sich über seine eigenen Stoppeln.

Trav lachte. „Sie könnte sich glücklich schätzen, all das zu bekommen." Er deutete auf seinen Körper und schob seine Hüfte vor.

Rico grinste und hob seine Stimme zu einem Falsett. „Zeig, was du hast, Mädel."

Trav ahmte seinen hohen Tonfall nach. „Du Tussi hast noch gar nicht gesehen, was ich alles drauf hab."

„Womit kann ich euch beiden Tussen heute behilflich sein?", fragte Stan, ein Mann mit Halbglatze und ansehnlichem Bierbauch.

Trav räusperte sich erschrocken. „Wie geht's dir, Stan? Wir brauchen eine Tonne Streusplitt für den kommenden Sturm."

Stan schüttelte den Kopf. „Dann kommt mal mit, Ladys."

Rico imitierte hinter Stan einen Affen und schleifte mit angewinkelten Knien seine Arme über den Boden. Travis lachte.

Stan blieb stehen und sah sich um. Rico richtete sich sofort auf.

Stan kniff misstrauisch die Augen zusammen, drehte sich wieder um und ging weiter.

Rico mimte wieder den Affen. Sein Freund schaffte es immer, ihn aus einer schlechten Laune herauszuholen. Er hoffte nur, dass Rico recht hatte. Seine Versuche bei Daisy waren vollkommen in die Hose gegangen. Er würde sich zurückziehen und abwarten, dass sie zu ihm kam. Wenn nicht, nun, dann war er genau da, wo er auch jetzt war, dann müsste er versuchen, aus ihr schlau zu werden. Wie zum Teufel hatte er sich nur in diesen Schlamassel befördert? Es hatte alles mit diesen blöden Tequila Shots begonnen.

Er hatte Daisy in der Garner's Bar getroffen, wo sie am Tag nach Thanksgiving ganz allein etwas getrunken hatte. Sie hatte elend ausgesehen. Ihm war es auch nicht besser gegangen. Er hatte sich gedacht, dass sie eine gute Gesellschaft wäre. Ganz zu schweigen davon, dass sie höllisch sexy war. Er hatte sie unbedingt gewollt – von der ersten Minute an, als er sie in der Highschool entdeckt hatte – doch es war schwierig, an sie ranzukommen. Sie huschte in die Stadt, um ihre Familie zu besuchen, und war genauso schnell wieder weg, und er hatte es nie weiter als bis zu einem kurzen Hallo gebracht. Dass sie jetzt in der Bar allein etwas trank, war eine glorreiche Gelegenheit, und er nutzte sie.

„Was trinkst du da?", hatte er gefragt und sich mit seinem Bier auf den nächsten Barhocker gesetzt.

Ein Mundwinkel hatte sich gehoben. „Ironischerweise einen Slow, Comfortable Screw."

Ein langsamer, angenehmer Fick – allein diese Worte aus ihrem Mund zu hören, hatte ihn hart werden lassen. „Und warum ist das ironisch? Magst du es lieber schnell?"

Sie lachte und rührte mit dem dünnen Trinkhalm ihr Getränk. „Ja." Dann runzelte sie die Stirn. „Mein Freund hat mich betrogen."

„Das ist hart."

„Weißt du, was hart ist?", fragte sie. „Ich wollte ihn eigentlich mit nach Hause nehmen, damit meine Familie ihn an Thanksgiving kennenlernt. Am Abend vorher, als ich am Bahnhof gewartet und mich schon gewundert habe, warum er so lange brauchte, hat er mir *geschrieben*, dass er jemand anderen kennengelernt hat. Er hat es mir geschrieben! Nach drei Monaten!"

Sie nahm einen langen Schluck.

Er trank einen solidarischen Schluck aus seiner Flasche.

Sie drehte sich zu ihm um. „Was ist mit dir? Du siehst ungefähr so glücklich aus, wie ich mich fühle."

„Sherri hat heute Morgen mit mir Schluss gemacht. Hat gesagt, sie wollte bis nach Thanksgiving warten, um mir den Feiertag nicht zu vermiesen."

„Ich kenne Sherri nicht, aber es klingt, als wäre sie eine Idiotin."

Er lachte bitter. Sherri war die Tochter eines Auftraggebers und Englischprofessorin in Yale. Glücklicherweise hatte er den Auftrag behalten.

„Sie *war* eine Idiotin." Darauf trank er. „Absolut. Und dein Typ auch."

„Jonathan." Daisy hob ihr Glas für einen Toast. „Auf Jonathan und Sherri."

„Idioten", sagten sie gleichzeitig, während sie anstießen.

Daisy trank ihr Glas aus und knallte es auf die Theke. Mit strahlenden Augen schenkte sie ihm ihr typisches, sonniges Lächeln. „Ich mag dich, Travis O'Hare. Lass uns ein paar Kurze trinken."

Berühmte letzte Worte. Der Rest der Nacht war verschwommen. Sie war mit ihm nach Hause gegangen, und sie hatten sich aufeinander gestürzt, als hinge ihr Leben davon ab, dass ihre Haut seine berührte. Er erinnerte sich an ihren Geschmack, Tequila, Limette und Daisy, ihr Duft ein Zitrusparfum. Er war mit grässlichen Kopfschmerzen allein aufgewacht.

Neun Monate später hatten sie Bryce.

Er bereute nichts.

Er legte einen Zahn zu, als könnte er so seinen Erinnerungen an sie entkommen. Er konzentrierte sich auf die vor ihm liegende Arbeit und schob Daisy beiseite, ganz nach hinten in seinem Kopf.

Obwohl er wusste, dass sie bleiben und ihn in den Wahnsinn treiben würde.

~

Der Blog, der beweist: Sex sells …

Daisy schafft alles
Mom, Ehefrau, häusliche Diva

Schlafzimmerspielchen nach dem Baby …

Ich konnte Sie doch alle mit den fantastischen Valentinstagsplänen von letzter Woche nicht einfach so hängen lassen, ohne nicht wenigstens ein wichtiges Element des Liebestages anzusprechen – das Schlafzimmer. Wir wissen alle, dass keine von uns sechs Wochen nach einer Entbindung das Verlangen verspürt, nackt ins Schlafzimmer zu spazieren, aber ich kann Ihnen sagen, dass das Va-Va-Voom zurückkommt, wenn man ihm nur Futter gibt.

Als erstes müssen Sie (wie ich das getan habe) Ihrem lieben Ehemann erklären, dass er Sie am schnellsten wieder nackig bekommt, wenn er Ihnen mit dem Baby und im Haus hilft. Meine Damen, muss ich Ihnen wirklich sagen, dass das *wahnsinnig* antörnend ist? Ein Mann, der das macht, sagt: „Liebling, ich liebe dich so sehr, dass ich mich um das Kind, das aus unserer Liebe geboren wurde, und um das Haus kümmern werde, damit du dich entspannen kannst." Wenn Ihr lieber Ehemann noch nicht ganz auf dem Posten ist, zeigen Sie ihm diesen Blogpost. Und lassen Sie ihn wissen, dass mein lieber Ehemann ein sehr zufriedenes Lächeln im Gesicht hat, seitdem er mehrmals die Woche da mitspielt.

(Ihre Zeit für sich kommt auch ihm zugute. Denn dann

haben Sie Zeit zu duschen und sich diesen Body aus Seide und Satin zu kaufen. Waschen Sie ihn von Hand und hängen Sie ihn im Bad zum Trocknen auf. Das heizt seine Fantasie an.)

Zweitens, Männer sind visuelle Wesen. Ich weiß, ich weiß, etwas weniger visuell wäre Ihnen mit Ihrem Schwangerschaftsbauch lieber. Und das ist der Moment, in dem sich ein Body, der sie an genau den richtigen Stellen bedeckt, ins Spiel kommt. Ich spreche von einer Menge Bein, einem tiefen Ausschnitt und weichem Stoff in der Mitte. Ihr Mini mit der A-Linie. Lassen Sie ihn von Weitem zusehen, wie Sie ihm einen erotischen Schlafzimmertanz vorführen. Ja, richtig gehört, legen Sie langsamen Jazz auf (oder Ihre Lieblingsmusik, wenn Sie ihn verführen wollen), womit Sie sagen: *Ich bin eine sexy Frau, und ich weiß das.* Sobald er zu Ihnen kommt, wird er Ihnen den Body so schnell ausziehen, dass er gar keine Zeit mehr hat, die paar Schwangerschaftsstreifen zu bemerken. (Nicht, dass Sie sich deswegen schlecht fühlen sollten. Das sind Ihre Tigerstreifen, Mama!)

Als Frauen unterhalten wir uns gerne, um uns unserem Mann nahe zu fühlen. Das ist doch eine WIN-WIN-Situation: erotische Gespräche. Erzählen Sie ihm, was Sie mit ihm tun wollen, sehen Sie ihm dabei in die Augen und fordern sie ihn auf, dasselbe zu tun. Das ist das Rezept für eine heiße Liebe, die die Seele befriedigt. Die genauen Worte bleiben Ihnen überlassen. Sie wissen schließlich am besten, was sich Ihr lieber Ehemann wünscht. <Zwinker> Planen Sie es, schaffen Sie ein entsprechendes Ambiente, vergessen Sie nicht zu verhüten (Ihr Körper braucht schließlich Zeit, um sich zwischen den Babys zu erholen …) und viel Spaß!

XOXO!

Daisy

Daisy scrollte durch die Kommentare zu ihrem Post von letzter Woche, wie sie es immer tat, bevor sie einen neuen Post schrieb, und lächelte. Mehr als fünfzig Kommentare zu ihren Schlafzimmerspielchen.

„Weiter so, Daisy!"

„Genau das brauchen wir. Danke, Tigermama!"

Und ihr Lieblingskommentar: „Mein Ehemann dankt dir!"

Ihr Blog lief phänomenal gut. Ihr Post zu „Valentinstag mit Baby" hatte die meisten Kommentare, die sie jemals für einen Post bekommen hatte (mehr als hundert), und ihre Statistik zeigte, dass sie mehr als hunderttausendmal am Tag angeklickt wurde. Offensichtlich suchten viele Leute im Internet nach Ideen für einen Valentinstag mit Baby. Ihr Post zu Schlafzimmerspielchen erreichte sogar erstaunliche zweihunderttausend Klicks. Ihr neuer Fokus auf Liebe und Sex nach dem Baby hatte offensichtlich einen Nerv getroffen. Sex sells.

Zu schade nur, dass sie keinen bekam.

Sie atmete vernehmlich aus und konzentrierte sich wieder auf den Bildschirm. Was sollte sie denn heute schreiben, am Tag nach dem Valentinstag? Wie sollte sie das noch toppen? Ihr knurrte der Magen. Sie hatte seit dem Puten-Wrap während ihrer Pause im Garner's vor mehr als drei Stunden nichts gegessen.

Sie stand auf, streckte sich und ging in die Küche. Sie nahm sich eine Tüte Kartoffelchips, die sie im Bio-Supermarkt in der Stadt gekauft hatte, dem Gary's Greens & More, knabberte auf einem Chip herum, während sie zurück zum Sofa ging und sich gut fühlte angesichts der Tatsache, dass in fetten Lettern „nur natürliche Zusatzstoffe" auf der Tüte stand. Sie kaufte ihre Snacks am liebsten im Bio-Supermarkt – Sandwichkekse gefüllt mit Vanillecreme, die fast wie Oreos schmeckten, Bio-Erdnussbutter, die fast so wie Reese's schmeckte. Die einzige Ausnahme waren Sno-Caps, diese Schokoplätzchen mit Nonpareilles. Die Johannisbrot-Variante aus dem Bio-Supermarkt konnte da einfach nicht mithalten.

Sie setzte sich wieder an den Laptop. Hey, vielleicht konnten sie und ihr lieber Ehemann eine großartige Reise mit dem Baby planen. Sie blickte in Richtung Schlafzimmer, wo Bryce gerade schlief. Es war schwer, sich eine Reise mit ihm vorzustellen. Trotzdem musste sie den Blog interessant halten. Wo würde sie hinreisen, wenn sie ein Baby im

Schlepptau hatte? Sie hatte in ihrem Valentinstagspost erwähnt, dass ihr lieber Ehemann eine Broschüre von den Bermudas in seinem Schreibtisch hatte. Sie konnte sagen, dass er ihr eine Reise auf die Bermudas zum Valentinstag geschenkt hatte, und jetzt sprachen sie über ihre Pläne. Die Idee gefiel ihr immer besser – Sand, Meer, Sonne. Himmel, wie sehr sie die Sonne vermisste; der Winter von Connecticut zog sich wie Gummi.

Sie öffnete eine neue Registerkarte und suchte nach familienfreundlichen Unterkünften auf den Bermudas. Sie stutzte, als sie die große Auswahl sah. Und es war alles so teuer. Ach, was machte das schon. Sie tat ja bereits so, als lebte sie mit einem perfekten Ehemann und dem perfekten Baby in einem wunderschönen Haus. Dann konnte sie auch so tun, als wäre sie reich. Sie würde noch ein paar Sex-am-Strand-Ideen mit hineinmischen.

Rasch tippte sie einen begeisterten Beitrag über ihre Traumreise mit ihrem lieben Ehemann, der bei jeder Gelegenheit den Romeo spielte. Blumen, Paarmassage, tropische Getränke und einiges Grapschen im Meer, während Baby Wonneproppen in der Obhut des Hotel-Babysitters war. Ach … Wenn das doch nur so wäre! Sie fügte noch einen Spaziergang im Mondschein am Strand hinzu, der damit endete, dass sie sich dort im weichen Sand auf einer Decke liebten, wie sie es bei ihren Flitterwochen auf Hawaii getan hatten. Was machte es da schon, dass ihr mysteriöser lieber Ehemann in all ihren Fantasien aussah wie Travis? Das lag nur daran, dass sie ihn wegen Bryce so oft sah.

Sie klickte auf posten, und nicht zum ersten Mal überlegte sie sich, wie ihr Leben wäre, wenn sie und Travis tatsächlich heiraten würden. Warum weigerte sie sich? Es wäre doch eine vernünftige, stabile Ehe mit einem vernünftigen, stabilen Typen in einer vernünftigen, stabilen Kleinstadt. Vernünftig und stabil, zwei Worte, die noch nie zu ihr gepasst hatten. Eine ungewollte Erinnerung an Max drängte sich in den Vordergrund, dem Mann, den sie einmal so sehr geliebt hatte, dass sie ihm ihre Seele geöffnet hatte, was ihr danach nie wieder gelungen war. Sie hatten eine turbulente Romanze in der Stadt gehabt, und ihre gemeinsame Zeit war ein aufregendes Abenteuer gewesen – bis zu der Fehlgeburt. Zu sehen, wie Max bei all ihrem Elend die Erleichterung ins Gesicht geschrieben stand, hatte sie am Boden zerstört. Und dann hatte er sie auch noch abserviert.

Sie atmete einmal tief durch. Die Erinnerung schmerzte selbst nach all diesen Jahren noch. Sie hoffte, dass Max jetzt fett und kahlköpfig war und allein in einem rattenverseuchten Apartment wohnte. Sie lächelte vor sich hin. Manchmal machte es einem das Leben erheblich leichter, wenn man seine Fantasie spielen ließ anstatt alles einfach nur runterzuschlucken.

Trav zu heiraten, wäre gut für Bryce. Das betonte Trav immer wieder, und in dem Punkt hatte er recht. Wie lang konnte sie noch in diesem Höllentempo weitermachen und Bryce trotzdem anständig erziehen? Sie wollte, dass ihr Sohn ein gutes Leben hatte, ein stabiles Leben. Sie *sollte* Trav heiraten. Das war ihre mütterliche Pflicht oder sowas in der Art.

Sie runzelte die Stirn, denn der Gedanke an Pflicht und Ehe im selben Atemzug gefiel ihr nicht. Sie wollte gerade schon ihren Laptop schließen und zu Bett gehen, als ihr Blick auf das E-Mail-Zeichen mit dem roten Punkt fiel, das ihr eine neue Mail anzeigte.

Sie klickte darauf.

Das war merkwürdig. Die Mail kam von kateshaw@roguetv.com. Sie kannte niemanden bei Rogue TV. Vermutlich irgend so eine Werbung für ein Produkt, das sie kaufen sollte. Sie öffnete die Mail. *Okay, was wollt ihr mir verkaufen?*

Liebe Daisy,

die Produzenten von *Morgens bei Jessica* haben mit großem Interesse Ihren Blog gelesen und würden Sie gerne sobald wie möglich bei Ihnen zu Hause interviewen. Jessica Larsens Zuschauer sind genau Ihr Zielpublikum, und Ihr Blog würde dadurch sicher noch mehr Follower gewinnen. Rufen Sie uns bitte an unter 212-555-5623.

Mit freundlichen Grüßen

Kate Shaw
Talentscout

Daisy schlug sich die Hand vor den Mund und quietschte leise vor Freude. *Unglaublich!* Im Sitzen vollführte sie einen kleinen Freudentanz und stampfte mit ihren in Pantoffeln steckenden Füßen auf den Boden. Sie konnte es nicht glauben. Eine landesweit ausgestrahlte Talkshow? Das hieß großartige Presse. Sie könnte von da an vielleicht sogar Geld mit dem verdienen, was sie so liebte! Sponsoren für ihren Blog! TV-Auftritte!!

Sie könnte ihre Schulden abbezahlen!

Sie würde allen beweisen, dass sie auf eigenen Füßen stehen konnte!

Sie nahm ihr Handy und wählte die Nummer. Der Anrufbeantworter ging an. Es war ja auch schließlich zehn Uhr abends. Wem machte das schon etwas? Sie grinste in ihr Handy und wartete auf den Ton.

„Hi, Daisy Garner hier. Ich würde liebend gern in Ihrer Show auftreten! Ich bin ganz aufgeregt. Rufen Sie mich an!" Beinahe hätte sie aufgelegt, ohne ihre Telefonnummer anzugeben. Dann beendete sie den Anruf und sprang in ihrem Wohnzimmer umher.

„Bryce, das könnte der Anfang von etwas Großem sein!", sagte sie laut, jedoch nicht zu laut, da er ja bereits schlief. Sie umarmte sich, und ihr Lächeln reichte von einem Ohr bis zum anderen.

Langsam jedoch schwand ihr Lächeln, und sie ließ sich aufs Sofa niedersinken, als ihr etwas bewusst wurde. Problem. Sie wohnte nicht *wirklich* in einem charmanten viktorianischen Haus.

Und hatte auch kein süßes Baby Wonneproppen (eher einen kleinen Schreihals mit rotem Gesicht).

Und sie hatte auch keinen lieben Ehemann.

Oder überhaupt einen Ehemann.

Trav!

Er konnte doch ihren lieben Ehemann spielen. Das würde

er sicher tun. Und sie konnte sich Maggies viktorianisches Haus borgen. Das war ohnehin ihre Inspiration gewesen. Hoffentlich würde Bryce beim Interview schlafen. Er sah aus wie ein Engelchen und war ganz niedlich, wenn er schlief.

Das könnte funktionieren. Richtig?

Sie war ein wenig zittrig, als ihr ein noch viel entsetzlicherer Gedanke kam. O mein Gott, man könnte sie als Betrügerin entlarven, was ihren Ruf und alle zukünftigen Aussichten auf eine Karriere ruinieren würde. Niemand würde sie mehr ernst nehmen. Sie wäre dazu verdammt, für immer für ihre Eltern zu arbeiten, während die sie im Stillen für ihr chaotisches Leben verurteilten.

Sie nahm ihr Handy und drückte auf die Wahlwiederholung. Sie musste sofort absagen.

WAAAAHHHH!!!!! WAAAAHHHHH!!!!!!

Sie legte auf und rannte zu Bryce, bevor der sich noch in einen Zustand hineinsteigerte, der ihr ein langes Wachsein verhieß. Sie nahm ihn hoch und setzte sich in den Schaukelstuhl. Erschöpft ließ sie den Kopf auf die Pullover sinken, die immer noch über der Rückenlehne hingen. Über die Sache mit der Talkshow würde sie sich morgen Gedanken machen.

Sie gähnte. Kurz darauf legte sie Bryce in sein Bettchen und ging selbst schlafen.

Sie erwachte am nächsten Morgen zum Klingeln ihres Handys, immer noch erschöpft von ihrer Nacht mit Bryce. Sie tastete nach dem Handy, bevor es ihn aufweckte. Das letzte Mal hatte sie ihn um sechs zum Schlafen gebracht, und vermutlich würde er jetzt noch drei Stunden schlafen. Ihre Schicht im Garner's ging erst um vier Uhr los, und sie hatte gehofft, noch ein bisschen mehr Schlaf zu bekommen, bevor sie sich dem Tag stellen musste.

„Hallo?", flüsterte sie.

„Hallo, Daisy, Kate Shaw hier von *Morgens bei Jessica*. Wir sind ja so glücklich, dass Sie an Bord sind. Ich habe ein paar Termine umgelegt, sodass wir am Freitag bei Ihnen zu Hause drehen könnten. Wir würden Sie gerne sprechen, solange Ihr Blog noch auf diesem Höhepunkt ist. Ist das für Sie in Ordnung?"

Daisy sah sich wie wild in ihrem unordentlichen Apartment um, als würde irgendjemand anderes einspringen, um jetzt genau das Richtige zu sagen. Doch sie war allein. Sie konnte noch absagen. Richtig? Bevor ihr alles aus den Händen glitt und sie als Betrügerin entlarvt wurde.

„Ich denke schon", sagte sie langsam, „aber –"

„Großartig! Wir werden um acht Uhr morgens mit unserer Crew da sein und sind dann um zehn für das Interview bereit. Ich schicke Ihnen unseren Standardvertrag und einige Tipps, wie Sie vor der Kamera besonders gut rüberkommen. Lesen Sie sich das durch. Danke!"

„Moment mal! Ich habe eine Frage."

„Schießen Sie los."

„Interviewen Sie nur mich? Das Baby wäre nicht so gut vor der Kamera, und mein Ehemann … Er muss arbeiten."

„Wir wollen die ganze Familie. Jessica freut sich schon darauf, Sie am Freitag kennenzulernen. Bye-bye."

Noch einmal zurückspulen! Ich muss diese ganze verrückte Sache abblasen! Was habe ich mir dabei gedacht?

„Ich mich auch", sagte sie leise, als die Leitung schon tot war.

4

Daisys Bauch grummelte vor Aufregung, als sie zum Haus von Travs Großmutter fuhr, während Bryce auf dem Rücksitz schlief. Sie war dankbar für die Stille, doch noch besser hätte es ihr gefallen, wenn er auch schlafen würde, wenn sie nicht gerade Auto fuhr. Dann hätte sie wirklich mal eine Pause bekommen können. Sie hielt in der Einfahrt an und holte Bryce aus dem Wagen. Von der Bewegung und dem kalten Wind im Gesichtchen wachte er augenblicklich auf. Sie drückte ihn an sich, schützte ihn vor dem Wind und eilte zu Maggies Tür. Sie klingelte und wiegte ihren kleinen Jungen.

Einen Moment später wurde die Tür aufgerissen. Maggie stand lächelnd in einem orangefarbenen T-Shirt mit freier Schulter und weißen Punkten, dazu Leggings mit Leopardenmuster und in Häschenslippern vor ihr. In ihre Haare hatte sie sich eine Diamanttiara gesteckt. „Kommt rein, kommt rein!"

Daisy betrat das gemütliche Wohnzimmer, in dem ein Feuer im Kamin prasselte. Maggies Laptop stand auf dem Sofatisch. Die ältere Frau war gerne online und verwendete viel Zeit darauf, auf Ravelry nach Strickmustern zu suchen, Wochenendausflüge für sich und Jorge zu planen und ihre neusten Abenteuer, zu denen Schnorcheln, Go-Kart Fahren und Ziplining gehörten, auf Facebook zu posten.

„Lass mich mal meinen Urenkel sehen", schnurrte Maggie, als sie Bryce Daisy abnahm. „Wie geht es meinem Jungen?"

Bryce wand sich und sah Daisy an.

„Er ist schlecht gelaunt", sagte Daisy. „Ich stille ihn schnell, dann gehört er dir."

„Kann ich dir einen Tee machen?"

„Nein, danke." Daisy machte es sich mit Bryce auf einem roten Samtsessel gemütlich. Maggie setzte sich ihr gegenüber auf ein Sofa mit Blumenbezug. „Deine Tiara gefällt mir."

Maggie griff in ihr Haar und schien überrascht zu sein, dass sie überhaupt da war. „Ach! Ich hatte ganz vergessen, dass sie von meinem kleinen Königin-und-Diener-Spiel mit Jorge heute Morgen noch da ist." Sie kicherte und legte sie auf den Tisch.

Daisy bemühte sich, dieses Bild schnell wieder aus dem Kopf zu bekommen. Maggie und Jorge waren unzertrennlich, seitdem Maggie sich für die erste Tanzstunde in Jorges Studio angemeldet hatte. Sie hatten bereits zwei Monate nach ihrem ersten Date geheiratet. Doch in Maggies Alter hatte sie keinen Grund für eine lange Verlobungszeit gesehen. Die Frau war zweiundsiebzig, ging aber leicht als fünfzig durch, was auch gut war, da Jorge zwanzig Jahre jünger war als sie. Der gutaussehende Latino war ein absoluter Schatz mit dem Körper eines Tänzers. Ein richtig guter Fang. Dennoch, je weniger sie vom Liebesleben der Senioren wusste, desto besser.

Daisy kam wieder zu dem Grund ihres Besuchs. „Ich habe dir das noch gar nicht erzählt, aber ich habe einen Blog über mein Leben als Mom."

Maggie beugte sich vor, ihre blauen Augen funkelten vor Neugierde. „Erzähl."

Daisy lächelte sie an. „Am Anfang war es nur eine Art Fantasie über … ein Mutterdasein, das perfekter war als meines."

„Ach was! Die perfekte Mutter gibt es nicht. Du machst das großartig mit Bryce!"

„Danke." Sie sah hinab und legte einen Finger auf Bryces

kleine Hand. Gleich schloss er seine Finger ganz fest um den Finger, und ihr Herz zog sich zusammen. „Die meiste Zeit fühle ich mich nicht gerade wie eine großartige Mom." Sie blickte auf. „Aber ich wollte mich so fühlen, deswegen habe ich den Blog geschrieben." Sie biss sich auf die Lippe. „Und dann bin ich kreativ geworden. So *richtig* kreativ."

Maggie lächelte. „Kreativ gefällt mir."

„Ich habe mein Haus als ein wunderschönes Viktorianisches beschrieben. Im Grunde deins. Und ich habe meinen Ehemann erwähnt."

„Du könntest einen liebevollen Ehemann haben. Trav–"

„Ja. Ich will ihn ja auch als lieben Ehemann und –"

Maggie klatschte in die Hände. „Ich wusste es! Ich habe mit Jorge darum gewettet, dass ihr beiden heiratet, bevor Bryce ein Jahr alt wird." Sie strahlte.

Daisy zwang sich zu lächeln. Sie musste Maggie im Glauben lassen, dass sie heiraten würden. Je weniger Leute wussten, dass es nur eine vorgetäuschte Hochzeit war, desto besser.

Daisy fuhr fort. „Ich habe außerdem behauptet, ich hätte einen Wonneproppen von einem Baby. Du weißt schon, ein süßes, nicht schreiendes Baby, das immer lächelt und einem das Gefühl gibt, die beste Mom zu sein, die je existiert hat."

Maggie grinste. „Also nicht Bryce."

„Nicht Bryce."

Maggie breitete ihre Arme aus. „Du hast es also ein wenig beschönigt. Daran ist doch nichts verkehrt. Kreative Freiheit würde ich sagen."

Daisy verzog das Gesicht. „Es gibt nur ein Problem. *Morgens bei Jessica* kommt am Freitag zu einem Interview in mein nicht existierendes Haus zu meiner nicht existierenden Familie."

„*Morgens bei Jessica!* Ich liebe diese Show. Jessica hat die faszinierendsten Leute da. Gestern hatte sie einen Beitrag mit Daniel Craig für seinen neuen Film. Er war traumhaft. Hast du ihn als James Bond gesehen?" Sie zog eine Braue hoch und betrachtete sie mit glühendem Blick. „Bond. James Bond."

Maggie versteht so gar nicht, worum es hier geht.

„Ähm, nein. Ich –"

„Ich überlege gerade, ob Jorge einen Smoking hat." Sie tippte sich mit einem Finger ans Kinn. „Wir müssten einen Aston Martin mieten."

Daisy hatte dringendere Sorgen als Rollenspiele - naja, genau genommen war ein Rollenspiel ihre einzige Sorge. Die Rolle ihres Lebens.

„Ich muss dich etwas wirklich Wichtiges fragen", sagte Daisy. „Kann ich mir für die Show am Freitagmorgen dein Haus leihen?"

„Aber absolut! Wie lustig! Das ist so aufregend!"

„Es ist schon aufregend, aber ..." Daisy atmete einmal tief ein. „Glaubst du, es ist falsch, allen etwas vorzuspielen?"

„Nein. Ein Baby und Trav hast du ja schon. Wen interessiert es dann, ob du nur für das Interview in meinem Haus bist? Das ist nichts anderes als ein Fernsehset. Diese Kulissen sind auch alle falsch, weißt du?"

„Dachte ich mir", sagte Daisy langsam.

„Ganz oder gar nicht, das ist mein Motto. Kann ich bleiben und Jessica kennenlernen?"

„Natürlich. Eigentlich hatte ich gehofft, dass du und Jorge vielleicht oben auf Bryce aufpassen könntet, während ich interviewt werde. Ich habe es im Blog irgendwie so klingen lassen, als wäre er ein ganz braves Baby, und, naja, du weißt ja, wie er sein kann."

„Der Junge liebt es einfach, in Bewegung zu sein, das ist alles. Sobald er laufen kann, wird er viel glücklicher sein, denk an meine Worte."

Daisy stellte plötzlich fest, dass ein ganz anderes Maß an Achtsamkeit erforderlich sein würde, sobald er erst einmal mobiler war. „Mutter zu sein, wird nicht wirklich einfacher, oder?"

„Du liebst sie, und dann verlassen sie dich. Das ist die bittere Wahrheit. Aber, Junge", – sie klopfte sich aufs Knie –, „was für ein Reise!"

Daisy dachte daran, durch was für eine Hölle sie ihre Eltern geschickt hatte, vor allem als Teenagerin, und den schlechten Ruf, den Trav als Teenager gehabt hatte. Jetzt wurden sie dafür bestraft.

Maggie schüttelte den Kopf. „Es wurde auch Zeit, dass du und Trav heiratet. Ist ja nicht so, als würdest du die Katze im Sack kaufen. Du hast ja schließlich schon ein wenig vom Kuchen genascht." Sie zwinkerte ihr zu.

„Wir, naja …", stammelte Daisy – sie wollte nun wirklich nicht mit Travs Großmutter über seinen *Kuchen* sprechen.

„Was?"

„Wir sind glücklich."

Maggie lächelte breit. „Das freut mich."

Auch wenn wir einander nicht lieben. So tun können wir ja wenigstens.

Maggie klopfte Daisy aufs Knie. „Herzlich Willkommen in der Familie! Im offiziellen Sinn, da du ja schon zur Familie gehörst, seit du Bryce zur Welt gebracht hast."

Daisys Kehle schnürte sich zu. Maggie hatte sie von Anfang an als Familie behandelt. Schuldgefühle meldeten sich zu Wort, weil sie Maggie mit einer angeblich geplanten Hochzeit belog, während sie zugleich Erleichterung verspürte, weil Maggie ihr helfen würde.

„Awww … danke dir", sagte Daisy. „Das freut mich sehr."

Sie hoffte, dass auch Trav so viel Verständnis aufbringen würde.

Trav wusste, dass etwas im Busch war, als Daisy ihn unerwartet anrief. „Hey, Trav, kannst du während meiner Pause im Garner's vorbeikommen? So gegen sieben? Dann habe ich auch eine Scheibe Hackbraten für dich."

Natürlich hatte er ja gesagt, ohne Fragen zu stellen. Sie hatte ihn noch nie darum gebeten, während einer Pause vorbeizukommen, obwohl er öfter vorbeigekommen war, um sich Abendessen zu holen, da er wusste, dass er ihr dort begegnen würde. Vielleicht hatte Rico recht. Wenn er sich zurückzog, würde Daisy zu ihm kommen. Natürlich hatte er sich nicht wirklich zurückgezogen. Es war erst zwei Tage her, seitdem er ihr einen Antrag gemacht hatte. Sie musste etwas wollen.

An jenem Abend ging er entschlossen durch die grausame Kälte zum Garner's. Temperaturen unter dem Gefrierpunkt und einige Schneestürme waren gut für sein Schneeräumgeschäft, doch er freute sich schon auf den Frühling und all die Arbeit, die auf sein Gartenbauunternehmen *Elegant Land Designs* wartete. Er öffnete die Tür zum Garner's und betrat das immer gut besuchte Restaurant. Daisys Eltern hatten einen einladenden Laden daraus gemacht, in dem man sich zu jeder Gelegenheit treffen konnte. Er entdeckte Daisy sofort – wer hätte schon dieses sonnige Lächeln, wenn sie sich mit einem Gast unterhielt, übersehen können –, ihre langen, lockigen, blonden Haare, ihre Lippen, die so voll und sinnlich waren. Und ihren Körper, so feminin, bei dem es ihm immer in den Fingern juckte, diese süßen Kurven zu streicheln. Er winkte, um auf sich aufmerksam zu machen.

Sie hob einen Finger und deutete auf die Bar. Er setzte sich an die Bar und wartete. Im Fernseher spielten die Knicks gegen die Grizzlies.

„Was kann ich dir bringen, Trav?", fragte Josh, der Barkeeper.

„Nur ein Wasser", sagte Trav. „Ich bleibe nicht lang."

Josh nickte, füllte ein Glas und reichte es ihm.

„Danke." Trav wandte sich wieder dem Spiel zu. Ein paar Minuten später tippte ihm jemand auf die Schulter. Er drehte sich um, lächelte bereits in Vorfreude, Daisy zu sehen. „Hey."

Es war Rico. Sein Lächeln schwand.

„Hattest du gehofft, jemand anderes zu sehen?", fragte Rico lächelnd.

Trav drehte sich um. Rico wohnte im gleichen Wohnkomplex wie Daisy auf der anderen Seite der Stadt, aber nicht in der Nähe ihrer Wohnung. Gott sei Dank. Sonst stünde Daisy vielleicht auf Ricos langer Liste von Frauen. Trav gefiel die Vorstellung nicht, sie mit seinem Freund teilen zu müssen. Niemals.

„Was geht?", fragte Trav.

„Nicht viel. Ich seh mir das Spiel ein. Trinke ein Bier.

Unterhalte mich mit hübschen Damen." Er hob die Hand in Joshs Richtung. „Corona." Dann wandte er sich Trav zu. „Heute Abend kein Bier?"

„Ich will nichts trinken", sagte Trav. „Ich treffe mich mit Daisy."

Rico erklärte Trav, er solle mal Rückgrat zeigen.

Trav zeigte ihm den Mittelfinger.

Rico schüttelte traurig den Kopf. „Wir haben doch darüber gesprochen. Lass sie zu dir kommen."

Er lächelte. „Sie hat mich angerufen."

Ricos Bier kam, und er trank einen langen Schluck. „Aaah." Er deutete mit der Bierflasche auf Travis. „Ach ja? Was wollte sie?"

„Ich weiß es nicht. Wen interessiert das schon?"

„Einen Kerl mit Stolz würde das schon interessieren." Er lächelte über Travs Schulter hinweg. *„Hola, mamacita."*

Daisy küsste Rico auf die Wange. *„Hola, guapo."*

Rico lächelte breit. „Oh, *guapo.* Sehr gut. Und wirklich. *Muchas gracias."*

„Ich habe einen Sommer in Costa Rica ein bisschen Spanisch aufgeschnappt", sagte Daisy bescheiden.

„Was heißt das?", fragte Travis.

„Das geht nur mich und *mamacita* etwas an", sagte Rico und legte einen Arm um Daisy.

Daisy lachte. „Das heißt gutaussehend."

„Hey, mich hast du noch nie *guapo* genannt", klagte Travis.

Daisy warf ihm ein sonniges Lächeln zu, und er spürte tatsächlich, wie sein Herz zu pochen begann. Er hatte es vermisst, das an ihr zu sehen. Zu sehen, dass dieses sonnige Lächeln ihm galt, rettete seinen Abend.

„Du hast mich auch nie *mamacita* genannt", sagte sie und reichte ihm einen Behälter mit dem versprochenen Hackbraten. „Ich habe nur fünfzehn Minuten Pause. Kannst du mitkommen?"

Er erhob sich von seinem Barhocker und folgte ihr.

„Cojones", flüsterte Rico hinter ihm.

Trav drehte sich halb um, um mit einer Hand durch die Luft zu wedeln, eine Geste, die eindeutig sagen sollte, Rico solle seine Klappe halten, doch Trav ließ Daisys Hüfte, die sich so in ihrer engen schwarzen Hose wiegte, dabei nicht eine Sekunde aus dem Auge. Sie ging zur Hintertür, blieb kurz stehen, um sich ihre Daunenjacke vom Haken am Ausgang zu nehmen, und die verführerische Rückansicht verschwand.

Sie ging ihm voraus zu ihrem Subaru. Sie stiegen ein, sie ließ den Motor an und drehte die Heizung auf.

„Das ist gemütlich", sagte er vom Beifahrersitz aus. Sein Atem war als weiße Wolke zu sehen.

„Ich brauche ein wenig Privatsphäre."

Cool bleiben. Nichts unternehmen, bevor du nicht ein sicheres Zeichen bekommst. Sie muss dir wenigstens auf halbem Weg entgegenkommen, sonst siehst du aus wie ein vollkommener Idiot.

Er stellte den Behälter mit seinem Abendessen auf den Boden. „Was gibt's?"

Sie lachte nervös und benetzte ihre Lippen. Sein Joystick erwachte. *Platz, Junge. Nervöses Lachen ist nie ein gutes Zeichen.*

„Ich, ähm, habe mich da in etwas hineinmanövriert, und ich hatte gehofft, du könntest mir da raushelfen."

Sie biss sich auf die Lippe, und er unterdrückte ein Stöhnen. *Klar würde ich dir gerne da raushelfen ... Aus deinen Klamotten.*

Daisy sprach weiter, doch er hörte nichts anderes als das imaginäre Geräusch seiner Hose, die auf dem Boden landete. Er fragte sich, was sie wohl für Unterwäsche trug. Vermutlich schwarz. Sie würde sexy in Schwarz aussehen. Ein schwarzes Höschen mit ihren schwarzen hochhackigen Stiefeln.

„Trav, hörst du mir überhaupt zu?"

„Mmm ..." Vielleicht ein passender BH. Sein Blick wanderte nach unten.

Nein, oben ohne ist besser. Kein BH. Feste Brüste, Nippel in Habachtstellung.

„Das ist schon eine ziemlich große Sache." Sie klang aufgeregt.

Konzentriere dich. War das eine gute große Sache oder eine schlechte große Sache?

Rasch richtete er seine Aufmerksamkeit wieder auf ihr

Gesicht. Sie hatte ihre Brauen hochgezogen und sah ihn irritiert an. Er musste jetzt ganz vorsichtig sein. „Und das wäre …?"

„Großartig."

Er lächelte. „Ja. Und, also –"

„Nja, ich habe ein wenig Angst. Ich war noch nie im Fernsehen."

Fernsehen?

Er tat ganz locker. „Wie heißt diese Show noch mal?"

Sie kniff die Augen zusammen. „Ich werde am Freitag in *Morgens bei Jessica* sein."

Er ließ das auf sich wirken. „Ähm …"

„Mann! Ich wusste doch, dass du mir nicht zuhörst! Du hattest dieses alberne Grinsen im Gesicht."

Er lächelte sie an. „Ich war von deiner Schönheit abgelenkt."

„Von meiner …" Sie zeigte mit dem Finger auf ihn. „Mit Schmeichelei kommst du hier nicht raus."

Er beugte sich vor, um ihr ins Ohr zu flüstern. „Du hattest ein schwarzes Höschen an und Stiefel. Sonst nichts."

Sie wurde ganz still, und er nutzte die Gelegenheit, um den Puls an ihrem Hals zu küssen. Sie schluckte.

Ihre Stimme war plötzlich ganz leise. „Es geht um meinen Blog."

Er spielte mit einer Haarsträhne, die ihr ins Gesicht gefallen war. „Soll ich auf Bryce aufpassen?"

Sie zog die Strähne aus seinem Griff und rutschte weiter weg, auch wenn der Wagen nicht groß war. Er konnte sie also immer noch mit Leichtigkeit erreichen. „Genau das ist der Punkt. Ich habe so einen beliebten Blog zum Thema Muttersein, und sie wollen, dass meine ganze Familie dabei ist. Und da kommst du ins Spiel." Sie verzog das Gesicht. „Ich habe die Leute irgendwie glauben lassen, dass ich verheiratet bin … Meinst du, du könntest im Fernsehen meinen Ehemann spielen?"

Trav sah, dass seine Gelegenheit gekommen war, wie ein blinkendes grünes Signal, auf dem Los stand. Sie brauchte ihn, sonst würde sie aussehen wie ein Idiot, oder noch schlimmer, eine Betrügerin. Das wäre eine WIN-WIN-WIN-Situation. Win für Daisy, win für ihn, win für Bryce.

Er setzte sein süßestes, charmantestes Lächeln auf. „Natürlich spiele ich deinen Ehemann im Fernsehen."

Erleichtert stieß sie ihren Atem aus. „Großartig! Danke. Ich wusste, du würdest es verstehen."

Sie griff nach dem Schlüssel, um den Motor abzustellen. Er legte seine Hand auf ihre. Sie waren noch nicht ganz fertig.

„Solange du auch im wahren Leben meine Ehefrau spielst."

Sie ließ ihre Hand sinken und drehte sich langsam zu ihm um. „Du möchtest, dass ich so tue, als wären wir verheiratet?"

„Nein, ich möchte eine echte Ehe."

„Trav, komm schon."

„Das ist meine Bedingung. Ich verspreche, dass wir vor den Kameras gut aussehen werden. Alle werden glauben, dass wir glücklich verheiratet sind. Aber nur, wenn du mir versprichst, dass wir es wirklich tun."

Sie zögerte. Er konnte sehen, wie es in ihrem Kopf ratterte, der Kampf zwischen dem, was sie wollte, und dem, was er wollte. Tatsache war, dass sie auf der Stelle einen Ehemann brauchte. Er wartete darauf, dass sie begriff, dass seine Bedingungen ihre einzige Möglichkeit waren, diese Talkshow-Sache durchzuziehen.

Sie starrte auf ihre Hände. „Ich weiß nicht." Sie sah ihm in die Augen. „Es ist schon irgendwie überstürzt."

„Ich habe sechs Monate gewartet", sagte er in ruhigem Ton.

Sie zog die Brauen zusammen und biss sich auf die Lippe. Er tat ganz cool, wartete einfach ab. Er konnte das Ziel vor Augen sehen. Er berührte sie nicht, atmete kaum, saß einfach da und versuchte, sie telepathisch dazu zu bringen, mit ihm diese Grenze zu überschreiten.

Sie gestikulierte, während sie sprach. „Wir hatten so viel damit zu tun, uns um Bryce zu kümmern. Ich möchte nicht aus den falschen Gründen heiraten."

„Bryce ist der richtige Grund."

„Bryce, ja." Sie sah zum Fenster hinaus und begann, vor sich hin zu brabbeln. „Es ist sein Vater *Blabla*pflicht *blabla* sollte, aber *blabla* Mom. Ho, wäre das nicht einfach *blabla*. Verdammt perfekt, wie wenn *blabla* … hatte noch nie *blabla*." Sie seufzte. „Wirklich das Beste für ihn *blablabla*." Schließlich ging ihr die Luft aus, und sie drehte sich zu ihm um.

Er zog eine Braue hoch.

„Okay", sagte sie ohne jegliche Spur von Begeisterung.

Er grinste. Kein bisschen beleidigt. „Dann okay."

Sollten sie darauf die Hände schütteln? Sich küssen? Er hatte das Gefühl, dass sie zur Feier des Tages irgendetwas tun sollten. Er drückte ihre Hand, und sie warf ihm ein verkniffenes Lächeln zu.

„Es ist eine Ehe", sagte er. „Kein Todesurteil."

„Ja." Ihr Blick schoss zur Tür. „Ich sollte jetzt zurück zur Arbeit gehen."

„Wir kümmern uns morgen früh um die Heiratserlaubnis im Rathaus", sagte er. „Um zehn Uhr, ist das in Ordnung für dich?"

Sie ließ die Schultern hängen. „Klar."

„Ich dachte an eine kleine Hochzeit im Standesamt. Dann tun wir so, als wären wir schon … wie lange verheiratet? Ein Jahr?"

Sie seufzte. „Dann können wir auch eineinhalb Jahre sagen, damit es so aussieht, als hätten wir Bryce erst nach der Hochzeit gezeugt."

Er musste unwillkürlich lächeln. „Da hast du recht."

Sie stellte den Motor ab und griff nach der Tür.

„Dann sehe ich dich morgen … meine Verlobte."

Sie winkte halbherzig und stieg aus.

Das war die Gelegenheit, auf die er seit Bryces Geburt gewartet hatte. Außerdem lachte Daisy über seine Witze, sie waren sich in Erziehungsdingen einig, und wenn er sie an sich zog, wurde sie rot und verschämt und ganz und gar unwiderstehlich. Sex, verdammt, das war ein guter Anfang. Der Rest würde sich ergeben. Er wäre ein treuer und hingebungsvoller Familienvater. Besser als sein alter Herr. Er würde sie und Bryce niemals verlassen. Daisy würde bald schon sehen, was sie an ihm als Ehemann und Vater hatte.

Er nahm das Essen, stieg aus und ging mit federnden Schritten nach Hause.

Gute Unterhaltung.

5

———

Daisy fragte sich wirklich, warum ihr Leben nur so verkorkst war. In der einen Minute freute sie sich noch darauf, zum ersten Mal im Fernsehen aufzutreten und sah einer möglichen neuen Karriere entgegen, in der nächsten Minute stand sie Schlange in einem stickigen Rathaus, mit einem unerträglich gut gelaunten Trav, und wartete darauf, ihre Ehe anmelden zu können. Trav hielt Bryce, und die beiden spielten unermüdlich Kuckuck miteinander. Trav sah immer hinter seinen Fingern hervor, während Bryce fröhlich quiekte.

Es hätte schlimmer kommen können. Daisy zappelte unruhig hin und her, nervöse Energie schoss durch ihre Beine. Sie kämpfte gegen das vertraute Bedürfnis an, die Flucht zu ergreifen. Sie *musste* aufhören, vor ihren Problemen davonzurennen. Das war mit ein Grund dafür, dass sie niemals auf die richtige Spur kam. Immer, wenn es hart wurde oder auch nur unbequem, setzte mit voller Wucht ihr Kampf- oder Fluchtinstinkt ein. Ihr Instinkt entschied sich immer für die Flucht. Aber Bryce brauchte sie. Sie musste bleiben und kämpfen. Oder wenigstens bleiben.

Sie ging ein wenig auf und ab, während ihre Gedanken von einem Extrem zum anderen wanderten, während sie darauf warteten, dass sie aufgerufen wurden.

Mach's doch einfach. Alle sagen, dass ihr zusammen sein solltet. Er ist ein guter Dad, ein guter Mann.

Dann das andere Extrem: *Er liebt dich nicht. Heirate nicht aus den falschen Gründen.*

Der ältere Mann vor ihnen ging mit seiner Hundesteuermarke davon und warf ihnen auf seinem Weg noch ein Lächeln zu.

„Der nächste!", rief die Beamtin, Sally Phillips. Sally war die Tratschtante der Stadt. Sie trug einen geschmacklosen rosa Pullover mit V-Ausschnitt, dazu Jeans, und sie hatte ihr schwarz gefärbtes Haar auf eine Art und Weise hochtoupiert, die sagte, *Ich bin nie aus den 80ern rausgekommen.*

Trav nahm Daisys Hand und zog sie mit sich zum Schalter.

„Wir würden gerne unsere Eheschließung anmelden", flüsterte Daisy, obwohl sie die einzigen im Amt waren. „Aber wir möchten es nicht an die große Glocke hängen, okay? Aus Respekt vor Bryces Zukunft."

Trav nickte.

Gut. Trav spielte also mit.

„Ach, du meine Güte", sagte Sally und legte sich eine Hand ans Herz. Waren das Tränen in ihren Augen? „Ich habe für Sie gebetet. Das haben wir alle. Und jetzt schauen Sie, es wird wahr."

„A-men", sagte Trav, und seine Augen tanzten vergnügt.

Daisy verkniff sich eine sarkastische Bemerkung. Sie hätte darauf wetten können, dass Sally und ihre Freundinnen für sie beteten. Oder besser gesagt über sie tratschten. Sally hatte keinerlei Skrupel, allen von Neuigkeiten aus dem Rathaus zu berichten.

Sally verschränkte die Arme vor ihrer üppigen Brust und lächelte sie weiter an, als wäre allein sie für diese wunderbare Wendung verantwortlich.

„Die Anmeldung?", erinnerte Daisy sie.

„Natürlich! Kommt sofort!", sang Sally. „Herrje, auf einmal haben wir es aber eilig."

Sally drehte sich auf ihrem Stuhl zu der Wand mit den Aktenschränken hinter sich und rollte zu einer Schublade. Als wäre es zu viel Arbeit aufzustehen. Trav grinste Daisy an, Sally belustigte ihn anscheinend ungemein.

Daisy konnte diesem Tag nichts Amüsantes abgewinnen.

Sally rollte mit dem Formular zurück zu ihrem Schreibtisch. Sie reichte es Daisy. „Füllen Sie das hier ganz aus, und bringen Sie es dann zurück. Ich halte dieses süße Baby, damit Sie beide an dem Formular arbeiten können, ohne dass kleine Speckfinger danach greifen."

„Danke, Mrs. Phillips", sagte Trav mit übelkeitserregender Lieblichkeit.

„Ohh, überaus gerne. Nennen Sie mich bitte Sally."

Trav warf ihr sein charmantes, schiefes Lächeln zu. „Danke, Sally."

Sally kicherte.

„Seid ihr fertig mit Flirten?", zischte Daisy, als sie zu einem Stehtisch auf der Seite des Amtszimmers gingen, um das Formular auszufüllen. Sie sprach etwas leiser weiter. „Sie könnte deine Mutter sein."

Er beugte sich vor, seine warme Hand lag unten an ihrem Rücken. „Eifersüchtig?"

Seine Stimme war so tief und so rau an ihrem Ohr, dass ihr unvermittelt ein Schauer über den Rücken lief. Trav schmunzelte. Dem verdammten Kerl entging einfach nichts. Dann reichte er ihr einen Stift, damit sie als erstes den Abschnitt für die Braut ausfüllen konnte.

Sie machte sich an die Arbeit. Name, Adresse, Geburtsort, Geburtsdatum, Name der Eltern, Anzahl der Eheschließungen und der Grund, warum die letzte Ehe geendet hatte: Tod, Trennung, Scheidung, bereits bestehende Ehe oder nicht beendet. Oh-*oh*.

Daisy drehte sich zu Trav um, der sie ganz aufmerksam beobachtete. „Kannst du mal nach Bryce sehen?"

„Sicher."

Er ging fort, und sie schrieb ganz schnell. Eheschließung Nummer: 3. Grund für das Ende der letzten Ehe: Tod.

Sie verzog das Gesicht. Das klang übel. Aber so hatte Ehe Nummer 2 nun mal geendet, leider. Sie vermisste Tom immer noch. Ihre Nummer 1 hatte kein viel besseres Ende genommen. Nicht, dass sie danach fragten, aber ... eine herzzerbrechende Scheidung. Dummer Max. Das nannte man vermutlich „zerrüttet" in Amtssprache. Sie zerknüllte das Formular und warf es in den Papierkorb in der Nähe.

„Ich habe etwas falsch ausgefüllt", verkündete sie. Sie ging zurück zu Sallys Schreibtisch. „Kann ich ein Neues bekommen?"

„Klar doch, meine Liebe. Nur eine Minute."

Trav hob eine Braue. Bryce streckte seine Arme in Daisys Richtung, und sie nahm ihn. Sie sprach leise mit ihrem Sohn und kniff ihn spielerisch in die Pausbäckchen. Er griff nach ihrem Haar und steckte es sich in den Mund.

Einen Moment später kam Sally mit einem neuen Formular in der Hand zurückgerollt. „Bitte sehr."

Sie tauschten das Baby gegen das Formular. Daisy drehte sich zu Trav um, der jetzt an dem Tisch stand, an dem sie das Formular ausgefüllt hatte. Er starrte sie an, sein Gesichtsausdruck ungewöhnlich ernst. Ein ungutes Gefühl beschlich sie. Trav mit ernstem Gesichtsausdruck war ein wenig furchteinflößend.

Sie tat ganz unbeteiligt, als sie an seiner Seite ankam und sich einen Stift nahm. „Alles fertig."

„Eheschließung Nummer 3?", fragte er ruhig und präsentierte das zerknüllte Formular, das nun glattgestrichen unter seiner Hand lag.

Sie schluckte.

Er hob die Brauen, wartete auf eine Erklärung.

„Ja, aber die anderen beiden zählen nicht wirklich", flüsterte sie. „Genau genommen waren sie so kurz, dass ich mich kaum daran erinnere. Ich glaube eigentlich nicht, dass ich sie erwähnen muss."

Ein Muskel zuckte in seinem Kiefer. „Du hättest sie mir gegenüber aber erwähnen können."

„Du hast nicht gefragt."

„Ich frage dich jetzt."

Sie warf einen Blick über die Schulter auf die neugierigen Ohren der Tratschzentrale von Clover Park. „Können wir später darüber reden?"

Er nickte. „Oh ja, das werden wir. Heute Abend beim Abendessen bei mir zu Hause. Ich weiß, dass du mittwochs früher frei hast. Bitte deine Mom, auf Bryce aufzupassen."

Das war mehr ein Befehl als eine Bitte, und sie spürte das nicht gerade willkommene Aufflackern ihres Verlangens, als Travs sonst so verspielter Tonfall plötzlich dem eines Bad Boy glich. Ganz zu schweigen davon, dass sie dann zum ersten Mal ohne Bryce zusammen wären. „Klar, kein Problem."

Seine Stimme grollte nahe an ihrem Ohr. „Und keine Falschangaben auf dem Formular, Süße. Es ist ziemlich leicht, Eheeinträge einzusehen."

Daisy wappnete sich gegen ihre schwächer werdenden Knie und machte sich wieder daran, das Formular auszufüllen. Bad Boy war nicht gut. In ihrer Vergangenheit hatte sie eine lange Geschichte mit Bad Boys. Sie liebte Bad Boys. Doch sie waren nicht gut für sie, vor allem jetzt nicht, da sie Bryce hatte.

Eheschließung Nummer: 3.

Sicher, es hatte sie frustriert, dass Trav zwar freundlich aber distanziert geworden war, und sie hatte sich gefragt, was eigentlich aus dem Bad Boy in ihm geworden war, doch jetzt, da er sich so langsam zeigte, wusste sie, dass sie in Schwierigkeiten steckte. Einen Bad Boy heiraten? Da war das Desaster schon vorprogrammiert!

„Jetzt ist es offiziell", verkündete Trav, als er später am Tag bei Ryan vorbeifuhr. Sein älterer Bruder war gerade von seiner Frühschicht als Polizist im nahegelegenen Fieldridge zurückgekommen. Das war zufälligerweise auch die Stadt, in der ihr Vater lebte. Sein alter Herr war jetzt seit dreieinhalb Jahren trocken. Trav hatte seinen Frieden mit seinem Vater geschlossen, wie auch seine Brüder, jeder auf seine eigene Weise.

„Was ist offiziell?", fragte sein jüngerer Bruder, Shane, der gerade aus der Küche kam.

„Kochst du jetzt für Ry?", fragte Trav.

„Ich habe Liz eine Crêpe-Pfanne vorbeigebracht. Sie wollte es mal ausprobieren."

Ry warf Trav einen vielsagenden Blick zu. „Sie haben Rezepte ausgetauscht."

Shane hatte einen Abschluss vom Culinary Institute of America und hätte mit Leichtigkeit irgendwo Chefkoch werden können, doch er hatte sich darauf konzentriert, Gourmeteis für seine eigene Eisdiele in der Stadt, dem Shane's Scoops, herzustellen.

„Hast du ein Glück", sagte Trav. „Setz dich." Er deutete auf die Ledergarnitur im Wohnzimmer.

„Setz dich", sagt er. Ry ging betont langsam ins Wohnzimmer. „Als gehörte ihm das Haus."

„Halt die Klappe. Das ist wichtig." Trav ließ sich auf das Ende des Sofas fallen, legte seine Füße hoch und faltete seine Hände hinter dem Kopf. „Ich habe große Neuigkeiten."

Er wartete darauf, dass Ry und Shane sich setzten. Er hatte das Gefühl, wegen der Neuigkeiten gleich platzen zu müssen. „Daisy und ich werden am Samstag heiraten."

„Herzlichen Glückwunsch!", sagte Shane.

Ry grinste. „Ich wusste, wenn du dich da reinhängst, würde sie schon ankommen. Glückwunsch! Warum aber so bald? Braucht sie denn keine Zeit für die Vorbereitung? Liz hat sechs Monate am Stück geplant." Er schüttelte den Kopf. „Du solltest mal ihre Liste mit der Bemusterung der Farben sehen. Gruselig."

„Es wird nur eine ganz schlichte Zeremonie vor einem Standesbeamten. Wir müssen das Ganze ein wenig unauffällig gestalten, da wir eigentlich schon verheiratet sein müssten." Er erzählte von dem Blog und der Talkshow am Freitag.

Ry runzelte die Stirn. „Ihr heiratet also nur wegen einer Fernsehsendung?"

Trav setzte sich auf, verärgert vom Tonfall seines Bruders. „Nein, so ist das nicht."

„Klingt aber irgendwie so", sagte Shane.

„Das hat nur den Ball ins Rollen gebracht", sagte Travis.

Ry und Shane tauschten einen Blick aus.

„Was?", blaffte Travis.

Ry kratzte sich am Nacken. „Könnt ihr für die Show denn nicht einfach so tun? Ich meine … Ich weiß nicht –"

„Liebt ihr einander?", fragte Shane.

Trav konnte nicht ehrlich sagen, dass er Daisy liebte. Die Wahrheit war, dass er noch nie jemanden geliebt hatte. Abgesehen von seiner Familie. Er wusste nicht einmal, wie sich das anfühlen würde. Und es war ja auch egal. Das einzige, was jetzt zählte, war sein Sohn.

„Wir lieben Bryce", sagte Travis. „Wir machen das alles für ihn."

„Und warum so eilig?", fragte Ry. „Warum datet ihr nicht wenigstens erst einmal oder so? Lernt euch kennen."

Trav seufzte entnervt. „Ach, auf einmal bist du der Beziehungsexperte? Bis du Liz kennengelernt hast, konntest du nie länger als drei Dates lang mit jemandem zusammenbleiben."

Ry starrte ihn an. Travis wand sich unter dem eindringlichen Blick seines Bruders.

„Ich möchte, dass Bryce eine Familie hat!", polterte Travis. „Ist das denn so schwer zu verstehen? Warum könnt ihr euch nicht einfach für uns freuen?"

„Wir freuen uns ja", versuchte Shane zu beschwichtigen. „Wir sorgen uns nur um dich."

„Dann lass das einfach!" Trav schob sich eine Hand durch die Haare. „Es wird sich schon alles finden. Ihr werdet schon sehen."

Travs Brust zog sich zusammen. Er konnte es nicht fassen, dass seine Brüder ihm deswegen eine Predigt hielten. Sie wussten doch, wie sehr er eine Familie für Bryce wollte. Sie wussten, was es bedeutete, aus einer ernsthaft zerrütteten Familie zu kommen. Ihre Mom hatte Depressionen gehabt und Selbstmord begangen, als Trav fünfzehn gewesen war. Nach ihrem Tod war ihr alkoholkranker Vater abgehauen. Ryan, der nur zwei Jahre älter gewesen war, hatte sein Bestes getan, sich um sie zu kümmern, doch es war Gran gewesen, die sie gerettet hatte. Ohne sie wären sicherlich alle drei in Pflegefamilien gelandet. Und er vermutlich im Jugendknast.

Er war entschlossen, es für seinen Sohn besser zu machen. Bryce würde eine richtige Familie haben.

Shane hob seine Hände. „Okay, okay."

Trav verzog das Gesicht. „Ich wollte, dass ihr beide meine Trauzeugen werdet, aber nicht, wenn ihr meine Ehe für einen Fehler haltet."

„Ich bin dabei", sagte Shane.

„Ich auch", sagte Ry.

Der Schmerz in Travs Brust ließ nach. „Okay. Ich werde auch Rico fragen."

Ry lachte schnaubend. „Jetzt wirst du aber lächerlich."

Trav hob seine Hände. „Ich kann mich nicht entscheiden."

Ry klopfte ihm auf den Arm. „Ist ja schließlich deine Hochzeit."

Trav lächelte. „Ja, das ist sie."

Endlich konnte er sich entspannen. Alles würde gut werden für Bryce. Und sobald Trav erst mal mit Daisy zusammenlebte und ihr mit dem Baby half, wäre sie nicht mehr so erschöpft und könnte wieder ihre normale, sonnige Persönlichkeit zeigen. Sie würde dafür sorgen, dass das Haus strahlend und hell war. Die Art von Haus, für die er alles gegeben hätte, wenn er als Kind dort hätte wohnen können. Und Bryce würde das Glück haben, darin aufzuwachsen.

Und er konnte die Hochzeitsnacht, an die er sich mit Daisy erinnern würde, nicht abwarten.

~

Daisy hörte Unruhe in der Küche des Garner's, als sie die Bestellung eines Kunden in den Computer eingab. Die leise Stimme ihres Vaters und die ihrer Schwester Liz, die immer schriller wurde. *Tratsch verbreitete sich hier immer schnell.* Trav musste Ryan von der Hochzeit erzählt haben, der es dann Liz gesagt hatte. Sie hatten gerade heute Morgen erst das Aufgebot bestellt, und Daisy hatte noch kaum Gelegenheit gehabt, die Neuigkeit selbst zu verbreiten, denn nachdem sie im Rathaus gewesen waren, hatte sie Bryce zur Vorsorgeuntersuchung zum Kinderarzt gebracht, ihn mittags gefüttert und war dann zur Arbeit gegangen. Sie hatte es ihren Eltern erzählt, als ihre Schicht begonnen hatte. Sie waren ganz aufgeregt gewesen. Da musste sich Daisy wenigstens keine Sorgen machen. Ihr zukünftiger Ehemann hingegen …

„Ich mache kurz Pause", sagte sie zu einer der anderen Kellnerinnen.

Daisy ging in die Küche, wo ihre Mom Liz gerade ihr übliches Glas Wasser mit Zitrone anbot und sie dazu überreden wollte, sich auf einen der großen Drehstühle an der Arbeitsfläche an der Seite hinzusetzen.

„Wie gehts dir, Schwesterchen?", fragte Daisy und wappnete sich für ein gnadenloses Verhör.

Liz sprang auf. „Wie es mir geht? Wie geht es dir?"

Liz eilte zu ihr, betrachtete Daisys Gesicht, die Sorge in ihren zarten Gesichtszügen offensichtlich. Ihre Schwester war drei Jahre jünger, verhielt sich aber, als wäre sie die ältere. Die Wahrheit? Sie hatte viel zu lange zugelassen, dass Liz diese Rolle übernahm. Daisy hatte jegliche Sorge um Regeln und Verantwortlichkeiten auf Liz abgewälzt. Bis Bryce kam. In Daisys Leben hatte sich alles verändert, als ihr Sohn geboren wurde.

„Ich habe die Neuigkeiten gehört, als ich von der Arbeit nach Hause gekommen bin", sagte Liz. „Ich wäre schon früher hier gewesen, aber Ryan meinte, ich solle mich erst beruhigen." Sie wurde scharlachrot und trank einen großen Schluck Wasser.

Daisy lächelte strahlend, weil es ihrer Schwester ganz offensichtlich unangenehm war. Ryans Berührung wirkte magisch auf Liz. Ihre Schwester war verglichen mit früher viel weicher geworden und jetzt viel umgänglicher. Nicht umgänglich, aber *umgänglicher*. „Mir geht es gut, mach dir keine Sorgen."

Liz plapperte weiter. „Was hat dich dazu gebracht, endlich ja zu Trav zu sagen?"

Daisy hob eine Schulter und senkte sie wieder. „Es war an der Zeit. Weißt du? Warum sollte ich unnahbar tun? Er ist Bryces Vater. Wir beide lieben Bryce. Überhaupt keine Sache. Glückliche Familie."

„Erzähle mir keinen Scheiß." Liz packte Daisys Arm und zog sie weg von ihren neugierigen Eltern und den Küchenangestellten, die schwer beschäftigt taten, um lauschen zu können. Sie gingen in das kleine Büro ihres Dads.

„Setz dich", verlangte Liz und nahm selbst auf dem Lederbürosessel ihres Vaters Platz.

Daisy setzte sich widerspruchslos auf den Plastikstuhl ihrer Schwester gegenüber. Sie wusste, Liz würde sie nicht so einfach davonkommen lassen. Ihre Schwester hatte Daisys Widerstreben, allein wegen des Babys zu heiraten, perfekt verstanden. Jetzt wollte sie eine gute Erklärung.

„Sag mir die Wahrheit", sagte Liz. „Warum hast du es dir plötzlich anders überlegt? Du hast gesagt, dass Trav dich gar nicht liebt. Dass du nicht heiraten wolltest, nur weil es gerade praktisch wäre." Sie unterbrach sich, und langsam zeichnete sich eine Erkenntnis auf ihrem Gesicht ab. „Hat er gesagt, dass er dich liebt? Habt ihr euch getroffen?"

Daisys Lippen bildeten eine gerade Linie. „Nein und nein." Sie stand auf und schloss die Bürotür. „Das hier wird diesen Raum nicht verlassen. Nicht einmal Ryan gegenüber."

Liz bekreuzigte sich und nickte schweigend, die Geste einer eher flüchtigen Erinnerung an ihre Zeit als Kinder, wenn sie einander ihre tiefsten, finstersten Geheimnisse anvertraut hatten. Traurigerweise stammten die tiefen, finsteren Geheimnisse immer von Daisy. Liz war ein offenes Buch, aber auch eine wirklich gute Geheimnisträgerin.

Daisy erzählte ihr von dem Interview und dass Travis ihren Ehemann mimen würde.

Liz sah erleichtert aus. „Ach, ihr tut nur so als wäret ihr verheiratet. Das ergibt schon mehr Sinn." Sie rümpfte ihre Nase. „Aber Ryan hat gesagt, dass er und Shane Trauzeugen werden. Bist du dir sicher, dass Trav verstanden hat, dass ihr nur so tut als ob?"

Daisy zwirbelte eine Locke ihrer Haare. „Naja … Trav spielt nur mit, wenn wir daraus eine richtige Hochzeit machen."

Liz sprang auf, leuchtende rote Flecken auf ihren Wangen. „Das ist ja Erpressung! Das kann er nicht machen! Ich werde Ryan anrufen. Er wird nicht zulassen, dass Trav das tut."

„Nein, ich sagte doch, dass das diesen Raum nicht

verlassen darf", sagte Daisy geduldig. Sie wandte sich einer erstklassigen Ablenkung zu. „Außerdem wollen wir doch nicht, dass es zwischen den Brüdern vor eurer Hochzeit zu Streitereien kommt. Die ist doch schon in vier Monaten."

Liz setzte sich und ein verträumtes Lächeln trat auf ihr Gesicht. „Das ist wirklich schon bald, nicht wahr? Ich kann es kaum abwarten. Ich habe alles geplant, obwohl ich noch über das, was das Blumenmädchen auf dem Kopf tragen soll, nachdenken will ... Moment mal, du versuchst mich nur von dem wahren Problem abzulenken. Daisy, bist du dir sicher, dass du Trav heiraten möchtest?"

„Sicher. Wer weiß? Vielleicht gewöhnen wir uns aneinander. Du weißt schon, lernen, einander zu lieben." Ihre Gedanken wanderten zu dem für diesen Abend geplanten Abendessen, und sie fragte sich, welcher Trav sie an der Tür erwarten würde. Der alberne oder der böse Junge. Insgeheim wünschte sie sich den bösen Jungen, obwohl sie wusste, dass sie das nicht sollte. Das war kein Teil in Daisys neuem und verbessertem Leben.

Liz wedelte mit der Hand vor Daisys Gesicht. „Ich habe dich gefragt, ob die Hochzeit wirklich schon diesen Samstag ist, also in drei Tagen."

„Ja."

„Ich verstehe nur nicht, warum ihr es so eilig habt. Ihr könnt in so kurzer Zeit doch kaum was Gutes planen."

„Es muss doch keine schicke Hochzeit werden. Wir möchten es einfach hinter uns bringen und dann mit unserem Leben weitermachen." Daisys Hochzeiten waren alle klein gewesen, nur vor dem Standesbeamten im Rathaus. Schließlich konnte sie mitten im Winter wohl kaum ihre Traumhochzeit am Strand feiern.

Liz durchbohrte sie mit ihrem klassischen verantwortungsvollen Schwesternblick – eine Mischung aus *Jetzt hör zu* und *Ich weiß es am besten*, bei dem Daisy sich früher immer besonders sicher gefühlt hatte, der sie jetzt aber verdammt noch mal wütend machte. „Es erscheint mir einfach nicht klug, im nationalen Fernsehen eine solche Lügengeschichte aufzuziehen. Ich denke, du solltest dieses Interview absagen.

Ich bin mir sicher, dass sie auch andere Gäste finden können. Das könnte alles furchtbar schieflaufen. Wenn die Leute herausfinden, dass du sie angelogen hast, Himmel – all diese Mütter, die zu dir aufblicken –, dann könnte deine Karriere am Ende sein. Und diese übereilte Hochzeit, nur, weil Trav es so will, gefällt mir erst recht nicht. Sag das Interview ab, und alles geht wieder seinen normalen Gang. Keine Lügen. Keine überstürzte Hochzeit. Heirate Trav, wenn ihr einander liebt, nicht wegen einer Lüge."

„Bist du fertig?", fragte Daisy angespannt.

Liz machte große Augen. „Jetzt sei nicht wütend. Ich versuche doch nur, dir bei deinem Problem zu helfen."

„Es gibt ja gar kein Problem. Ich habe die Lüge beseitigt, indem ich sie wahr gemacht habe, und ich werde dieses Interview machen. Das ist eine einmalige Gelegenheit, und die werde ich mir nicht entgehen lassen!" Sie stand auf. „Ich sollte mich besser wieder an die Arbeit machen." Sie war schon fast zur Tür hinaus, als sie die vorsichtige Ermahnung ihrer Schwester hörte.

„Bist du dir sicher, dass du das Richtige tust?"

Daisy schüttelte den Kopf und ging weiter. Liz glaubte nicht an sie. Ihre Eltern glaubten nicht an sie. Sie wusste warum, ihre Vergangenheit suchte sie durch ihre Augen heim. Sie wünschte nur, sie würden ihr eine Chance geben zu beweisen, dass sie sich geändert hatte, dass sie auch gute Entscheidungen treffen konnte. Sie wusste, dass sie das hinbekommen würde.

„Entschuldigen Sie!", rief Mrs. Peters, Daisys alte Grundschullehrerin. „Könnte jemand bitte unsere Bestellungen aufnehmen?"

Daisy machte sich wieder an die Arbeit. „Bin schon unterwegs, Mrs. Peters!"

6

———

Daisy schafft alles
Mom, Ehefrau, häusliche Diva

Ich komme ins Fernsehen!!!

Ich bin furchtbar aufgeregt – ich werde bei *Morgens bei Jessica* auftreten! Danke, meine Damen! Ohne Ihre Kommentare, Beiträge und Tweets hätte ich das nicht geschafft! Ahhhhhhh!!!!!!! Am Wochenende kommt das Filmteam in mein Haus, um mich, meinen lieben Ehemann und Baby Wonneproppen zu interviewen. Sobald ich weiß, wann es ausgestrahlt wird, werde ich es Ihnen natürlich gleich mitteilen. Ich kann es kaum erwarten!

Ich habe nur keine Ahnung, was ich anziehen soll. Schreiben Sie einen Kommentar und lassen Sie mich wissen, was Sie denken. Elegant gekleidet, also im Kleid? Business casual, was auch immer das heutzutage heißt? Meine übliche bequeme Kleidung – Pullover, Jeans, Stiefel?

Happy Dance!

Mojitos für alle!

Wir sehen uns im Fernsehen!

Daisy

~

Trav entschied sich, für Daisy zu kochen. Und das hieß, er würde die einzige Sache machen, die er überhaupt zubereiten konnte: frittiertes Huhn. Das hatte Gran früher einmal im Monat für sie gemacht. Als er ans College gegangen war, hatte er sich so sehr danach gesehnt, dass er sich bemüht hatte, das Rezept selbst hinzubekommen, damit er nicht solches Heimweh hatte. Während das Hühnchen im Öl garte, warf er eine Packung Kartoffelbrei in einen Topf, putzte eine Tüte Salat für Daisy und träumte von ein paar Buttermilch-Biscuits zu ihrer Mahlzeit. Da er aber nicht das Talent hatte, Biscuits zuzubereiten, mussten getoastete Baguettescheiben reichen. Er wendete das Hühnchen.

Er beschäftigte sich nicht gerne mit Details – er würde die Hochzeit bekommen, die er wollte – doch die Tatsache, dass er für Daisy Ehemann Nummer drei sein würde, war nicht leicht zu verkraften. Was hatte sie ihm sonst noch nicht erzählt?

Gerade, als er das letzte frittierte Hühnchen aus der Pfanne nahm, klingelte es an der Tür.

Daisy stand davor, eine Weinflasche in der Hand. „Hi", sagte sie leise.

„Himmel, schau doch nicht so nervös drein", sagte er und nahm ihr den Wein ab. „Ist doch nur ein Abendessen. Ich dachte, wir sollten alles besprechen, bevor wir im nationalen Fernsehen als liebender Ehemann und Ehefrau auftreten."

Sie seufzte erleichtert und fing gleich an zu strahlen. „Natürlich! Großartige Idee."

Er führte sie in seine Wohnung im ersten Stock der alten Schmiede. Sein Landschaftsarchitekturbüro und das Lager für seine Ausrüstung nahmen das gesamte Erdgeschoss ein. „Setz dich", sagte er und deutete auf das Sofa. „Ich esse meistens am Sofatisch."

„Okay." Sie zog ihre weiße Daunenjacke aus und hängte sie über den Stuhl, wo seine eigene Jacke schon hing. Sie trug ein körperbetonendes Oberteil mit Streifen und glänzenden Pailletten, dazu enge Jeans und die schwarzen Stiefel mit den hohen Absätzen aus seiner Fantasie. *Scheiß auf das Abendessen.* Er wollte sie als Vorspeise, Hauptspeise und Dessert.

Neugierig sah sie sich um, und er versuchte, seine Wohnung durch ihre Augen zu sehen. Die Wände waren weiß. Er hatte ein Bild von sich und seinen Brüdern mit Gran über dem Kamin hängen. Das wars. Ein Fernsehgerät, ein Sofa, ein Sofatisch und ein paar Sessel, die er bei Ikea gekauft hatte. Die Küche war winzig und erst im Nachhinein in das alte Haus integriert worden.

Er belud einen Teller für sie, dann seinen eigenen und trug beide zum Sofatisch.

„Das sieht wunderbar aus", sagte Daisy begeistert. „Ich weiß gerade mal, wie man gegrillten Käse macht."

Er schmunzelte. „Und ich weiß nur, wie man frittiertes Hühnchen zubereitet. Bin gleich zurück." Er öffnete den Weißwein und holte zwei Weingläser. Er war eher ein Biertrinker, doch er hatte immer Gläser zur Hand, da er festgestellt hatte, dass die meisten Frauen Wein mochten. Er gesellte sich zu ihr aufs Sofa.

Sie machte sich gleich über das Hühnchen her. „Das ist köstlich! Wow! Du solltest meinem Dad das Rezept fürs Garner's geben."

Er lachte. „Gran würde mich umbringen. Das ist ein Familiengeheimnis."

„Wir sind doch praktisch Familie", sagte sie und leckte sich die Gewürze von den Fingern.

Sein Gehirn setzte einen Moment lang aus. Erst reden, erinnerte er sich. Er nahm einen Schluck Wein und sammelte sich. „Dann erzähl mir mal von Ehemann Nummer eins und zwei."

Sie winkte ab. „Da gibt es nicht viel zu erzählen. Ehemann Nummer eins war in seinem ersten Jahr am College. Wir waren viel zu jung. Es hat gerade mal zwei Wochen gehalten." Sie wandte den Blick ab, und er wusste, dass mehr an der Geschichte dran war. „Und Ehemann Nummer zwei war ein Freund. Er ist kurz nach unserer Hochzeit gestorben."

Wow. Eine Scheidung und ein Todesfall, und sie war erst dreiunddreißig.

„Was ist denn mit dem Typen passiert, der gestorben ist?", fragte er. „War er krank?"

Sie stellte ihren Teller ab und wischte sich den Mund mit einer Serviette ab. „Nein. Tom war in der Armee und musste in den Irak. Er wollte jemanden haben, zu dem er nach Hause zurückkommen konnte, etwas, an das er sich festhalten konnte, um ihm durch diese Zeit zu helfen. Wir hätten nicht heiraten sollen. Wir waren gute Freunde. Beste Freunde. Aber nicht verliebt." Sie begann, die Serviette in ihrer Hand zu zerreißen, ganz in ihren Erinnerungen versunken.

Er hielt ihre Hand fest. „Du musst es mir nicht erzählen."

„Nein, ich möchte es. Er … Sein Konvoi wurde von einem Sprengsatz am Straßenrand in die Luft gejagt. Ich vermisse ihn immer noch. Er war ein guter Mann." Sie blinzelte die Tränen weg.

„Daze, es tut mir so leid, das ist schlimm."

Sie schenkte ihm ein wäßriges Lächeln, das ihn beinahe umgebracht hätte. „Ich habe das Witwengeld abgelehnt. Es fühlte sich einfach nicht richtig an. Wir waren ja nur einen Tag verheiratet, bevor er in den Irak gegangen ist."

Nicht gerade lange Flitterwochen. Er war froh darüber und hatte deswegen gleich Gewissensbisse.

„Also für mich bist du die erste Ehe", sagte er grinsend. „Du musst mir beibringen, wie man ein guter Ehemann ist. Ich weiß aber jetzt schon, dass der Toilettensitz runtergeklappt sein sollte."

Sie entspannte sich und machte sich wieder ans Essen. „Das ist richtig. Und vergiss nicht, wenn du die Wäsche machst, bekommst du Bonuspunkte."

„Und was bekomme ich für die Bonuspunkte?"

„Das wird eine Überraschung."

Seine Gedanken wanderten gleich zu diesen köstlichen Lippen und was sie mit ihm tun konnten. „Ich wasche gerne Wäsche."

Sie lachte. „Ach wirklich? Sie gehört ganz dir."

Trav erzählte ihr seine Lieblingsgeschichte von Ry, der mal

die Wäsche gewaschen hatte, als Shanes Sachen noch mit Backpulver und Mehl von seinem letzten Backexperiment bedeckt waren, und dann viel zu viel Waschmittel benutzt hatte. Die Seifenblasen waren geradezu aus der Waschmaschine explodiert. Gran war nicht gerade glücklich gewesen, doch Rys Gesichtsausdruck, als er durch die Seifenblasen geschlittert war und wie ein kopfloses Huhn durch die Gegend gerannt war, war einfach wie in einer klassischen Komödie. Trav hatte ihn eine Weile *Hühnchen Junior* genannt, wie im Film.

Den Teil, in dem Ry ihm angedroht hatte, dem nächsten Mädchen, das er nach Hause brachte, Travs Spitznamen zu verraten, ließ er aus. Sein Bruder nannte ihn Schildkröte, weil er morgens so langsam im Bad war. Der professionell zerzauste Look brauchte eben seine Zeit. Trav hatte furchtbare Angst, dass die Mädchen glauben könnten, dass er eine Trantüte war, wo er doch eigentlich so rüberkommen wollte, als wäre ihm alles und jeder egal.

„Irgendwelche finsteren Geheimnisse, die ich kennen sollte?", fragte er.

„Nein", antwortete sie recht schnell. „Was ist mit dir?"

Er hob die Hände. „Offenes Buch."

Seine früheren Probleme mit dem Gesetz waren nicht wirklich ein Geheimnis. Dennoch wollte er nicht darüber reden. Er wollte dieses Image loszuwerden.

Sie trank einen Schluck Wein. „Ja, ich auch."

Da war er sich nicht so sicher.

Nach dem Abendessen stand Daisy auf. „Ich spül' ab."

„Musst du nicht."

Sie blickte zur Küche, die das reinste Chaos war mit Töpfen und einer Spüle, in der sich das Geschirr stapelte. „Sicher?"

„Definitiv." *Und jetzt kommt der Verführungsteil des Abends.* „Noch etwas Wein?"

„Ja, bitte." Sie setzte sich wieder und hielt ihm ihr Glas entgegen. Nachdem er es gefühlt hatte, zog sie ein Bein unter sich und lehnte sich auf dem Sofa zurück. Sie sah entspannt aus. Ihre Wangen waren vom Wein rosig, ihre vollen Lippen öffneten sich ein wenig ... Worüber wollten sie noch reden?

Er stellte sein Weinglas ab und wandte sich ihr zu. „Vielleicht solltest du mir mehr über deinen Blog erzählen. Was hast du denn von deinem Ehemann und deiner Ehe erzählt?"

Sie lebte auf. „Also, ich nenne dich ‚lieber Ehemann' im Blog, weil du ein solcher, naja, Schatz bist. Du bist ein großartiger Dad ..."

Er zeichnete einen Haken in die Luft. „Lieb und großartig."

„Und du hilfst mir wunderbar im Haus, überlegst immer, wie du mir Zeit verschaffen kannst, damit ich mich entspannen und meine Akkus wieder aufladen kann."

Sie lächelte verträumt, und ihm wurde klar, dass sie das Leben entworfen hatte, dass sie für sich erträumt hatte, und wenn er es klug anging, würde er den Traum Wirklichkeit werden lassen. So konnte er bei ihr landen. Er konnte ihr im Haus helfen. Konnte doch nicht so schwierig sein – das Geschirr in die Spülmaschine stellen, Kleider in die Waschmaschine schmeißen. Und mit Bryce verbrachte er auch so schon gerne Zeit.

Sie fuhr fort. „Du weißt alle meine Bemühungen, eine gute Mom zu sein, zu schätzen. Du überraschst mich deshalb immer wieder mit Blumen." Ihre Augen strahlten. „Und gemeinsam machen wir alles Mögliche, was Spaß macht. Wir fahren mit dem Pferdeschlitten durch den Schnee, tanzen zu Hause vor einem knisternden Kaminfeuer–"

„Lackieren uns gegenseitig die Fußnägel?" Er musste sie einfach unterbrechen. Das Leben in ihrem Blog klang so langsam wie aus einem Mädchenfilm.

Mit einem empörten Schnauben schloss sie ihren Mund. „Du hältst das für dumm."

„Ich halte das für eine wunderschöne Fantasie", sagte er diplomatisch.

„Und was ist so schlimm an einer Fantasie? Ich habe eine riesige Zahl Leserinnen – Mütter aus der ganzen Welt –, die das sehr anregend finden."

„An einer Fantasie ist nichts verkehrt. Aber wissen deine

Leser das? Denn niemand führt ein solches Leben, das gibt es nur im Film."

Sie hob ihr Kinn. „Ich bin mir sicher, dass einige Leute das haben. Und ich will es. Es ist ein gutes Leben."

„Es ist ein vorgetäuschtes Leben."

Sie zog die Augenbrauen zusammen. „Kannst du wenigstens einen Tag lang so tun?"

„Ich kann sogar etwas Besseres tun. Bin gleich zurück." Er eilte ins Schlafzimmer und kam mit seinem Laptop zurück. „Mach den Blog auf. Ich werde alle deine Beiträge lesen und deinen Traum Wirklichkeit werden lassen. Ich möchte, dass ich deine wahrgewordene Fantasie bin."

Sie hob eine Hand an ihre Kehle, ihr Gesicht wurde rot. „Wirklich?"

Diese errötete, atemlose Reaktion war genau der Grund, weswegen er das gerne tat. „Wirklich."

Er reichte ihr den Laptop. Einen Moment später erschien der Blog auf dem Bildschirm. Der Titel, *Daisy schafft alles*, weckte gleich schmutzige Gedanken in ihm. Er fing an zu lesen.

Die ersten Posts waren nicht so interessant. „Die Freude, sonntags zu kochen", ließ ihn aufhorchen. Anscheinend machte sie Rosmarin-Lamm mit Babykartoffeln und dampfgegartem Spargel und kochte dann doppelt so viel, um an „stressigen Wochentagen" etwas zum Aufwärmen zu haben. Er las weiter. Sie sprach oft über Essen – Spinat und Quiche, Lobster mit Safranreis, vegetarische Lasagne. Ihm lief das Wasser im Mund zusammen. Er drehte sich zu ihr um. „Du hast doch gesagt, dass du nur gegrillten Käse kochen kannst. Hier hast du alle möglichen komplizierten Rezepte, und ich weiß, dass ich dieses Lamm schon mal im Garner's gegessen habe."

Sie lächelte verkniffen. „Ich habe mir ein paar von dort ausgeborgt und ein paar von meinen Reisen."

„Dann solltest du mal besser hoffen, dass Jessica dich nicht bittet, ihr deine Kochkünste vorzuführen."

„Jetzt sei mal nicht albern. Sie möchte mich nur interviewen. Uns."

Er wandte sich wieder dem Blog zu. Fahrten mit dem Baby zum Arzt, mit dem Baby Auto fahren, während sie klassische Musik hörte, das Baby für Feiertagsfotos ausstaffierte – Bryce hatte mit seiner Weihnachtsmütze wirklich ganz süß ausgesehen – Neujahr, ein Babytagebuch, in dem sie immer aufschrieb, wenn er etwas Neues lernte. Bislang war von einem lieben Ehemann nur andeutungsweise die Rede – er war mit ihr einer Meinung, half ihr bei den Bildern, erinnerte an das erste Lächeln des Babys. Kein Problem.

Oh, hey, jetzt wurde es interessant. Zum Valentinstag schien eine ausgearbeitete Verführungsszene zu gehören. Ja, dafür war er zu haben. Das nächste waren die Schlafzimmerspielchen – doppeltes Ja – und ein Urlaub mit Sex am Strand. *Himmel, ja.* Er hörte auf zu lesen und betrachtete sie eingehend.

Sie wand sich.

Er lachte. „Keine Sorge. Hab das Wesentliche verstanden. Ich bin dein Mann."

Sie deutete auf den Bildschirm. „Also, das war nicht wirklich mein Fantasieleben, eher das, was ich mir so dachte, was meinen Leserinnen gefallen könnte." Ihre Wangen wurden pink und verrieten sie.

„Schon klar." Für den Moment ließ er sie nicht länger zappeln. „Wir müssten eine Geschichte über unser erstes Date haben, die wir allen erzählen können."

Sie hatten nie ein erstes Date gehabt. Nur eine verrückte Nacht voller Alkohol.

Daisy presste ihre Lippen aufeinander, versuchte, sich eine Geschichte auszudenken, von der sie den Leuten wirklich erzählen konnte. „Wie wäre es damit, dass wir uns in einem Sommer, als ich meine Familie zu Hause besucht habe, im Garner's über den Weg gelaufen sind? Wir haben uns beim Abendessen, als wir hinten in der Nische gesessen haben, so wunderbar verstanden und den ganzen Abend nur geredet."

Sie hatten sich noch nie unterhalten, außer, es ging um Bryce. „Und worüber haben wir geredet?"

Mit strahlenden Augen drehte sie sich zu ihm um.

„Unsere Träume, unsere Hoffnungen für die Zukunft, was wir mögen, was wir nicht mögen."

Er spielte mit einer Haarsträhne, die ihr ins Gesicht gefallen war, konnte dem Drang nicht widerstehen, sie zu berühren. „Typisch für ein erstes Date. Okay, erzähl."

Sie gestikulierte, als könnten ihre Hände ihr beim Reden helfen. „Du weißt schon … Ich habe dir erzählt, dass ich leidenschaftlich von einer Karriere träume, auch wenn ich sie noch nicht gefunden habe. Ich hoffe, Französisch zu lernen und Gitarre zu spielen. Vielleicht nach Australien zu reisen."

„Ja? Das klingt gut. Das sind also deine Träume und Hoffnungen. Dann erzähl mir mal, was du magst und was du nicht magst."

„Ich mag Wein", – sie hob ihr Glas – „Schokolade und Horrorfilme."

Er setzte sich aufrecht hin, überrascht, dass sie Horrorfilme mochte. „Bei den Horrorfilmen bin ich dabei. Was magst du nicht?"

„Autoverkehr, künstlichen Süßstoff und Leute, die ihre Versprechen nicht halten."

„Ganz genau!" Je mehr er sie kennenlernte, desto mehr mochte er sie. „Ich auch. Gib mir den verdammten Zucker, und du kannst tun, was du willst. Der Verkehr ist Mist, ganz egal, wohin man fahren will."

„Und was ist mit dir?" Erwartungsvoll sah sie ihn an. „Wovon träumt Travis O'Hare, was hoffst du, liebst du, hasst du?"

„Oh ja." Er atmete tief durch und überlegte schnell. Das war nichts, woran er sonst irgendwelche Gedanken verschwendete, doch er wusste, dass es ihr wichtig war. „Traum: jung in Ruhestand gehen und um die Welt reisen."

Sie bekam große Augen. „Wirklich? Du möchtest reisen? Ich habe mir immer vorgestellt, dass du hierbleiben möchtest. Hast du Connecticut jemals verlassen?"

Er schnaubte. „Natürlich habe ich Connecticut verlassen. Von New England habe ich fast alles gesehen. Und New Jersey natürlich, da habe ich als Kind gelebt."

„Nein, nein, ich meine, hast du den Rest des Landes gesehen? Europa?"

„Nein."

„Bist du schon mal geflogen?"

„Nein. Meine Familie ist hier und mein Geschäft auch."

Aus irgendeinem Grund sah sie enttäuscht aus. Es war ja nicht so, als hätte er alles einfach stehen und liegen lassen können, um die Welt zu sehen. Er hatte sein eigenes Unternehmen. Und jetzt hatte er auch noch einen Sohn, um den er sich kümmern musste. Außerdem liebte er Clover Park. Nichts, was er jemals gesehen hatte, reizte ihn so sehr wie seine Heimat.

„Was hast du für Hoffnungen?", fragte sie.

Er küsste sie zärtlich auf die empfindliche Stelle unter ihrem Ohr und atmete ihren Duft ein, eine wirkungsvolle Kombination aus Zitrusduft und Daisy. „Hoffnung", sagte er leise, „das ist einfach. Dich zu heiraten."

Sie errötete und zog ihren Kopf ein.

Er lehnte sich zurück. Er brauchte ein wenig Distanz, sonst hätte er seine Hände nicht von ihr lassen können. „Was ich mag: Bryce, frisch gemähtes Gras, schnelle Autos, *Horrorfilme*." Er lächelte. „Was ich nicht mag: nichts."

Sie neigte den Kopf. „Mal ehrlich. Dich regt nichts auf?"

„Nein."

„Hm." Sie nahm ihren Wein und nippte daran. „Es würde dir also nichts machen, wenn dich jemand betrügen würde?"

„Ist noch nie passiert."

„Und wenn doch?"

Es gefiel ihm nicht, in welche Richtung das lief. „Was meinst du denn?"

„Nichts", sagte sie ein wenig zu schnell.

„Das Ehegelübde nehme ich ernst. Dieses Versprechen würde ich nie brechen."

„Ich auch nicht."

Er fuhr sich mit einer Hand durchs Haar. „Warum sprechen wir dann darüber?"

Sie grinste und stellte ihr Glas ab. „Du bist verärgert. Also hat dich doch etwas gereizt."

Er kitzelte sie. Sie quietschte überrascht und kitzelte zurück. Er hatte jahrelang mit seinen Brüdern gerangelt und innerhalb von Sekunden ihre Handgelenke mit einer Hand umfasst. Schnell zog er ihre Arme über ihren Kopf und manövrierte sie flach auf ihren Rücken, wo er sie von dem Moment an, als sie seine Wohnung betreten hatte, ohnehin hatte haben wollen.

Sie starrte auf seinen Mund, atmete angestrengt, und er beugte sich langsam vor, um sie zum ersten Mal richtig zu küssen. Seine Lippen waren fast auf ihren, als sie protestierte.

„Lass mich los."

Er gehorchte sofort. „Was ist denn los?"

Sie setzte sich auf und glättete ihre Haare. „Nichts. Ich … finde nur, wir sollten die Sache langsam angehen. Es hat bei mir nie funktioniert, wenn ich etwas überstürzt habe."

Der Zug war seiner Meinung nach längst abgefahren. Sie hatten es doch schonmal getan. Er wollte mehr.

Sie blickte zu Tür. „Vielleicht sollte ich gehen."

„Bleib. Ich verspreche, dass ich dich nicht wieder bedrängen werde. Langsam ist in Ordnung. Sogar großartig. Wir können …" Was war es nochmal, das Frauen immer so gerne sagten? „… uns besser kennenlernen."

Skeptisch hob sie eine Braue. „Das klingt nicht sehr ernst gemeint."

Er faltete seine Hände auf dem Schoß und versuchte, trotz seines Ständers den Chorknaben zu mimen. „Ich meine es sehr ernst."

„Du hältst mich für merkwürdig, nicht wahr? Erst frage ich dich, ob du mich heiratest, und dann will ich nicht –"

„Ich glaube, du bist einfach schüchtern."

Sie versetzte ihm einen Klaps auf die Brust und lachte. „Niemand hat mich jemals schüchtern genannt."

„Nein? Deine Outfits, das laute Lachen, all deine Abenteuer. Und niemand hat jemals gesagt *Diese Daisy Garner ist vielleicht ein schüchternes Mädchen?*"

Sie verzog das Gesicht. „Ich lache gar nicht laut."

Er imitierte sie. „Ah-ha-ha-ha-ha!"

„Sei. Still." Sie nahm ihren Wein, lehnte sich auf dem Sofa zurück und schüttelte den Kopf. „Du bist albern."

„Sonst noch etwas, was ich wissen sollte, bevor wir uns national outen?"

Sie wedelte mit der Hand zum Laptop. „Ist alles im Blog."

„Ich werde es auswendig lernen."

Sie lachte.

„Ach, mir ist gerade etwas eingefallen. Bin gleich zurück." Trav ging in sein Schlafzimmer und öffnete die Schublade seines Nachtschränkchens. Darin waren der Diamantverlobungsring, den er für Daisy gekauft hatte, und passende goldene Eheringe, die er vorhin beim Juwelier abgeholt hatte. Sie würden sie sowohl für die Hochzeit als auch den Fernsehauftritt brauchen.

Er schob sich einen der goldenen Ringe an seinen Ringfinger. Der Juwelier hatte ihm gesagt, dass er an die linke Hand gehörte, da er so näher am Herzen war. Es fühlte sich merkwürdig an, einen Ring zu tragen, doch er würde sich daran gewöhnen. Die anderen beiden Ringe waren für Daisy.

„Wir müssen Eheringe tragen", sagte ihr. „Das tun die meisten Eheleute."

„Oh! Das hatte ich vollkommen vergessen. Ich bin so froh, dass du daran gedacht hast. Gute Idee."

Er nahm ihre Hand und steckte den Diamantverlobungsring an ihren Finger. Sie bewunderte ihn aus allen Richtungen. „Er ist wunderschön."

Er hielt ihre Hand und betrachtete den goldgefassten Diamantsolitär im Kissenschliff unter dem Licht. Er hatte ein Vermögen dafür ausgegeben, deswegen sollte er wohl gut aussehen. „Ja, er ist wunderschön. Warte. Zuerst der Ehering." Er nahm den Verlobungsring ab, steckte den Ehering an ihren Finger und dann den anderen Ring. „Ich erkläre dich nun zu meiner Frau."

Sie starrte den Ring mit gerunzelter Stirn an, als wäre er eine Spinne, die dort hockte, und kein Ring aus vierzehn Karat Gold.

Daisy saß wie angewurzelt da. Der Ehering an ihrer Hand erinnerte sie an ihre gescheiterten Ehen, die Auswirkungen für die Zukunft ihres Sohnes und Travs Erwartungen an sie – was auch immer sie waren –, denen sie sicherlich niemals genügen konnte. Trav hob ihr Kinn, und sie blickte ihm in seine haselnussbraunen Augen, fühlte sich innerlich verwirrt und konfus.

„Daze, wenn wir als Mann und Frau glaubwürdig rüberkommen wollen, müssen wir das Küssen üben, damit es vor den Kameras natürlich aussieht."

Ihr fiel die Kinnlade herunter, und ihr Herz fing an zu pochen. Das Küssen üben wie Mann und Frau? Jetzt? Wo sie doch drauf und dran war, aus seiner Wohnung zu fliehen?

Er streichelte ihre Haare. „Komm schon, du weißt, dass ich recht habe."

Sie schloss den Mund wieder, trank einen langen Schluck von ihrem Wein. Atmete ein und aus. Sie konnte das. Sie warf ihm ein flüchtiges Lächeln zu und war sich sicher, dass sie beide es nicht für echt hielten. „Natürlich."

Sie gab ihm einen schnellen Schmatz auf die Lippen. Er legte seine Hand an ihren Hinterkopf und hielt sie ganz nah, als sie sich schon wieder zurückziehen wollte. Seine Lippen streiften ihre beinahe, als er sprach. „Nicht so schnell, Miss Speedy."

Er ließ sich Zeit, küsste ihre Wange, ihren Kiefer, arbeitete sich zu ihrem Ohr empor und an ihrem Hals hinunter. Sie spürte, wie sie sich entspannte, als eine angenehme Wärme durch sie hindurchströmte. Sie schob ihre Finger in seine Haare, unten am Nacken. Seine Lippen legten sich auf ihre, zunächst ganz behutsam, dann fordernder. Sie öffnete sie für ihn, und seine Zunge glitt an ihrer vorbei, streichelte und imitierte den Sex, den sie herbeizusehen begann, während lange schlummernde Teile in ihm warm wurden und zu neuem Leben erwachten.

Sie legte beide Arme um seinen Nacken, gab sich der Empfindung hin. Langsame, lange Küsse. Seine große, warme Hand streichelte ihren Rücken unter dem Pullover. Ihre Hände wanderten zu seiner Brust, packten sein Hemd.

Himmel, sie war jetzt schon heiß und feucht und sehnte sich nach mehr. Er schob seine andere Hand unter ihr Oberteil, und sie spürte, wie er ihr den BH öffnete.

Sie unterbrach den Kuss. Was tat sie hier? Sie sollte ihren zukünftigen Ehemann kennenlernen, nicht mit ihm schlafen, jedes Mal, wenn er sie küsste. Okay, nur das eine Mal, aber was war dabei rausgekommen? *Hallo, Bryce!*

„Das reicht für heute", sagte sie.

Er löste sich von ihr und starrte sie an, seine Augen ganz glasig vor Lust. Sie durfte das jetzt nicht vermasseln. Es stand viel auf dem Spiel, und Bryces künftiges Glück hing davon ab. Vielleicht hätten sie eine Chance, wenn sie von allem genau das Gegenteil tat, was sie sonst mit einem Typen getan hätte.

„Was?", fragte er, obwohl sie sich sicher war, dass er sie doch gehört haben musste.

„Langsam, weißt du noch?"

Er stand auf und richtete sich wieder her. „Sicher."

Auch sie erhob sich, nahm ihre Jacke und zog sie an. Sie vermied es, ihm in die Augen zu sehen. „Ich glaube, wir werden das am Freitag gut hinbekommen. Danke für das Abendessen."

„Gern geschehen."

Er begleitete sie zur Tür und gerade, als sie glaubte entkommen zu können, packte er sie an der Gürtelschlaufe ihrer Jeans und zog sie an sich, bis sie wieder den richtigen Kussabstand hatten. Er umfasste ihr Gesicht mit einer Hand, gab ihr genug Zeit, sich zurückzuziehen, doch irgendetwas hielt sie dort, ihre Lippen vor Vorfreude bereits etwas geöffnet. Er küsste sie lange und intensiv, und ihre Knie gaben nach. Seine Hände wanderten an ihren Po, hoben sie hoch, drückten sie gegen seine Härte. Sie stöhnte und presste sich an ihn.

Er löste sich von ihr und sah sie an, die Hände fest auf ihrem Po. „Daze, ich will dich."

Ihr blieb der Atem im Halse stecken. Es ging zu schnell. Ihr Verstand wusste das. Da unten schickte ihr jedoch etwas andere Anweisungen. *Lass uns spielen!*

„Ich sollte gehen", sagte sie und schob ihn von sich.

Er ließ sie los, und sie wandte sich ab, erleichtert, dass er ihr keine süßen Worte angeboten hatte, um sie zu überreden. Oder, was noch schlimmer gewesen wäre, einen weiteren fordernden Kuss.

„Ich erwarte eine Hochzeitsnacht", sagte er in Befehlston, der sie gleichzeitig entflammte und wütend machte. „Und unsere Hochzeit ist am Samstag."

Sie wirbelte herum. „Ich weiß, dass unsere Hochzeit am Samstag ist! Das heißt aber nicht, dass wir so eilig–"

„Ohne Eile."

Gut.

Er hielt ihr die Tür auf. „Daze?"

„Ja?"

„Es könnte Stunden dauern."

Sie wurde stocksteif, ihre Vorstellungskraft flutete ihr armes Gehirn mit Bildern von Trav, der sich Zeit ließ mit seinen Lippen, seiner Zunge und seinen starken, warmen Händen–

Geh! Geh jetzt, bevor du noch nackt in sein Bett stürzt.

Sie eilte die Stufen hinunter und hörte sein leises Lachen auf dem Weg nach draußen. Meinte er, er hätte sie drangekriegt? Sie war doch keine welkende Blume. Sie blieb stehen und dachte darüber nach, zurückzugehen, um ihm das selbstgefällige Grinsen aus dem Gesicht zu wischen, das sie dort vermutete, doch sie glaubte, dass es wohl besser wäre zu gehen, solange sie noch dazu in der Lage war.

Gehirn – eins : Hormone – null.

Sie war sich fast sicher, dass das gut so war.

7

Daisy hatte das Gefühl, wie Alice durch das Kaninchenloch ins Wunderland gefallen zu sein, als sie am Tag vor dem Interview zu Maggies Haus fuhr. Sie würde Trav heiraten, der immer noch viel zu fordernd war, aber außerdem ein *umwerfender* Küsser. Warum hatte sie ihn nicht schon früher geküsst? Von ihrer gemeinsamen Nacht erinnerte sie sich nur noch an das Lachen und dass sie ins Bett gefallen waren. Und sie würde jetzt das anfangen, was ihre wahrgewordene Traumkarriere als Profi-Bloggerin sein sollte, vielleicht sogar mit einer bezahlten Kolumne oder Sponsoren. So konnte sie endlich aus ihren Schulden herauskommen.

Sie parkte und holte Bryce aus dem Wagen, dazu eine große Windeltasche mit Babysachen, die sie im Haus lassen wollte. Sie musste dafür sorgen, dass Maggies Haus aussah wie ihr Familienheim, bevor die Crew von *Morgens bei Jessica* früh am nächsten Morgen hier ankäme. Trav hatte versprochen, sich später mit ihr bei ihrer Wohnung zu treffen, um ihr dabei zu helfen, die Babymöbel hierher zu bringen.

Maggie öffnete in rotem Rollkragenpullover mit einem riesigen schwarz-violett gepunkteten Strickschal und roter Samthose die Tür. Heute wenigstens keine Tiara.

„Komm rein!", sagte Maggie und trat beiseite. Sie machte

eine einladende Geste in Richtung Wohnzimmer. „Gefällt es dir?"

Daisy trat ein. „Oh, Maggie", sagte sie bewundernd und ließ den Raum auf sich wirken.

Maggie hatte das Valentinstagssetting aus Daisys Blog nachempfunden, mit Rosen, einer Kette rosafarbener Papierherzen, die über dem Kamin hing, und leiser Jazzmusik. Es war, als machte sie einen Schritt in ihr Fantasieleben.

„Ich liebe es!" Daisy setzte Bryce auf ihre Hüfte, damit sie Maggie mit einem Arm umarmen konnte. „Genauso hatte ich es mir vorgestellt!"

Maggie strahlte und nahm ihre Hand. „Ach, du meine Güte, sieh sich mal einer diesen Diamantring an. Wunderschön! Trav weiß, wie man so etwas aussucht. Der Junge muss ein Vermögen dafür ausgegeben haben!"

Daisy verzog das Gesicht. „Ich weiß. Er ist viel zu schön." Sie musste sich immer noch an das Gefühl von zwei Ringen gewöhnen und versuchen, nicht wegen des Eherings in Panik auszubrechen. Es war lange her, seitdem sie einen getragen hatte. Wie lange würde diese Ehe halten? Sie brach in Schweiß aus.

„Genieß es doch einfach, Liebes. Und sieh sich mal einer diesen glänzenden goldenen Ehering an. So neu! Ach, frisch verheiratet. Naja, noch nicht, aber bald. Wie ich höre, ist der geheime Tag am Samstag. Ich kann es kaum abwarten. Ich weiß, dass ihr es nur im kleinen Kreis feiern wollt, deswegen haben deine Mutter und ich nur Jorge, natürlich deine Eltern und Liz, Ryan, Shane und Rico eingeladen."

Daisy hatte die Planung ihrer Mom überlassen. Die einzige Bedingung: Sie sollte es schlicht und klein halten. Ihre Mom war ganz aufgeregt gewesen, dass wenigstens eine ihrer Töchter ihr die Vorbereitungen überließ. Liz plante ihre ganze Hochzeit selbst. Es waren immer noch mehr Leute, als Daisy sich für eine heimliche Hochzeit gewünscht hätte, doch sie konnte auch niemanden ausladen.

„Klingt, als wären das mehr als genug Leute. Keine weiteren Einladungen mehr, okay?" Daisy öffnete den Reißverschluss von Bryces Schneeanzug. „Und bitte alles ganz diskret. Meinem Blog nach sind wir eigentlich schon verheiratet."

„Ich liebe übrigens deinen Blog. Warte hier. Ich habe was für dich." Maggie verschwand im Esszimmer.

„Okay." Daisy sah Bryce fragend an. „Was könnte das wohl sein, Baby Wonneproppen?"

Er schob sich ein Fäustchen in den Mund und behielt seine Gedanken für sich.

Maggie kam mit einer violetten Geschenktüte zurück. Daisy griff danach, doch Maggie scheuchte sie mit einer Hand fort.

„Einen Moment. Ich muss das richtig machen." Maggie steckte eine Hand in die Tüte und zog eine Gänseblümchen-brosche heraus. „Etwas Altes …"

Die Tränen traten Daisy in die Augen, das war typisch Maggie, dass sie etwas so gut Überlegtes tat. „Ein Gänse-blümchen, wie mein Vorname! Die ist so süß! Ich werde sie beim Interview tragen."

Daisy reichte ihr Bryce und steckte sich das Gänseblüm-chen in ihren rosa gestreiften Pullover mit dem V-Ausschnitt. Maggie gab ihr Bryce zurück und griff noch einmal in die Tüte. „Etwas Neues …"

Ein schwarzer Body aus Satin und Spitze. Und Himmel! Das war der A-förmige Minirock, den sie in ihrem Blog beschrieben hatte. Sie spürte, wie sie rot wurde. Es war eine Sache, gesichtslosen Bloglesern Schlafzimmerspielchen zu beschreiben, doch es war etwas vollkommen anderes zu wissen, dass Travs Großmutter all diese schlüpfrigen Details gelesen hatte.

Daisy berührte den Satin mit einem Finger. „Das ist wunderschön."

Maggie lächelte und legte die Sachen auf den Sofatisch außer Reichweite von Bryces kleinen Grabschfingerchen. „Etwas Geliehenes …"

Ein Liebesroman –Kathleen Woodiwiss' *Wohin der Sturm uns trägt.* „Um deine Säfte fließen zu lassen", erklärte Maggie. „Ich weiß, wenn man erst einmal ein Baby hat –"

„Danke dir!", sagte Daisy, bevor Maggie mit irgendwelchen schlüpfrigen Details anfangen konnte. *Eieiei.* Das Buch landete neben dem Body auf dem Sofatisch. „Etwas Blaues?"

„Natürlich!" Maggie fischte den letzten Gegenstand aus der Tüte. Daisy schnappte überrascht nach Luft.

Ein essbares Unterhöschen. Mit Blaubeergeschmack.

„Die machen wirklich Spaß", sagte Maggie und hielt die Schachtel in die Höhe. „Wir haben alle Geschmäcker ausprobiert."

Daisy nahm es ihr ab und legte es mit dem Foto der Verpackung nach unten auf das Sofa. *Nicht besser.* Nur ein Bild der Rückansicht. Ihre Wangen wurden heiß. Sie blickte auf. Maggie grinste, ihre blauen Augen tanzten vor Schalk. So langsam begriff Daisy, woher Trav seine schelmische Seite hatte.

„Ich danke dir vielmals", sagte sie so zurückhaltend wie möglich zu dem Geschenk essbarer Unterwäsche von der Großmutter ihres Verlobten. Sie war sich ziemlich sicher, dass das in keinem Buch über Etikette bei Hochzeiten zu finden gewesen wäre.

Daisy reichte ihr Bryce und packte alle Geschenke zurück in die Tüte. Sie würde sie in ihrem Schrank verstecken, sobald sie nach Hause kam.

„Ich bin nur so glücklich für dich und Trav", sagte Maggie.

Daisy schnitt eine Grimasse, da sie sich gleich schuldig fühlte. Sie fühlte sich wie eine Betrügerin, weil sie zuge-stimmt hatte, Trav zu heiraten, obwohl sie einander doch nicht liebten. Morgen würde sie sich sogar wie eine noch größere Betrügerin fühlen, wenn sie vor Millionen von Fern-sehzuschauern bei *Morgens bei Jessica* auftrat. Adrenalin schoss durch ihren Körper.

„Ich sollte mich jetzt besser beeilen." Sie vermied es, Maggie in die Augen zu sehen, und deutete auf die Windelta-sche, die sie auf den Boden gestellt hatte. „Da drin sind Wech-selsachen, Windeln und Milch." Sie holte die Isoliertasche und die beiden Fläschchen abgepumpter Milch hervor und stellte sie auf den Sofatisch. „Trav und ich kommen bald mit den Babymöbeln wieder her." Sie küsste Bryce. „Bye-bye."

Dann lief sie nach draußen.

„Sag bye-bye zu deiner Mommy", sagte Maggie.

Bryce protestierte.

Daisy verzog das Gesicht und schloss die Tür hinter sich. Es war nie einfach, Bryce zurückzulassen. Sie stieg in den Wagen und kehrte eilig zu ihrer Wohnung zurück. Ihr zwickte es im Magen, wenn sie an die Scharade dachte, die ihr bevorstand.

Betrügerin, Betrügerin, Betrügerin.

Der Zweck heiligt die Mittel.

Sie hatte das nagende Gefühl, dass sie zu tief drinsteckte. Wie immer. Doch dieses Mal würde sie ihre Familie nicht bitten, ihr da wieder heraus zu helfen. Sie würde es selbst schaffen.

Selbst, wenn das hieß, dass sie gezwungen wäre zuzugeben, dass ihr perfektes Leben frei erfunden war.

Selbst, wenn das bedeutete, dass ihr Ruf ruiniert wäre und sie nie wieder bloggen könnte.

Solange sie Bryce hatte, war alles okay.

Sie bog auf den Parkplatz ihrer Wohnung ein und entdeckte Trav, der gegen seinen Wagen gelehnt dastand, als hätte er überhaupt keine Sorgen. Das nervte sie gleich. Sie war kurz davor, sich im nationalen Fernsehen zum Trottel zu machen, und ihm war das egal.

Sie stopfte die Geschenktüte unter den Vordersitz und stieg aus.

„Hey, Frauchen", sagte er und hob eine Werkzeugkiste vom Boden auf. „Ich übe nur für morgen."

„Nenn mich nicht Frauchen", blaffte Daisy und marschierte ihm voraus zu ihrer Wohnung im ersten Stock.

„Wie möchtest du denn genannt werden?", fragte er und hielt auf der Treppe mit ihr mit.

„Ich weiß nicht … Liebes oder Süße." Sie steckte den Schlüssel ins Schloss und stürzte in ihre Wohnung. Sie hob eine Babyrassel, einen Eimer Bauklötze und ein Plüschkaninchen vom Boden auf. „Nimm einfach alles mit."

Trav stand nur da und tat nichts.

Sie drehte sich zu ihm um. „Warum hilfst du nicht?"

Er stellte die Werkzeugkiste ab. „Geht es dir gut, Liebes-Süßes?"

Sie wusste, dass das mit dem Kosenamen ein Scherz sein sollte, doch die Zuneigung, die sie darin hörte, schnürte ihr fast die Kehle zu. Sie warf das Babyspielzeug aufs Sofa. „Ich hätte es wirklich vermasselt."

„Wie das?" Er näherte sich ihr, berührte sie aber nicht, wofür sie dankbar war. Sie wollte nicht in seinen Armen zusammenbrechen und schluchzen, zulassen, dass er sich um alles kümmerte. Trotzdem hatte sie das Bedürfnis, ihm von ihrer Not zu berichten.

„Ich tue im Fernsehen so, als wäre ich glücklich verheiratet, hätte ein wunderschönes Haus und ein liebenswertes Baby. Das ist alles eine Lüge! Ich werde bestimmt unter dem Druck zusammenbrechen und zugeben, dass ich eine Betrügerin bin. Alle werden mich hassen."

„Nein, das werden sie nicht", sagte er bestimmt. „Alles wird gut. Außerdem werden wir am nächsten Tag tatsächlich glücklich verheiratet sein."

Sie schüttelte den Kopf. „Das ist noch schlimmer."

„Das hat meinem Ego jetzt so richtig gutgetan."

„Ist nicht persönlich gemeint", beeilte Daisy sich zu sagen.

Er neigte seinen Kopf. „Ein bisschen persönlich ist es aber schon."

„Tut mir leid. Du warst in der ganzen Sache ein Traum. Mir geht es gut. Lass uns packen."

Sie drehte sich um, sammelte das Spielzeug vom Sofa ein und quietschte überrascht, als Trav sie hochhob. Er setzte sich mit ihr auf dem Schoß aufs Sofa. Sie ließ das Spielzeug fallen und sah ihn über die Schulter wütend an. „Travis, hör auf, so albern zu sein. Wir müssen alles fertigbekommen."

Sie rutschte von seinem Schoß. Er packte sie und zog sie wieder zurück.

„Wir werden jetzt eine kleine Reise in Travis' Zeitmaschine machen."

Sie bemühte sich aufzustehen, doch er hatte ihre Hüfte fest mit seinen starken Händen gepackt.

„Hör auf, so zu zappeln, Liebes-Süßes, sonst wird es eine ganz andere Fahrt werden."

Sie hielt inne. „Nenn mich nicht Liebes-Süßes."

Er legte sein Kinn auf ihre Schulter. „Wie möchtest du denn gerne genannt werden? Verlobte?" Er senkte seine Stimme auf ein Level, das ihr einen Schauer den Rücken jagte. „Geliiiiebte?"

„Daisy! Nenn mich einfach Daisy!"

Er richtete sich auf. „Okay, Daisy-nenn-mich-einfach-Daisy, ab geht die Fahrt. Schließ die Augen."

Das tat sie.

„Vrrrr … putt, putt. Sie braucht etwas, um warm zu werden", erklärte er ihr.

Trotz ihrer miesen Laune musste sie ein wenig lächeln.

„Rrrr … okay, jetzt kochen wir." Er rüttelte sie wie wild von einer Seite zur anderen.

Sie riss die Augen auf. „Trav!"

Er hielt inne. „Zeitreisen sind immer ein bisschen unbequem. Wir kehren zurück zum Tag nach Thanksgiving in der Bar."

Sie versteifte sich.

„Da bleiben wir. Wir hatten erst einen Drink, und jetzt bittest du mich, mit dir auszugehen. Ich fange an, dir den Hof zu machen", sagte er bedeutungsvoll.

Sie entspannte sich wieder.

„Wir bringen die angemessene Zahl von Dates hinter uns, bevor wir *es* tut. Und ich bin spektakulär."

„Natürlich bist du das", sagte sie und versuchte, nicht zu lachen.

„Natürlich. Und du natürlich auch. Und in der Hitze des Moments mache ich dir einen Antrag. Zwei Monate später sind wir glücklich verheiratet. Wie gefällt dir diese Geschichte?"

Sie lehnte ihren Kopf zurück an seine warme Brust und seufzte. „Ich kann Jessica Larsen nicht erzählen, dass du mir im Bett einen Antrag gemacht hast."

„Könnte aber gut für die Klicks sein."

„Sei mal ernst."

Sie rutschte von seinem Schoß. Er nahm ihre Hand, und sie spürte die rauen Schwielen eines Mannes, der mit den Händen arbeitete. Ihre Gedanken wanderten zu diesen Händen auf ihrer nackten Haut. Sie zog ihre Hand zurück.

„Wie hättest du den Antrag denn gerne?", fragte er.

Sie dachte an die beiden Anträge, die sie von ihren Ex-Männern bekommen hatte, Beide Anträge waren nichts Besonderes gewesen waren. Eher aus dem Bauch heraus. Dann Travs Antrag beim Valentinstagstanz, der war recht nett gewesen, wenn sie in wirklich hätte heiraten wollen. Sie brauchten für Jessica eine Geschichte. Eine, bei der Bryce erst nach der Hochzeit ins Spiel gekommen war.

„Du wirst die Zeitmaschine noch einmal starten müssen", sagte sie. „Geh ein bisschen weiter zurück."

Er drückte auf ein paar imaginäre Knöpfe. „Boop-boop-boop. Wohin geht's?"

„Der 4. Juli vor zwei Jahren. Wir sind beim Feuerwerk in der Stadt."

Er war ganz untypisch still. Sie sahen einander in die Augen, und sie spürte, wie tief in ihr etwas hoffnungsvoll flatterte.

„Sprich weiter", sagte er mit rauer Stimme.

„Gerade, als die letzte Rakete in die Luft schießt, gehst du auf ein Knie und machst mir einen Antrag. Ich sage ja, und wir feiern später mit Champagner."

Sie wurde nervös, als sie sich daran erinnerte, wie sie bei seinem letzten Antrag Nein gesagt hatte. Sie hatte ihn nicht heiraten wollen. Das hier könnte ein Desaster werden. Sie würde Bryce mit Sicherheit verkorksen.

„Und was dann?", hakte er nach.

Ihre Aufmerksamkeit kam blitzartig zurück. „Wir heiraten im Oktober. Bryce wird an Thanksgiving gezeugt. Da sind wir schon fast eineinhalb Jahre verheiratet."

„Die Version gefällt mir sogar noch besser", sagte er und sah ihr in die Augen.

Unter seinem Blick begann sie unruhig zu zappeln. Ihre letzten Beziehungen machten ihr nicht viel Hoffnung, dass sie es dieses Mal besser hinkriegen würde. Und da nun auch

Bryce Teil dieser Abmachung war, hatte sie richtig Angst davor. Sie wollte nicht, dass Bryce jemals leiden musste, nur weil sie ihr Leben nicht auf die Reihe bekam. Sie war sich nicht sicher, ob sie mit einer Hochzeit klarkam.

„Wir sollten jetzt wirklich besser packen", sagte sie.

Er stand auf und nahm sich seine Werkzeugkiste. „Ich mach mich dann mal ans Bettchen."

Sie hob erneut die Spielzeuge auf und hielt inne. „Danke, Trav. Für alles."

Er salutierte und ging ins Schlafzimmer zu Bryces Bettchen.

Bitte lass nicht zu, dass ich für Bryce alles ruiniere, sagte sie in stillem Gebet. Dann machte sie sich an die Arbeit.

8

———

Die Crew von *Morgens bei Jessica* lief wie eine Horde wildgewordener Welpen durch Maggies Haus und ruinierte alles, was daran charmant war. Die roten Samtsessel, das Blumensofa, antike Beistelltische – weg. Alles wurde in den Keller geräumt. Wenigstens ließen sie die Papierherzkette und die Rosen auf dem Kamin. Jessicas weißer Lederdrehsessel wurde hereingebracht und ein paar kleinere passende Drehsessel für Daisy und Trav, dazu Lampen, Kameras und ein Haufen Kabel, die überallhin liefen.

„Seien Sie vorsichtig damit!", schalt Maggie einen groben Kerl, der ihren antiken Sofatisch in den Keller trug.

Die Babymöbel, die Daisy und Trav gestern in *stundenlanger* Arbeit ausgeladen hatten – weg. Alles nach oben gebracht.

„Großartig", murmelte Trav leise.

„Ich weiß", sagte Daisy. Zumindest hatten sie den Eindruck vermittelt, dass hier ein Baby wohnte, obwohl sie das vermutlich auch mit weniger Aufwand hinbekommen hätten.

In dem Moment kam eine hochgewachsene, blonde Frau hereinspaziert. Es war Jessica Larsen, die ein blau-weiß kariertes Kleid mit einem tiefen V-Ausschnitt trug und einen schmalen Gürtel, der ihre unglaublich schmale Taille betonte.

Daisy fühlte sich gleich underdressed in ihrem weißen Pullover mit V-Ausschnitt und Rüschen, der weinroten Hose und ihren schwarzen Lieblings-Leder-Ankle Boots. Zumindest gab die Gänseblümchen-Brosche, die Maggie ihr gegeben hatte, ihr das Gefühl, etwas Besonderes zu sein.

Jessica streckte Daisy ihre Hand entgegen. „Hi, Jessica Larsen. Es ist so schön, Sie endlich kennenzulernen. Durch Ihren Blog habe ich das Gefühl, Sie schon ewig zu kennen. Sie haben wirklich den Finger auf den Puls jeder 25-40 Jahre alten Mom gelegt, eine Zielgruppe, die wir für uns gewinnen müssen." Sie lächelte, ein unechtes Lächeln, mit dem sie blendend weiße Zähne zeigte. Ihre eisblauen Augen und die scharfen Wangenknochen konnten ihrer Ausstrahlung auch nicht mehr Wärme verleihen.

Daisy schüttelte ihre Hand. „Schön, Sie kennenzulernen. Ich bin ein großer Fan Ihrer Show."

Jessica lächelte höflich. „Danke."

Daisy verschlief Jessicas frühe Morgenshow für gewöhnlich, doch sie hatte sie aufgenommen und diese Woche ganz brav jeden Tag angesehen, seit sie wusste, dass sie darin auftreten würde. Jessica interviewte gerne Schauspieler, Spitzenköche, Autoren und, naja, sie. Sie schaffte es immer, ihren Gästen irgendeine schlüpfrige Geschichte zu entlocken, von der sie schworen, dass sie sie noch niemandem erzählt hatten. Nun, nicht Daisy. Sie würde die perfekte Ehefrau und Mutter spielen. Freundlich, charmant und ohne jegliches Drama.

Jessica drehte sich zu Trav um. „Und Sie müssen der liebe Ehemann sein."

Trav schüttelte ihre Hand. „Travis O'Hare. Schön, Sie kennenzulernen, und herzlich willkommen in unserem bescheidenen Heim." Er warf ihr ein charmantes, ein wenig schiefes Lächeln zu, das die meisten Frauen zum Flirten animierte. Jessica war da keine Ausnahme.

Jessica beugte sich vor und berührte Travs Arm. „Ich würde das nicht gerade bescheiden nennen. Es ist wunderhübsch. Für ein viktorianisches Haus wie dieses hier würde so mancher ein hübsches Sümmchen ausspucken. Was haben Sie dafür bezahlt, wenn ich fragen darf?"

„Um ehrlich zu sein, spreche ich nicht gerne übers Geld, Jessica", erwiderte Trav. „Aber sonst können Sie mich fragen, was Sie wollen."

„Was ich will?" Jessicas Augen begannen zu strahlen, und sie zeigte ein Raubtierlächeln. „Das spare ich mir dann für den Dreh auf."

Daisy trat Trav heimlich auf die Zehen. Er legte ganz fest einen Arm um ihre Taille und lächelte. Das glückliche Paar.

Maggie kam in einem zitronengelben T-Shirt von Jorge Chavez' Tanzstudio und engen Jeans zu ihnen. Ein niedliches Schleifchen – ebenfalls zitronengelb – hielt eine Strähne ihres kurzen weißen Haars aus ihrer Stirn. Daisy fragte sich, ob sie das Schleifchen aus einem Babyladen hatte. Es sah genauso aus wie die Schleifen, die sie dort im Schaufenster gesehen hatte.

„Wie geht es Ihnen?", fragte Maggie, nahm Jessicas Hand und schüttelte sie eifrig. „Jessica Larsen, ich würde Sie überall erkennen. Sie wecken mich und meinen Jorge jeden Morgen mit Ihren fantastischen Gästen auf, und jetzt haben Sie die besten von allen: Daisy und Trav."

Jessica setzte wieder ihr künstliches Lächeln auf. „Danke! Es ist immer schön, einen Fan zu treffen."

„Eine Minute." Maggie schob ihre Hand in die Jeanstasche, zog ihr Handy hervor und wählte eine Nummer. „Hey, Liebling, komm runter. Ich möchte, dass du Jessica kennenlernst. Und vergiss das T-Shirt nicht."

Jorge kam ein paar Minuten später in dem gleichen Jorge Chavez Tanzstudio T-Shirt herunter und trug noch ein weiteres T-Shirt in der Hand.

„Sehr erfreut, Sie kennenzulernen, Ms. Larsen", schnurrte Jorge und küsste ihre Hand. „Ich bin Jorge vom Tanzstudio Jorge Chavez."

Jessica steckte das ganz locker weg, offensichtlich daran gewöhnt, dass Männer ihre Hand küssten. „Die Freude ist ganz meinerseits, Jorge."

Maggie nahm das T-Shirt, das er mitgebracht hatte, und hielt es Jessica entgegen. Jessica rührte es nicht an. Sie sah entsetzt aus, als hätte sie es gerade aus dem Müll gezogen.

„Wir würden uns sehr freuen, wenn Sie das bei Ihrer Sendung tragen würden", sagte Maggie. „Muss nicht heute sein, wann immer Sie möchten. Nur um, Sie wissen schon, Jorges Tanzstudio ein wenig anzuheizen."

Maggie hielt das T-Shirt hoch, um die Vorderseite mit einem Paar beim Paartanz zu zeigen, dann drehte sie es um. Auf der Rückseite stand: Tänzer machen es von hinten und mit Absätzen.

„Gran!", rief Trav und schnappte sich das T-Shirt. „Hast du das entworfen?"

Maggie schob stolz ihre Brust vor. „Selbstverständlich. Das ist für die Frauen. Auf denen für die Männer steht: Tänzer machen es im Ballsaal. Niedlich, nicht wahr?"

Trav lachte. Daisy versetzte ihm einen Ellbogenstoss.

„Wir wollten keine Grenze überschreiten", sagte Daisy.

„Überhaupt nicht", sagte Jessica lächelnd. „Ich mag sie. Niedlich und kitschig. Sie sollten von ihr in Ihrem Blog schreiben."

„Heißt das, Sie werden es tragen?", fragte Maggie und hielt Jessica noch einmal das T-Shirt hin.

Jessica schob das T-Shirt aus ihrer persönlichen Komfortzone. „Ich trage keine T-Shirts. Meine Stylistin, Kimberly, leistet wunderbare Dienste. Sie findet in der Stadt den richtigen Jessica Larsen Looks für mich. Tut mir leid. Ich möchte ihre Gefühle nicht verletzen. Ach, unser Produzent ist da." Sie drehte sich um, und ihre Stimme wurde zu einem rauen Schnurren. „Max, endlich."

Jessica gab einem großen Mann mit pechschwarzem Haar Luftküsse. Als sie zurücktrat, schnappte Daisy nach Luft. Das konnte nicht sein. Er sah aus wie … ihr Max. Ihr Herz raste. Sie packte Travs Arm; sie schien keine Luft zu bekommen. O Gott. Nein, nein, nein. Nicht jetzt.

„Ich brauche Perrier und ein paar Scheiben Biozitrone am Set", sagte Jessica. Mit der Hand in der Hüfte sagte sie kokett: „Du weißt, dass ich das unbedingt brauche, wenn wir an einem Drehort sind."

„Natürlich", murmelte Max.

Daisy stand da, starr vor Schreck. Alles im Raum

verblasste, abgesehen von diesem Mann, der sie wie ein Häuflein Elend zurückgelassen hatte. Er war nicht fett und kahlköpfig. Er war atemberaubend, sogar noch mehr als er es vor all diesen Jahren gewesen war. Seine Haare waren immer noch schwarz, kein einziges graues Haar, und jetzt ganz kurz geschnitten. Seine Augen hatten immer noch dieses erstaunliche Blaugrün mit den dichten Wimpern. Er war fit und muskulös.

Der Raum kam wieder in den Fokus, und ein hysterisches Schluchzen wollte aus ihr hervorbrechen. Am liebsten hätte sie ihm auf die Brust geschlagen und ihn angebrüllt.

„Autsch", murmelte Travis und sie lockerte ihren Griff an seinem Arm.

Max Parker trat auf sie zu. „Daisy, wie schön dich wiederzusehen."

Er nahm sie in die Arme, während sie stocksteif mit den Armen an ihrer Seite dastand. Sein würziges Aftershave hüllte sie ein und die Erinnerungen strömten zurück. Sie schloss die Augen vor dem Schmerz ihrer letzten Begegnung. Er ließ sie los. Sie stand einfach nur da und starrte. Warum war er hier? Was wollte er?

Krampfhaft versuchte sie, den Kloß in ihrem Hals herunterzuschlucken. Da sie ihn vor all den Fernsehleuten nicht anbrüllen konnte, schwieg sie.

Aus weiter Ferne hörte sie, wie Trav sich vorstellte.

„Ich muss mal eben telefonieren", sagte Max zu ihr und hielt sein Handy hoch. „Wir plaudern nachher über alte Zeiten."

„Alte Zeiten?", fragte Trav und wedelte mit einer Hand vor Daisys Augen. Sie konnte nicht aufhören zu starren. „Wer in aller Welt war das?"

Sie blinzelte und drehte sich langsam zu ihm um. „Ehemann Nummer eins."

～

„Guten Morgen, Freunde!", zwitscherte Jessica in die Kamera. „Danke, dass Sie zu einem ganz besonderen *Morgens bei*

Jessica eingeschaltet haben. Ich bin heute in der niedlichen Stadt Clover Park, Connecticut, im lieblichen Haus von Daisy Garner, der Autorin des beliebten Blogs *Daisy schafft alles*. Wie geht es Ihnen, Daisy?"

„Großartig, freue mich sehr, in Ihrer Show zu sein", sagte Daisy steif. Sie versuchte, nicht mit ihrem Haar zu spielen, während sie im Drehstuhl saß, ihre Beine an den Knien übereinandergeschlagen, spiegelbildlich zu Jessica. Zwei Kameras waren heiß, eine Jessica, eine auf sie gerichtet. Sie hatten ihr ein kleines Mikrofon an ihr Oberteil gesteckt, und sie hatte Angst, sich zu bewegen, weil sie fürchtete, es könnte herunterfallen.

Trav und Max sahen hinter der Kamera zu. Sie hatte keine Zeit gehabt, mit Max zu reden, weil der Typ, der die Haare und das Make-up machte, ständig um sie herumgewuselt war und die Crew alles hatte einrichten müssen, doch sie war sich sicher, dass es kein Zufall war, dass er heute hier war. Sie konnte nicht glauben, dass er ausgerechnet jetzt auftauchte, während sie versuchte, das für ihre Karriere wichtigste Ereignis ihres Lebens durchzuziehen.

„Ihr Blog hat Follower im sechsstelligen Bereich und noch mehr auf Social Media." Jessica senkte ihre Stimme verschwörerisch. „Würden Sie uns verraten, was Ihr Geheimnis für einen solch überragend erfolgreichen Blog ist?"

Jessica saß mit großen Augen da, den Blick auf Daisy geheftet, und wartete auf ihre Antwort. Daisy machte den Fehler und blickte in die Kamera, die auf sie gerichtet war, mit einer großen Linse und dem roten Licht, das bedeutete, dass sie gerade filmte. Die Zeit schien stillzustehen. Schweiß lief ihren Rücken hinunter. Sie öffnete den Mund, doch nichts kam heraus. Die Sekunden vergingen.

„Cut!", sagte jemand.

Das rote Licht ging aus. Daisy blinzelte und sah sich um.

„Süße, schauen Sie nicht in die Kamera", sagte Jessica. „Sehen Sie einfach mich an. Wir unterhalten uns doch nur." Sie lächelte, was so aussah, als fletschte sie die Zähne. „Wir haben nur eine kleine Unterhaltung, okay?"

Daisy wischte sich ihre klammen Hände an der Hose ab. „Natürlich. Tut mir leid. Kann ich ein Wasser bekommen?"

„Kommt sofort", sagte jemand.

Daisy wandte ihren Sessel von Max' Blick und den Kameras ab und konzentrierte sich auf den Kamin. Sie musste sich eine gute Antwort auf Jessicas Frage ausdenken. Warum war ihr Blog beliebt? Sie musste es nach mehr klingen lassen als nur pures Glück. Was es war. Ein Typ kam mit einem Glas Wasser zurück. „Danke."

Sie nippte daran und versuchte, einen kühlen Kopf zu bekommen. Der Typ mit dem Make-up kam zurück, um ihr den Schweiß vom Gesicht zu wischen.

„Alles gut, Daisy?", fragte Max.

Nein, überhaupt nicht gut, Arschloch. Was hast du überhaupt hier zu suchen?

Himmel, sie sollte dieses Interview nicht schon vergeigen, bevor sie auch nur eine Frage beantwortet hatte.

Sie drehte ihren Stuhl zurück in Position. „Mir geht es gut."

„Und Action ..."

Jessica stellte ihr die Frage mit genau dem gleichen Tonfall und Ausdruck wie beim ersten Mal.

Daisy konzentrierte sich auf Jessica, als sie antwortete. Wir haben nur eine kleine Unterhaltung. „Ich würde nicht sagen, dass es ein Geheimnis ist. Ich versuche, über Dinge zu reden, von denen ich denke, dass meine Leserinnen sich dafür interessieren könnten. Wie zum Beispiel, wie man nach dem Baby weiter für Romantik sorgen kann. Als Familie Spaß haben. Sowas in der Art."

„Rufen wir doch Ihren Ehemann hinzu." Jessica winkte Trav herbei. Die Kamera folgte ihm, als er die paar Schritte ging, um sich in den Sessel neben Daisy zu setzen.

Daisy brach erneut in Schweiß aus. Jetzt kam der schwierige Teil, so zu tun, als wären sie ein glücklich verheiratetes Paar. Die Lichter sorgten nur dafür, dass sie immer mehr schwitzte. Jessica hingegen wirkte kühl und trocken.

„Das hier ist der liebe Ehemann, meine Lieben", sagte

Jessica und sprach direkt in die Kamera. „Ist er nicht ein Hottie? Trav, was denken Sie über den Erfolg Ihrer Frau?"

„Ich bin extrem stolz auf sie." Er drückte Daisys Hand, um seine Unterstützung auszudrücken. Daisy verkrampfte sich bei seiner Berührung und zwang sich, sich zu konzentrieren. Es fühlte sich alles so falsch an.

„Irgendwelche Geheimnisse, die Sie für eine glückliche Ehe weitergeben wollen?", fragte Jessica und wandte sich wieder an Daisy.

Daisy sah zu Max hinter der Kamera, und ihr fiel es plötzlich schwer zu atmen. Sie wandte ihre Aufmerksamkeit wieder Jessica zu, atmete einmal tief ein und langsam wieder aus. „Ja."

„Und was wäre das?", lockte Jessica sie.

„Eine glückliche Ehe ist gut. Kein Geheimnis." Brilliant, Daisy. Arbeiten überhaupt irgendwelche Gehirnzellen da oben?

„Interessant." Jessica wandte sich Trav zu. „Würden Sie zustimmen, dass es wichtig ist, dass man in einer glücklichen Ehe keine Geheimnisse hat?"

„Absolut. Und ein paar Spitzennegligés können auch nicht schaden." Er lächelte und küsste Daisys Wange.

Jessica lachte, während Daisy sich zwingen musste zu lächeln. Trav hatte die Details ihres Blogs auswendig gelernt. Und jetzt war er so entspannt vor der Kamera. Sie atmete ein weiteres Mal tief ein. Travis spielte seine Rolle perfekt, und sie konnte es auch.

Sieh einfach Max nicht an.

Jessica legte ihren Kopf zur Seite. „Wollten Sie schon immer eine Bloggerin sein, Daisy?"

„Nein, das war alles neu für mich." Daisy konzentrierte sich auf Jessica, erleichtert, dass ihr die Worte jetzt einfielen. „Ich hatte das Bedürfnis, über meine Erfahrungen als neue Mom zu schreiben. Der Blog war ein einfacher Weg, das mit anderen Moms zu teilen."

Jessica wandte sich an Trav. „Und wie ich gehört habe, helfen Sie fleißig im Haus und mit dem Baby."

„Das ist richtig", sagte Trav mit ernstem Gesicht. Er war

gut. Das hier würde gut werden. Mit Trav an ihrer Seite würde alles glatt laufen.

Jessica beugte sich vor. „Wären Sie mit Daisy einer Meinung, dass das Baby das Beste an Ihrer Ehe ist?"

Trav sah zu Daisy hinüber, und sie lächelte, flehte ihn still an, zuzustimmen. „Eines von vielen großartigen Dinge in unserer Ehe. Sie ist außerdem fantastisch im Bett." Er wackelte mit den Augenbrauen.

Daisy schnappte nach Luft. „Trav! Das ist privat!"

Er tätschelte ihren Arm. „Entschuldige, Liebes, du hast recht. Machen Sie daraus fantastisch in der Küche."

Daisy stöhnte.

Jessica kicherte. „Sie sind so niedlich zusammen. Erzählen Sie uns von Ihrem ersten Date."

„Das war im Garner's", sagte Trav, während Daisy sagte: „Es war in der Stadt, beim Feuerwerk zum 4. Juli."

Mist. Der Antrag war beim Feuerwerk gewesen. Travis hatte es richtig gesagt. Das erste Date hatte im Garner's sein sollen.

Jessica sah von einem zum anderen. „Sie scheinen nicht beide an das gleiche erste Date zu denken. Welches ist es?"

„Feuerwerk", sagte Trav spontan, während Daisy bestätigte: „Garner's."

Daisy beeilte sich, ihre widersprüchlichen Geschichten zu erklären. „Zuerst sind wir ins Garner's gegangen und haben dort zu Abend gegessen, dann sind wir zum Feuerwerk der Stadt gegangen." Nur, dass das Garner's am 4. Juli geschlossen war, weil sie im Clover Park High Football Stadion einen Stand hatten.

Jessica schürzte ihre Lippen und machte ein ernstes Gesicht. „Sind Sie sich bei der Erziehung immer einig?"

„Meistens schon", sagte Daisy und sah Trav mit echter Zuneigung an. In dem einen Bereich stimmten sie wirklich perfekt überein.

„Wir gehen nach einer bindungsorientierten Erziehungsphilosophie vor", sagte Trav. „Da geht es darum, die Bedürfnisse des Kindes zu erfüllen, wenn sie noch ganz jung sind,

damit sie zu selbstbewussten, unabhängigen Kindern heran-
wachsen."

„Können Sie uns ein Beispiel geben?", fragte Jessica.

Daisy hob an. „Ich stille; er schläft in einem Bettchen in
meinem, ähm, unserem Zimmer, damit ich gleich reagieren
kann, wenn er aufwacht–"

„Wir lassen ihn nie schreien", fügte Trav hinzu.

Daisy nickte. „Wir tragen ihn oft in einem Tuch oder
einem Baby Björn, damit der uns nahe sein kann."

Jessica starrte sie beide an, als wären sie durchgeknallte
Hippies. „Okay, zurück zu ihrem Blog. In Ihrem Post zu
„Schlafzimmerspielchen nach dem Baby" empfehlen Sie,
erotisch miteinander zu reden, um die Dinge ins Rollen zu
bringen. Lust, das etwas auszuführen?"

Ähm, nein? Daisy lachte und ging dazu über, auf frisch,
fröhliche Art drauflos zu plaudern, obwohl ihr so gar nicht
danach zumute war. „Ich könnte schon, aber erotisch kann ich
nur mit meinem Ehemann reden. Das ist sehr intim, das überlasse ich deshalb der Fantasie der Leserinnen."

„Gute Antwort", sagte Trav und streichelte ihr Bein.

„Danke", erwiderte Daisy. Sie wünschte, er würde aufhören, sie immer wieder anzufassen. Das machte sie nur noch
nervöser. Sie war sich sicher, dass die Kameras ihre kleine
Scharade durchschauten. Obwohl es schön war, dass Max sie
als glücklich verheiratete Frau sehen konnte. *Nimm das,
Exmann. Ich bin auch ohne dich ganz gut klargekommen.*

„Irgendwelche Pläne für Baby Nummer zwei?", fragte
Jessica lieblich.

„Nein!", sagte Daisy, während Travis antwortete: „Ja."

Daisy sah ihn alarmiert an.

„Wir haben darüber gesprochen", sagte Trav ohne zu
zögern. „Wenn sich die Zeit dafür reif anfühlt. Keine Eile."

Daisy rang um Fassung, denn sie war sich Max' studie-
renden Blicken überaus bewusst. Am liebsten wäre sie aufge-
sprungen und hätte ihn angeschrien: *Was willst du?"*

„Ganz genau, wenn es sich richtig anfühlt", sagte Daisy.
„Eines, was ich in meinem Blog immer wieder betone, ist,
dass Sie Ihrem Körper zwischen den Babys eine Pause

gönnen sollten. Deswegen war meine Antwort Nein. Bryce ist erst sechs Monate alt."

Wie auf Stichwort schallte Bryces kehliger Schrei von oben herunter, als er aus seinem Schlaf erwachte. WAAAAAHHHHH!

„Entschuldigen Sie mich", sagte Daisy. „Ich muss nach ihm sehen. Für gewöhnlich hat er nach einem Nickerchen Hunger."

„Cut!", brüllte Jessica. Sie wandte sich mit flammendem Blick Daisy zu. „Wir sind mitten in einem Interview. Kann denn seine Großmutter sich nicht um ihn kümmern?"

„Seine Urgroßmutter und Nein", sagte Daisy, löste ihr Mikrofon und stand auf.

„Na großartig", murmelte Jessica. Ihr Tonfall änderte sich sekundenschnell von sauer auf lieblich. „Bringen Sie das Baby her. Unsere Zuschauer würden die glückliche Familie bestimmt gern zusammen sehen."

Daisy und Trav tauschten einen Blick aus. Bryce war im besten Fall unberechenbar. Wie würde es vor der Kamera aussehen, wenn sie beide darum kämpften, ihren schreienden Sohn zu beruhigen?

„Vielleicht später", sagte Daisy.

„Sicher", schnurrte Jessica. „Ich kann warten." Unter ihren Wimpern hervor blickte sie zu Trav auf. „Erzählen Sie mir von sich."

Daisy konnte sich gerade noch eine dringende Warnung an Trav verkneifen und sagte nichts. Vertrau ihr nicht. Stattdessen schoss sie aus dem Raum, da sie wusste, dass sie Bryce dringend beruhigen musste, bevor er sich allzusehr hineinsteigerte. Hoffentlich war es ihr ausreichend gelungen, den kleinen Patzer mit ihrem ersten Date zu überspielen.

～

Daisy setzte sich für weitere Fragen wieder auf ihren Sessel. Der Typ mit dem Make-up machte sich wieder an ihr Gesicht, während der für den Ton ihr das Mikrofon wieder anheftete. Bryce war im Moment erst einmal glücklich damit, dass Maggie und Jorge ihn oben bei Laune hielten. Jetzt, da sie die ersten paar Fragen vor der Kamera hinter sich hatten, fühlte sie sich sicherer. Sie musste nur versuchen, Max nicht anzusehen, und so tun, als wäre sie glücklich verheiratet.

Sie nickte in Jessicas Richtung. „Ich bin bereit."

Jessica rotierte kaum merklich einen Finger in der Luft. Die Crew verstand ihr Signal.

„Und Action", sagte jemand.

Jessica lehnte sich eifrig ein Stück vor. „Daisy, wir haben alle von diesen köstlichen, gesunden Mahlzeiten gelesen, die Sie für Ihre Familie zubereiten. Würden Sie für unsere Zuschauer zu Hause eine Ihrer Spezialitäten bereiten?"

Daisy öffnete und schloss den Mund. *Mist.* Sie kannte sich nicht nur in Maggies Küche nicht aus, sie wusste auch nicht, wie man kochte. Sie sah zu Trav hinüber, der hinter der Kamera stand. Besorgt runzelte er die Stirn.

„Ich, ähm, würden Sie nicht lieber –"

„Vielleicht diese Rosmarin-Lammkeule, die Sie erwähnt haben?" Jessica sah in die Kamera und nickte, als suchte sie Unterstützung bei einem Publikum im Studio.

Trav verzog das Gesicht.

„Das tut mir leid, ich bin völlig unvorbereitet", sagte Daisy. „Ich wollte heute zum Mittagessen ins Garner's gehen. Das ist das Restaurant meiner Eltern und hier in der Stadt sehr beliebt. Würden Sie gerne dort zu Mittag essen?"

Gut gemacht. In Gedanken klopfte sie sich auf den Rücken. Ablenken und das Restaurant deiner Eltern bewerben.

„Ich denke wirklich, dass unsere Zuschauer Sie gerne zu Hause in Aktion sehen würden", sagte Jessica. „Es muss doch irgendetwas geben, das Sie hier machen könnten. Lassen Sie uns in die Küche gehen." Sie stand auf, und Daisy folgte ihr langsam.

In der Küche war hastiges Treiben, während die Crew Kameras und Lichter dort aufstellte. Jessica verbrachte ihre Zeit damit, ihr Make-up aufbessern zu lassen.

Trav tauchte an ihrer Seite auf und legte einen Arm um ihre Schultern. Sie lehnte sich an ihn, dankbar für seine Unterstützung. „Was soll ich denn machen?", flüsterte sie in sein Ohr.

„Gegrillten Käse", flüsterte er zurück.

Sie schloss die Augen. Gegrillter Käse war nicht annähernd die Art von Essen, die sie in ihrem Blog beschrieben hatte. Wollte sie wirklich Millionen von Zuschauern zeigen, wie man gegrillten Käse machte?

Kurz darauf war die Crew fertig.

„Wir sind hier fertig, Leute", sagte Max.

„Und … Action."

„Und …", sagte Jessica lockend. „Was werden wir bekommen?"

„Ich werde gewöhnlichen gegrillten Käse zubereiten", hörte Daisy sich sagen. „Hochwertigen Biokäse auf frisch gebackenem Mehrkornbrot."

Jessicas Brauen schossen in die Höhe. „Gegrillter Käse? In Ihrem Blog hat es den Anschein erweckt, als könnten Sie immer irgendein Gourmetessen herbeizaubern. Ich meine, mich an Safranreis zu erinnern und natürlich dieses Lammgericht." Sie sah Daisy erwartungsvoll an.

„Manchmal ist etwas Schlichtes zum Mittagessen das Beste", sagte Daisy. *So wie jetzt.* „Es ist wichtig, gesunde Mahlzeiten für die Familie zu haben, das heißt aber nicht immer, dass sie schick sein oder lange Zeit in Anspruch nehmen müssen. Trav liebt meinen gegrillten Käse auch."

Die Kamera schwang zu Trav hinüber. „Ich liebe ihren gegrillten Käse."

„Naja", schnaubte Jessica. „Wenn Sie meinen. In der Stadt gibt es einige Restaurants, in denen man gegrillten Gourmetkäse bekommt. Könnten Sie vielleicht Ihre selbstgemachte Tomatencremesuppe dazu machen?"

Warum nur habe ich so viel Zeit damit verbracht, mein Essen in meinem Blog zu beschreiben? Vielleicht, weil ich immer spät nachts geschrieben habe, wenn ich selbst Appetit bekam, aber zu müde war, mir etwas zu machen. Mein Fantasieessensleben.

Daisy tat so, als dachte sie darüber nach. „Suppe, naja …"

„Wir haben keine Tomaten mehr, Liebling", sagte Trav.

„Ja, das wollte ich auch gerade sagen", sagte Daisy und nickte eifrig. „Keine mehr da. Tut mir leid, keine Suppe."

Jessica starrte sie ausdruckslos an. „Okay, dann lassen Sie uns diesen berühmten gegrillten Käse sehen."

„Sicher", sagte Daisy. „Ich muss nur das Brot holen."

Sie öffnete den Brotkasten auf der Arbeitsfläche und fand darin eine Sammlung von Pez-Spendern, ordentlich nebeneinander aufgereiht. Sie knallte den Deckel wieder zu und hörte, wie *Kiss*, die Simpsons und was die Gründungsväter zu sein schienen, darin umfielen. Sie drehte sich zu Trav um, und seine Augen schossen zum Kühlschrank.

Daisy öffnete den Kühlschrank. „Ich habe ganz vergessen, dass ich das Brot in den Kühlschrank gelegt habe, um es länger frisch zu halten. Ja, hier ist es. Und auch die Butter und der Käse. Perfekt!"

Sie zog das halbe Laib Brot aus der Vorratstüte, nahm die Packungen mit dem geschnittenen Käse und die Butter und stellte alles auf die Arbeitsfläche neben den Ofen.

Jessica starrte den Käse an. „Ich wusste gar nicht, dass es amerikanisch hergestellten Biokäse gilt. Enthält der nicht Konservierungsstoffe?"

Daisy schnappte sich den Käse von der Arbeitsfläche und verbarg das Etikett. „Nicht diese Sorte. Den bekommen wir aus dem Bioladen hier in der Nähe, Gary's Greens & More." Sie entschied sich, etwas für Gary, den Freund ihres Dads zu tun. „Da kaufe ich auch immer die natürliche Weintraubenschorle und diese köstlichen Schokoladen-Cookie-Sandwiches."

„Sie halten Saftschorle und Kekse für etwas Gesundes?", fragte Jessica.

„Aus dem Bioladen schon", sagte Daisy, während sie Butter auf ein paar Scheiben Brot strich. Sie sah sich in der Küche um und überlegte, wo Maggie wohl ihre Pfannen verstauen würde. Es gab eine Menge Schränke. Naja, die meisten Leute bewahrten sie in einem Schrank in der Nähe des Ofens auf, richtig?

Sie öffnete einen Schrank zu ihrer Rechten und schloss ihn

schnell. Zauberttrolle. Jeder stand neben einer leeren Bierflasche. Eine kleine Troll-Party da drin.

Sie suchte im linken Schrank. Metallbackformen – Kamel, Schwein, Huhn, merkwürdige puppenartige Figuren. Sie machte große Augen. War das etwa ein riesiger – sie knallte den Schrank zu. Was war nur los mit Maggie? Besaß sie keine Bratpfanne? Ihr Herz begann zu rasen, und die Energie schoss ihr in die Beine. Sie würde nicht davonlaufen. Sie konnte das immer noch hinbekommen.

„Suchen Sie etwas?", fragte Jessica.

„Genau genommen schon." Daisy wandte sich an Trav. „Liebling, hast du die Bratpfanne letztes Mal, als du gespült hast, woanders hingeräumt?"

Trav sprang vor. „Ja. Ich habe sie zum Trocknen in den Ofen gestellt, weil er noch warm war." Er holte sie aus dem Ofen und reichte sie ihr. Auf die Idee wäre sie nie gekommen. Sie hatte Angst, zu sehen, was sich sonst noch so in Maggies Schränken verbarg.

„Danke", sagte sie.

Zu ihrer Überraschung gab er ihr einen schnellen Kuss. „Gern geschehen."

Sie starrte ihn an, vergaß für einen Moment ihre Grillkäsemission.

Er lächelte breit. „Ich bin solch eine Ablenkung. Ich geh dir jetzt wohl besser aus dem Weg."

Jessica wackelte mit ihrem Finger. „Oh, ich weiß, was hier los ist."

„Das wissen Sie?", fragte Daisy.

Trav blieb wie erstarrt stehen.

„Ihr lieber Ehemann ist der heimliche Chefkoch hier, nicht wahr? Deswegen wissen Sie nicht, wo die Sachen sind."

„Das ist er", stimmte Daisy gleich zu. „Er hilft mir eine Menge. Deswegen liebe ich ihn nur umso mehr."

„Danke." Trav küsste sie aufs Haar. Gott sei Dank küsste er sie nicht schon wieder auf die Lippen. Danach konnte sie nicht mehr denken. „Aber der gegrillte Käse ist ihre Spezialität. Ich lass dich dann mal."

Er ging rasch davon.

„Sie haben ihn gut erzogen", sagte Jessica mit frechem Zwinkern in die Kameras.

„Erziehung ist nicht nötig, wenn man eine solide Ehe führt, die auf gegenseitigem Respekt beruht", sagte Daisy und überraschte sogar sich selbst mit dieser Aussage. So langsam fing sie an, selbst zu glauben, dass sie eine perfekte Traumehe führte. *Wenn man lange genug lügt, fühlt es sich wie die Wahrheit an.* Trav spielte seinen Part so gut. Ob es auch so sein könnte, wenn sie mit Trav verheiratet wäre? Sie musste schon zugeben, dass das irgendwie schön wäre. Dadurch vergaß sie beinahe den Mann, der schweigend hinter der Kamera stand und ihre bewegte Vergangenheit wieder in den Vordergrund zerrte. Beinahe.

Sie konzentrierte sich auf ihre Aufgabe und bereitete einen ansehnlichen gegrillten Käse auf einem Vollkornbrot aus dem Supermarkt zu.

Jessica aß nur einen Bissen.

9

Trav sah hinter der Kamera zu, als das Interview weiterlief. Daisy erzählte Jessica gerade, wie sie es liebte, jeden Tag zu etwas Besonderem zu machen, wie einen Feiertag. Die Leute glaubten ihr wirklich diesen Mist? Sie saßen am Esstisch seiner Gran, tranken Tee, vor ihnen stand ein unberührter Teller mit Keksen. Er hatte seinen Teil beigetragen, den liebenden Ehemann zu mimen. Sie hatten gerade das längste Mittagessen seines Lebens beendet, während die Kameras drehten. Er hatte sich darum gekümmert, Bryce mit Hühnchen und Reis zu füttern, während Jessica Daisy immer weitere Fragen darüber stellte, wie es war, in einer kleinen Stadt zu leben. Daisy war in Clover Park aufgewachsen, doch sie hatte jahrelang in der Stadt gelebt und war auch viel gereist. Er wusste, dass sie ein paar Jahre in Israel gelebt und einen Sommer in Costa Rica verbracht hatte. Daisy erzählte nichts davon, stattdessen ließ sie zu, dass Jessica sie einfach als Kleinstadtmädchen darstellte.

Wenn sie so rüberkommen wollte, in Ordnung, aber dieser Typ, Max ... nicht cool. Max beobachtete Daisy die ganze Zeit, starrte sie an wie ein liebeskranker Ochse. *Bastard.* Machte die Tatsache, dass Daisy verheiratet war und *ein Kind* hatte, überhaupt keinen Eindruck auf ihn? Trav wusste nicht, was tatsächlich zwischen Daisy und Max vor sich gegangen war, doch davon ausgehend, wie Daisy reagiert hatte, als sie ihn heute gesehen hatte, war er sich sicher, dass Max etwas wirklich Schlimmes getan haben musste. Etwas, das Daisy noch fünfzehn Jahre später in Aufruhr brachte. Er konnte es nicht abwarten, das Arschloch rauszuschmeißen.

„Cut", sagte Max.

Jessica zog eine Braue hoch und drehte sich zu Max um. „Wo ist das Problem?"

„Fünfzehn Minuten Pause", sagte Max und machte eine Geste, um der Crew zu signalisieren, dass sie Pause machen sollten. „Daisy sieht aus, als würde sie langsam müde."

„Im Ernst?", keifte Jessica. „Es geht ihr gut. Geht es Ihnen nicht gut?"

Daisy erhob sich. „Ich würde gerne ein wenig meine Beine vertreten und mal nach Bryce sehen."

„Na schön", sagte Jessica mit gekünsteltem Lächeln, das ihn an ein Kind erinnerte, das zum Geburtstag Socken geschenkt bekommen hatte. Sie stand auf und zischte Max etwas zu, das Trav nicht verstand, dann verließ sie den Raum, als hätte sie einen Stock im Hinterteil.

Daisy streckte ihre Arme über den Kopf und bog ihren Rücken durch. Verdammt, sie war so heiß.

„Geht es dir gut, Daze?", fragten Trav und Max zur gleichen Zeit.

Trav starrte Max an. Der Typ war aalglatt. Er vertraute ihm kein bisschen.

Daisy sah nur Trav an, was ihm ganz recht war. „Ich würde gerne einen kleinen Spaziergang machen."

„Das kannst du nicht", sagten Trav und Max gleichzeitig. Sie starrten einander an. „Nur zu", sagte Max. „Sie sind der Ehemann."

„Verdammt richtig", sagte Trav. „Daisy, da draußen wird es gerade ungemütlich. Der Wind nimmt zu, und das verspricht ein erstklassiger Blizzard zu werden. Du solltest im Haus bleiben."

Daisy ignorierte ihn einfach und ging einen Schritt zur Tür.

„Das würde dein Haar durcheinanderbringen und das Make-up ruinieren", sagte Max.

„Dann müssten wir alles neu machen, und damit wären wir hinter unserem Zeitplan."

Das ließ sie aufhorchen.

„Okay", sagte Daisy. „Dann gehe ich nach Bryce sehen." Sie ging.

Max blickte ihr hinterher. „Sie sind ein glücklicher Mann. Halten Sie dieses Glück fest."

„Das habe ich auch vor", sagte Trav mit genug Biss, um seine Position klarzumachen.

„Dieser Sturm wird böse. Wenn Sie nicht bald in die Stadt zurückfahren, könnten Sie auf der Strecke steckenbleiben."

Max zuckte mit einer Schulter. „Wir können immer noch den Zug nehmen. Ich kenne Jessica. Sie bohrt in ihren Interviews immer gerne ein bisschen nach. Um ihre Interviewpartner kennenzulernen."

„Sie bohrt nun schon seit mehr als zwei Stunden. Was gibt es da noch groß zu erfahren? Sie ist eine *Ehefrau* und Mutter und führt ein Kleinstadtleben, in dem sie für ihre Familie ein gutes Heim schafft."

„Das ist sie", sagte Max leise. „Wir werden Sie auch bald in Ruhe lassen. Nur noch ein bisschen länger."

„Ich bekomme so langsam das Gefühl, dass Sie etwas damit zu tun hatten, dass Daisy bei *Morgens bei Jessica* auftritt", sagte Trav. „Was wollen Sie von ihr?"

„Nichts", sagte Max schnell. „Uns ist nur Daisys Blog aufgefallen, wie jedes andere berichtenswerte Thema auch."

Trav kniff die Augen zusammen. „In den Nachrichten habe ich ihn nicht gesehen."

Max' Blick huschte zur Seite. „Wir beobachten eben die Trends. Entschuldigen Sie mich. Ich muss in der Redaktion etwas nachfragen."

Trav hob eine Hand. „Nur zu."

Max eilte in die Küche. Trav entschied sich, nach oben zu gehen, um nach Bryce zu sehen. Er traf Daisy auf ihrem Weg nach unten.

„Deine Großmutter hat ihn zum Schlafen gebracht", sagte sie.

„Das erklärt, warum es so ruhig ist." Er drehte sich um und folgte ihr in die Küche.

Max saß an Grans Tisch und starrte auf sein Handy.

Daisy nahm sich ein Wasser und blickte aus dem Fenster auf den Schnee hinaus, der langsam liegen blieb. Auf keinen Fall würde er die beiden hier drinnen allein lassen. Er würde nicht zulassen, dass Max ihr noch einmal wehtat. Er gesellte sich zu ihr ans Fenster und legte einen Arm um ihre Taille. Sie versetzte ihm einen Stoß mit dem Ellbogen. *Verdammt.* Er versuchte doch nur, den perfekten Ehemann zu spielen.

Max sprach sie an. „Du hast dir hier ein wirklich schönes Leben geschaffen, Daisy. Ich beneide dich."

Daisy drehte sich überrascht um. Trav nickte. *Sie hat tatsächlich ein schönes Leben, nicht, dass es dich etwas anginge, Exmann.*

„Du musst mich nicht beneiden", sagte Daisy. „Ich lebe ein Leben, wie es Millionen andere Frauen auch tun. Hast du eine eigene Familie?"

Max schüttelte den Kopf. „Habe nie irgendjemand Besonderen kennengelernt. Aber ihr beiden. Wow. Ihr seht gut aus gemeinsam vor der Kamera."

„Wir passen einfach gut zusammen", sagte Trav. „Daisy und ich kennen uns schon, seit wir Kinder waren. Damals –"

Gran kam herein, zog eine Flasche Milch aus dem Kühlschrank und stellte sie in die Mikrowelle. „Bryce ist aufgewacht und weint. Ich glaube, ein bisschen Milch wird ihn wieder beruhigen."

„Soll ich nach oben kommen?", fragte Daisy.

„Nicht nötig", sagte Gran. „Ich schaffe das schon. Sei du nur weiter der berühmte Fernsehstar."

WAAAHH!!!!

„Ich sollte hoch gehen", sagte Daisy.

„Ich mache das schon", sagte Trav. „Bring das Interview hinter dich." Er sah Max finster an. „Packen Sie Ihre Sachen, bevor der Schnee draußen noch schlimmer wird."

„Schon okay", sagte Daisy. „Ich gehe."

WAAAHHH!!!

Jessica erschien in der Küche. „Kann irgendjemand dafür sorgen, dass der Lärm da oben aufhört?"

Daisy presste ihre Lippen aufeinander. „Das ist kein *Lärm*, das ist ein Baby."

„Entspannt ihr beide euch", sagte Gran und holte das Fläschchen aus der Mikrowelle. „Ich kümmere mich um den Jungen."

„Gut", sagte Jessica. „Max, ruf die Crew zusammen, und lassen Sie uns wieder an die Arbeit gehen."

„Ich gehe nach oben", sagte Trav. Er wusste, dass er Bryce schnell beruhigen konnte. So konnte Daisy ihr Interview beenden, und dann würden Max und diese furchtbaren Leute von *Morgens bei Jessica* wieder verschwinden.

„Bei mir beruhigt er sich schneller", sagte Daisy und drehte sich um.

„Was meinst du, was ich mache, wenn ich meinen Tag mit ihm habe?", fragte Trav völlig entnervt.

Daisy hielt inne.

„*Ihr* Tag?", fragte Jessica. Sie tauschte mit Max einen Blick aus. „Sind Sie beide getrennt?"

Mist.

„Natürlich nicht", sagte Daisy.

Trav griff ein. „Ich spreche von unserem Daddy-Sonntag, damit die süße Mom hier sich entspannen kann."

Daisy lächelte und nickte.

WAAAHHH!

„Ich komme, Bryce!", rief Trav. Er schnappte sich das Fläschchen. Max tat so, als salutierte er, als Travis vorbeiging, und er hätte dem hübschen Knaben am liebsten ins Gesicht geschlagen. Dann lief er die Stufen hinauf, um den kreischenden kleinen Kerl zu beruhigen.

~

„Können wir jetzt bitte weitermachen?", fragte Jessica und bedeutete ihnen, wieder ins Esszimmer zu kommen, wo die Kameras aufgebaut waren.

Daisy drehte ihren Ehering um den Finger. Sie war bereit, das Interview zu beenden – sie konnte nur hoffen, dass sie so lange ihre Scharade einer perfekten Ehefrau und Mutter aufrechterhalten konnte. Und sie wollte, dass Max dieses Haus verließ.

„Wir warten noch, dass Trav und Bryce zurückkommen", sagte Max.

„Bis dahin kann ich mich mit Daisy beschäftigen", sagte Jessica und ihre Lippen verzogen sich zu einem Schmollmund.

„Fünf Minuten, Jess", sagte Max.

Jessicas blaue Augen blitzten ihn an. „Fünf Minuten. Nicht mehr. Ich bin doch nicht den ganzen Weg in dieses Kuhkaff gekommen, um hier nur herumzusitzen und auf irgendwelche Leute zu warten."

Sie stürmte davon.

„Ich weiß nicht, was sie denkt, wohin sie geht", kommentierte Maggie, die Jessica hinterher blickte. Sie drehte sich zu Daisy um. „Wie läuft's? Ich weiß, dass Jessica es immer schafft, ihren Gästen schlüpfrige Geständnisse zu entlocken. Ich erinnere mich noch an Justine Baxter, die zugab, dass sie mal ein Mann war. Was für ein Schocker!"

Daisy verzog das Gesicht.

„Das war eine große Show für uns", sagte Max.

„Aber gut für Justine, finde ich." Maggie klopfte Daisy auf die Schulter. „Sei nicht so." Sie sah Max an. „Keine Sorge, Daisy ist durch und durch Frau."

Daisy verschluckte sich. Ihr fiel spontan keine passende Antwort auf Maggies Versicherung, dass sie wirklich eine Frau war, ein.

„Das habe ich nie bezweifelt", sagte Max mit breitem Lächeln.

Maggie ging zum Brotkasten. „Was ist denn hier passiert?" Sie stellte die Pez-Spender wieder auf und nahm zwei *KISS*-Mitglieder heraus — Demon und Starchild. „Wir sind Fans", erklärte Maggie. „Sowohl von der Band als auch von den Süßigkeiten. Ich gehe nach oben. Jorge hat eine

Sendung über die griechischen Inseln eingeschaltet. Das wird vielleicht unsere nächste Reise!"

Stille breitete sich aus, nachdem Maggie gegangen war, und Daisy spürte, wie die Küche um sie herum enger wurde, als Max durch den Raum zu ihr kam. Zum ersten Mal waren sie allein. Sie hatten einander nichts zu sagen. Warum konnte er nicht entsetzlich einsam und gealtert aussehen? Stattdessen hatte das Alter seine Züge nur geschärft. Er war in seine schlaksige eins neunzig Statur hineingewachsen und hatte sie mit Muskeln ausgefüllt, die deutlich definiert unter seinem schwarzen Rollkragenpullover und den Jeans zu erkennen waren.

Warum bist du hier? Die Frage pochte wieder und wieder in ihrem Kopf. Er musste doch wissen, dass er nichts von ihr zu erwarten hatte. Sie hatte einen Sohn, beinahe einen Ehemann. Auch wenn das mit Trav nicht offiziell war und auch wenn Trav sie nicht liebte, Max wusste das nicht.

„Ich habe dich vermisst", sagte Max mit tiefer, rauer Stimme, bei deren Klang sie sonst immer feucht geworden war. Natürlich war sie das letzte Mal, als sie sie gehört hatte, eine notgeile Achtzehnjährige gewesen. Heute geschah nichts.

„Ist lange her." Sie machte sich daran, ihr Glas noch einmal aufzufüllen.

Er stützte seinen Arm auf die Arbeitsfläche, berührte fast ihre Hüfte. „Es ist kein Zufall, dass ich heute hier bin."

Ja, das ist mir klar.

„Ich habe deinen Blog gesehen und Jessica davon überzeugt, dass du der Show guttun würdest."

Sie drehte sich zu ihm um. „Du hast meinen Blog gelesen?"

Er wurde rot. „Ich habe dich gegoogelt. Wollte mal sehen, was du so machst. Dann konnte ich nicht aufhören zu lesen." Er lächelte und ein paar Lachfältchen tanzten um seine Augen.

Gut, er hat also doch Falten.

„Du schreibst sehr unterhaltsam. Als ich gesehen habe, dass dein Blog immer beliebter wurde, wusste ich, dass wir dich in der Show haben müssen." Seine Stimme senkte sich wieder und nahm diesen rauen Ton an. „Außerdem hätte ich damit eine Ausrede, um dich wiederzusehen."

Schaltete er diese raue Stimme nur ein und aus, um Frauen mit seinem Charme die Höschen auszuziehen? Bei ihr würde das jetzt nicht funktionieren. Wie er sie abserviert hatte – das war etwas, das sie niemals vergessen würde. Sie dachte daran, die Flucht zu ergreifen, wollte aber nicht, dass er wusste, welche Wirkung er auf sie hatte. Mit ihrem Wasser setzte sie sich an den Tisch.

„Ich weiß, dass du überrascht gewesen sein musst, mich zu sehen", sagte er und zog einen Stuhl neben ihr hervor.

Sie antwortete nicht.

„Ich bin jetzt Produzent", sagte Max. „Ich habe mich vom Produktionsassistenten hochgearbeitet."

Sollte sie jetzt glücklich für ihn sein? Stolz?

„Glückwunsch", sagte sie nur.

Er lachte leise. „In letzter Zeit hatte ich das Gefühl, dass ich mehr will. Mich niederlassen, eine Familie haben."

Sie spürte seinen intensiven Blick und sah ihm schließlich in die Augen. *Diese Augen. Sie haben mich früher mit vollkommener Anbetung angesehen.* Sie konnte ihren Blick nicht abwenden. Dann traf er sie mit einem herzerweichenden Paukenschlag.

„Aber ich habe einfach niemanden getroffen, der einem Vergleich mit dir standhalten konnte."

Die Wut brannte durch sie hindurch, weil er so unverhohlen versuchte, sich ihr wieder anzunähern. Sie war praktisch *verheiratet*. „*Du* hast *mich* verlassen, nicht umgekehrt."

Er atmete scharf aus. „Das werde ich den Rest meines Lebens bereuen. Du hattest es nicht verdient, dass ich dich so behandelt habe–"

„Du meinst, wie du mich behandelt hast, *nachdem* du herausgefunden hattest, dass ich das Baby verloren hatte." Ihre Unterlippe zitterte, und sie wandte den Blick ab. Der doppelte Verlust des Babys und des Mannes, von dem sie gedacht hatte, er wäre die Liebe ihres Lebens, tat immer noch weh. Als sie die Fehlgeburt gehabt hatte und in tiefe Trauer versunken war, war ihr einziger Trost gewesen, dass Max da sein würde, um ihr da hindurch zu helfen.

Sie hatte es ihm in der leeren Lobby des Wohnheims gesagt und wäre beinahe an ihren Worten erstickt.

„Ich habe das Baby verloren."

Schiere Erleichterung war in sein Gesicht getreten. Seine Worte waren sogar noch schlimmer gewesen. „Tut mir leid für dich - ich denke, wir sollten uns scheiden lassen." Alles in einem Atemzug.

„Es tut dir leid für *mich*?", hatte sie durch einen Tränennebel gefragt. „Scheidung?"

Er war steif aufgestanden. „Wir sind zu jung, um verheiratet zu sein. Ich kümmere mich um die Papiere. Dann heißt das wohl leb wohl."

Ihre Stimme war nur ganz schwach. „Ich dachte, wir wären Seelenverwandte."

„Wir werden einander wiederfinden. Das verspreche ich. In zehn Jahren. Wenn wir achtundzwanzig sind, wenn keiner von uns mit einem anderen zusammen ist, dann werden wir zusammenkommen. Es ist nur nicht die richtige Zeit."

Sie hatte ihren Verlobungsring vom Finger gerissen und nach ihm geworfen. „Nimm deinen dummen Ring und verschwinde! Ich will dich nie wiedersehen!"

Die Woche drauf war Daisy zu einem Kibbuz in Israel aufgebrochen. Das College war ohne Max, ohne das Baby bedeutungslos. Sie war in dem Kibbuz geblieben und arbeitete auf einer Farm, fast zwei Jahre lang. Ihre Eltern hatten versucht, sie dazu zu überreden, ans College zurückzukehren. Sie hatte es abgelehnt.

Doch das war damals, jetzt war jetzt. Jetzt hatte sie Bryce.

Max nahm ihre beiden Hände und hielt sie fest. „Ich bin nicht hergekommen, um mich mit dir zu streiten. Ich bin hergekommen, um dich um Vergebung zu bitten."

Sie sah ihm in die Augen, erkannte das Bedauern, die Ehrlichkeit dort, und spürte, wie sie schwach wurde. Wenn es um Max ging, hatte sie nie Rückgrat besessen.

„Daze, es tut mir sehr, sehr leid."

Die Worte kamen viel, viel zu spät. Sie zog ihre Hände weg. „Ist egal. Das ist Schnee von gestern."

Er schob ihr eine Locke aus dem Gesicht, streichelte vorsichtig ihre Schläfe. „Es ist nicht egal. Ich habe dir wehgetan. Das tut mir leid."

Daisy blinzelte ein paar Tränen weg. Der Wind wurde stärker und rauschte durch die Bäume. Die Lichter in der Küche flackerten. Mutter Natur schien Daisys Unruhe bemerkt zu haben. Sie erinnerte sich an alles. An Max. An sie. Wie sehr sie ihn geliebt hatte. Sie hatte wirklich geglaubt, dass sie Seelenverwandte waren.

Bryce war jetzt ihr Leben, und das hieß auch Trav.

„Ich habe mein Leben weitergelebt", sagte sie leise.

Er beugte sich zu ihr vor, sah ihr in die Augen. „Ich muss nur wissen, dass du mir verzeihst."

Sie stand abrupt auf. „Wie du willst. Ich verzeihe dir."

Sie hatte es fast aus der Küche geschafft, als sie hörte, dass Max leise sagte: „Ich habe nie aufgehört, dich zu lieben."

Sie blieb stehen. Ihr Herz raste, und sie schüttelte den Kopf, als könnte sie seine Worte wegschütteln. Sie zwang sich weiterzugehen, einen Fuß vor den anderen zu setzen, den ganzen Weg nach oben zu Bryce und dem Mann, dem sie die Ehe versprochen hatte.

10

Daisy saß im Gästesessel, der im Wohnzimmer für das Nachmittagsinterview aufgestellt worden war, und wurde langsam müde. Wie viele Fragen konnten Jessica denn noch einfallen? So eine faszinierende Persönlichkeit war Daisy nun auch wieder nicht. Sie war einfach eine Mom mit einem Kleinstadtleben.

Jessica setzte sich in den Gastgebersessel und richtete ihr Mikrofon. „Nettes Essen."

„Schön, dass es Ihnen gefallen hat", sagte Daisy emotionslos, da sie sich nicht sicher war, ob die Bemerkung sarkastisch gemeint war oder nicht. Es war nicht leicht, das bei jemandem zu sagen, dessen Gesichtsausdruck zwischen wahnsinnig interessiert und ausdruckslos hin und her wechselte.

„Holen wir Trav für dieses nächste Segment hinzu!", rief Jessica.

Ein Mitglied der Crew ging, um ihn zu holen. Daisy rutschte auf ihrem Platz hin und her. Paarfragen waren am schwersten vorzuspielen. Sie und Trav kannten einander schon lange, das stimmte, aber davon abgesehen hatten sie nicht viel Zeit allein verbracht.

Jessica saß da und starrte auf ihr Handy, während sie warteten. Ein paar Augenblicke später tauchte Trav auf.

„Bin wieder da-ha", sagte er und beugte sich vor, um Daisy schnell einen Kuss auf die Lippen zu drücken.

Sie spürte, wie sie rot anlief. Himmel, man sollte meinen, dass sie ein Teenager war. Sie musste wirklich ihre Libido unter Kontrolle bekommen. Es war so schwierig, die ganze Zeit diszipliniert und verantwortungsvoll zu sein. Aber so war ihre Mom. Wenn sie eine gute Mom sein wollte, musste sie es wenigstens probieren.

„Großartig!" Jessica strahlte ihn an. Kein Lächeln, das sie Daisy zuwarf, war mehr als höflich. Ganz offensichtlich hatte sie lieber mit Männern zu tun. Vor allem mit gutaussehenden Männern. „Dann lasst uns mal weitermachen, Leute."

Geschäftiges Treiben brach aus, als sich die Crew wieder an die Arbeit machte. Max kehrte ebenfalls zurück. Er vermied es, Daisy direkt anzusehen, und starrte stattdessen gebannt auf den Monitor. Was hatte Max geglaubt, was zwischen ihnen passieren würde? Dass er in ihrem Haus auftauchen und ihr seine Liebe gestehen könnte? Erwartete er, dass sie ihre Familie verließ und mit ihm in den Sonnenuntergang ritt? Er war ernsthaft verrückt.

„Und … Action", sagte jemand.

Daisy richtete sich weiter auf und schob die Gedanken an Max beiseite.

Jessica lächelte Daisy strahlend an. „Eines der Dinge, die ihren Blog so populär gemacht haben, ist die liebevolle Ehe, die seinen Kern ausmacht. Wie kommt es, dass Daisy und Travis funktionieren?"

Daisy saß da und brachte keinen Ton heraus. Warum funktionierten sie? Warum funktionierte eine Beziehung? Es passte einfach, oder es passte nicht.

Trav füllte die Stille. „Ich glaube, guter Sinn für Humor ist wichtig. Wir lachen viel."

„Absolut!", rief Daisy. „Trav bringt mich immer zum Lachen. Lachen ist die beste Medizin!" Sie lachte ein wenig zu herzlich.

Trav starrte sie an.

„Wie lange sind Sie verheiratet?", fragte Jessica.

„Eineinhalb Jahre", antwortete Daisy gleich und war froh, dass sie sich an die richtige Antwort erinnert hatte.

„Oh, Sie zählen auch die halben Jahre, das ist ja zum Niederknien!" Jessica sah in die Kamera. „Ist das nicht zum Niederknien?" Sie wandte sich wieder Daisy und Trav zu. „Also immer noch Frischverheiratete?"

„Ja", sagte Daisy lächelnd.

„Und wie", sagte Trav mit rauer Stimme. Er nahm Daisys Hand und hielt sie warm umschlungen.

Daisys Blick blieb auf ihm hängen, sein Tonfall war so … glücklich verheiratet. Sie hätte ihm fast geglaubt, und sie kannte die Wahrheit. Er zwinkerte. Sie schmunzelte.

„Wie läuft es im Schlafzimmer?", fragte Jessica plötzlich.

Daisy blinzelte. Jessica musste diese Frage wohl als Schockfrage zurückbehalten haben. Sie sah Trav an, der seine Lippen aufeinanderpresste. Sollte sie sagen, dass das privat war?

Auf ihr Schweigen hin drängte Jessica weiter. „Sie haben in Ihrem Blog über Schlafzimmerspielchen nach dem Baby und Ihre Intimität auf der Reise geschrieben. Haben Sie irgendwelche Tipps für Moms, die sich vielleicht nicht mehr so sexy wie sonst fühlen?"

„Daisy hat nie aufgehört, sexy zu sein", sagte Travis.

„Aww… Du auch, Liebster." Daisy fuhr sich mit der Zunge über die Oberlippe, um ihn zu necken. Trav bekam große Augen, und sie lachte. „Auch wenn du kein Baby auf die Welt gebracht hast."

„Ich habe meinen Beitrag geleistet", sagte Trav.

„Ja, den einfachen Part", erwiderte Daisy.

„Das ist ja mal ein netter Schlagabtausch", sagte Jessica. „Möchten Sie uns erzählen, wie sich das aufs Schlafzimmer auswirkt?"

„Könnten Sie bitte mal das Schlafzimmer aus dem Spiel lassen?", murmelte Trav.

„Kommen Sie schon, nur einen saftigen Tipp für Ihre treuen Blogleser", drängte Jessica weiter. „Etwas, das bislang noch niemand von Daisy, *die alles schafft,* gehört hat. Oder schafft sie doch nicht alles?"

Daisy kniff die Augen zusammen. „Was genau möchten Sie denn hören?"

„Wir haben alle von Ihrer Wäsche gehört, von den Kerzen, der langsamen Jazzmusik … Ach, ich weiß! Zeigen Sie uns den erotischen Tanz, bei dem er Ihnen am liebsten Ihren Body vom Körper reißen möchte, bevor er Ihre Schwangerschaftsstreifen sieht."

„Sie hat keine Schwangerschaftsstreifen", sagte Trav.

Ganz offensichtlich hat er mich noch nicht nackt gesehen, seitdem ich Bryce habe.

„Er will nur nett sein", sagte Daisy. Nicht, dass sie Trav auf ihre Unzulänglichkeiten hinweisen wollte, doch sie hatte sie im Blog erwähnt.

„Also, der Tanz?", hakte Jessica nach, hob ihre Arme und schaukelte sinnlich auf ihrem Sitz herum.

Nein, danke. Das wird im nationalen Fernsehen nicht passieren.

„Ich denke nicht", sagte Daisy. „Vielleicht würden Sie gerne etwas über unsere Urlaubspläne hören?"

Jessica wandte sich an Trav. „Was würden Sie sagen, war ihr größter Antörner, um wirklich diese postnatale Müdigkeit zu besiegen?"

Trav stand auf und nahm sich das Mikrofon ab. „Es reicht. Unser Sexleben steht nicht zur Debatte."

Daisy zog an seinem Arm, damit er sich wieder setzte. Die Kameras liefen weiter. „Trav, Schatz, setz dich."

Er zeigte auf Jessica. „Macht es Sie an, was andere Leute tun? Dann sehen Sie sich einen Porno an."

Jessicas falsches Lächeln blieb in ihrem Gesicht, während sie freundlich sagte: „Es ist doch Ihre Frau, die das in die Welt gesetzt hat. Ich hake doch nur bei dem nach, was sie bereits mitgeteilt hat."

„Ich habe das tatsächlich in meinem Blog erwähnt", sagte Daisy und zog Trav mit aller Kraft zurück auf seinen Platz. „Aber ich habe auch gesagt, dass einiges privat ist."

Trav verschränkte die Arme. „Ja, privat."

„Dann vermute ich mal, dass Sie still und heimlich in den Status eines alten Ehepaars gerutscht sind", sagte Jessica abweisend. „Nichts Besonderes. Nur ihre übliche Samstag-abendvereinbarung."

„Das reicht!", polterte Trav. „Das Interview ist vorbei!" Er ging zur Kamera und legte seine Hand auf die Linse.

Jessica stand auf. „Max, zieh ihn von der Kamera weg." Sie deutete auf die andere Kamera. „Roy, film weiter."

Roy hob den Daumen.

„Trav, hör auf! Du machst dich zum Narren!", rief Daisy und versuchte, ihn von der Kamera wegzuziehen.

Trav schob Daisy beiseite, drehte sich um und zeigte auf Jessica. „Genau das will sie."

„Ich versuche doch nur, eine gute Geschichte zu bekommen." Jessica umrahmte mit ihren Händen eine Schlagzeile. *„Wir sind alle glücklich in einer amerikanischen Kleinstadt* ist keine Story. Daisy war diejenige, die Ihr Sexleben ausgeplaudert hat."

„Machen Sie Daisy nicht zum Vorwurf, dass sie etwas in ihrem Blog geschrieben hat!", blaffte Travis. „Das hat sie zu ihren eigenen Bedingungen geschrieben. Das hat niemand aus ihr herausgepresst."

„Wie können Sie es wagen!", schnaubte Jessica. „Ich bin Profi!"

Max hob seine Stimme über den Lärm. „Und jetzt beruhigen wir uns alle wieder!"

„Warum beruhigen *Sie* sich nicht einfach?", fragte Trav und stellte sich vor Max.

Max sah Trav wütend an, sie waren jetzt auf Augenhöhe. „Pass gut auf."

Daisy eilte zu ihnen. „Trav, bitte."

„Daze, halt dich da raus!", sagte Travis.

„Sprechen Sie nicht so mit ihr!", knurrte Max.

Er versetzte Trav einen Stoß, und Trav stieß ihn zurück.

"HÖRT AUF!", schrie Daisy so laut sie konnte.

Die Lichter gingen aus.

Im Haus wurde es still.

„Was zum ...?", kreischte Jessica mit schriller Stimme.

11

„Oh, nein", murmelte Daisy.

„Sie haben das Haus kaputtgemacht", sagte Trav.

„Was zum …?", schrillte Jessica erneut.

„Stromausfall", bemerkte Trav. „Durch den Sturm."

„Ich sehe mal besser nach Bryce", sagte Daisy. Sie eilte aus dem Raum, hätte dabei beinahe einen der Scheinwerfer umgerannt und stieß mit dem Ellbogen auf dem Weg nach oben gegen das Treppengeländer, während ihre Augen sich an die plötzliche Dunkelheit gewöhnten. Ihre Eltern hatten erwähnt, dass Stromausfälle in der Gegend immer häufiger wurden, doch für sie war es der erste. Hatte sie genügend Windeln, Babyessen, frische Sachen für Bryce? Würden sie heizen können? Hatten sie Essen für alle? Sie hatte nie daran gedacht, dass sie mitten im Winter mit einem Baby einen Stromausfall überstehen können musste. In der Stadt gab es fast nie Stromausfälle. Sie betete nur, dass es nicht lange dauern möge.

Sie platzte in Maggies Zimmer. Bryce schlummerte in seinem Bettchen. Jorge griff nach etwas im hohen Regal des Schranks, während Maggie auf dem Bett saß, die Kissen in den Rücken gesteckt.

Daisy sah sich wie wild um. „Ich dachte, ihr schaut fern."

Maggie lächelte und nickte. „Das haben wir auch."

Es gab keinen Fernseher im Zimmer. „Worauf?"

Maggie hob ein iPad vom Bett. „Im Internet gibt es Fernsehen. Aber jetzt haben wir keinen Empfang mehr."

„Okay. Ich will keine Panik machen, aber der Strom ist aus."

Maggie nickte langsam. „Ja, das wissen wir, Liebes. Jorge ist bereits auf der Suche nach dem Notfallradio."

„Notfallradio", wiederholte Daisy tonlos. „Gut, gut." Sie sah zu Bryce, der diesen Albtraum verschlief. „Bryce geht es gut. Wir haben ein Radio. Okay."

Sie ging wieder, eilte zur Treppe. Sie brauchten Essen, Wasser, Wärme. Vielleicht nicht in der Reihenfolge. Vielleicht Wärme, Wasser, Essen. Bryce würde überleben. Sie würde ihn da durchbringen. Wenigstens wusste sie, dass er gefüttert werden konnte; das war Essen und Wasser in einem. Okay, Wärme. Sie brauchten Wärme.

Sie würde eine Axt finden, Holz hacken und im Kamin ein Feuer anzünden. Sie würden sich wie in den Tagen der Pioniere ums Feuer versammeln. Plötzlich wünschte sie sich, sie hätte mehr aufgepasst, als Liz als Kind ganz verrückt auf Laura Ingalls Wilder und ihre Familie gewesen war, die in der Prärie überlebt hatten.

Das Überleben ihres Babys war das einzig Wichtige. Schon lustig, wie die Sorge um den Blog und die Fernsehsendung und Jessica und Max in der Sekunde, als die Lichter ausgegangen waren, verblasst war. Ohne Strom ging es nur noch um das Wichtigste.

WAAHHHH!

Daisy rannte zurück, um ihr Baby zu holen.

Trav starrte zum Fenster hinaus auf den Schneesturm und ignorierte Jessicas Gezeter über unmögliches Wetter. Die Sicht war schlecht. Der Wind wehte heftig, und es schneite auch immer noch. Auf dem Boden lagen bereits mindestens sechs Zentimeter Schnee. Die Straßen waren nicht geräumt. Auf der anderen Straßenseite war ein dicker Ast vom Baum abgebrochen. Weitere Äste lagen auf der Wiese des Nachbarn verstreut. Der Schnee auf den Bäumen machte die Zweige schwerer. Zusammen mit dem Sturm bedeutete das, dass der Baumschaden in der Gegend enorm sein würde. Sie würden Zeit brauchen, um alles zu beseitigen.

Jessica ging plötzlich die Luft aus. Trav drehte sich um und sah die Crew von *Morgens bei Jessica* an. „Sieht so aus, als säßen wir hier eine Weile fest."

Die Crew brummte etwas vor sich hin.

„Das soll wohl ein verdammter Scherz sein!", zeterte Jessica in neuer Rage. „Max, das Interview ist vorbei. Wir können einen Scheißdreck machen ohne Strom!"

Trav sagte nur ungern *Ich hab's ja gesagt*, doch, zum Teufel, er hatte schon vor mehr als einer Stunde gesagt, dass sie aufbrechen sollten. Er wünschte sich nur, sie hätten es getan. Das hier waren die letzten Leute, mit denen er in Grans Haus festsitzen wollte.

„Ich will einen Wagen, der mich zurück in die Stadt fährt", verlangte Jessica.

„Ich kümmere mich ja drum", sagte Max in beruhigendem Tonfall.

„Sie können bei diesem Wetter nicht Auto fahren", sagte Trav. „Es wird Stunden dauern, bis die Straßen wieder passierbar sind. Ich bin mir fast sicher, dass ein paar Überlandleitungen runtergekommen sind und Äste sowieso. Es kann auch sein, dass sie nicht einmal den Schnee räumen, solange es noch schneit, und das soll noch einen guten Teil der Nacht so weitergehen."

„Dann nehmen wir den Zug", sagte Max.

„Sicher", sagte Travis. „Sie können ja zu Fuß zum Bahnhof gehen. Liegt ungefähr fünf Meilen Richtung Osten." Er deutete in die richtige Richtung.

„Großartig! Einfach großartig", keifte Jessica. „Als würde ich in meinen Manolos durch einen Blizzard laufen."

„Wir könnten hier schon irgendwo Stiefel finden", bot Trav an.

„Ich werde in keinen Blizzard gehen", sagte Jessica. „Also

sitzen wir im Grunde hier fest." Sie drehte sich zu Max um und schob die Unterlippe vor. „Und ich bin nicht einmal dazu gekommen, die wirklich harten Fragen zu stellen. Ich war so gut vorbereitet auf das alles. Und jetzt habe ich nur so einen fluffigen Lifestyle-Beitrag."

Max legte einen Arm um sie und führte sie zu dem großen Gastgebersessel, damit sie sich dort hinsetzte. Er setzte sich neben sie, legte seine Hände auf seine Knie, während sie sich leise weiter unterhielten. Was Trav anging, so hatte der Sturm das Interview genau an der Stelle beendet, wo es beendet werden musste. Das Jessica neugierig in ihrem Sexleben herumgestochert hatte, pisste ihn an. Klar, er hatte einen Scherz darüber gemacht, dass Daisy gut im Bett war, doch er würde niemals irgendjemandem Details erzählen. Was noch viel schlimmer an ihren neugierigen Fragen war – sie hatten ja gar kein Sexleben.

Noch nicht. Bald, sehr bald. Morgen Abend war ihre Hochzeitsnacht. Aber jetzt, mit diesem verdammten Sturm … Er würde nicht länger damit warten, einen Schritt zu wagen. Zum Teufel mit langsam. Das hier waren verzweifelte Umstände – schließlich saßen sie zusammen mit ihrem Ex bei einem Stromausfall in einem Blizzard fest. Trav wollte, dass Daisy in einen anhaltenden Zustand von Erregung geriet und sich nur auf ihn konzentrierte. Es war ein guter Plan, einer, der ihnen beiden Lust bereiten und sie dazu bringen würde, ihren Ex zu vergessen.

Und wenn dieses Arschloch ihr noch einmal wehtäte, würde er ihn rausschmeißen, Sturm oder nicht.

Daisy kam mit Bryce auf dem Arm herunter.

„Hey", sagte Trav und durchquerte den Raum in ihre Richtung. Er küsste Bryce auf die Wange, und sein Sohn packte seine Haare und zog daran. Vorsichtig löste er seine Haare aus seinem Händchen. Der Junge würde ihnen noch kahlköpfig machen. „Ich mache mal ein Feuer. Im Wohnzimmer sollte es eine Weile warm bleiben. Sobald der Wind sich legt, kann ich auch den Notfallgenerator anschmeißen."

„Ein Notfallgenerator", sagte Daisy leise. Sie strahlte

dankbar mit einem Lächeln, bei dem er sich wie ein Held fühlte. „Danke, Trav."

Er küsste sie zärtlich und sah ihr in die Augen. Sie sah überrascht aus. *Gewöhn dich dran, Liebling.*

„Kein Problem", sagte er.

„Moment mal, Sie haben einen Notfallgenerator?", fragte Max. „Dann können wir mit dem Interview ja fortfahren."

„Dafür hat er nicht genug Watt", erwiderte Trav. „Gerade genug, um das Nötigste am Laufen zu halten. Wir kommen über die Runden, aber ich werde nicht die Sicherung riskieren für irgendwelche Kameras und Lampen."

Jessica stand plötzlich auf und ging im Raum auf und ab, murmelte vor sich hin.

„Okay", sagte Max. „Hoffentlich können wir in ein paar Stunden zum Bahnhof fahren."

Großartiger Plan, aber zweifelhaft. So oder so blieb Trav bei seinem Verführungsplan. Jetzt, da er sich das ausgedacht hatte, gab es kein Zurück.

„Sie sind alle eingeladen, die Nacht hier zu verbringen", sagte Daisy. „Ich möchte nicht riskieren, dass Sie bei dem Wetter rausgehen."

Trav hatte keine Ahnung, wo sie zehn Leute unterbringen sollten, aber sie saßen nun einmal fest. Gran und Jorge konnten in seinem Haus auf der anderen Straßenseite übernachten, dann blieben aber immer noch er und Daisy, Jessica und Max, plus eine Crew aus acht Leuten.

„Mein Handy funktioniert nicht!", zeterte Jessica. „Was ist das hier, die Apokalypse?"

„Manchmal haben Stürme Auswirkungen auf den Funkmast", sagte Trav vorsichtig, bevor die Frau noch ganz durchdrehte. „Das geht gleich schon wieder."

„Passiert das oft?", fragte Jessica.

„In den letzten Jahren hat es ziemliche Unwetter gegeben", sagte Trav. „In den vergangenen fünf Jahren hatten wir mindestens einen Stromausfall pro Jahr. Für gewöhnlich dauert er eine Woche. Deswegen–"

„Eine Woche!", kreischte Jessica.

Gran und Jorge kamen mit ihrem kreischenden Notfallradio herunter.

„Die Züge fahren anscheinend nicht mehr", verkündete Gran.

„Aaaah! Inakzeptabel!", schrillte Jessicas Stimme. „Vollkommen inakzeptabel!"

Bryce wurde unruhig. Sein Sohn mochte all die Hysterie im Raum nicht.

„Das ist einfach eine Tatsache", erwiderte Gran. „Schreien hilft da auch nicht."

„Ich fasse es einfach nicht!", sagte Jessica und stürmte ins Nebenzimmer.

„Diese Frau braucht Valium", verkündete Gran. „Und vielleicht ein bisschen Action unter den Laken."

Jorge und Gran tauschten einen verliebten Blick aus.

Trav verdrehte die Augen. Seine Großmutter als Frischverheiratete war immer noch schwer zu verdauen. „Ich gehe Feuerholz holen."

„Danke dir", sagte Daisy und wiegte Bryce. „Ich habe mir schon Sorgen gemacht, wie ich Bryce warmhalten sollte."

Er nahm seine Jacke von der Garderobe. „Keine Sorge. Ich hab das im Griff. Erst Wärme, dann Strom. Der Kühlschrank ist auf jeden Fall voll."

Die Erleichterung war Daisy anzusehen. Es überraschte ihn, wie beunruhigt sie gewesen war. Er sorgte immer dafür, dass seine Familie auf den Winter vorbereitet war. Außerdem musste er sicherstellen, dass er selbst aus dem Haus kam und mit seinem Schneeräumdienst helfen konnte.

Er ging durch zur Hintertür in der Küche und kam an Max vorbei, der in seinem Handy auf Nummern herumdrückte und auf eine nicht existente Verbindung lauschte. Nutzloser Idiot.

～

Daisy machte es sich mit Bryce auf dem Schoß vor dem Kamin gemütlich. Ihr Sohn schien von den tanzenden

Flammen fasziniert zu sein. *Wenigstens muss ich nicht Holz hacken*, dachte sie erleichtert. Als hätte sie so etwas schon jemals getan.

Es waren nicht gerade die besten Umstände, aber Trav schien zu wissen, was er tat. Das war beruhigend.

Wenn die Crew von *Morgens bei Jessica* am nächsten Tag noch da wäre, müssten sie die Hochzeit absagen. Ihre Mom und Maggie hatten entschieden, die Hochzeitszeremonie hier in Maggies Wohnzimmer stattfinden zu lassen, um alles diskret und intim zu halten. Die Verzögerung nahm Daisy etwas von ihrer Anspannung. Sie hatte nicht überstürzt heiraten wollen. Sie war sich immer noch nicht sicher, dass das die richtige Entscheidung war. Sie musste Liz bitten, eine ihrer Pro- und Kontralisten zu erstellen. Daisy war furchtbar schlecht darin. Sie fand immer weitere Gründe, bis beide Seiten gleich stark waren.

Maggie schob einen der Sessel vom Set in ihre Richtung. „Möchtest du einen Stuhl?"

Daisy schüttelte den Kopf. „Darin habe ich lange genug gesessen. Der Boden ist vollkommen in Ordnung."

Maggie setzte sich selbst in den Sessel. „Vielleicht müsst ihr die Hochzeit morgen umverlegen. Justice Fleming ist nicht mehr ganz jung, und sie wohnt draußen beim Grand Lake. Ich bezweifele, dass sie riskieren möchte, auf den Straßen zu fahren."

„Ich weiß", sagte Daisy. „Wir können einen anderen Termin finden."

„Habt ihr keine Angst, dass es jemand herausfindet, bevor die Sendung ausgestrahlt wird?", flüsterte Maggie. „Vielleicht kann ich eines dieser Internetzertifikate bekommen und euch selbst verheiraten."

Daisy lachte. „Du hast doch gesagt, dass du keinen Empfang hast. Darum fürchte ich, dass Reverend Maggie wohl warten muss."

„Wenn ich euch wirklich verheiraten würde, würde ich schon zusehen, dass eure Ehegelübde koscher sind", sagte Maggie. „Da gibt es keine Gnade. Und er müsste auch versprechen, dass er für dich kocht. Ein Mann, der kocht, ist einer, den man sich warmhalten muss. Mein Jorge kann Paella kochen, Enchiladas, die dir auf der Zunge zergehen, perfekten Lachs und scharfe Shrimps, die dir den Mund wässrig machen. Oh. Ich habe Hunger." Maggie stand auf. „Ich will mal sehen, was ich für alle zu essen habe."

„Danke, Maggie."

Daisy küsste Bryces Hand und wiegte ihn.

Max kam aus der Küche. „Mrs. O'Hare hat mich aus der Küche geworfen. Ist es in Ordnung, wenn ich dir Gesellschaft leiste?"

Daisy spannte sich an. „Ähm … Ja, klar."

Max setzte sich auf den Boden im Schneidersitz neben Daisy. „Wie hübsch." Er lächelte Bryce an. „Kann ich ihn mal halten?"

„Er ist ein bisschen wählerisch, zu wem er auf den Arm geht", sagte Daisy in dem Moment, als Bryce Max seine offenen Arme entgegenstreckte. Sie lächelte wehmütig. „Aber hier." Sie gab ihm Bryce.

„Na, wie geht es dir?", fragte Max den kleinen Jungen, der ihn anstarrte. „Magst du Kuckuck spielen?" Er verdeckte seine Augen. „Kuckuck."

Bryce lächelte sein Zwei-Zähne-Lächeln.

Daisy rollte sich zusammen, die Knie an ihre Brust gezogen, die Arme um ihre Beine gelegt. Ihre Stimme war heiser. „Du magst Kinder."

„Sicher doch", sagte Max. „Ich hatte gedacht, dass ich mittlerweile schon einige haben würde." Er ging in eine Singsangstimme über und sprach mit Bryce. „Aber ich habe nicht die richtige Frau getroffen oder doch? Keine wie deine Mommy."

„Hör auf damit", blaffte Daisy. „Ich bin jetzt verheiratet."

Bryce schob sich sein kleines Fäustchen in den Mund und starrte Max an.

„Was hast du nach dem College gemacht?", fragte Max.

Sie schwieg. *Jetzt auf einmal interessiert es dich, wohin ich gegangen bin?* Damals hatte er nie gefragt, was sie nach dem Verlust ihres Babys getan hatte. Nicht einmal eine E-Mail.

„Daze?"

Sie durfte ihn nicht wissen lassen, wie sehr es immer noch wehtat. „Ich habe zwei Jahre lang in einem Kibbuz in Israel gelebt."

Er lachte. „Du? Das Stadtmädchen? Du bist ja nicht einmal Jüdin."

Sie sah ihn von der Seite an. „Das ist egal. Es war nett. Gemeinschaftsleben mit harter Arbeit. Das habe ich gebraucht."

„Was sonst noch?", fragte Max. „Erzähl mir von deinem Leben."

Sie atmete scharf aus und starrte ins Feuer. „Da gibt es nicht viel zu erzählen. Ich bin ein wenig gereist, habe gearbeitet, eine Zeitlang in der Stadt gelebt, obwohl es nicht gerade viel Spaß macht, in der Stadt zu leben, wenn man kein Geld hat. Ich habe ganz schöne Kreditkartenschulden angehäuft, um mit meinen Freunden mithalten zu können, die richtige Jobs hatten."

„Was für einen Job hattest du?"

„Alles, was es so gibt. Ich bin mit Hunden Gassi gegangen, Hostess, Televerkäuferin, habe in einer schicken Boutique gearbeitet, war Assistentin eines Bestsellerautors, Empfangsdame, Kellnerin."

„Wow." Sie sah zu ihm hinüber, als Max Bryces Fäustchen aus seinen Haaren zog und ihm stattdessen seinen Finger gab. „Rogue TV war mein erster Job nach dem College. Ich bekam ein Praktikum und habe mich zum Produzenten hochgearbeitet."

Ohne es zu wollen, war sie neugierig auf sein Leben. „Reisen?"

Sie hatten immer über die Reise gesprochen, die sie machen wollen – oben auf Machu Picchu in den Himmel schreien, schnorcheln am Great Barrier Reef, Fotos von sich vor den sieben Weltwunder machen.

„Ein bisschen", sagte Max. „Im Urlaub. Florida Keys. Kalifornien, um einen Freund in L.A. zu besuchen."

Sie rümpfte die Nase. „Das ist alles? Du warst doch vollkommen frei. Das ist so enttäuschend."

Max machte ein paarmal Kuckuck mit Bryce, bevor er weitersprach. „Ich kann dir helfen, aus diesen Schulden herauszukommen und eine richtige Karriere zu bekommen."

Sie sah ihn misstrauisch an. „Indem du was tust?"

„Du hast großartig ausgesehen vor der Kamera. Ich kann dir helfen, da weiterzukommen. Dich in ein paar andere Talkshows bringen, deine Schulden umfinanzieren, Fernsehwerbung machen."

Sie zog eine Braue hoch. „Wirklich? Ich war am Anfang ziemlich nervös."

„Du warst wie ein Fisch im Wasser. Kannst du dir das vorstellen, du und Bryce in einer Werbung für Pampers?"

Sie lächelte angesichts dieser Möglichkeit. Bryce wäre zu süß in einer Windelwerbung – solange er vom Weinen nicht rot im Gesicht war.

Max fuhr fort. „Wir können den Namen Daisy zu einer Marke machen, die sagt, dass die charmante und humorvolle Mutter alles schafft. Sag nur ein Wort. Ich würde gerne mit dir zusammenarbeiten."

Daisy rutschte unbehaglich hin und her. Etwas an seinem Tonfall implizierte, dass er mehr von ihr wollte. Doch sie konnte nicht leugnen, dass sein Angebot verlockend war – Geld, eine richtige Karriere. „Das ist nett von dir. Ich werde darüber nachdenken."

Er drehte sich zu ihr um. „Das ist keine Nettigkeit. Du könntest es wirklich zu etwas bringen. Etwas Großes aus dieser Blogging-Sache machen, die du ins Leben gerufen hast. Bist du jemals in der Stadt?"

„Nicht mehr oft."

Er zog eine Karte aus seiner Tasche und drückte sie ihr in die Hand. Seine Finger berührten ihre Hand etwas länger als nötig. Sie schloss ihre Faust um die Karte. „Komm in meinem Büro vorbei. Wir essen zu Mittag und unterhalten uns."

Sie biss sich auf die Lippe. „Klingt verlockend."

„Ich glaube wirklich, dass du das Zeug dazu hast. Du könntest eine Zukunft im Fernsehen haben. Ich könnte es wahr machen."

„Das glaubst du wirklich?" Die Idee war so weit herge-
holt, aber sie wäre schon dumm, wenn sie es ablehnen würde.

„Ich weiß es." Er verwuschelte Bryces weiches, blondes
Haar und gab ihn ihr zurück. Dann war er fort und ließ sie
nachdenklich zurück angesichts all der Möglichkeiten für sie
und Bryce.

12

Trav hielt Bryce auf seinem Schoß, während er und Daisy vor dem Feuer saßen. Zum ersten Mal seit langer Zeit fühlte er sich zuversichtlich. Bis Daisy sagte: „Max sagt, ich könnte eine Zukunft im Fernsehen haben."

„Und du glaubst ihm?", fragte Trav mit leiser Stimme. Er wusste, wann ein Typ sich an eine Frau ranmachte.

„Warum sollte ich nicht?", fragte sie, ihre Stimme wurde vor Zorn schriller.

Er senkte seine Hand, um sie daran zu erinnern, dass die Crew in der Nähe war.

„Er sagt, dass ich vor der Kamera gut rüberkomme", flüsterte sie. „Mein Blog hat viele Follower. Er meint, er könnte noch mehr Talkshows arrangieren, vielleicht sogar Werbesendungen." Sie schnappte nach Luft. „Könntest du dir vorstellen, dass ich meine eigene Talkshow bekäme? Wie cool wäre das denn?"

„Das wäre cool, aber unwahrscheinlich. Ich glaube, er will dir einfach nur an die Wäsche."

„Na schönen Dank", schnappte Daisy. „Anscheinend glaubst du nicht, dass ich das Zeug dazu habe. Max glaubt an mich."

Er zog eine Braue hoch. „Warum habt ihr noch mal Schluss gemacht?"

Daisy streichelte Bryces Haare und starrte einen Moment lang ins Feuer. „Wir waren zu jung. Es war zu viel, zu schnell. Mit achtzehn zu heiraten, war ein riesiger Fehler. Er hat es als erstes gemerkt und es nach zwei Wochen beendet."

Er verzog das Gesicht. „Autsch."

„Nein, das ist schon in Ordnung. Er hat das Richtige getan. Kannst du dir das vorstellen? Ich wäre jetzt schon seit fünfzehn Jahren verheiratet. Ich könnte jetzt schon einen Teen …" Sie hob ihr Kinn. „Es war besser so."

Wut wallte in ihm auf. Er wollte diesem schleimigen Bastard den Hals umdrehen. „Warst du schwanger?", fragte er leise.

„Ich habe das Baby verloren", flüsterte sie. „Max hat mich direkt danach verlassen. Schätze, er hat mich doch nicht wirklich geliebt."

Da traf Trav die Erkenntnis wie ein Schlag. Das war also der Grund, warum Daisy ihn immer wegstieß. Sie hatte Angst, dass auch er gehen würde.

„Ich würde dich und Bryce niemals verlassen", sagte er. „Komme, was wolle. Darauf kannst du dich verlassen."

Sie sah ihm in die Augen. Er erwiderte ihren Blick standhaft. Sie wandte ihn ab und kaute auf ihrer Unterlippe.

Sie glaubte ihm nicht. Der verdammte Max hatte die Sache für ihn wirklich vermasselt. Trav wusste nicht, wie er ihr zeigen sollte, dass er das, was er sagte, auch so meinte. Er heiratete sie doch bereits. Nur die Zeit würde beweisen, dass er recht hatte.

„Ich wünschte mir nur, du würdest an mich glauben", sagte sie schließlich. „Es wäre hilfreich, wenn mein Ehemann meine Karriere unterstützen würde."

„Es ist ja nicht so, dass ich nicht an dich glaube, das Problem ist Max. Mach, was du willst. Erwarte nur nicht zu viel."

Sie stand auf und sagte eisig: „Ich werde mal sehen, ob deine Großmutter Hilfe braucht."

Was hatte er denn Falsches gesagt? Max war derjenige, der sie verlassen hatte, und plötzlich war *er* der Böse?

~

Der Sturm gewährte Daisy einen dringend benötigten Aufschub ihrer Hochzeit. Gegen fünf Uhr war klar, dass niemand irgendwohin gehen konnte. Die Crew baute die Ausrüstung ab und lagerte sie im Wohnzimmer an einer Wand. Dann gingen sie in den Keller und brachten Maggies Möbel wieder zurück an ihren Platz. Jessica bestand allerdings darauf, dass ihr Gastgebersessel und die Gastsessel im Zimmer blieben.

Es wurde langsam dunkel draußen. Im Haus funktionierten nur wenige Lichter in der Küche, in den Badezimmern, im Wohnzimmer und in Maggies Schlafzimmer. Ein paar Taschenlampen waren angeschaltet und strategisch platziert, dazu brannten einige Kerzen.

„Sieht so aus, als säßen wir hier fest", bemerkte Jessica, als sich alle im Wohnzimmer versammelt hatten. „Daisy, könnten Sie eine der Mahlzeiten aufwärmen, die Sie für das Abendessen vorbereitet haben? Ich würde es wirklich gerne mal probieren. Vielleicht könnten wir das noch einarbeiten. Sie könnten uns das Rezept geben, damit wir es unseren Zuschauern weitergeben können."

Daisy bemühte sich um ein Pokerface. Sie hatte in ihrem Blog darüber geschrieben, dass man das Abendessen vorbereiten sollte, hatte Hymnen darüber gesungen, dass es Zeit spare und einem bequemere Wochentage und Familienmahlzeiten ermögliche. Sie hatte die Idee von ihrer Mom geklaut, hatte sie selbst aber nicht wirklich umgesetzt. Es hatte sich einfach so angehört, als wäre das so eine Sache, die eine perfekte Mom tun würde.

Daisy stand auf. „Klar, ich sehe nur mal rasch nach, was ich noch im Gefrierschrank habe."

Jessica, Trav und Max folgten ihr in die Küche.

Daisy öffnete den Gefrierschrank. *Ach, Maggie.* Sah ganz so aus wie bei ihr zu Hause. Größtenteils leer, abgesehen von Eis, Eiswürfeln und etwas, das aussah, wie Maggies und Jorges Hochzeitskuchen. Sie drehte sich um. „Sieht so aus, als hätten wir meine vorbereiteten Mahlzeiten alle schon verputzt."

Jessica kniff die Augen zusammen. „Ich dachte, das machen Sie jeden Sonntag."

„Ja, und es ist Freitag", sagte Daisy. „Meine vegetarische Lasagne und den Hackbraten mit Kartoffelpüree haben wir bereits gegessen."

„Ihr Hackbraten ist großartig", warf Trav ein.

Ja, und hausgemacht im Garner's.

Jessica musterte sie einen Moment und wandte sich dann in bissigem Ton an Max. „Also, was werden wir jetzt allen zu essen geben, Herr Produzent?"

„Daze, hast du ausreichend Essen da?", fragte Max.

„Mehr als genug", sagte Trav. „Die Vorratskammer ist gut gefüllt. Wir finden schon was."

„So langsam fange ich an zu glauben, dass Trav die heimliche Hausfrau hinter *Daisy schafft alles* ist", sagte Jessica.

„Wir bevorzugen den Ausdruck Hausmann", sagte Trav und sah sie ein wenig feindselig an.

„Häusliche Diva", sagte Daisy. „Das schreibe ich in meinem Blog."

„Ein Mann kann aber keine Diva sein", sagte Trav. „Wie würdest du mich nennen? Divo?"

Sie schnaubte. „Ja, du bist der häusliche Divo."

„Nein, das bist du, Liebes."

Sie beugte sich vor, die Hände an seiner Brust, und berührte seine Nase mit ihrer. „Nein, das bist du, Liebling."

Trav küsste sie zärtlich. Daisy zog sich zurück, überrascht, dass er sie so liebevoll vor Jessica und Max küsste. Sie spielten ja nicht mehr für das Interview eine Rolle.

Jessica verdrehte die Augen. „Sparen Sie sich das für die Kameras."

Es klingelte an der Tür.

„Wer könnte das denn mitten in einem Blizzard sein?", fragte Jessica und eilte zur Tür. Max war ihr dicht auf den Fersen.

„Gerade rechtzeitig", sagte Daisy leise zu Trav.

„Ich bin für mehr gut als nur für einen Quickie."

Sie versetzte ihm einen verspielten Stoß. „Trav!"

„Was?" Er hob ihr Kinn. „Lass mich dir zeigen, wofür ich noch gut bin."

Langsam senkte er seinen Kopf. Sie schloss die Augen. *Was tue ich hier? Hallo, Lust hat mich noch niemals irgendwohin gebracht.*

Sie löste sich von ihm und ging in Richtung Tür. „Du bringst nur Ärger."

Er packte ihre Taille und zog sie wieder an sich. Seine Stimme vibrierte in ihrem Ohr. „Ärger war mal mein zweiter Vorname, doch jetzt werde ich lieber Zauberfinger genannt. Aus bekannten Gründen."

Ihr Lachen blieb ihr im Hals stecken, als seine großen, warmen Hände langsam über ihre Hüfte, ihre Taille und seitlich an ihren Brüsten entlang glitten. Sie bewegte sich nicht. Ihre Brüste sehnten sich nach seiner Berührung, als Maggies Stimme vom Wohnzimmer her zu ihnen drang.

„Hey, ihr beiden! Kommt rein. Ihr seht ja aus wie Eis am Stiel."

Daisy riss sich von ihm los und sah nach, wer das war. Dass Trav versuchte, sie zu verführen, war eine große Ablenkung, und das gerade in dem Moment, als sie sich wirklich darauf konzentrieren musste, die perfekte Daisy aus ihrem Blog zu sein. Sie wollte nicht aus der Rolle fallen. Sie sollten bereits seit eineinhalb Jahren verheiratet sein. Berührten einander und flirteten Verheiratete so viel vor anderen Leuten, oder waren sie schon so aneinander gewöhnt, dass es etwas zurückhaltender zuging? Sie hatte den Verdacht, dass sie zurückhaltender sein mussten. Sie würde mit ihm darüber reden müssen.

Liz und Ryan standen im Wohnzimmer, ihre Gesichter rot von der Kälte. Sie mussten von Ryans Haus ein paar Blocks entfernt hergelaufen sein. Bryce streckte sofort seine Arme nach Liz aus.

Liz nahm ihn und küsste ihn aufs Bäckchen.

„Ist schlimm da draußen", sagte Ryan. „Wir wollten nur sehen, ob hier bei euch alles gut ist. Ihr habt offensichtlich den Generator an."

„Bei uns ist alles gut", sagte Trav. „Wie läuft eurer?"

„Großartig. Ich habe ihn letzte Woche noch überprüft, als ich die Wettervorhersage gehört habe, und mir einen Vorrat an Treibstoff zugelegt."

Die Brüder sprachen über Treibstoffvorräte, während Daisy ihre Schwester umarmte. Liz gab ihr Bryce, der gleich seine Faust in Daisys Haaren verkrallte.

„Wie läuft es bei euch mit dem Essen?", fragte Liz. „Wir haben genug für die ganze Familie, bis hin zum Toilettenpapier. Ich bin so froh, dass ich am Sonntag immer meine Mahlzeiten vorbereite. Jetzt, da ich für zwei koche, plane ich im Voraus."

Daisy lächelte. Es war so niedlich, dass Liz das Kochen jetzt so ernst nahm, seitdem sie mit Ryan zusammenwohnte. Ihre Schwester hatte vermutlich seit dem ersten Wintertag das Essen vorbereitet, nur für eine solche Gelegenheit.

Jessica schob sich zwischen sie und drückte Liz die Hand. „Hi, Liz, ich bin Jessica Larsen von *Morgens bei Jessica*. Ich habe gerade mitgehört, dass Sie auch sonntags Ihre Mahlzeiten vorbereiten. Sind Sie als Schwestern beide dazu erzogen worden?"

Liz' Augen wurden vor Überraschung ganz groß. Sie drehte sich zu Daisy um und sah, wie die kurz nickte. „Absolut. Unsere Mutter hat jeden Sonntag ein paar gesunde Mahlzeiten im Voraus gekocht. Wir wollten nicht immer Essen aus dem Restaurant haben."

„Familientradition", sagte Daisy.

Jessica hob eine Braue. „Interessant."

Maggie gesellte sich zu ihnen. „Liz, wenn ihr schon mal da seid, würde es euch etwas ausmachen, wenn wir euch über Nacht ein paar Leute vom Kamerateam schicken? Die Züge fahren nicht, und die Straßen sind zu gefährlich. Wir haben zehn Leute hier, abgesehen von uns Vieren und Bryce, und nur vier Betten."

Jessica marschierte zu Max, der auf der anderen Seite des Raumes stand und sein Handy ans Fenster hielt. Vermutlich versuchte er, wenigstens ein paar Striche zu bekommen, damit er telefonieren konnte.

„Absolut", sagte Liz. „Wir haben drei leere Schlafzimmer und ein Schlafsofa. Ich kann auch ein paar Luftmatratzen fertig machen und Schlafsäcke."

Trav meldete sich zu Wort. „Ich hole noch die zusätzlichen Schlafsäcke aus Grans Haus."

„Wir tun so, als wäre Travs' Haus meines", flüsterte Maggie. „Jorge und ich werden dort übernachten."

„Hey, alle Mann!", rief Daisy über die Unterhaltung des Kcamerateams. Nachdem alle verstummt waren, fragte sie: „Möchte jemand die Nacht im Haus meiner Schwester ein paar Blocks von hier entfernt verbringen? Sie haben dort Luftmatratzen und Schlafsäcke."

„Wir bleiben hier", verkündete Jessica und deutete mit dem Daumen in Max' Richtung.

Max winkte Daisy zu. Daisys Magen sackt in ihre Kniekehle. *Was will Max von mir? Ich habe doch bereits gesagt, dass ich ihm verzeihe. Vergiss mich endlich.*

Die Crewmitglieder besprachen sich, überlegten, wer wohin gehen sollte.

„Ich habe S'mores", sagte Liz.

Das war das ausschlaggebende Argument für die Crew.

Es klingelte erneut an der Tür. Dieses Mal war es Shane. Daisy lächelte und begrüßte ihn. Sie liebte Shane. Er war ein richtiger Schatz, ein wenig schüchtern, und er neigte dazu, so rot zu werden wie seine Haare. Er war groß wie Ryan, hatte aber von all dem Eisverkosten, was er als Gourmeteishersteller eben machen musste, bereits einen kleinen Bauch.

„Ist es jetzt kalt genug für dich?", fragte Shane fröhlich. „Hey, kleiner Kerl."

Bryce hüpfte aufgeregt auf Daisys Armen.

„Schön, dich zu sehen", sagte Daisy und stellte sich auf die Zehenspitzen, um ihm einen Kuss auf die Wange zu geben.

Shane lächelte und zeigte dabei seine Grübchen. „Schön, dich zu sehen."

Trav klopfte ihm auf den Rücken. „Ich hatte mich schon gefragt, wann du auftauchen würdest."

„Kann ich hier meine Zelte aufschlagen?", fragte Shane.

„In meinem Apartment ist es eiskalt. Ich habe Zimteis mitgebracht." Er hielt zwei Papiertüten in die Höhe.

„Ich habe dir doch gesagt, du sollst dir einen Generator anschaffen, du Depp", sagte Trav.

„Es ist nicht so einfach, in einer Wohnung im ersten Stock auf der Main Street einen Generator aufzubauen", erwiderte Shane. Er wohnte in einem Apartment über Shane's Scoops.

„Natürlich kannst du bleiben", sagte Daisy.

Trav nahm die beiden Tüten. „Das mit dem Eis soll wohl ein Scherz sein. Es ist eiskalt draußen."

„Wir könnten Cookie-Eis-Sandwiches machen", sagte Shane. „In einer der Tüten sind Kürbis-Cookies. Sie waren gerade fertig, bevor der Strom ausgefallen ist."

Daisy lief das Wasser im Mund zusammen. Sie drückte Shane einen dicken Kuss auf die Wange. „Du bist ein Traum. Das Mädchen, das dich einmal abkriegt, hat richtig Glück."

Shane wurde puterrot. „Danke, Daisy", murmelte er.

Trav verdrehte die Augen.

„Zu dumm, dass die Leute von der Talkshow hier festsitzen", sagte Shane und hob eine grüßende Hand in ihre Richtung.

„Die meisten ziehen in Liz und Ryans Haus um", sagte Daisy. „Wir haben definitiv Platz für dich."

Shane lächelte. „Großartig, danke."

Sie besprachen, wie sie sich aufteilen wollten. Einige Crew-Mitglieder schwankten noch zwischen Eissandwiches und S'mores, doch als Liz ihnen dann auf Ryans Campingkocher zubereitete heiße Schokolade anbot, schlug die Waage zu ihren Gunsten aus. Die ganze Crew ging mit Liz und Ryan. Maggie und Jorge zogen mit einer Flasche Merlot in Travs' Haus, und Trav hatte die Aufgaben, seinen Generator für sie zum Laufen zu bringen. Somit blieben Daisy mit Bryce, Shane, Max, und Jessica zurück. Jessica hatte verkündet, dass sie in einem Blizzard keine drei Blocks durch den Schnee stapfen würde, ganz egal, welches Essen sie erwartete und weigerte sich, mit jemandem ein Zimmer zu teilen. Wie angenehm.

~

Während Shane ihnen Eis-Cookie-Sandwiches zubereitete, saß Max mit Bryce im Esszimmer, wo der kleine Junge glücklich mit einem Löffel Eiscreme spielte und es auf dem ganzen Tischchen seines Hochstuhls verteilte. Daisy saß in der Küche mit Jessica fest.

„Sie sollten die Queen der gesunden Familienmahlzeiten sein", sagte Jessica. „Sie haben doch sicherlich etwas zu essen da, in dem nicht Tausende von Kalorien an Zucker und Fett sind."

„Natürlich", sagte Daisy und zwang sich, fröhlich zu klingen. Shane drehte sich von dort, wo er gerade auf der anderen Seite des Raums das Eis portionierte, um und sah sie mitleidig an.

Daisy öffnete mit Jessica an ihrer Seite die Vorratskammer.

„So etwas essen Sie?", fragte Jessica. „Pflaumen, Pflaumensaft, Vollkorn … Milano Cookies?"

„Ballaststoffe sind sehr gesund", sagte Daisy. „Und wir haben auch Obstkonserven. Wie wäre es mit Pfirsichen?" Sie zog eine Dose Pfirsichspalten in Zuckersirup eingelegt hervor.

Jessica seufzte. „Das muss es wohl erst mal tun. Aber waschen Sie diesen Sirup ab. Ich muss schon sagen, als ich Ihren Blog gelesen habe, habe ich das nicht erwartet. Um ehrlich zu sein, passt so einiges, was ich gesehen und gehört habe, nicht zu Ihrer Blog-Persönlichkeit. Was meinen Sie, ist der Grund dafür?"

„Ich habe keine Ahnung. Vielleicht ist das normal, wenn man nur über jemanden liest und denjenigen dann zum ersten Mal im wahren Leben trifft." Daisy versuchte es mit Schmeichelei, um das Gespräch in eine andere Richtung zu lenken. „Ich bin mir sicher, dass Ihnen das ständig passiert. Fans, die meinen, Sie von Ihrer Show zu kennen und dann vollkommen überwältigt sind, wenn sie Sie im wahren Leben kennenlernen."

Jessica richtete sich ein wenig auf. „Das stimmt. Ich hatte schon so ein paar Fans, die tatsächlich überwältigt waren, aber ich versichere ihnen dann, dass ich genauso ein Mädchen von nebenan bin wie sie."

„Natürlich!" Daisy durchsuchte ein paar Schubladen nach einem Dosenöffner. „Aber sogar besser als das Mädchen von nebenan. Sie sehen im wahren Leben noch viel besser aus als auf dem Bildschirm."

Jessica strahlte. „Meinen Sie wirklich?"

„Absolut."

Shane wies Daisy diskret die Richtung zum Dosenöffner.

„Danke", sagte Jessica. „Sie sind auch so hübsch. Wer macht Ihnen die Haare?"

Daisy zog den Dosenöffner hervor und öffnete die Dose. „Das bin nur ich. Mit ein bisschen Hilfe von Pantene." Sie warf ihr Haar dramatisch über die Schulter.

„Nein, jetzt wirklich."

Shane schmunzelte.

„Wirklich", sagte Daisy. Sie schüttete die abgewaschenen Pfirsiche in eine Schüssel und reichte sie Jessica. „Bitte sehr."

„Kann ich eine Gabel bekommen?"

Daisy öffnete eine Schublade, erleichtert, dass sie die richtige erwischt hatte. „Ta-dah."

Jessica runzelte die Stirn, als sie die Gabel entgegennahm. „Danke."

Ein paar Minuten später saßen alle am Esszimmertisch bei Shanes berühmten Eiscremesandwiches. Bryce hatte Eiscreme in den Haaren und an seinen Ärmeln. Trav kam von seinem Haus zurück, als Max gerade in Daisys Ohr flüsterte: „Ich bin froh, dass ich ein bisschen mehr Zeit mit dir verbringen kann."

Daisy erwiderte nichts, sondern lächelte Trav stattdessen verkniffen an.

„Ich habe dir eins aufgehoben, Bruderherz", sagte Shane und bot ihm ein Sandwich an.

„Viel zu kalt dafür", sagte Trav. „Ich brauche meine Frau, damit sie mich ein bisschen aufwärmt. Komm her, Frau."

Alle Blicke wandten sich zu Daisy. Travs Tonfall gefiel ihr nicht und auch nicht die Tatsache, dass er die Aufmerksamkeit so auf sie lenkte. Sie spürte die Last von Max' Blick, und ihr entging auch nicht der kühle, abschätzende Blick aus Jessicas Augen. Da sie keine Wahl hatte, erhob sie sich von ihrem Platz und ging langsam an Travs Seite.

Er drückte sie an seine Brust und flüsterte ihr direkt ins Ohr: „Heute Nacht teilen wir uns ein Bett."

Die Absicht, die sie daraus hörte, ließ sie erschauern. Mit Herumalbern konnte sie umgehen. Dem Bad Boy zu widerstehen, fiel ihr jedoch viel schwerer.

Er rieb ihr mit den Händen an den Armen auf und ab. „Jetzt wird dir meinetwegen kalt. Lass uns an den Kamin gehen."

Er nahm ihre Hand und zog sie mit sich. Sie folgte ihm steif, immer noch verärgert, dass er sie so drängte. Sie musste unweigerlich an die vor ihr liegende Nacht denken. Bryce würde in seinem Bettchen in ihrem Zimmer schlafen. Sie hoffte ganz stark, dass Trav nicht mehr von ihr erwartete, als im selben Bett zu schlafen, besonders vor dem Baby. Als sie erst einmal auf dem Boden vor dem Kamin saßen, erinnerte sie ihn an diese Tatsache.

„Irgendwann wird er einschlafen", sagte er ungerührt. Er strich ihre Haare über ihre Schulter und schmiegte sich an ihren Hals, wobei seine Stoppeln über ihre empfindliche Haut kratzten.

Bei dem himmlischen Gefühl schloss sie die Augen. „Das werden keine Flitterwochen", murmelte sie.

Seine Zunge strich über den Rand ihrer Ohrmuschel, und ihr ganzer Körper war in Habachtstellung; Hitze flutete sie. Wer hätte gedacht, dass Ohren so sinnlich sein konnten? Sie öffnete ihre Lippen. Sie musste ihm ... etwas sagen. *Hör auf ... und zwar schnell.*

Er zog sich zurück, und sie öffnete die Augen. Ein selbstgefälliges, wissendes Lächeln umspielte seinen Mund.

„Die Flitterwochen sparen wir uns für später auf", sagte er.

Sie warf ihm einen bösen Blick zu, weil er die Sache mit dem Ohr beendet hatte und so unverschämt selbstgefällig war. „Rechne heute Nacht mal nicht mit Sex", sagte sie mit – hoffentlich – selbstbewusster Stimme.

Er streichelte ihre Wange. „Du willst mich, Liebling."

Sie richtete sich auf und starrte stur geradeaus, denn das tat sie. Viel zu sehr. Sie hatte sich geschworen, dass sie nie wieder so leicht der Lust verfallen würde. Dass sie auf ihren Verstand hören würde. Sie wollte, dass sie einander erst besser kennenlernten. Deswegen hatte sie ihm gesagt, dass sie langsam machen sollten.

Sie wollte ihm das gerade alles erklären, als er einen Finger unter ihr Kinn legte und ihr Gesicht zu ihm zog. Seine Augen brannten heiß auf ihren, und sie wartete atemlos. Er machte Anstalten, ihren Hals erneut zu küssen, und ihre Augen schlossen sich von selbst.

Das ist langsam, sagte sie sich. Köstlich langsam.

Sein Atem strich heiß über ihr Ohr. „Ich könnte dich gleich hier nehmen, gleich jetzt."

Sie riss die Augen auf. Sie schluckte schwer. „Ja, klar."

Ihr Körper schrie *Tu es bitte!*

„Das könntest du nicht", fügte sie hinzu, als seine Hände sich in ihre Haare schoben.

Sie waren nur einen Raum von ihrem überaus sensationshungrigen Publikum entfernt.

Seine Stimme war rau. „Ich werde dich jetzt küssen."

Er beugte sich langsam vor. Sie sollte sich zurückziehen. Jetzt. Bevor – sein Mund senkte sich auf ihren. Himmel, er war ein guter Küsser. Seufzend ergab sie sich. Es war zugleich süß und heiß, und sie wollte, dass es nie endete. Ihre Hände krallten sich in sein Hemd, als der Kuss leidenschaftlicher wurde. Er zog sie auf seinen Schoß, und sie schlang ihre Beine um ihn, presste ihre pochende Weiblichkeit gegen seine Härte. Sie brannte.

„Daisy!", rief Shane aus der Küche. „Bryce wird langsam unruhig."

Sie lösten sich voneinander und starrten einander an, beide außer Atem.

Er strich mit seinem Daumen über ihre Unterlippe. „Heute Nacht gehörst du mir."

Sie wünschte, sie hätte dagegen etwas sagen können, doch

das war schwierig, so an ihn gepresst. Heiß und schwer atmend. Sie biss in seinen Daumen.

„Autsch."

„Ich muss zu Bryce, bevor er anfängt zu schreien."

Er legte seine Hände an ihre Hüfte und hob sie hoch, während sie ihre Haare glattstrich. Er stand auf und glättete ihre Bluse, bevor eine warme Hand über ihren Po glitt. Sie schlug seine Hand beiseite. „Hör auf damit."

Er schmunzelte. „Oh ja. Du willst mich so richtig."

„Ach, halt die Klappe."

Sie sehnte sich nach einem Glas kalten Wassers, bevor sie die Gruppe in der Küche traf. Sie eilte davon, wütend auf sich selbst, weil sie es Trav zu einfach gemacht hatte. Charmante Männer waren schon immer ihr Untergang gewesen. Und böse Jungs. Trav war eine schreckliche Kombination aus jedem Typen, in den sie sich je verliebt hatte, mit dem attraktiven Hauch eines fordernden Mannes. Doch was hatte ihr das immer gebracht? Herzschmerz und Einsamkeit. Niedergeschlagenheit, Alleinsein.

Sie wappnete ihr Herz gegen ihn.

Ihr verräterischer Körper jedoch sehnte sich nach ihm.

Argh!

13

———

Pünktlich wie immer gab sich Bryce seinem frühabendlichen Gebrüll hin. Trav tat ebenfalls das Übliche: Er ging mit ihm auf und ab. Man konnte nichts anderes tun, als es einfach mit dem Jungen durchzustehen. Es war beinahe, als musste er sich einmal am Tag so richtig die Lunge aus dem Leib schreien.

Daisy kam, um ihn abzulösen. Sie ging durchs ganze Haus – Küche, Esszimmer, Wohnzimmer – und sang Bryce leise Lieder vor. Trav setzte sich ins Wohnzimmer, wo Jessica und Max sich gedämpft auf dem Sofa unterhielten.

Jessica meldete sich zu Wort. „Ist das Baby immer so?"

Bryces Schreie wurden lauter. Daisy musste in der Nähe sein.

„Nein", sagte Trav. „Nicht immer. Nur seine übliche Stunde."

Max verzog das Gesicht. „Eine ganze Stunde?"

„Für gewöhnlich."

Daisy begann eine neue Runde durch den Raum. „Wir haben die Schaukel vergessen", sagte sie ihm.

„Wo haben Sie sie denn gelassen?", fragte Jessica und sah von Trav zu Daisy. „Ist so etwas nicht ein wenig zu groß, um es durch die Gegend zu kutschieren?"

Daisy machte sich davon.

„Manchmal nehmen wir sie mit in das Haus seiner Großeltern", sagte Travis und überspielte damit rasch Daisys Ausrutscher. Die Schaukel war in Daisys Wohnung, wo sie immer war. „Damit entspannt er sich leichter. Man muss sie aber richtig anschubsen. Er mag es, wenn sie sich ordentlich bewegt."

Ein paar Minuten später kam Daisy für eine weitere kurze Runde durch den Raum zurück.

„Trav sagt, dass er jeden Abend so ist, und Sie nennen ihn trotzdem Baby Wonneproppen?", fragte Jessica.

Daisy blieb stehen. „Wie würden Sie ihn denn nennen?", fragte sie mit einem scharfen Unterton.

Jessica murmelte leise etwas vor sich hin, und Daisy kam auf sie zu, ihr Gesicht vor Wut gerötet. *Verdammt.* Es war Zeit einzugreifen. Trav schob sich zwischen die beiden Frauen und nahm Bryce aus Daisy Armen. Er schwang den Jungen auf seine Schultern und hoffte, dass der neue Ausblick ihn ablenken würde. Bryce beruhigte sich.

„Sie müssten schon selbst Mutter sein, um zu verstehen, warum wir ihn trotzdem unser Baby Wonneproppen nennen", sagte Trav. „Stimmt's, Liebes?"

Daisy lächelte ihn dankbar an. „Vollkommen."

„Das kann dann nur auf die Biologie zurückzuführen sein", sagte Jessica. „Entschuldigen Sie mich, während ich mein Gehör schone. Kommst du mit, Max?" Sie packte Max am Arm, ihre manikürten blutroten Fingernägel verkrallten sich darin.

„Autsch. Ich komme." Max stand auf und folgte ihr in die Küche.

Bryce wurde unruhig, und Trav zog ihn wieder in seine Arme, ließ ihn erneut hüpfen.

Daisy schüttelte den Kopf. „Ich bin es so leid, dass er jeden verdammten Abend schreit. Meinst du, er wird jemals da rauswachsen?"

„Wahrscheinlich wird er genau in dem Moment da rauswachsen, wenn Baby Nummer zwei kommt."

„Sehr witzig."

Es war kein Witz. Diesmal definitiv nicht. Er ging mit

Bryce einmal im Kreis durch den Raum. Er würde jetzt eine lange Runde übernehmen und hoffte, Daisy würde ihm eines Tages dankbar sein.

~

Daisy und Trav machten Sandwiches für die kleine Gruppe. Jessica aß noch mehr von den Pfirsichen, von denen der Sirup abgewaschen worden war. Als sie gerade fertig waren, klingelte es an der Tür. Daisy sah nach. Sie fragte sich, wer das in der Kälte und Dunkelheit wohl sein könnte.

„Schaut mal, wen wir auf unserer Türschwelle gefunden haben", sagte Maggie. Sie trug eine dicke, rote Daunenjacke und eine dicke lila Strickmütze, mit einem fröhlichen Pompon obendrauf. Sie sah aus wie Santa mit einer Weintraube auf dem Kopf.

Rico nahm den Schal ab, den er sich um sein Gesicht gewickelt hatte. Er passte zu der gelb-rot gestreiften Strickmütze, die er trug. Beides sah aus, als wären es Maggies Kreationen. In einer Hand hielt er eine Akustikgitarre in ihrem Koffer, in der anderen eine Reisetasche.

Jorge zog beide rasch aus der Kälte. „Lasst uns reingehen."

„Ja, kommt bitte rein! Du meine Güte, bist du hierhergelaufen?", fragte Daisy Rico.

„Ja", sagte Rico.

Trav tauchte mit Bryce, von dessen Gesicht und Haaren er gerade sein Süßkartoffelpüree, mit dem er ihn zuvor gefüttert hatte, abgewaschen hatte, an Daisys Seite auf. „Hey. Brauchst du einen Platz für die Nacht?"

„Ja. Danke."

„Ich habe nicht gesagt, dass du hier einen findest", sagte Trav mit ganz ernstem Gesicht.

Rico stieß ihn mit dem Finger an. „Mach keine Scherze mit einem Mann, der gerade drei Meilen in einem Blizzard durch die Stadt gewandert ist."

„Das muss mehr als das sein", sagte Daisy. „Vom Ende der

Stadt aus brauche ich fünfzehn Minuten mit dem Auto, um hierher zu kommen."

„Ich bin quer durch die Stadt gelaufen", erwiderte Rico. „Ziemlich schnell." Er rieb seine Hände aneinander und blies hinein. „Also, was habt ihr geplant?"

„Und wer ist das?", fragte Jessica und kam durch den Raum, um den neuen Gast genauer anzusehen.

„Rico del Toro, zu Ihren Diensten", sagte er und küsste ihre Hand.

Sie betrachtete ihn eingehend. „Sehr nett, Sie kennenzulernen. Es könnte sein, dass ich ihre Dienste später noch in Anspruch nehmen werde."

„Sie werden nicht enttäuscht sein", versprach Rico mit einem Schmunzeln. „Und Sie sind?"

„Jessica Larsen", antwortete sie knapp. „Ich gehe davon aus, dass Sie meine Show nicht sehen."

„Ach, richtig. Die *Morgens bei Jessica* Show. Ach herrje, Sie stecken bei dem Sturm hier fest."

„Ja, und wir haben auch keinen Strom", sagte Jessica und verzog das Gesicht.

„Wenigstens gibt es hier einen Generator", sagte Rico. „Mein Apartment ist wie eine Eistruhe."

„Wir können uns doch alle setzen und einander kennenlernen", sagte Maggie.

Sie setzten sich ins Wohnzimmer auf das Sofa und einige auf den Boden, weil sie einfach zu viele waren.

Max durchquerte den Raum, um Rico die Hand zu schütteln. „Ich bin Max Parker, Produzent bei Rogue TV."

„Rico." Er drückte Max die Hand.

„Hey, Rico." Shane hob grüßend eine Hand.

„Shane! Bin froh, dich hier zu sehen. Jetzt weiß ich, dass wir wenigstens nicht verhungern werden."

Shane grinste. „Ich habe noch ein Kürbis-Cookie-Sandwich übrig, da steht dein Name drauf."

„Wirklich? Fantastisch." Rico stand auf, um es sich zu holen.

„Ich mach das schon. Setz dich. Du bist gerade drei Meilen durch einen Blizzard gewandert."

„Danke." Rico setzte sich und sah sich im Raum um.

„Also, welche Rolle spielen Sie in diesem Familiendrama?", fragte Jessica.

Rico lachte. „Ich gehöre nicht zur Familie. Trav und ich kennen uns schon ewig."

„Du gehörst praktisch zur Familie", sagte Maggie.

„Danke, meine Liebe", sagte Rico.

„Wirklich lange", sagte Trav. „Wir waren schon in Jersey Freunde. Es hat alles angefangen, als Rico mich im Kindergarten gefragt hat, ob ich sein fester Freund werde."

„Mit einem B", sagte Rico. „Bester Freund."

„Hab ich doch gesagt, fester Freund."

„In der Schule gab es immer eine Menge Mädchen, die mich verfolgt haben", erklärte Rico. „Und ich hatte auch noch zwei ältere Schwestern. Ich wollte wirklich einen Freund, der ein Junge war."

Trav hob seine Brauen. „Er wollte mich."

Rico schüttelte den Kopf. „Wie dem auch sei, um es kurz zu fassen … vor zehn Jahren hat Trav *Elegant Land Designs* gegründet und mich dazu gerufen."

„Ich wusste, dass ich Rico als Vorarbeiter wollte."

Rico sprach hinter vorgehaltener Hand flüsternd weiter. „Ich bin der Einzige, den er kennt, der Spanisch spricht. Er brauchte jemanden, der mit dem Team kommunizieren kann."

Jessica rutschte an die Stuhlkante. „Sie beschäftigen Illegale?"

Rico runzelte die Stirn. „Unsere Jungs sind alle legal. Ihr Englisch ist nur nicht sonderlich gut."

Jessica setzte sich zurück und betrachtete ihre Fingernägel.

„Das ist nicht der einzige Grund", sagte Trav.

„Ja, er brauchte auch einen Augenschmaus für seine weiblichen Kunden."

Trav lachte von Herzen. „Ich bin der Augenschmaus."

„Ach, wirklich?", fragte Daisy.

Er nahm ihre Hand und drückte sie. „Nicht mehr, seitdem ich dich kenne, Darling."

Verdammt, er ist gut als liebender Ehemann.

Pass auf, du verliebst dich gerade in eine Fantasie.

„Na dann …", murmelte sie.

Shane kam mit dem Eiscreme-Sandwich für Rico zurück.

„Rico, ich weiß, dass du deine Gitarre nicht ohne Grund durch die ganze Stadt geschleppt hast", sagte Maggie. „Spiel was für uns. Du hast so eine schöne Stimme."

Rico nickte, aß sein Sandwich in drei Bissen und nahm seine Gitarre. Er zupfte an den Saiten, um sie zu stimmen. „Ich schreibe meine eigenen Lieder." Er begann mit dem ersten.

Auf Spanisch.

Sein Gesang war wirklich schön. Auch, wenn sie ein wenig Spanisch sprach, hatte Daisy keine Ahnung, wovon er sang. Aber es fühlte sich an, als käme es von Herzen und war ernst gemeint, die Musik war sanft und rollte so dahin. Sie schnappte die Wörter *Beso* und *corazon* – Kuss und Herz – auf. Sie lächelte. In diesem Lied ging es um die Liebe.

Trav setzte Bryce auf eine Decke auf dem Boden, und ohne ein Wort hob er Daisy aus dem Stuhl, auf dem sie saß, setzte sich dann selbst hin und nahm sie auf den Schoß. Sie öffnete den Mund, um zu protestieren, als er ihr ins Ohr flüsterte. „Sssch … unterbrich nicht die Musik."

Maggie lächelte sie an. Daisy spürte, wie ihre Wangen rot wurden. Trav übertrieb das mit dem liebenden Ehemann. Wirklich. Sie war sich sicher, dass Verheiratete normalerweise nicht auf dem Schoß des anderen saßen. Eine warme Hand glitt am Rücken ihrer Bluse hinauf und rieb langsame Kreise. Es war entspannend und erregend zugleich.

Sie waren in einem Raum voller Leute. Sie lehnte sich gegen seinen Arm, sodass er ihn nicht mehr bewegen konnte.

Seine andere Hand glitt langsam über ihre Hüfte, arbeitete sich zu ihrem Innenschenkel vor. Sie packte die Hand und hielt sie fest, und er begann wieder mit der entspannenden, erregenden Massage auf ihrem Rücken. Sie überlegte schon, ob sie sich lieber auf den Boden setzen sollte, doch … es fühlte sich einfach so gut an.

Das Lied endete, und alle applaudierten.

„Mehr!", rief Maggie.

Rico begann das nächste Liebeslied auf Spanisch, dann noch eins, ohne, dass er dazu aufgefordert werden musste. Trav hörte nicht auf, sie zu berühren. Seine Hand blieb unter ihre Bluse, streichelte langsam an ihrem Rücken hinauf und hinab. Noch ein Lied, ihre Schultern. Ein weiteres Lied, ihr Hals, dann streichelte er ihre Haare. Eine halbe Stunde später schlief Bryce. Daisy war vollkommen entspannt und lehnte ihren Kopf zurück an Travs Schulter. Seine Arme lagen um sie, seine Hände sicher über ihrem Bauch gefaltet.

Rico sah auf und lächelte alle an. „Ich habe zu lange gemacht. Das Baby ist meinetwegen eingeschlafen."

Daisy setzte sich auf. „Darüber beschwert sich niemand. Ich wünschte, du könntest jeden Abend für uns spielen."

„Jeden Abend?", murmelte Trav.

Rico zupfte die Saiten. „Danke dir."

Jorge neigte seinen Kopf und fragte Rico etwas auf Spanisch.

Rico hob und senkte eine Schulter und antwortete auf Englisch. „Um niemanden und alle."

„Um niemand Speziellen?", drängte Jorge weiter. „All diese Lieder über Liebe, und doch gibt es keine Liebe in deinem Leben? Wie kannst du dann so tiefgründig darüber singen?"

„Ich bin ein tiefgründiger Mann."

Trav schnaubte.

Daisy stieß ihn mit dem Ellbogen an. „Ich bin mir sicher, dass Rico sehr tiefgründig ist, wenn man ihn erst einmal kennenlernt. Das war wundervoll."

„Ja, sehr hübsch", sagte Jessica. „Kennen Sie auch Lieder auf Englisch?"

„Ich schreibe auf Spanisch, weil ich auf Spanisch fühle", erwiderte Rico.

„Ich fühle auf Englisch", sagte Jessica und beugte sich ein Stück vor, um ihm ihre Brüste zu präsentieren.

Rico steckte seine Gitarre zurück in die Hülle und machte sich nicht die Mühe, etwas darauf zu erwidern, obwohl ihm ihre Sieh-dir-das-genau-an-Pose nicht entging.

„Bin gleich zurück", sagte Maggie. „Hilf mir doch bitte in

der Küche, mein Liebster."

„Natürlich", antwortete Jorge. Er küsste sie zärtlich auf die Lippen.

Travs Stimme grollte in ihrem Ohr. „Wo sich gerade alle küssen."

Bevor sie sagen konnte, *nicht alle küssen hier*, hatte er sie in seinen Armen umgedreht und küsste sie. Da sie durch seine ständigen Berührungen bereits weich wie Wachs war, erwiderte sie den Kuss. Irgendjemand stieß einen Pfiff aus. Vermutlich Rico.

Ihre Wangen brannten, und sie presste ihre Hände auf seine Brust. „Du musst damit aufhören", flüsterte sie wütend. „Verheiratete küssen sich nicht so oft."

„Wir schon", sagte Trav mit selbstzufriedenem Lächeln.

Sie rutschte von seinem Schoß und wich dem Blick ihres Publikums aus. Wenn er meinte, dass sie heute Abend so einfach mit ihm ins Bett fallen würde, hatte er sich bitter getäuscht. Sie hatten das Baby und das Haus voller Leute. Auf keinen Fall würde sie etwas anderes tun als schlafen.

Sie hob Bryce von der Decke auf und trug ihn nach oben, um ihn in sein Bettchen zu legen. Ihre Lippen prickelten immer noch von diesem unerwarteten Kuss.

Sie blieb abrupt stehen, als sie in Maggies Schlafzimmer kam. „Was zum …?"

Das Bettchen war weg.

Trav! Dieser übergriffige, selbstgefällige, nervtötende Mann. Auf keinen Fall würde sie es ihm heute Abend so leicht machen.

~

Trav eilte nach oben, denn er wusste, was Daisy dort finden würde.

Sie ging in Grans Schlafzimmer auf und ab, die Stirn gerunzelt. Er schloss die Tür hinter sich.

Sie drehte sich um „Da bist du ja! Wo ist es?"

„Ich habe es in Shanes Zimmer gebracht", antwortete Trav.

Sie blickte zur Decke auf, versuchte offensichtlich, sich zu beruhigen. Dann senkte sie ihren Blick zu ihm. „Welches Zimmer?"

Er ging voraus. Vorsichtig legte sie Bryce ins Bettchen und schloss leise die Tür hinter sich. Sie bedeutete ihm, ihr zurück in Grans Schlafzimmer zu folgen.

Er wusste, dass ihm jetzt etwas bevorstand, doch er folgte ihr trotzdem. Sobald sie sich an die Idee gewöhnt hatte, würde sie ihm danken. Er schloss die Tür hinter sich.

Sie hob einen Finger. „Erstens, der arme Shane! Du weißt, dass Bryce jede Nacht um drei Uhr aufwacht!"

Er ging zu ihr und legte einen Finger an ihre Lippen. „Sssch."

Sie stieß seinen Finger beiseite. „Du kannst mir nicht den Mund verbieten! Jetzt muss ich mitten in der Nacht in Shanes Zimmer schleichen, um Bryce wieder zum Schlafen zu bringen, und der arme Shane wird aus dem Schlaf gerissen!"

Er zog sie quer durch den Raum und in Grans begehbaren Kleiderschrank, dessen Tür er hinter sich zuzog. Der Schrank war nicht groß, und Grans Kleider berührten sie an allen Seiten. Es war außerdem stockdunkel.

„Was zum Teufel, Trav?"

„Du bist einfach zu laut. Möchtest du, dass Jessica hört, wie wir uns streiten? Im Schrank haben wir wenigstens zwei geschlossene Türen zwischen uns und ihr." Er atmete ihren Zitrusduft ein. Sie war so verführerisch nahe. Er konnte ihre Hitze spüren, und eine Brust drückte gegen seinen Arm, doch er wagte es nicht, sie in ihrer momentanen Stimmung zu berühren.

„Zweitens …" Er stellte sich vor, dass sie zwei Finger in die Luft hob, doch er konnte keine verdammte Sache vor Augen sehen. „Wir haben Jessica erzählt, dass wir als Eltern eine ganz enge Bindung wollen, dass wir sein Bettchen in unserem Zimmer haben, damit wir sofort auf seine Schreie reagieren können. Was wird sie denken, wenn sie sieht, dass das Bettchen zwei Zimmer entfernt steht, und sie ihn mitten in der Nacht auch noch schreien hört?"

„Sie wird das Bettchen nicht sehen. Ich werde die Schlafzimmertüren geschlossen halten und ihr direkt mein altes Zimmer zeigen."

„Welches ist deins?"

„Das erste links."

„Direkt gegenüber vom Baby?", rief sie viel zu laut.

Er drückte ihr eine Hand auf den Mund. Sie biss hinein.

„Autsch!"

„Ich weiß genau, dass das in deinem testosteronver-seuchten Gehirn abläuft, doch ich kann mir keine weniger antörnende Verführungsszene vorstellen, als Jessica Larsen auf dem gleichen Flur zu haben, dazu deinen Bruder und meinen Ex-Ehemann. "

„Und Rico."

„Ja! Und Rico. Ganz zu schweigen von unserem Baby, das das ganze Haus aufwecken und sich wundern wird, warum Mommy so lange braucht, um zu ihm zu kommen."

„Es wird nicht lange dauern", sagte Trav. „Ist ja nur den Flur runter."

Sie stieß ihm gegen die Brust. „Du wirst aufstehen, um ihn zu holen. Und du bringst ihn auch wieder zum Schlafen und legst ihn zurück in Shanes Zimmer. Meinst du, du schaffst das?"

Bryce hatte bis jetzt noch keine Nacht bei ihm verbracht, da Daisy ihn für gewöhnlich durch Stillen wieder zum Schlafen brachte, doch Trav würde alles tun, nur um Daisy allein ins Bett zu bekommen.

„Absolut", erwiderte Trav.

„Schön. Können wir dann jetzt aus diesen Klamotten raus?"

„Ich würde dich sogar sehr gerne aus diesen Klamotten rausbekommen", scherzte Travis.

„Mach nur weiter so, Mr. Stand-Up Comedian."

„Da unten macht schon jemand Stand-up."

Sie schnaubte, öffnete die Schranktür und ging nach unten.

Er blieb zurück, um zu warten, bis sich sein Ständer beruhigt hatte. Hätte schlimmer werden können. Er gratulierte sich zum Sieg in Runde eins.

14

Als Daisy ins Wohnzimmer zurückkam, plärrte „Copacabana" aus dem Radio, und Maggie zerrte eine steife Jessica aus ihrem geliebten Gastgebersessel.

„Komm schon, Süße, wir müssen dich mal ein bisschen lockermachen", sagte Maggie gerade.

Jorge tanzte mitten im Raum, machte irgendeinen Boxschritt, dazu Jazzhände. Rico und Shane sahen vom Sofa aus zu. Max saß auf dem Boden und sah amüsiert aus.

„Ich bin locker!", schrie Jessica.

„Das ist genau mein Typ Frau", sagte Rico leise.

„Du musst entweder tanzen, oder dich im Bett amüsieren", sagte Maggie. „Wann war das letzte Mal, dass du mit einem Mann zusammen warst? Süße, hast du wenigstens einen Vibrator?"

Jessica bekam große Augen. Daisy unterdrückte ein Lachen.

„Dachte ich mir." Maggie nahm Jessicas Hände und bewegte sie von einer Seite zur anderen. „Hübsch langsam."

Jessica bewegte sich steif.

„Versuch mal einen Shimmy. Wackle mit den Schultern." Maggie zeigte es ihr.

Jessica schüttelte ganz wenig ihre Schultern, während sie an die Decke starrte.

Maggie hörte auf, sich zu bewegen. „Ich merke schon, für dich brauchen wir mehr als nur einen Tanz. Komm mal mit."

Sie nahm Jessicas Hand und zog sie in die Küche. Daisy hatte beinahe Mitleid mit Jessica, doch sie konnte kaum abwarten zu sehen, was Maggie als nächstes tun würde.

„Helft mir mal, Platz zu schaffen", sagte Jorge zu Rico und Shane. Sie schoben die Möbel beiseite, um eine provisorische Tanzfläche zu schaffen.

Rico nickte im Rhythmus zur Musik und lockte Daisy mit seinem Finger.

Sie kicherte und ging zu ihm. Rico tanzte, als wäre er dazu geboren. Daisy zog Shane mit sich und tanzte mit beiden Männern.

Wenig später kam Jessica mit einem Martiniglas zurück. „Prost! Maggie hat Martinis gemacht! Wer braucht Oliven?" Sie leerte ihr Glas in einem Zug.

Maggie stellte zwei Flaschen Wodka auf den Kaminsims, dazu einige Gläser. „Möchte noch jemand einen Martini?"

Jessica, Rico und Max drängten sich eilig vor. Daisy trank keinen Alkohol, da sie noch stillte, doch sie war mehr als glücklich, dass Jessica etwas trank. Je weniger aufmerksam sie war, desto besser. Sie tanzte weiter mit Shane, der sich so ungeschickt bewegte, dass er beinahe mit ihr zusammengestoßen wäre.

Kurz darauf waren alle außer Daisy martiniselig und tanzten zu „Funkytown". Maggie tanzte mit Jessica. Sie hielt sie an ihren Händen, während Jessica sich sinnlich zur Musik wiegte. Shane musste auch etwas vom Wodka getrunken haben, denn jetzt tanzte er wie ein durchgeknallter Muppet.

Trav kam herunter und schüttelte den Kopf. „Da verlässt man den Raum mal für fünf Minuten und ihr verwandelt das Wohnzimmer zu einem Moshpit!"

Rico und Shane begannen, gegeneinander zu stoßen. Trav gesellte sich mit einem Bruststoß zu Rico. Rico stolperte zu Boden und sprang gleich wieder auf

Daisy lachte. Trav kam geradewegs zu ihr, ging vor ihr in die Hocke, packte sie am Bauch, hob sie hoch. Sie fühlte sich wie eine Primaballerina und streckte die Arme aus, während er sie herumwirbelte. Dann stellte er sie wieder ab und tanzte langsam und eng mit ihr, obwohl der Rhythmus schnell war. Seine Hände glitten ihren Rücken hinab, drückten sie fester an sich, und sie war hin- und hergerissen zwischen dem Drang, seine Hände wegzuschlagen und dem, ihn wie eine Feuerwehr-Rutschstange zu bespringen.

Jessica begann, erotisch mit Max zu tanzen. Shane sang in ein imaginäres Mikrofon und Rico kam hin und wieder hinzu, um es sich mit ihm zu teilen.

Ein Hello Kitty-BH flog durch die Luft.

„Gran!", schimpfte Trav. „Zieh den wieder an!"

Jorge hob ihn auf und begann zu tanzen, den BH zwischen die Zähne geklemmt. Maggie kicherte. Da sie Maggie in nichts nachstehen wollte, zog auch Jessica ihren BH aus und schlang ihn Max um den Hals. Er schleuderte ihn von sich.

Trav sah Daisy an. „Jetzt bist du dran."

„Ganz sicher nicht."

Er wirbelte sie herum. „Und ob."

„Das hättest du wohl gerne, wie?"

Er zog sie hoch. „In der Tat." Dann grub er seine Hände in ihre Haare und nahm ihr mit einem Kuss den Atem.

Die Musik wechselte zu Janis Joplins „Bobby McGee". Trav zog sie für einen weiteren langsamen Tanz an sich, während alle anderen um sie herum wie wild tanzten.

Er küsste ihren Hals, und warme Schauer durchfuhren sie.

„Glaub mal nicht, dass du mich mit dem Bettchen überlistet hast", sagte sie.

Er näherte sich ihrem Ohr, und ihre Knie wurden weich. „Niemals", erwiderte er.

„Wir werden das hier ..." Sie unterbrach sich, als sein Mund ihren Kiefer entlang wanderte und ihren Lippen immer näher kam. „Nicht überstürzen", hauchte sie.

Er küsste sie sanft und knabberte an ihrer Unterlippe. „Wir werden so-oo-oo-oo langsam machen. Du wirst mich anflehen, schneller zu machen."

Ihr blieb der Mund offen stehen, und einen Moment lang fehlten ihr die Worte.

Trav schmunzelte.

So verdammt selbstgefällig.

„Ich, flehen? Ganz sicher nicht", sagte sie viel zu laut genau in dem Moment, als der Song endete. Ihre Stimme füllte den Raum. Ihre Wangen brannten, und sie konnte es nicht ertragen, irgendjemandem in die Augen zu sehen.

„Sag's ihm nur", meinte Maggie. „Es sei denn, es geht um Sex, dann macht Flehen Spaß." Sie sah sich im Raum um und nickte allen zu.

Daisy schloss die Augen und seufzte.

„Wer will Sex mit mir?", fragte Jessica laut.

Rico hob die Hand.

„Sollst du haben!", rief Jessica. Dann sprang sie auf Shanes Rücken und ritt ihn wie ein Cowgirl.

Maggie nahm die beiden leeren Wodkaflaschen vom Kaminsims. „Meine Arbeit hier ist getan."

Nachdem sie sich beim Tanzen verausgabt hatten, verabschiedeten sich Gran und Jorge, und Travis fand eine Packung Pokerkarten. Daisy war gerade nach oben gegangen, um sich bettfertig zu machen, darum spielte Trav noch eine weitere Runde, um ihr Zeit zu lassen, denn wenn er erst mal oben wäre, wollte er auf nichts mehr warten. Er verlor die Runde trotz der Tatsache, dass Shane das schlechteste Pokerface der Welt hatte und immer verriet, was er auf der Hand hatte. Seine Gedanken waren einfach nicht beim Spiel. Er konnte es nicht abwarten, heute Nacht das Bett mit Daisy zu teilen. Sein Verführungsplan funktionierte. Daisy schien glücklich zu sein, und sie hatte sich auf ihn konzentriert. Max hatte sie keines zweiten Blickes gewürdigt.

Er tat so, als müsste er gähnen. „Ich bin erledigt. Ich begleite euch noch zu euren Zimmern, bevor ich dann selbst schlafen gehe."

„Du meine Güte, wie spät ist es, neun?", fragte Jessica.

„Sei nett, Jess", sagte Max.

„Ja, es ist neun", erwiderte Trav ruhig. „Ich muss mich

noch um den Generator kümmern und das Feuer im Kamin löschen, deswegen lasst uns mal langsam nach oben gehen."

„Ich nehme mein altes Zimmer", sagte Shane.

„Klar Shane, für dich ist alles fertig", sagte Trav. Warum hatte Shane das gesagt? Er wollte einfach nur, dass dieser Abend endlich um war, ohne weitere Fragen oder Ausrutscher.

Jessica horchte auf, hatte immer noch einen klaren Verstand, obwohl sie den Wodka nur so runtergekippt hatte. „Ihr altes Zimmer? Haben Sie hier früher gewohnt? Sind Sie hier aufgewachsen?"

„Er meint, dass er oft bei uns übernachtet", antwortete Trav für Shane.

Shane nickte.

Jessica stieß Shane den Finger gegen die Brust. „Warum sollten Sie hier übernachten, wenn Sie doch so in der Nähe wohnen?" Sie lehnte sich gegen seine Brust und sah zu ihm auf. „Hmm? Raus mit der Sprache, Kupferdach."

Shane lächelte albern zu ihr hinunter. „Ich heiße Shane."

„Er ist unser Babysitter", sagte Trav einfach. „Shane, kannst du ihnen ihre Zimmer zeigen, während ich den Generator nachfülle? Jessica schläft dir gegenüber auf der anderen Seite des Flures." *Das war am weitesten entfernt von Grans Zimmer.* „Rico, du bekommst das Sofa."

„Das kurze Ding?", fragte Rico. „Ich schlafe auf dem Boden. Ist gut für den Rücken."

Shane bedeutete Jessica und Max, vorauszugehen. „Nach euch."

Jessica und Max unterhielten sich leise auf der Treppe, als sie nach oben gingen.

Shane rief zu Rico hinunter: „Ich werfe dir gleich ein Kissen und eine Decke runter."

„Danke", sagte Rico. „Trav, brauchst du Hilfe?"

„Ja, bitte. Könntest du das Feuer ausmachen, während ich mich um den Generator kümmere?"

Rico salutierte. „Sollst du haben, *jefe.*"

„Was heißt ‚impertinenter Angestellter' auf Spanisch?", fragte Trav.

„Das Wort kenne ich nicht", sagte Rico mit ernstem Gesicht.

Trav schmunzelte und nahm seine Jacke vom Haken. Er holte eine Taschenlampe aus der Küche und eilte in die Eiseskälte, während er an die warme, sexy Frau dachte, die oben auf ihn wartete.

~

Daisy betrachtete das Schlafzimmer, das sie vermutlich mit Travis teilen würde. Sie hatte es sich zuvor noch nicht genau angesehen, weil sie so auf Bryce konzentriert gewesen war, und später, weil sie so entsetzt gewesen war, dass das Bett nicht dastand, wo es hätte stehen sollen. Okay, das war mehr als merkwürdig. Es war … *bizarr*. Ein eisernes Himmelbett mit rosa Seidenschals, die um einen Pfosten gewickelt waren. Sie wollte nicht darüber nachdenken, was Maggie und Jorge damit wohl machten. Eine Tagesdecke mit Blumenmuster, dazu passende Kissenbezüge und mehrere Dekokissen, auf denen Santa und seine Rentiere zu sehen waren, obwohl es Februar war.

Ihr Blick fiel auf den Nachttisch. Nein, das wäre indiskret.

Vielleicht nur ein winziger Blick.

Gleitmittel mit Erdbeergeschmack, rosa Handschellen, Schaumstoffrollen und eine Duschhaube. Daisy kniff ihre Augen fest zu, bemühte sich, die lebhaften Bilder nackter Senioren, die vor ihrem inneren Auge auftauchten, loszuwerden. *Regenbogen, Einhörner, glitzernde Feen*. Es funktionierte nicht.

Das hast du jetzt davon, dass du rumgeschnüffelt hast.

Sie war zu unruhig, um sich ins Bett zu legen.

Trav konnte jeden Moment hochkommen, mit all seinen Erwartungen. Es gefiel ihr nicht, dass er davon ausging, dass sie mit ihm schlafen würde, nur weil sie ein Baby hatten und heiraten würden. Sie schnaubte. Sie war lächerlich. War das eine so große Sache? Mit ihrem zukünftigen Ehemann zu schlafen. Das tat man nun einmal. Ein Schuss Adrenalin durchfuhr sie, und sie kämpfte gegen das Bedürfnis an, die Flucht zu ergreifen.

Sie ging zum Schrank und öffnete die Tür. Kein Wunder, dass sie da drin gegen Travis gequetscht gewesen war. Er war rammelvoll mit Kleidung. Sie fragte sich, wo Jorge seine Sachen aufbewahrte. Wenn jemand von *Morgens bei Jessica* in den Schrank geschaut hätte, hätten sie gleich erkannt, dass das hier nicht Daisys Haus war. Die Sachen waren viel zu kurz für Daisys eins siebzig. Im Licht der Nachttischlampe konnte sie gerade mal die Miniröcke sehen (die bei Daisy supermini gewesen wären), Blusen und bunte alte-Frauen-Hauskleider, doch alles schrie geradezu nach Maggie.

Daisy lächelte, als ihr ein Gedanke kam. Ein sehr böser Gedanke. Sie suchte ein paar Sachen aus und ging kichernd ins Badezimmer.

15

Trav betrat das Schlafzimmer und zog sich bereits sein Thermo-Henley aus. Er näherte sich dem Bett und stellte fest, dass Daisy nicht darin lag. Sie musste wohl im Badezimmer sein. Sie hatte das Licht auf dem Nachtschränkchen angelassen. Er nahm sich einen Moment, um das Bett zu betrachten, in dem sie schlafen würden – Grans Bett. *Falsch, falsch, falsch.* Santa und seine Rentiere mussten verschwinden. Heute Nacht würden sie mit Sicherheit auf der unartig-Liste landen.

Er nahm die Santa-Kissen vom Bett, dann die merkwürdigen Blumenkissen und schlug die Tagesdecke zurück, sodass man nur die schlichte weiße Seite sah. Das war besser. Ein Bild von Daisys goldenen Haaren über dem Kissen ausgebreitet, wie sie zu ihm aufsah, brachte ihn dazu, auch seine Jeans auszuziehen. Er kroch unter die Decke. Sie hatten geheizt, doch es war immer noch kalt. Das alte Haus war schlecht isoliert. Er konnte es nicht abwarten zu sehen, was Daisy im Bett anhatte.

Ein paar Minuten später kam Daisy ins Schlafzimmer. Er verkniff sich ein Lachen, als sie sich dem Bett näherte. Sie trug Grans Flanellnachthemd, das ihr bis zu den Knien ging, Lockenwickler in den Haaren und eine Duschhaube. Diese Frau machte ihn fertig.

Er sah ihr selbstgefälliges Lächeln, bevor sie das Licht ausschaltete und ins Bett kroch.

Im Dunkeln tastete er nach ihr. „Gran?"

Sie kicherte.

„Oh, Gran, du törnst mich so sehr an." Er rieb mit seinen Händen an ihrem Rücken auf und ab. „Ist das einhundert Prozent Flanell?"

Sie brach erneuten in Kichern aus. Sie schmiegte ihren Kopf an seine Brust, bebend vor Lachen, offensichtlich bemüht, wegen der Gäste leise zu sein.

„Deine Duschhaube ist so weich an meinem Kinn."

Sie schlug ihm auf die Brust. „Hör auf!", brachte sie hervor.

„Du bist doch diejenige, die passend gekleidet ist. Hätte ich das gewusst, hätte ich den gelben Bademantel angezogen."

Sie brachen beide in Gelächter aus. Sie hatten mehr als einmal gesehen, wie Jorge mitten am Vormittag in Grans Morgenmantel herumgelaufen war. Er streichelte ihren Rücken, bis ihr Lachen verstummte. Sie hob ihr Kinn und betrachtete ihn im Dämmerlicht des Mondes, das zum Fenster hereinfiel. Sie war selbst mit einer Duschhaube so verdammt schön.

„Ich denke, eine Hochzeit mit Lachen ist die beste", sagte er. „Es wird gut werden, Daisy. Ich weiß, dass du deine Zweifel hast, was uns angeht, doch es wird alles gut werden."

Zu seiner Überraschung legte sie ihm eine Hand an die Wange. „Du bist ein guter Mann."

„Ja."

Sie kicherte. „Ja?"

„Du bist auch gut, Frau."

„Küss mich."

Er wollte seine Hand in ihre Haare schieben, traf jedoch auf die Duschhaube und die Lockenwickler, und begegnete ihren Lippen mit einem sanften Kuss. Sie erwiderte ihn begeistert und ihre Zunge tauchte in seinen Mund. Das traf ihn wie ein Feuerwerk. Der Kuss wurde heiß, während seine Hände an ihren Kurven hinauf- und hinabfuhren, anhielten, um ein wenig länger auf ihren Brüsten zu verweilen, sie durch das Flanell zu streicheln. Himmel, Flanell! Er musste sie da rausholen.

Er drehte sie auf ihren Rücken und nahm ihr die Haube vom Kopf. Er löste sich von ihr, um langsam jeden Lockenwickler aus ihren Haaren zu ziehen, und sah zu, wie ihre goldenen Haare fielen – eine Strähne nach der anderen – zu einer goldenen Woge auf dem Kissen. Genauso hatte er es sich vorgestellt.

„Du bist so schön, Daze."

„Du auch."

Er grinste. „Ich weiß."

Sie lachte, und er küsste diesen lächelnden Mund. Seine Hand fuhr durch ihr seidenes Haar. Ihre Hände strichen über seinen nackten Rücken, und er konnte es nicht abwarten, sie aus diesem Flanellhemd herauszubekommen, sie Haut an Haut zu spüren. Langsam. Er knabberte und leckte an ihrem Hals, und sie neigte ihren Kopf, um ihm den Zugang zu erleichtern. Er inhalierte ihren Zitrusduft, und seine Hand arbeitete sich langsam an ihrem Flanellnachthemd hinauf. Sie schob es wieder hinunter.

Er küsste sie weiter, neckte sie mit allen Mitteln der Kunst, mit langen, langsamen, tiefen Küssen. Sie stöhnte. Jetzt berührten ihre Hände ihn überall, was er als Startsignal interpretierte. Langsam schob er seine Hand hinunter zum Saum des Nachthemdes.

Sie riss ihren Mund von seinem. „Trav, das ist keine gute Idee."

„Es ist sogar eine sehr gute Idee."

„Ich habe mir geschworen, dass ich nie wieder Sex haben werde, solange ich denjenigen nicht gut kenne."

Er knabberte an ihrem Ohr, fuhr mit seiner Zunge um die Muschel und hauchte vorsichtig darauf: „Du kennst mich doch."

„Aber nicht so gut. Wir hatten noch nie ein Date oder sowas."

Er unterdrückte ein Stöhnen. Als ob er sie jetzt auf ein

Date einladen könnte. *Langsam. Geduld.* Er fühlte sich wie ein notgeiler Teenager.

„Was möchtest du wissen?", fragte er. „Ich werde dir alles erzählen." Er konnte nicht aufhören, sie zu berühren. Er berührte ihre Haare und küsste ihre Schläfe, ihr Kinn, ihren Hals, ihr Schlüsselbein. Sie schmeckte so gut.

Sie schwieg.

Er sah auf. „Daze?"

Ihre Augen waren geschlossen. „Hmmm ...", summte sie und schien sich nicht allzu viele Gedanken über ihr Kennenlernen-Date zu machen.

Das nutzte er aus, kehrte zu ihrem sinnlichen Mund zurück und nahm ihn sich. Wieder stöhnte sie.

Er schob ihr eine Hand unter das Nachthemd und ließ sie an ihrem Innenschenkel hinaufwandern, massierte sie über einem winzigen Nichts von einem Höschen. Sie war heiß und feucht. Er stöhnte und machte sich wieder daran, das furchtbare Flanellnachthemd zu beseitigen.

Darunter trug sie nur einen rosa Tanga. Schon da hätte er beinahe die Kontrolle verloren.

„Das sind aber keine Liebestöter", bemerkte er.

Sie kicherte. „Nein."

Er zog sie an sich, sodass sie einander ansahen, Haut an Haut, und küsste sie erneut, schob sein Bein zwischen ihre, drückte es gegen ihre Scham. Ihre Nägel kratzten an seinem Rücken hinauf und hinunter, brachten ihn um den Verstand. Er zog sich gerade weit genug zurück, um ihre Brust zu streicheln, und zwickte in einen Nippel. Überrascht zuckte er zurück, als ihn etwas Feuchtes traf. *Milch!*

Ihre Hand schoss an ihre Brust.

Er lachte. „Ups, jetzt habe ich dich gemolken wie eine Kuh."

Sie verzog das Gesicht, drehte sich um und wandte ihm den Rücken zu.

Mist.

Daisy schämte sich so sehr. Noch etwas für die lange Liste von Dingen, über die sie in schwelgenden Tönen in ihrem Blog geschrieben hatte, die der Realität jedoch nicht ferner sein könnten.

Trav schmiegte sich von hinten an sie und strich ihr Haar zurück. „Tut mir leid. Das hätte ich nicht sagen sollen."

„Nein, du hast ja recht. Ich bin eine Kuh. Muh. Nur noch so etwas, womit mich mein Blog in den Arsch beißt. Sex nach dem Baby ist Mist."

„Ich würde nicht sagen, dass es Mist ist." Er legte seine Hand auf ihren Bauch, und sie zog ihn gleich ein.

Sie lag da, aufgewühlt, beschämt und so verdammt müde. Wo war nur dieses dumme Nachthemd? Sie setzte sich auf, tastete blind unter der Decke danach, denn ihr wurde wirklich kalt, und legte sich wieder hin. *Verdammt.* Sie wollte die Nacht nicht nackt mit diesem unerträglichen Mann verbringen.

Er hatte sie *ausgelacht*.

„Kannst du das Nachthemd für mich finden?", fragte sie.

„Nein."

Sie überlegte, ob sie aufstehen sollte, um es von dort zu holen, wohin er es geworfen hatte, doch außerhalb des Bettes war es so kalt, und es war wirklich angenehm warm, hier so in Travs Armen zu liegen. Seine Brust wärmte ihren Rücken, seine Beine waren gegen ihre geschoben. Sie hätte ohne das harte Etwas, das ihr in die Hüfte stieß, gut leben können, doch sie waren praktisch nackt.

Sie stieß einen scharfen Atemzug aus. „Ich will nur schlafen."

„Ich auch."

Es verging ein Moment. Seine Hand wanderte nach oben.

„Fass meine Brüste nicht an."

Seine Hand hielt inne.

Sie lagen ganz ruhig in der Dunkelheit. Sie atmete tief ein, begann, sich wieder zu entspannen. Seine Hand wanderte nach unten. Sie hielt ganz still.

„Tu einfach so, als wäre ich gar nicht da", sagte er.

Sie kicherte.

Seine Hand wanderte tiefer.

Noch tiefer.

Sie hielt den Atem an.

Genau das ist der Punkt. Sie seufzte. Seine Finger streichelten und zogen langsame Kreise. Er hatte wirklich magische Finger.

Seine Stimme knurrte tief in ihr Ohr. „Öffne deine Beine."

Ein Zittern durchfuhr sie. Sie spreizte sie für ihn, und er nutzte es voll aus. Seine Finger wurden fordernder, massierten und kreisten über ihrer Mitte, drangen in sie ein. Sie bog den Rücken durch, es war ja unmöglich, bei dem Ansturm von Empfindungen stillzuhalten.

Er machte weiter, unbeirrt, ununterbrochen, brachte sie näher und immer näher an die Klippe. Sie versuchte, nicht zu laut zu stöhnen, und bewegte sich nun automatisch mit seiner Hand, verlangte instinktiv mehr. In einer Woge von Gefühlen schrie sie auf und erbebte neben ihm. Er verlangsamte seine Bewegung, hörte aber nicht auf, ließ sie jede Lustwelle reiten. Schließlich kam sie wieder zurück auf die Erde, drehte sich auf ihren Rücken und griff nach ihm.

Er lächelte sie an.

Sie erwiderte sein Lächeln. „Du bist noch da."

Er küsste sie zärtlich. „Das bin ich."

Sie schälte sich aus ihrem Tanga und zog ihm seine Unterhose aus. Er griff auf den Boden und zog ein Kondom aus seiner Hosentasche. Er musste es vorhin in seine Jeans gesteckt haben. Sie hatte keine Zeit, sich zu überlegen, ob sie wütend oder dankbar dafür war, denn da war er auch schon zurück und drang langsam in sie ein. *O. Mein. Gott.* Es war so verdammt lang her. Und er war so dick und heiß und hart.

Sie stöhnte, und er drang zwei Zentimeter weiter ein.

Sie hob ihre Hüfte, drängte ihn weiter. Er rührte sich nicht.

„Trav, du machst mich wahnsinnig."

„Genau das hatte ich auch vor." Er drang ein wenig tiefer ein, aber nicht genug. Nicht annähernd genug.

„Bitte." Sie packte seinen Po und zog ihn an sich. Er glitt einen weiteren Zentimeter in sie hinein und hielt inne.

„Ich habe doch gesagt, ich würde dich zum Flehen bringen."

„Leg dich nicht mit einer Frau an, der man den Sex versagt hat." Sie schlang ihre Beine um ihn. Das brachte ihn dazu, sich zu bewegen.

„Das ist die perfekte Frau, um sich mit ihr anzulegen", krächzte er.

Sie schloss die Augen, als sie sich in langsamem, regelmäßigem Rhythmus bewegten, und sie spürte, wie sich das köstliche Gefühl wieder in ihr aufbaute. Seine Lippen begegneten ihren, seine Zunge stieß in ihren Mund, passend zu den Stößen seines Körpers.

Sie unterbrach den Kuss. „Schneller", keuchte sie und grub ihre Nägel in seinen Rücken.

„Wir haben es doch nicht eilig", sagte er ihr und machte so langsam und gleichmäßig weiter wie zuvor.

Er brachte sie um den Verstand. Ihre Muskeln schlossen sich um ihn, während er in sie hineinstieß und ihnen beiden intensive Lust bereitete. Er stöhnte und zog sich langsam zurück. Sie hielt ihn fest, blickte ihm in die Augen und sah die Anstrengung in seinem Gesicht, weil er sich zurückhielt, bis er endlich schnell und fest zustieß, genau wie es ihr gefiel. Sie klammerte sich an ihn. Einige Augenblicke später erzitterte sie erneut, und er ließ gemeinsam mit ihr los.

Anschließend lagen sie da, schwer atmend, Trav immer noch auf ihr.

„Das war nicht Mist", bemerkte sie.

Er schnaubte an ihrem Ohr.

Sie lachten.

16

Es war viel zu früh – drei Uhr morgens –, als Bryce anfing zu schreien, doch es machte Trav nichts, dass er die Nachtschicht mit dem Baby übernommen hatte. Das war es wert für die Nacht mit Daisy. Auf Zehenspitzen ging er den Flur hinunter und konnte das alberne Grinsen, das sich in seinem Gesicht ausbreitete, nicht loswerden. *Das* war wenigstens mal eine Nacht, an die er sich erinnern würde. Es war keine Frage, dass es die richtige Entscheidung war, Daisy zu heiraten.

Er schlich sich in Shanes Zimmer, ging an seinem schnarchenden Bruder vorbei und hob Bryce hoch. „Lass uns gehen", flüsterte er.

Er brachte Bryce zu Daisy. Sie stillte ihn noch halb schlafend gegen einige Kissen gelehnt und reichte ihn zurück. „Er muss erst sein Bäuerchen machen, bevor du ihn zurück ins Bett legst", sagte sie, bevor sie wieder unter die Decke verschwand.

Er tätschelte Bryce den Rücken, während er im Flur auf und ab ging und hoffte, dass der Junge ruhig blieb. Er sah die geschlossenen Zimmertüren an. Er musste nur noch Ehemann Nummer eins loswerden, dann wären er und Daisy im Paradies.

Ein paar Minuten später machte Bryce sein Bäuerchen, und Trav legte ihn zurück in sein Bett. Leise zog er die Tür hinter sich zu und eilte zu Daisy zurück. Hätte er nicht gewusst, dass sie schon zu erschöpft war, hätte er sie für Runde zwei geweckt. Stattdessen legte er sich unter die Decke und zog sie an sich, atmete den Duft von Daisy und Sex ein, eine berauschende Mischung. Endlich lief es gut für sie, dachte er, bevor er schließlich einschlief.

Nur wenige Stunden später, als die Sonne langsam aufging, stand Trav auf, denn er wusste, dass er sich ans Schneeräumen machen musste. Daisy schlief tief und fest. Er nahm das Flanellnachthemd vom Fußboden und legte es vor sie auf den Nachttisch, damit ihr nicht kalt wäre, wenn sie aufstand. Trotz des Schlafmangels hatte er auf dem Weg nach unten ein Lied auf den Lippen. Er konnte es nicht abwarten, Daisy wieder zu haben. Es war gut gewesen. Besser als gut. Verdammt phänomenal. Er war ein glücklicher Mann.

Er blieb im Wohnzimmer stehen, wo Rico auf dem Fußboden schlief. Ein Arm und ein Bein ragten unter der Decke hervor. Mit dem Fuß stieß er ihn an. „Wach auf."

Rico drehte sich auf die andere Seite.

Trav ging zur anderen Seite, hockte sich hin und sang seinem Freund in beinahe perfekter Imitierung von Ricos Mom ins Ohr: „Rico, *mallorcas* zum Frühstück."

Ricos Augen flogen auf. Als er Trav sah, stöhnte er und stieß ihn weg, was ihn aus dem Gleichgewicht brachte. „Du bist ätzend. Ich habe kein gutes *mallorca* mehr gehabt, seitdem ich Jersey verlassen habe. Was willst du?"

Trav schmunzelte. Mrs. del Toro kaufte gerne frische *mallorcas*, ein Hefegebäck mit Puderzucker, und das jedes Wochenende. Zumindest hatte sie das früher getan, bevor sie nach Puerto Rico zurückgegangen war.

„Steh auf", sagte Trav. „Wir müssen Schnee räumen."

Rico setzte sich eilig auf und rieb mit einer Hand über sein Gesicht.

„Du hast wohl nicht genug Schönheitsschlaf bekommen."

Rico betrachtete ihn. „Weswegen bist du so verdammt gut gelaunt? Wieviel Uhr ist es eigentlich, sechs?"

„Halb sieben." Er grinste. „Und ich freue mich einfach, dich zu sehen."

„Ja klar." Rico schob sich eine Hand durch sein Haar. „Moment mal, ich kenne dieses Gesicht. Du hast doch nicht etwa …?"

Trav lächelte nur.

Rico stand auf und streckte sich. „Ich habe dir doch gesagt, wenn du dich zurückziehst, dann kommt sie zu dir."

Trav stand auf und lächelte in sich hinein. Er hatte ihr geholfen, doch, ja, sie war wirklich gekommen.

Rico senkte seine Stimme und sah zurück zur Treppe. „Jessica hat mich mitten in der Nacht besucht."

Trav hob eine Braue. „Und wie war's?"

Sein Freund schüttelte den Kopf. „Sie hatte dieses Kleid an … dann hat sie es hochgezogen, um mir ihren nackten Hintern zu zeigen, und hat mir gesagt, dass sie ein sehr böses Mädchen sei, und mich gebeten, sie zu schlagen."

Trav musste lachen.

„Schhhh!"

„Was hast du dann getan?"

„Du weißt doch, dass ich eine Frau niemals schlagen könnte."

Trav wusste es. Deswegen war es ja auch so witzig. Er konnte sich genau Ricos Blick vorstellen.

Sie gingen zur Haustür und zogen ihre Stiefel an.

„Selbst, wenn eine Frau mich darum bittet", ergänzte Rico. „Du weißt, meine liebe, süße Mama würde ihren Arm den ganzen Weg von Puerto Rico ausstrecken und mich ohrfeigen, wenn ich auch nur im Traum daran denken würde, meine Hand gegen eine Frau zu erheben."

„Muttersöhnchen."

„Und stolz darauf."

Sie nahmen ihre Jacken und die Ausrüstung und gingen über die Straße zu seinem Arbeitstruck.

„Jetzt, da du Daisy die Milch gegeben hast, wird sie die Kuh auch kaufen wollen", sagte Rico. „Einen ehrlichen Mann aus dir machen."

Trav verschluckte sich vor Lachen. Wegen einer *Kuh* wäre die ganze Sache letzte Nacht fast gescheitert.

„Das wollen wir hoffen."

Sie räumten seine und Grans Einfahrt und streuten Salz, damit sich kein Eis bildete. Dann räumten sie Catoonah Street, Elm Street und Park Ave, wo Ry wohnte. Die Main Street würde demnächst von der Stadt geräumt werden. Er räumte noch Rys Einfahrt, und dann stiegen er und Rico aus und schippten den Schnee vom Bürgersteig, bevor sie Salz streuten. Sie machten sich auf den Weg zu ihren Kunden in der Stadt, hielten jedoch ein paarmal für ältere Leute an, die zwar keine Kunden waren, aber im Notfall nach draußen kommen mussten.

Danach fuhr er zurück zu Rys Haus und hielt kurz an, um dort nach dem Rechten zu sehen. Liz hatte heißen Kaffee und Blaubeermuffins, die in der Küche auf sie warteten.

„Brauchst du Hilfe mit den Notunterkünften?", fragte Trav. Er wusste, dass Ry Chief Bailey in der städtischen Notunterkunft in der Highschool helfen würde, und danach nach Fieldridge, wo er als Cop arbeitete, fahren würde, um auch dort zu helfen.

„Glenn und ich richten dort die Unterkunft ein, sobald die Straßen von der Main Street zurück nach High Ridge frei sind", sagte Ry. „Ich habe die Schlüssel für die Schule. Der Generator ist bereits vor Ort. Der Vorratsschrank ist gut gefüllt. Auf dem Weg dorthin werde ich bei euch vorbeikommen. Wir könnten ein paar zusätzliche helfende Hände gebrauchen. Dann können wir uns aufteilen, um nach den alten Leuten zu sehen, und die, die es brauchen, zur Notunterkunft bringen."

Trav hob seine Tasse und prostete ihm zu. „Klingt nach einem Plan."

Ry ging seine Liste mit älteren Bürgern durch, von denen er wusste, dass sie Hilfe brauchten, und Trav sagte ihm, wen sie bei ihrem morgendlichen Räumen bereits gesehen hatten.

Ein Crewmitglied des Fernsehteams kam herein. „Gibt es noch Muffins?"

Ry sah den leeren Muffinteller an. „Nein. Aber wir haben Schokocookies im Schrank."

„Klingt nach einem Frühstück für Champions." Der Mann holte die Plastikbox aus dem Schrank und ging zurück ins

Wohnzimmer. Der Lärmpegel stieg an, als die Crew sich über die Cookies hermachte. Es hörte sich an, als wäre dort eine Party in vollem Gang.

„Nach diesem Kaffee fühle ich mich glatt wieder wie ein Mensch", sagte Rico und stand auf, um sich noch einen zu holen.

Ry sprach mit leiser Stimme weiter. „Solltest du nicht heute heiraten?"

„Ja. Wir müssen leider warten. Die Standesbeamtin kommt durch dieses Chaos nicht durch."

„Ihr macht das schon noch", sagte Ry aufmunternd. Sein Bruder konnte ihn immer lesen wie ein offenes Buch.

Travs Stimme klang ganz heiser. „Was, wenn sie einen Rückzieher macht?"

„Wird sie nicht", sagte Liz, die mit leeren Kaffeetassen zurück in die Küche kam. „Daisy bricht nie ein Versprechen."

„Gut zu wissen", sagte Trav.

„Von all dem Zucker sind die Typen ganz aufgedreht", sagte Liz und sah besorgt aus. „Du hättest ihnen lieber Obst geben sollen."

Ry zuckte mit den Schultern. Liz verzog das Gesicht und atmete einmal tief ein und aus. Der Hauch eines Lächelns huschte aus irgendeinem Grund über das Gesicht seines Bruders. Er sollte es besser wissen, als sich mit einer gereizten Frau anzulegen.

„Ich sollte wohl mal nach Daisy und Bryce sehen", sagte Trav. „Danke für das Frühstück, Liz."

„Ja, danke", sagte Rico.

Liz lächelte. „Gern geschehen. Das ist doch das Mindeste, was wir tun können, nachdem ihr für uns den Schnee geräumt habt."

„Ja, danke, Jungs", sagte Ry. „Ich werde nachher bei euch vorbeikommen." Er packte Liz an der Taille und zog sie an sich. „Und du, komm her."

Liz kicherte.

Trav ging, bevor er noch eine Verführungsszene mitansehen musste. Rico folgte ihm dicht dahinter.

„Deinen Bruder hat es ganz schön erwischt", sagte Rico,

als sie wieder im Truck saßen. Er biss einmal in den Keks, den er sich auf dem Weg nach draußen stibitzt haben musste. „So habe ich ihn noch nie gesehen."

Das stimmte. Ry konnte nicht genug von Liz bekommen. Und da Trav letzte Nacht mit Daisy zusammen gewesen war, wusste er genau, wie Ry sich fühlte. Schon komisch, wie alles kam – zwei Brüder mit zwei Schwestern. Zu schade, dass es keine dritte Schwester für Shane gab.

Trav startete den Truck und drehte die Heizung an. „Die Liebe hat ihn ganz schön erwischt."

„Ich würde sagen, die Liebe hat ihm mit dem Knüppel eins übergebraten", erwiderte Rico.

Trav schnaubte. „Das musste sie wohl auch. Er hat einen wirklichen Dickschädel."

Daisy wachte in einem leeren Bett auf und seufzte erleichtert auf, weil sie Trav nicht unter die Augen treten musste. Letzte Nacht war ein Impuls gewesen, eine Verkettung von Umständen, die sie zueinander getrieben hatten, dabei sollte sie es doch mittlerweile besser wissen, als impulsiv zu handeln. Ihr ganzes Leben war wegen ihrer impulsiven Natur eine einzige Verkettung von großen und kleinen Katastrophen. Eine ungeplante Schwangerschaft, ein Talkshow-Interview, das auf einem fiktionalen Blog beruhte, schlafen mit Trav (schon wieder!) – Impuls, Impuls, Impuls.

Sie schlich in Shanes Zimmer, überrascht, dass sie Bryce noch nicht gehört hatte. *Awww.* Shane schlief, einen Arm ausgestreckt, seine Finger durch das Gitter des Bettchens geschoben; Bryce hielt seinen Finger. Leise zog sie sich wieder aus dem Zimmer zurück.

Sie würde sich nur ganz schnell etwas zum Frühstücken holen. Sie kam um vor Hunger.

Im Flur begegnete sie Jessica, die in ein Handtuch gewickelt war, ein weiteres Handtuch hatte sie als Turban um ihre nassen Haare geschlungen.

„Gott sei Dank gab es heißes Wasser", sagte Jessica. „Und die Züge *müssen* heute Morgen ja wohl wieder fahren. Haben Sie schon was davon gehört, wann der Strom wieder da sein wird?"

„Keine Ahnung", sagte Daisy.

„Mit dem Duschen sollten Sie wohl noch etwas warten", sagte Jessica. „Am Ende gab es kein heißes Wasser mehr."

Daisy biss sich auf die Zunge, um die harsche Erwiderung, die dort wartete, zurückzuhalten. Das war *typisch* Jessica, dass sie bei einem Stromausfall das ganze heiße Wasser verbrauchte in einem Haus mit sechs Erwachsenen und einem Baby.

„*Ciao!*" Jessica brauste an ihr vorbei, ging in ihr Zimmer und schloss die Tür hinter sich.

Daisy ging nach unten und stieß in der Küche mit Max zusammen. Ihr Herz pochte ihr bis zum Hals. Sie wollte *nicht* mit ihm allein sein. Andererseits wollte sie aber auch nicht seinetwegen die Flucht ergreifen.

Max hielt sein Handy in die Höhe. „Immer noch kein Empfang. Wo ist Trav?"

Sie zuckte die Schultern, dann fiel ihr ein, dass sie vermutlich wissen sollte, wo ihr Ehemann war. „Er ist draußen … Schnee schieben. Räumen. Im Winter übernimmt seine Firma den Räumdienst in den Nebenstraßen."

Gut gemacht, Daisy, du hast dich daran erinnert, womit dein Ehemann seinen Lebensunterhalt verdient.

Sie warf einen Blick in den Kühlschrank und nahm sich Käse und Brot. Ein Käsesandwich zum Frühstück. Vermutlich sollte sie auch ihm etwas zu essen anbieten. „Willst du ein Käsesandwich?"

„Gern."

Sie machte die Sandwiches und leistete ihm dann am Tisch Gesellschaft. Sie fragte sich, wie lange es wohl dauern würde, bis Jessica auftauchte. Sie würde sogar mit dieser Frau Zeit verbringen, nur um nicht allein mit Max frühstücken zu müssen.

„Erinnerst du dich noch daran, als ich bei FAO Schwarz was habe mitgehen lassen?", fragte Max.

Sie verdrehte die Augen. „Ja, wenn du wegen dieser dummen Sache im Knast gelandet wärst –"

„Verrat mich bloß nicht!" Er grinste. „Ich frage mich, was wohl aus Holiday Sparkle Tiffany geworden ist."

Sie trank einen Schluck Wasser. „Du hast das lächerliche Ding nicht entsorgt?"

„Ich wollte nicht, dass mich irgendjemand damit sieht. Ich habe sie unten in der Schublade gelassen, als ich wieder abgereist bin."

Sie schüttelte den Kopf, musste unfreiwillig lächeln, als sie sich vorstellte, wie Max Tiffany in die unterste Schublade stopfte. „Das Zimmermädchen hat sie wahrscheinlich weggeworfen, als sie dein Zimmer geputzt hat."

Er sah ihr in die Augen. „Eine Zeitlang hast du den passenden, funkelnden Nur-für-dich-Ring an einer Kette getragen."

Ihr Lächeln verschwand. Das war ihr Verlobungsring gewesen. Jetzt war sie alleinerziehende Mutter mit dem Kind eines anderen Mannes, und diesen Ring gab es schon lange nicht mehr. Sie konzentrierte sich wieder auf das Sandwich, versuchte, die wenig willkommene Erinnerung loszuwerden.

„Ich wollte dir nur das Gefühl geben, dass du etwas Besonderes bist, da ich mir keinen Ring leisten konnte", sagte Max.

Er zog etwas Glänzendes aus seiner Tasche. Langsam legte sie das Sandwich auf den Teller. *O. Mein. Gott.* Der funkelnde Ring – ein riesiger falscher Smaragd saß auf einer glitzernden Schneeflocke. Sie hatte ihn geliebt, so protzig er auch aussah, bis sie ihn eines Tages nicht mehr hatte sehen können.

Es schnürte ihr die Kehle zu. „Du hast ihn behalten", brachte sie hervor.

„Das habe ich", sagte er ruhig. „Als du ihn mir an den Kopf geworfen hast, habe ich ihn aufgefangen. Ich hoffte, eines Tages wäre unser Timing besser."

Verdammt. Ihr traten die Tränen in die Augen. Einen Moment lang schloss sie die Augen, verloren in alten Erinnerungen. Der Tag, an dem er ihre Ehe beendet hatte.

Bryces Weinen drang von oben zu ihnen. Die Realität forderte wieder ihr Recht.

Sie atmete vernehmbar aus. „Max, dein Timing ist ätzend."

Sie wollte gehen, doch er hielt sie am Arm fest. „Es ist nicht zu spät für uns. Das, was ich gestern Abend gesagt habe, habe ich auch so gemeint."

Hallo? Sie war *verheiratet*. Irgendwie jedenfalls. Sie wollte nicht schon wieder über sich und Max reden. Sie wollte nicht durch das, was hätte sein können, in Versuchung geraten.

Shane kam mit Bryce auf dem Arm. Der Junge sah sich ruhig um. „Ich glaube, er hat Hunger", sagte Shane und reichte ihn ihr.

„Danke, dass du ihn mir gebracht hast", sagte Daisy. „Ich hoffe, er hat dich letzte Nacht nicht aufgeweckt."

„Überhaupt nicht. Ich habe einen tiefen Schlaf."

„Du Glücklicher." Sie drehte sich zu Max um, bevor sie wieder mit Bryce die Treppe hinauf ging. „Ich hoffe, wir können trotzdem eines Tages zusammenarbeiten."

„Absolut", sagte Max. „Ruf mich einfach in ein paar Tagen an, wenn alles wieder normal läuft, dann können wir uns zum Mittagessen treffen."

Sie nickte und ging dann, um sich um Bryce zu kümmern. Nachdem sie ihn gestillt hatte, wickelte sie ihn und zog ihm einen frischen Strampler, den sie in ihrer Windeltasche mitgebracht hatte, an. Sie massierte ihn ein bisschen kürzer als sonst und bereits angezogen. Zu Hause hätte sie ihn mit Mandelöl auf der nackten Haut massiert, aber im Zimmer war es zu kühl, um ihm eine volle Massage zu verabreichen. Sie begann an seiner Stirn, rieb in kleinen Kreisen, in längeren Strichen an seinen Armen, seinen Bauch hinunter und an seinen Beinen entlang. Vor ein paar Monaten hatten sie einen Mutter-Kind-Kurs besucht, und es hatte bei seinen Koliken Wunder gewirkt, seine Schreianfälle dramatisch reduziert.

Als sie fertig war, putzte sie sich mit einem Finger die Zähne, während sie Bryce auf ihrer Hüfte hielt, dann ging sie wieder hinunter. Sie ging an Max vorbei, der auf dem Sofa saß und sein Handy anstarrte, und direkt in die Küche, um dort Babynahrung für Bryce zu suchen. Shane war draußen. Dampf stieg vom Grill auf.

Als Max in die Küche kam, verspannte sie sich. Sie wusste nicht, was sie zu seinem Liebesgeständnis sagen sollte. Er hatte sie damit in eine wirklich unangenehme Lage gebracht. Es war nun einmal Tatsache, dass Trav sie nicht liebte. Er dachte wirklich, dass Liebe von Firmen erfunden worden war, um mehr Karten zu verkaufen. War sie im Begriff, auf die Liebe in ihrem Leben zu verzichten?

Bevor sie sich jedoch etwas einfallen lassen musste, was sie Max sagen konnte, war Trav zurück, sein Gesicht von der Kälte gerötet. „Mann, da draußen ist es so kalt wie der Hintern eines Eisbären."

Daisy lachte, und die Anspannung, die sie durch Max' Anwesenheit verspürt hatte, verschwand. Das war das Gute an Trav. Er war immer locker, nahm alles, wie es kam. Bei ihm musste sie sich keine Gedanken um einen unangenehmen Morgen machen.

„Guten Morgen, Liebes." Er drückte ihr einen Kuss auf die Lippen und beugte sich vor, um auch Bryce auf die Wange zu küssen.

„Guten Morgen", antwortete Daisy, die froh über seine Rückkehr war. Sie wollte nicht von Max in Versuchung geführt werden. Die beiden Männer sahen einander an.

Max trat einen Schritt zurück. „Wir unterhalten uns bald, Daisy."

Sie spürte Travs durchdringenden Blick. „Klar", sagte sie leise.

17

„Was hat Max denn zu dir gesagt?", fragte Trav.

Sie konzentrierte sich weiter auf Bryce und setzte ihn in seinen Hochstuhl. Sie konnte Trav nicht sagen, dass Max eine zweite Chance wollte. Trav würde ihn vermutlich rausschmeißen. Es war nichts. Sie würde Max keine zweite Chance geben, das wars.

„Nichts", sagte sie.

Trav kniff die Augen zusammen.

„Wo ist Rico? Ich dachte, er wäre bei dir."

Er nahm die Mütze ab und zog die Handschuhe aus. „Er ist oben, um zu duschen. Bist du dir sicher, dass nichts ist? Du hast traurig ausgesehen, als ich reingekommen bin."

„Mir geht's gut." Sie holte ein Glas mit Erbsenpüree aus dem Schrank und ein Lätzchen. „Wie ist es draußen?"

„Du schuldest Max gar nichts." Travs Stimme klang hart, und er hatte seine Hände zu Fäusten geballt. „Wenn er dich belästigt, schicke ich ihn zu Ry rüber."

Daisy schüttelte den Kopf. „Er belästigt mich nicht. Es ist nur unangenehm, das ist alles. Unternimm bitte nichts."

Er atmete vernehmbar aus. „Wir sind bei Liz und Ry vorbeigefahren. Liz hatte frisch gebrühten Kaffee und warme Blaubeermuffins."

Natürlich hatte sie das.

Daisy zog die Brauen hoch. „Ich schätze, du heiratest die falsche Schwester."

Er legte einen Arm um ihre Schultern und zog sie an sich. „Ich bin mir ziemlich sicher, dass ich die Richtige habe." Er grinste verschmitzt.

Sie wollte ihn wegschieben, doch er rührte sich nicht. Er hob ihr Kinn und gab ihr einen zärtlichen Kuss. Die Hitze von letzter Nacht kehrte zurück.

Er lächelte. „Ach, ich wünschte, ich könnte bleiben und diesem Blick in deinen Augen folgen, doch ich muss mit Ry in die Notunterkunft und da nach dem Rechten sehen. Bist du okay, wenn du hier so festsitzt?"

Sie zog einen Stuhl neben Bryce. „Klar."

„Lass mich das machen", sagte Trav.

Sie reichte ihm das Lätzchen und sah zu, wie er es Bryce professionell umlegte und das Erbsenglas öffnete. Die Unterschiede zwischen Max und Trav waren klar ersichtlich. Trav arbeitete hart und hatte viel geschafft, doch er hatte ihr noch nie seine Gefühle offengelegt, wie Max es gerade getan hatte.

„Was empfindest du für mich?", fragte sie.

Er sah sie über seine Schulter etwas gelangweilt an. „Ich finde dich gut."

„Gut", echote sie.

„Ja." Er gab Bryce einen Löffel Erbsenbrei und wandte sich ihr wieder zu. „Und was empfindest du für mich, Miss Ich-bin-ein-wenig-empfindlich?", fragte er, und in seinen Augen tanzte der Humor.

Immer diese blöden Scherze. Sie hatte das Gefühl, diese Fassade niemals durchbrechen zu können. „Ich habe das Gefühl, dass du ein alberner Kerl bist."

„Ein alberner Kerl?" Er legte den Babylöffel auf den Tisch und beugte sich vor, seine Stimme ganz leise und rau. „Das hast du gestern Nacht aber nicht gesagt." Seine Lippen berührten ihre, eine Hand glitt in ihre Haare und hielt sie fest, während er sie küsste, langsam und zärtlich. Sie ließ sich gehen, gab sich dem Gefühl hin, erinnerte sich an die Lust, die er ihr letzte Nacht bereitet hatte. Langsam löste er sich von ihr, und sie blinzelte.

Sein Mundwinkel hob sich. „Ich meine, mich daran erinnern zu können, dass du mich angefleht hast."

„Das habe ich nicht!"

Er schloss die Augen und sagte mit leiser, atemloser Stimme: „Trav, bitte, *bitte* gib's mir."

Sie warf ihr Haar über die Schulter und wandte sich ab. „Du bist krank."

Er drehte sie um und zog sie in seine Arme. „Ich bin verdammt glücklich." Er küsste sie, bis sie gegen ihn schmolz.

„Da-da-da-da!", rief Bryce und klopfte mit seinem Löffel auf den Tisch.

Sie richteten sich auf und sahen einander an, dann Bryce. Hatte er wirklich gerade da-da gesagt?

Trav erholte sich als erster. „Ganz genau, Bryce. Da-da. Was für ein kluger Junge! Hast du das gehört, Daze?"

Sie lächelte und lehnte sich an seine Schulter. „Ja, das habe ich gehört. Sein erstes Wort. Jetzt müssen wir nur noch an Mama arbeiten."

Trav stand auf und küsste Bryces Haar. „Da kommen wir schon noch hin. Nicht wahr, Brycey, mein Junge?"

Bryce öffnete seinen Mund. „Ah-Ah-Ah."

Trav verstand den Hinweis, setzte sich wieder und schob ihm einen Löffel Erbsenpüree in den Mund. Er wandte sich zu ihr. „Ich werde den Termin mit der Standesbeamtin verlegen lassen, sobald wir wieder Strom haben."

Sie nickte, kam von ihrer kurzzeitigen Freude zurück in die Realität. Sie war es leid, sich gegen ihn zu wehren. Und sie wusste, dass es nicht fair war, die beiden Männer miteinander zu vergleichen, doch Max war nie fordernd gewesen. Ihre Zeit damals im College war unbeschwert, heiter, umwerfend gewesen. Er war ihre erste Liebe. Alles war perfekt gewesen, nur nicht das Ende. Bei Trav fühlte es sich nicht so an. Bei ihm hatte sie das Gefühl, festzusitzen. Durch Bryce gebunden zu sein. Ein Teil von ihr sehnte sich nach der Freiheit, von der sie fürchtete, dass sie sie nie wieder haben würde.

Sie brauchte Zeit, um sich über alles klar zu werden. Es

war leicht, sich in die Lust zu verlieren, doch für eine Ehe reichte das nicht.

Trav sah über seine Schulter. „Ich sehe, wie der Dampf aus deinen Ohren steigt, weil du so kräftig nachdenkst. Was ist los?"

„Nichts."

„Okay." Er machte sich wieder daran, Bryce zu füttern.

Trav war immer so leicht zufriedenzustellen. Das ärgerte sie. Sie wusste, dass er mal ein wütender Rebell gewesen war. Jetzt war da nur noch diese glatte Oberfläche.

„Wirst du eigentlich jemals wütend?", fragte sie.

Er hob eine Schulter und senkte sie wieder. „Das meiste prallt einfach an mir ab. Und das, was es nicht tut, naja, ich habe gelernt, auch das besser loszulassen."

„Ich erinnere mich noch daran, wie du auf der Highschool gewesen bist. Du warst wild, abenteuerlustig – all diese Streiche. Wenn du in meinem Jahrgang gewesen wärst, hätte ich mitgemacht."

„Ja? Das hätte mir gefallen."

„Was ist aus diesem Trav geworden?"

Er löffelte noch mehr Erbsenpüree und wischte Bryces Gesicht mit dem Lätzchen ab. „Er ist erwachsen geworden. Ich bin jetzt zu vernünftig, um mein Leben zu ruinieren, indem ich mich mit dem Gesetz anlege. Mein Bruder ist Polizist. Warum? Was willst du tun, dich nachts mit dem Alkohol deiner Eltern aus dem Haus schleichen?"

Sie hielt inne. Das hatte sie auf der Highschool am liebsten getan. Das und richtig schnell Auto fahren. „Nein, natürlich nicht."

Er hob seine Hände. „Du bekommst, was du siehst."

„Das scheint aber langweilig zu sein."

„Langweilig!" Jetzt sah er ernsthaft beleidigt aus.

Sie legte eine Hand auf seinen Arm. „Jetzt schau nicht so verletzt drein. Ich weiß, wir sind jetzt Eltern, aber ein Teil von mir sehnt sich immer noch nach Abenteuer, einem kleinen bisschen Freiheit. Ich habe irgendwie das Gefühl, dass ich die alte Daisy verloren habe. Ich meine, ist das alles? Dass ich mit den Menschen, die ich schon mein Leben lang kenne, lebe und arbeite?"

„Da-da-da-da!", brabbelte Bryce.

Trav lächelte und schob einen weiteren Löffel Erbsenpüree in Bryces weit geöffneten Mund. „Was ist denn falsch daran? Du hast Familie und Freunde. Es ist ein guter Ort, um Bryce großzuziehen. Möchtest du wieder zurück in die Stadt ziehen?"

Sie vermisste die Stadt tatsächlich, die dauernde Action – da konnte man immer neue Leute kennenlernen. Aber sie konnte es sich nicht leisten, und Travs Geschäft war hier. Sie fühlte sich so rastlos und eingekesselt. Und dafür konnte sie nicht allein Trav die Schuld geben. Er konnte es nicht ändern, dass er ein Kleinstädter war und es ihm so gefiel. Es war gut, dass er Clover Park liebte. Sie hatten eine große Familie hier, die ihr mit Bryce helfen konnte. Und sie konnte eigentlich froh sein, dass er nicht mehr wild war. Stabil war gut, wenn man ein Kind hatte.

„Nein, ich möchte nicht umziehen", sagte sie schließlich. „Ich weiß nicht, was mit mir los ist. Ich glaube, es macht mich einfach unruhig, hier ohne Strom festzusitzen."

Er drehte sich um und küsste sie sanft. „Was immer du willst, Daze, ich werde es möglich machen. Wenn du auf der Bar tanzen möchtest, mach es. Du möchtest im Subaru auf der Rückbank knutschen? Sollst du haben." Er warf ihr dieses charmante, schiefe Lächeln zu.

„Aber was willst du? Du kannst nicht einfach nur das machen, was ich möchte."

„Ich möchte, was du möchtest."

Sie seufzte. Sie wollte niemanden, der einfach nur tat, was sie wollte. Sie wollte einen Partner, einen, der sie aufregte, mit dem sie sich streiten konnte und mit dem sie großartigen Versöhnungssex haben konnte. Wie sie es mit Max gehabt hatte. *Mist.* Woher kam das denn? Sie war doch nicht mehr achtzehn. Trav war genau die Art Ehemann, die sie wollen sollte – vernünftig, verantwortungsvoll, und er hatte einen guten Sinn für Humor.

Fantastisch im Bett. *Das stand fest.*

„Ich möchte einfach nur, dass du du selbst bist", sagte sie.

Er zog verwirrt die Brauen zusammen. „Das bin ich."

„Ist das nicht kuschelig?", fragte Jessica, die in der Tür auftauchte.

Daisy erschrak. Wie viel hatte Jessica gehört?

„Haben Sie etwas dagegen, wenn ich Ihnen Gesellschaft leiste?", fragte Jessica in künstlich süßem Tonfall.

„Bitte, setzen Sie sich", sagte Trav.

Jessica ließ sich auf einen Stuhl fallen. „Ich könnte einen Mord begehen für eine Tasse Kaffee."

„Liz hat heißen Kaffee", sagte Daisy. „Ist nur ein paar Blocks entfernt."

„Oh! Könnten Sie mir welchen holen?", fragte Jessica.

„Ich werde sicher nicht mit einem Baby durch die Kälte laufen", sagte Daisy. „Sie finden das schon. Gehen Sie rüber zur Elm Street, dann drei Blocks weiter biegen Sie in die Park Avenue. Nummer neunzehn."

Jessica wandte sich mit einem schmollenden Gesicht an Trav. „Könnten Sie mich fahren?"

„Ich muss gleich zur Notunterkunft. Ry holt mich ab."

„Ist Ryan nicht bei Liz?", fragte Jessica.

„Ja."

„Dann bitten Sie ihn doch, etwas Kaffee mitzubringen", sagte Jessica fröhlich.

„Mein Handy funktioniert nicht", sagte Trav.

Jessica warf ihre Hände in die Höhe. „Ich *muss* zurück in die Stadt! Ich habe bereits mein morgendliches Training bei Carlos verpasst. Max. Ma-hax!"

Max kam in den Raum geeilt, und Daisy fragte sich, ob er in der Nähe gelauscht hatte.

„Ich muss zurück in die Stadt", sagte Jessica. „Innerhalb der nächsten Stunde. Sorg dafür, dass es klappt."

„Ich kann da nicht viel machen", sagte Max beruhigend. „Wir werden bald zurück fahren."

Jessicas Nasenlöcher blähten sich auf. „Ich habe mein Morgentraining verpasst. Ich hatte keinen Weizengras-Smoothie. Mein Stoffwechsel ist völlig durcheinander. Das macht mich zu einer sehr unglücklichen Gastgeberin meiner Show.

Du weißt, dass ich in Top-Verfassung sein muss, wenn ich auftrete."

Trav ließ hinter Jessicas Rücken eine imaginäre Peitsche knallen. Daisy unterdrückte ein Lachen.

„Fahren die Züge wieder?", fragte Max Trav.

„Die Handys funktionieren immer noch nicht, darum weiß ich es nicht", sagte Trav. „Ich werde Ry fragen. Er hat Polizeifunk."

„Max, was ist mit Nielsen?", fragte Jessica leise.

Daisy blieb der Mund offen stehen. Sie war überrascht, Jessicas Stimme jetzt so leise zu hören, nach ihrer Tirade gerade eben. „Wer ist Nielsen?"

„Das ist ihr Kater", sagte Max. Er drehte sich zu Jessica um und sprach beruhigend weiter. „Ich bin mir sicher, dass es ihm gut geht. Du hast doch gesagt, du hast ihn gefüttert, bevor du hergekommen bist."

Jessica blinzelte. „Ich weiß, es war nur ein Tag, aber wenn ich festsitze …" Ihre Unterlippe zitterte. „Es ist niemand da, der ihn füttern kann."

„Vielleicht hat ja eine Freundin einen Schlüssel zu Ihrer Wohnung? Dann könnte sie nach ihm sehen", sagte Daisy.

Jessica schnitt eine Grimasse. „Ich habe keine Freundinnen … mit Schlüsseln meine ich." Sie verschränkte die Arme und umarmte sich selbst. „Und ich kann sie auch nicht anrufen, weil das Handy nicht funktioniert."

„Maggie hat doch ihr Notfallradio", sagte Daisy. „Vielleicht kann sie Ihnen sagen, ob die Züge wieder fahren."

„Max, los!", befahl Jessica. „Und komm nicht zurück, solange du keine Antwort hast."

Max verzog das Gesicht. „Welches Haus?"

„Direkt auf der anderen Straßenseite", sagte Travis. „Weißes Haus an der Ecke, Sie können es gar nicht verpassen."

Max ging ohne ein weiteres Wort.

Daisy warf Trav einen vielsagenden Blick zu. Jessica sah gefährlich danach aus, als würde sie gleich in Tränen ausbrechen. Trav seufzte und gab Daisy den Babylöffel.

„Kommen Sie", sagte er zu Jessica. „Lassen Sie uns Kaffee holen."

Jessica schniefte. „Danke." Sie folgte ihm hinaus.

Daisy fühlte sich wegen Trav ein bisschen schlecht, doch es war solch eine Erleichterung, sowohl Jessica als auch Max nicht mehr im Haus zu haben.

Sie gab Bryce einen Löffel voll Erbsenpüree. „Ma-ma", sagte sie zu ihm. „Ma-ma."

„Da-da."

18

Trav fuhr mit einer sehr redseligen Jessica auf dem Beifahrersitz zum Haus seines Bruders. Er hörte sie kaum, da er
darüber grübelte, was Daisy von ihm wollte. Sie verhielt sich,
als gäbe es noch einen anderen Trav in ihm versteckt. Er *war*
doch wirklich er selbst.

„So was, jetzt habe ich Ihnen gerade das Ohr über Hot
Yoga abgekaut", sagte Jessica, als sie gerade vor Rys Haus
vorfuhren.

Er stellte die Zündung aus und verzog das Gesicht. Er
hatte es so gemeint, als er gesagt hatte, dass man bei ihm
bekam, was man sah. Er spielte keine Spielchen. Er mochte es
direkt und ehrlich.

„Geht es Ihnen gut?", fragte Jessica.

Er drehte sich zu ihr um. „Haben Sie manchmal das
Gefühl, nicht Sie selbst zu sein? Als gäbe es einen Teil Ihrer
selbst, den Sie der Welt nicht zeigen?"

Sie betrachtete ihn eingehend. „Sie?"

„Nein."

„Naja", sagte sie langsam, „manche Leute verstecken ihre
wahren Gefühle hinter einer Fassade. Wie wenn Sie zum
Beispiel eifersüchtig auf Daisy und Max wären, es aber nicht
zeigen wollen."

„Wer hat denn etwas von Eifersucht gesagt? Ich habe

nichts, weswegen ich eifersüchtig sein müsste. Sie ist meine Frau."

„Es geht mich ja nichts an", sagte Jessica, „aber Sie können doch nicht übersehen haben, wie er sie ansieht."

Er runzelte die Stirn, stieß die Trucktür auf und schlug sie hinter sich zu.

Jessica holte ihn auf dem Weg ein. „Tut mir leid. Da bin ich zu weit gegangen."

Er blieb auf Rys Veranda stehen. „Was wissen Sie über Max?"

„Er ist ein großartiger Produzent. Er könnte vor der Kamera arbeiten, aber er sagt, dass es ihm besser gefällt, alle anderen herumzukommandieren, als selbst Befehle auszuführen." Sie lachte. „Aber wer kann ihm das schon zum Vorwurf machen? Er kommt sehr gut zurecht, wohnt in einem hübschen Haus auf der Upper West Side. Möchten Sie sonst noch was wissen?"

Frustriert seufzte er. „Warum sind Frauen so verdammt verwirrend?"

„Hatten Sie und Daisy einen Streit?" Ihre Augen leuchteten mit diesem frischen Biss.

Er bemerkte seinen Fehler. Er war einen Moment lang unachtsam gewesen. Oh wie sie doch die Einschaltquoten für Ärger im Paradies lieben würde. Verdammt, sie hatte ihren Kater Nielsen genannt, nach der Firma, die die Einschaltquoten analysierte. „Nein. Alles gut. Vergessen Sie, was ich gesagt habe."

Er klingelte. Sie legte ihre behandschuhte Hand auf seinen Arm. „Wenn Sie jemanden zum Reden brauchen, ich habe ein offenes Ohr für Sie."

Darauf hätte er wetten können. Ry öffnete die Tür. „Ich wäre gleich gekommen, um dich zu holen."

Trav zeigte mit seinem Daumen auf Jessica. „Jessica braucht Kaffee."

Jessica streckte ihm ihre Hand entgegen. „Jessica Larsen von *Morgens bei Jessica*, und ich könnte einen Mord begehen für einen Kaffee."

Ry schüttelte ihre Hand. „Wir haben uns gestern Abend

kennengelernt. Liz hat eine Kanne auf dem Campingkocher."

Sie gingen hinein, und Jessica ging geradewegs nach hinten ins Haus.

„Kann ich eine Thermoskanne zum Mitnehmen für Daisy bekommen?", fragte Travis. „Gran trinkt nur Tee."

Ry kam zurück in die Küche. „Jorge hat einen Kaffeekocher bei sich. Ich habe ihn Kaffee trinken sehen."

„Im Ernst? Dann hätte ich ja diese grässliche Fahrt gar nicht auf mich nehmen müssen. Ich frage mich, ob wir das mit dem Strom hinbekommen."

„Schadet nicht, es auszuprobieren", sagte Ry.

Kurz darauf fuhr Trav mit Jessica und Ry zurück zu Grans Haus, um Rico abzuholen. Er dachte sich, dass es einfacher wäre, mit seinem Truck durch die chaotischen Straßen zu fahren, als es mit Rys Ford Taurus zu versuchen. Jessica, die gerade erst mit Koffein versorgt worden war, kaute ihnen ein Ohr über die besten Sushi-Restaurants der Stadt ab. Es war eine große Erleichterung zu sehen, dass Daisy mit Bryce auf dem Arm die Tür öffnete.

Trav stand einfach nur da und lächelte mit der Thermoskanne in der Hand seine Familie an.

Sie nahm lächelnd die Thermoskanne entgegen. „Gesegnet seist du."

„Du hast um Kaffee gebeten", sagte Ry und trat ein, „Liz liefert."

„Danken Sie Liz noch einmal von mir", sagte Jessica. „Ich hätte sie gerne einmal für ein Interview über *Vorbereitetsein im Katastrophenfall*." Dann eilte sie an ihnen vorbei in die Küche mit einer gefüllten Thermoskanne nur für sich.

„Okay!", rief Ry hinter ihr her.

„Ry sagt, dass Jorge einen Kaffeekocher hat", sagte Trav. „Ich werde versuchen, ihn für morgen zu bekommen."

Daisy strahlte, und all ihr Frust von vorhin verschwand. „Das wäre großartig!", sagte sie. „Er muss klein sein. Ich habe ihn nicht gesehen."

„Schau mal in den Schränken nach, wenn du Gelegenheit dazu hast", sagte Trav.

Daisy erschauderte. „Hast du gesehen, was in diesen Schränken ist?"

„Gran bewahrt die Küchengeräte gerne im Besenschrank auf, hinten an der Wand hinter dem Küchentisch", sagte Ry. „Sie sagt, die Küche hat so ein besseres Feng-Shui."

„Natürlich hat sie das", sagte Travis kopfschüttelnd. „Rico, wir müssen los!"

Rico erschien einen Moment später aus der Küche und strich sein Hemd glatt. „Ich bin bereit. Ich könnte eine Pause von diesen Grapschhänden da drin gebrauchen. Himmel."

„Ich muss wohl mal mit Shane reden", sagte Trav.

„Nein heißt doch Nein, Mann", sagte Rico und nahm sich seine Jacke.

„Wir sollten sie auf Max ansetzen", sagte Trav.

„Ich hab so das Gefühl, dass sie das schon versucht hat", flüsterte Daisy.

Rico setzte seine Mütze mit dem Pompon auf. „Pass nur auf, Shane, du bist als nächster dran."

„Lasst uns gehen", sagte Ry. „Wir haben zu tun."

Ry führte sie hinaus. Rico folgte. Trav blieb stehen, um Daisy und Bryce noch einmal zu küssen.

Daisy lachte und schob ihn zur Tür hinaus. „Geh schon."

Trav öffnete den Truck. „Rico, du sitzt in der Mitte, weil du klein bist. Brauchst du einen Kindersitz?"

Rico zeigte ihm den Mittelfinger und quetschte sich hinten in den Truck.

„Junge, ich hoffe, dass das nur Schlüssel sind, die da gegen mein Bein drücken", sagte Rico zu Ry. „Rutsch rüber, Gigantor."

„Da ist kein Platz", protestierte Ry.

Trav ließ den Motor an. „Rico ist ein Winzling."

„Wir können ja nicht alle zwei-Meter-Riesen sein", sagte Rico.

Trav fuhr langsam über die Straße. „Er ist eins vierund-sechzig", sagte Trav zu Ry.

„Von dem einen Zentimeter habe ich gehört", sagte Ry. „Er war mal nur eins dreiundsechzig. Irgendwie in seinen Zwan-

zigern ist er dann noch einen Zentimeter gewachsen. Irgendwann wird er noch eins fünfundsechzig."

„Das wäre doch eine schöne, glatte Zahl", sagte Rico.

Trav blieb an einem Stoppschild stehen. „Warum rundest
du nicht gleich auf eins fünfundsechzig auf? Wird keinem
auffallen." Er hielt seine Finger zwei Zentimeter voneinander
entfernt in die Höhe.

Ry grinste.

„Ja, *dafür* muss ich nicht aufrunden, mein Freund." Rico
drehte sich zu Ry um. „Habt ihr eine heiße Dusche bei euch
zu Hause?"

„Hatten wir, bis ungefähr der dritte aus der Crew
geduscht hat. Dann war's das. Glücklicherweise hatten Liz
und ich als erste geduscht."

„Aha, Duschspielchen", kommentierte Rico. „Nett."

Ry sagte nichts. Trav sah ihn an. Sein Bruder hatte ein
selbstgefälliges, zufriedenes Lächeln aufgesetzt.

„Das Haus eurer Oma hatte ungefähr für eine Minute
heißes Wasser", sagte Rico, „dann war es Eis."

„Warum ziehst du nicht in mein Haus?", fragte Trav. „Du,
Gran und Jorge."

Ry schmunzelte.

„Ich habe Angst davor, etwas zu sehen, das ich dann nicht
ungesehen machen kann", sagte Rico.

„Davor solltest du auch Angst haben", sagte Ry.

Daisy lief mit Bryce über die Straße, um Maggie und Jorge zu
besuchen. Shane war kurz zuvor gegangen, um sich frische
Sachen aus seiner Wohnung zu holen und nach seinem Laden
zu sehen, und Daisy konnte es nicht ertragen, den ganzen Tag
mit Jessica und Max festzusitzen.

Sie klingelte an Travs Tür. Maggie öffnete in einem von
Travs langärmeligen Elegant Land Design T-Shirts als Nachthemd mit dicken Wollsocken, die sie bis zu den Knien hochgezogen hatte, die Tür. „Hallo, Liebes! Komm rein!"

Daisy folgte ihr mit Bryce. Sie hatte gedacht, dass sie mittlerweile auf und angezogen sein würden. Es war bereits halb elf gewesen, als sie das letzte Mal auf ihr Handy gesehen hatte.

„Mach's dir bequem", sagte Maggie. „Jorge braucht wohl noch ein paar Minuten." Sie ging zurück ins Schlafzimmer und schloss die Tür hinter sich.

Daisy setzte sich mit Bryce aufs Sofa und starrte die weißen Wände an. Travs Haus war alles andere als gemütlich. Wenn sie wirklich heirateten, konnte sie von null anfangen. Das würde Spaß machen. Sie hatte vorher immer nur zur Miete gewohnt und war nie in der Lage gewesen, sich beim Dekorieren so richtig auszutoben.

Sie hörte Maggie kichern.

„Stopp!", sagte Maggie ohne wirklich viel Druck dahinter. „Daisy und Bryce sind da. Jetzt zieh dich an!"

Ein leises Murmeln.

Ein schrilles Lachen.

Himmel. Daisy stand auf und ging in die Küche. Eine leere Weinflasche stand auf dem Küchenschrank, daneben lag eine Tüte Chips, die Ungesunden mit einer Menge Fett und Salz. Ihr lief das Wasser im Mund zusammen, und sie nahm sich einen. Sie kaute darauf herum und sah sich um. Die Küche war überraschend sauber. Keine Teller in der Spüle. Keine Krümel auf dem Boden. Sie hoffte, dass dafür Maggie und Jorge verantwortlich waren, nicht Trav. Sie konnte sich nicht vorstellen, mit einem Ordnungsfanatiker zusammenzuleben. Er würde sie nach zwei Wochen spätestens hassen.

Maggie und Jorge kamen aus dem Schlafzimmer.

„Möchtest du etwas trinken?", fragte Maggie.

„Guten Morgen", sagte Jorge. „Hallo, *bebé*." Er küsste Bryce auf die Wange. Bryce hüpfte vor Aufregung.

„Guten Morgen, und, nein, danke, was das Getränk angeht", sagte Daisy. „Wie geht es euch hier? Habt ihr alles, was ihr braucht?"

Maggie goss sich ein Glas Wasser ein. „Ich hätte nichts gegen ein paar frische Klamotten. Sind die Leute vom Fernsehen immer noch da?"

„Leider ja. Ich werde dir heimlich ein paar deiner Sachen zusammensuchen und sie dir rüberbringen."

„Okay, ich hätte gerne meinen lila Velours-Jogginganzug", sagte Maggie. „Der ist für dieses Wetter perfekt."

„Alles klar", sagte Daisy.

„Und bring mir Jorges schwarze Hose und den blaugestreiften Pullover, den ich ihm gestrickt habe."

„Vielleicht nur eines meiner weißen Hemden", warf Jorge ein.

Maggie kniff die Augen zusammen. „Dir gefällt der Pullover nicht."

„Nein, ich liebe ihn. Bring ihn mir bitte, Daisy."

Maggie sah zufrieden aus und öffnete den Kühlschrank.

Jorge flüsterte hinter vorgehaltener Hand: „Bring mir auch das weiße Hemd. Der Pullover kratzt."

Daisy lächelte und nickte.

„Ich habe Trauben und Käse zum Frühstück gefunden", verkündete Maggie. „Jorge, nimm die Chips."

Sie gingen ins Wohnzimmer, und Jorge und Maggie ließen sich auf dem Sofa nieder. Daisy setzte sich mit Bryce, der anfing, sich selbst aufzusetzen, auf den Boden. Hin und wieder kippte er ein wenig zur Seite, und sie richtete ihn wieder auf, bevor er ganz umkippte.

„Dieses Haus könnte einen weiblichen Touch gebrauchen", sagte Maggie. „Vielleicht sollte ich ihm eine Überwurfdecke fürs Sofa stricken. Was meinst du, Daisy? Würde dir das als Hochzeitsgeschenk gefallen?"

„Oh, tja, hmmm. Ich weiß noch nicht, welche Farben. Ich muss darüber nachdenken." Vorausgesetzt, dass sie Trav überhaupt heiratete, hier einziehen und dekorieren würde.

Maggie deutete auf den Kamin. „Die einzige Deko, die er hier hat, sind Bilder auf dem Sims und das auf dem Nachttischchen. Das ist eine ganz tolle Aufnahme, die Jorge mal gemacht hat. Ihr seht mit euren passenden Weihnachtsmannmützen einfach zum Niederknien süß aus."

Er hat ein Foto von mir auf dem Nachttischchen?

Auf Daisys verwirrten Gesichtsausdruck hin fuhr Maggie fort. „Erinnerst du dich noch an das Bild, das Jorge am Weihnachtsabend gemacht hat, als alle bei mir zu Hause vorbeigekommen sind?"

Daisy hatte das Bild nicht gesehen. „Entschuldige mich kurz."

Sie ging in das Schlafzimmer, das sie noch nie gesehen hatte. Naja, in jener einen Nacht war sie da gewesen, doch es war dunkel gewesen, und sie hatte sich nicht auf die Einrichtung konzentriert. Sie sah das Queen Size Doppelbett mit einer schwarz-weißen Tagesdecke, einen schwarzen Kleiderschrank und zwei schwarze Nachttischchen. Ein Nachttischchen war leer. Auf dem anderen standen eine Lampe und ein silbergerahmtes Bild. Sie nahm es in die Hand.

Tatsächlich, sie trugen Weihnachtsmannmützen. Daisy hielt Bryce und lächelte in die Kamera. Trav hatte seinen Arm um sie beide gelegt und ein breites Lächeln im Gesicht. Sie sahen aus wie eine glückliche Familie.

Das sah sich Trav jeden Abend an. Das war es, was er für sie wollte.

Gleich fühlte sie sich schuldig. Sie hatte nicht ein einziges Foto von Trav. Nur eine Million Fotos von Bryce.

Diese ganze Zeit über hatte er *Familie* gedacht, und sie hatte *Bryce* gedacht. Kein Wunder, dass sie auf keinen gemeinsamen Nenner kamen. Aber war sie wirklich bereit, die Verantwortung für eine Familie zu übernehmen? Was, wenn sie das vermasselte?

Trav musste drei Umwege fahren, um umgestürzte Bäume und Strommasten zu umfahren, doch schließlich kam er zur Highschool. Ry versuchte es am Haupteingang. Die Tür war bereits offen. Chief Bailey musste wohl als erster hier gewesen sein. Sie gingen den Flur entlang und ganz nach hinten links zur Sporthalle. Erinnerungen an die Highschool tauchten vor Travs innerem Auge auf – wie sie Gras unter der Tribüne geraucht hatten, wie sie Unterricht geschwänzt hatten … das Büro des Direktors.

Das eine Mal, als er die Schule beinahe abgefackelt hätte.

Gute Zeiten. Er betete, dass sein Sohn nach Daisy kam.

Chief Bailey und sein frisch von der Akademie gekommener Deputy Will schoben Pritschen herein.

„Ryan!", rief Chief Bailey. Er eilte zu ihnen. „Ich bin so froh, dass du es geschafft hast, und du hast sogar Hilfe mitgebracht. Wie geht es euch bei dem Sturm?"

„Uns geht's gut", antwortete Ry. „Ich habe einen Generator angeschmissen, Trav auch. Rico und Shane sind bei Trav."

„Wie geht es Maggie?"

„Ihr geht es gut", sagte Ry. „Sie hat auch einen Generator."

„Und du hier", Chief Bailey deutete auf Trav. „Wie geht es deinem Jungen? Hältst du ihn auch an der kurzen Leine?"

„Er ist erst sechs Monate alt", sagte Trav. „Er kommt noch nicht in irgendwelche Schwierigkeiten. Geht ihm gut."

Chief Bailey drehte sich zu Rico um. „Hat er dir schon mal davon erzählt, wie ich ihn wegen Vandalismus eingebuchtet habe?"

Rico grinste. „Welches Mal meinst du?"

Rico hatte Travs schlimmsten Unfug nicht miterlebt. Als Trav als Teenager nach Clover Park gekommen war, war Rico noch zu Hause gewesen, hatte Fußball in der Schulmannschaft und in einer Band gespielt und hatte sich brav von jedem Ärger ferngehalten.

Der Chief lachte. Trav würde diese Geschichten niemals loswerden. Die Stadt hatte ein Gedächtnis wie ein Elefant.

„Ich meine, als er alle Straßenschilder vertauscht hatte, Catoonah war Elm, Elm war Park, Park war High Ridge. Jedes einzelne Schild auf dieser Seite der Stadt hat er vertauscht. Muss Stunden gedauert haben!" Er schüttelte den Kopf, als er sich daran erinnerte. „Ist am Anfang niemandem aufgefallen. Jeder hier kennt seinen Weg wie seine Westentasche. Bis der Governor in der Stadt vorbeikam, um uns eine Denkmalschutzplakette für das alte Herrenhaus zu überreichen. Sie konnten es nicht finden, weil Trav die Schilder vertauscht hat."

Rico lachte. Ry hielt ein Lächeln zurück. Trav schnaubte leise und überlegte sich, ob er die Stadt verlassen sollte, bevor sein Sohn all diese Geschichten hörte und auf den Gedanken kam, selbst etwas davon auszuprobieren.

Der Chief beendete das Ganze, indem er mit dem Finger wackelte. „Pass auf deinen Jungen auf. Du bist nicht der Einzige, der in meinem Dienstwagen mitgefahren ist. Daisy war auch ein paarmal da drin."

Das war ihm neu.

„Was hat sie denn angestellt?", fragte Trav.

Der Chief lachte herzlich. „Das hat sie dir nicht erzählt? Nun, das Schlimmste war, dass sie ohne Führerschein gefahren ist. Sie war fünfzehn und ist mit dem Wagen, den sie ihren Eltern unter der Nase weggeklaut hatte, durch die Stadt gerauscht. Dafür muss ich sie fünf, sechsmal eingebuchtet haben. Gott sei Dank hat sie letzten Endes doch ihren Führerschein bekommen."

Trav runzelte die Stirn. Das war, bevor er in die Stadt gezogen war. Seine Hoffnungen für Bryce gingen auf Tauchkurs. Mit ihren Genen stand dem Jungen kein rosiges Schicksal bevor.

Ry ergriff das Wort. „Gehen wir an die Arbeit."

„Sicher doch, sicher", sagte der Chief. „Hier entlang."

Sie halfen ihm dabei, Pritschen hereinzurollen und Klappstühle und ein paar Klapptische aufzustellen. Rico und Trav gingen mehrmals zum Vorratsschrank, um Wasserflaschen, Kisten mit Müsliriegeln und Früchtebechern herauszuholen, während Ry, Chief Bailey und Will kleine Frischhaltebeutel mit Waschutensilien, Handtüchern, Decken und Kissen verteilten. Die Duschen in der Sporthalle funktionierten, allerdings nur mit kaltem Wasser. Es gab ein paar Steckdosen zum Aufladen für Handys, damit sie funktionsfähig waren, sobald der Funkturm wieder sendete. Für gewöhnlich kam der Handyempfang als erstes zurück. Internet würde länger dauern, denn sowohl die analogen als auch die digitalen Verbindungen hatten beim Stromausfall ihren Geist aufgegeben.

„Ich denke, wir kommen hier klar", sagte der Chief. „Danke für eure Hilfe. Ich werde jetzt bekanntgeben, dass es hier losgehen kann."

„Wir fahren mal rum und sehen nach den Senioren", sagte Ry. „Mal schauen, wer hergebracht werden muss."

„Großartig, machen wir auch", sagte der Chief. „Hey, schick mir auch Shane rüber. Vielleicht kann er ja was zu essen in der Cafeteria zubereiten. Müsliriegel und Früchtebecher sind nicht gerade eine Mahlzeit."

„Werd ich machen", sagte Ry.

Es war ein langer Tag, an dem sie durch die immer noch eingeschneite Stadt fuhren, älteren Mitbürgern und den Leuten in der Notunterkunft halfen. Sie räumten und schippten weiter. Die Äste konnten sie jedoch nicht beiseite räumen, bis jemand von den Stadtwerken kam und ihnen sagte, welche Kabel noch unter Strom standen. Es war ein einziges Chaos. Nachdem er letzte Nacht nur wenig Schlaf bekommen hatte, ging Trav langsam die Energie aus. Das einzige, was ihn weitermachen ließ, war der Gedanke, zu Daisy zurückkehren zu können.

„Wie ist es gelaufen?", fragte Daisy am Abend, als er von der Notunterkunft zurückkehrte. Er war mittags vorbeigekommen, um nach dem Generator zu sehen. Jessica und Max waren mit dem Van der Crew zu Ryans Haus gefahren, um ihre Leute abzuholen. Sie hoffte wirklich, dass sie es zurück in die Stadt schaffen würden.

Trav nahm seine Wollmütze ab, zog die Jacke und die Handschuhe aus, und hängte die Jacke an den Haken bei der Tür. „Die Notunterkunft ist gut ausgerüstet. Wir haben ein paar ältere Menschen mit ausgefallenen Heizungen eingesammelt und sie dorthin gebracht. Ich gehe morgen wieder nachsehen."

„Gut." Sie unterbrach sich. „Sind alle gut in die Stadt zurückgekommen?"

„Naja, sie haben es versucht", sagte Trav.

Ihr Magen sackte ihr in die Kniekehlen.

„Aber es liegen einige große Bäume an der Zufahrtsstraße zum Highway in beiden Richtungen. Und ich spreche von hundertjährigen Bäumen. Da draußen geht's wirklich brutal zu."

„Züge?", fragte sie hoffnungsvoll.

Er setzte sich neben sie auf das Sofa, lehnte seinen Kopf zurück und schloss die Augen. „Die fahren, aber nicht so weit im Norden."

Bei diesem ganzen Stromausfall hatte er wirklich hart gearbeitet. Und was hatte Max getan? Nichts. Er hätte wenigstens seine Hilfe anbieten können.

Sie traute sich fast nicht, ihre nächste Frage zu stellen. „Wo sind denn alle?"

„Liz hat Lasagne und Knoblauchbrot auf dem Grill aufgewärmt. Rico, Max und Jessica bleiben bei ihr zum Abendessen."

Das war wieder typisch für Liz, dass sie reichlichen Vorrat an vorbereiteten Mahlzeiten im Kühlfach hatte. Ihr eigenes Kühlfach enthielt drei Dinge, auf denen stand Ben & Jerry: Schoko-Cookie Dough, Cherry Garcia und Chocolate Therapy. Wenigstens war Shane von der Notunterkunft zurück. Jetzt kochte er etwas zum Abendessen auf dem Grill.

Trav öffnete die Augen und sah zu ihr hinüber. „Chief Bailey hat mir eine interessante Geschichte über dich erzählt."

Welche? Der Chief hatte mehr Geduld für sie aufgebracht, als sie verdient hatte. Sie verstand, warum er Ryan gefragt hatte, ob er Chief werden wollte, sobald er in den Ruhestand ging. Ryan würde dasselbe für die nächste Generation Unruhestifter tun.

Sie starrte stur geradeaus. „Ich schätze, er hat nicht von meiner Zeit bei der National Honor Society erzählt."

Als er schwieg, drehte sie sich um. „Schau nicht so überrascht. Ich habe es an die NYU geschafft."

„Wow. Ich lerne jeden Tag was Neues über dich. Erst höre ich, dass du wegen Fahrens ohne Führerschein eingebuchtet wurdest; dann höre ich, dass du ein Stipendium für die Uni bekommen hast."

Sie verschränkte die Arme. „Man kann doch intelligent sein und trotzdem dumme Entscheidungen treffen."

Er lachte. „Himmel, Daisy, ich habe die ganze Zeit gehofft,

Bryce würde mehr nach dir kommen, und jetzt glaube ich, dass er so oder so verkorkst ist."

„Das ist er nicht!" Sie verteidigte sofort ihr Baby, doch dann dachte sie darüber nach. Ihre eigenen Schwierigkeiten; Travs Zusammenstöße mit dem Gesetz. Sie seufzte. „Wir sollten ihn bei Liz und Ryan aussetzen und nicht zurückblicken."

Sie brachen in Lachen aus.

„Bryce macht gerade sein Schläfchen?", fragte Trav, als sie sich wieder beruhigt hatten.

„Die Stille hat ihn verraten, was?"

„Ja. Ry bringt Max und Jessica nach dem Abendessen für eine weitere Nacht hierher. Rico auch, aber vor ihm muss ich dich ja nicht warnen."

Noch eine Nacht unter einem Dach mit dieser Jessica. Jede weitere Minute mit dieser Frau bedeutete eine weitere Minute, in der Daisy ihre sorgfältig ausgearbeitete Lüge versehentlich verraten konnte. Ganz zu schweigen von Max, der ihr diese liebeskranken Hundeblicke zuwarf. Sie wünschte sich, sie könnte einen Zauberstab wedeln und alle Straßen wären frei, alle umgestürzten Bäume verschwunden, und der Strom funktionierte wieder. Sie wollte unbedingt ihr normales Leben weiterführen. Sie hätte nie gedacht, dass sie die anstrengende Routine einer alleinerziehenden Mutter mit einem Kellnerjob vermissen würde.

Kurz darauf aßen sie ein köstliches Mahl aus gegrilltem Huhn und gegrillten Kartoffeln, doch Daisy konnte sich nach dem Abendessen nicht lange ausruhen, denn nur wenig später flog die Haustür auf, und sie hörte Jessicas schrilles Lachen. Bald saßen alle im Wohnzimmer.

„Der Wodka ist leer, und Liz' und Ryans Haus war trocken", sagte Jessica. „Habt ihr nicht irgendwas anderes, das wir trinken könnten?"

„Nein", sagte Trav.

Jessica trommelte mit den Fingern und sah alle an. „Wie wäre es mit Strip Poker?"

Daisy verdrehte die Augen. „Wir haben ein Baby hier."

Bryce saß in der Rückentrage auf Travs' Rücken. Sein Lieblingsort, denn die Perspektive gefiel ihm.

„Als würde sich ein Baby daran stören", blaffte Jessica. Sie sah Shane an, dann Rico. Max überging sie, doch ihr Blick blieb an Trav hängen. „Ich hätte nichts dagegen, mal einen Blick auf–"

Die Haustür flog auf, gerade als sich Daisy fragte, wie weit Jessica gehen würde. *Im Ernst? Sie wollte um Trav spielen?*

Maggie kam mit Jorge herein. „Wer hat Lust auf Scrabble?", fragte Maggie.

Shane blickte von Maggies altem *People* Magazin auf. „Ich."

„Na, wie läuft's denn bei euch hier so?", fragte Jorge.

„Uns geht es gut", sagte Trav. „Und euch? Ich habe den Generator vor einer Stunde aufgefüllt."

„Wir fühlen uns wohl wie zwei Wanzen im Stadthotel", sagte Jorge. „Können uns nicht beschweren."

Jessica schnaubte. „In keinem guten Hotel."

Maggie küsste Jorge. „Ich kann mich auch nicht beschweren, mein Lieber", schnurrte sie. Sie drehte sich zu der Gruppe um. „Und jetzt die Snacks."

Es wurde etwas unruhig. Als Maggie eine Schüssel mit Doritos und einen Teller Milano Cookies für ihr Scrabble-Spiel um den Sofatisch holte. Shane brummte etwas von Keksen mit Konservierungsstoffen, während er Daisy dabei half, Wasser zu holen.

„Wir spielen in Teams", sagte Maggie, als sie sich auf dem Blumensofa neben Jorge niederließ. „Jungs gegen Mädchen. Jessica, Daisy, kommt, setzt euch hierher."

Jessica verdrehte die Augen. „Vier Teams würden besser funktionieren, finden Sie nicht? Ich nehme Max." Jessica deutete zu ihren Füßen auf den Boden, damit Max sich dorthin setzte. Was er auch tat.

Muss nett sein, Männern befehlen zu können, sich zu deinen Füßen zu setzen.

„Ich bin bei dir, mein Liebes", sagte Jorge und legte Maggie die Hand aufs Knie.

Maggie schnitt eine Grimasse, drückte aber dennoch zärtlich Jorges Hand. „Ich dachte nur, es wäre ganz lustig, mit den Teams alles ein bisschen durcheinander zu bringen. Jessica, Sie sehen schon wieder so verkrampft aus. Hat Rico Sie nicht befriedigt?"

Rico spie entsetzt sein Wasser aus. Trav schmunzelte.

„Das geht Sie nichts an", sagte Jessica eisig.

Maggie schüttelte den Kopf. „Ach, Liebes. Und jetzt habe ich auch keinen Wodka mehr."

Daisy verkniff sich ein Lachen.

„Themenwechsel", zischte Jessica zwischen den Zähnen hervor.

„Süße, Sie müssen sich nicht scheuen, um das zu bitten, was Sie wollen", sagte Maggie.

Jessica wurde puterrot. „Ich sch– können wir hier nicht einfach spielen?"

Trav grinste. „Es funktioniert wirklich besser in vier Teams. Du wirst mich nicht los, Daisy."

Das war nur zu wahr. Obwohl sie langsam glaubte, dass das gar nicht so eine schlechte Sache war. Er hob Bryce aus der Trage und setzte ihn auf seinen Schoß.

„Ich nehme Shane", sagte Rico.

„Letzte Wahl", sagte Shane. „Ich habe gerade ein Flashback zum Sportunterricht der Mittelstufe."

„Aww, Shane, nicht jeder hat das Talent, mit Bällen umzugehen", sagte Maggie. „Du hast kulinarische Talente. Deswegen hab ich dich ja auch am liebsten."

Shane strahlte.

„Hey!", protestierte Trav. „Ich dachte, ich wäre dein Liebling."

„Oh, das bist du ja auch", sagte Maggie und zwinkerte Shane zu.

„Hmph", schnaubte Trav. Er sah Daisy an, die auf der Armlehne saß. „Hier, du kannst den Sessel haben." Er setzte sich mit Bryce auf den Boden.

Oh, sieh an, auch mir sitzen die Männer zu Füßen.

„Danke", sagte Daisy. „Warte, ich hole seine Decke, dann kann er seine Bauchzeit haben." Sie holte sie aus der Wickeltasche in der Nähe und legte Bryce darauf.

„Wir fangen an", sagte Jessica. Grinsend legte sie die Steinchen und sah Daisy direkt an: HOHL.

Ein ungutes Gefühl regte sich in Daisys Magen. Was glaubte Jessica zu wissen?

„Wir sind dran!", sang Maggie. „Wir haben die perfekten Buchstaben." Sie legte ihre Steinchen an das L: LECK." Sie zwinkerte in Ricos Richtung. „Pass gut auf fürs nächste Mal."

„*Dios mío*", murmelte Rico.

„Es gab ja kein erstes Mal!", rief Jessica.

„Gran, können wir das Spiel jugendfrei halten?", fragte Trav. „Ich flehe dich an."

„Was?", fragte Maggie unschuldig. „Das ist ein perfekt gültiges Wort. Und manche Männer erwidern den Gefallen vielleicht nicht."

Trav ächzte.

„Wir sind dran." Daisy lehnte sich zu Travs Ohr vor. „Was meinst du?"

„Ich meine, wir sollten uns vorm Scrabble drücken und uns in mein Haus schleichen", flüsterte er.

Sie wurde rot. Sie konnten sich nicht einfach drücken oder doch? Dann wüssten alle, was sie vorhatten. Und was sollten sie mit Bryce machen?

„Du bist so verdorben wie deine Großmutter", flüsterte sie.

Er schmunzelte. „Sie ist schlimmer. König an K."

Sie hatte gehofft, sie könnte ein Wort legen, mit dem sie Jessica ihr „hohl" heimzahlen konnte, aber „Hexe" und „Schlampe" konnte sie aus ihren Buchstaben nicht legen. *Lass nicht zu, dass sie dich provoziert. Sie ist nicht durch und durch böse, sie liebt ihren Kater. Vielleicht ist er ein verwöhnter, zimperlicher Kater wie seine Besitzerin, aber trotzdem.* Sie nickte und Trav legte KÖNIG.

Shane und Rico legten zwei Buchstaben an, um ROT zu legen. „Wir haben grottenschlechte Buchstaben", erklärte Shane jämmerlich.

„Nein, das ist doch gut", sagte Daisy. „Ihr habt doppelten Wortwert."

Shanes Laune hellte sich auf.

„Das haben wir absichtlich gemacht", sagte Rico.

Jessica legte einen Buchstaben an, ohne Max zu fragen. ROTZ. Sie verkniff sich ein Lächeln.

Jessica wollte sich mit ihr anlegen, und Daisy gefiel das kein bisschen.

„Mist", sagte Maggie. „Ihr habt mir mein F kaputt gemacht. Ich hatte das perfekte Wort." Finster blickte sie zu Jorge.

„Hmmm …" Jorge flüsterte ihr etwas zu, und als sie zustimmte, legte er NUDEL.

Trav legte Buchstaben an das D von NUDEL: DAD. Stolz lächelte er Daisy an, und ihr Herz zog sich zusammen.

Mehrere Runden später hatte Jessica es geschafft LÜGE, UNSINN und SÜNDE zu legen. Maggie und Jorge spielten ihr privates Verführungsspielchen weiter (LIPPEN, BLASEN, HART), während Daisy und Trav spielten, um zu gewinnen, und sowohl das Q als auch das X unterbrachten in QUIZ und TEXT. Shane hörte auf zu spielen, als Rico einnickte. Bryce schlief neben ihnen auf seiner Decke, die Unruhe im Raum hatte ihn mal wieder schneller zum Schlafen gebracht als die Stille zu Hause.

Daisy und Trav gewannen.

„Ja!" Trav stand auf und hob Daisys Hand in Siegerpose. Sie lächelte.

Jessica schniefte. „Was für ein dummes Spiel." Sie stand auf und bog ihren Rücken durch. „Gute Nacht, alle zusammen. Es war ein … Abend." Sie marschierte nach oben.

„Wir sind ein gutes Team", sagte Trav.

„Scheinbar schon", sagte Daisy, die nicht mehr zugeben wollte. Sie begann, mehr für ihn zu empfinden, nachdem sie die letzten beiden Tage so nah aufeinander gehockt hatten. Er war ein liebevoller Dad. Er achtete auf seine Familie. Vielleicht würde er irgendwann einmal seine Maske fallen lassen, dann würde sie mehr als nur die glatte Oberfläche sehen.

„Ich nehme Bryce." Vorsichtig hob Trav das Baby vom Boden auf.

Shane stand auf. „Gute Nacht", sagte er und ging nach oben.

Maggie sah Max an. „Wie wäre es, wenn Sie Jessica einen Besuch abstatten würden? Das Mädchen einen Stock im Allerwertesten." Sie nickte. „Und was für einen", fügte sie hinzu.

Max runzelte verwirrt die Stirn. „Also ich werde sicher nicht zu ihr gehen. Mein Herz ist schon lange vergeben."

„Sie haben irgendwo ein Liebchen?", fragte Maggie. „Dann auf zu ihr. Verlieren Sie keine Zeit. Das Leben ist zu kurz."

Max sah Daisy sehnsüchtig an. „Guter Rat, Mrs. O'Hare, danke."

„Das ist nur dann ein guter Rat, wenn die Person nicht verheiratet ist", sagte Trav.

„Hängt davon ab, ob es eine glückliche Ehe ist", sagte Max.

„Das hängt von gar nichts ab", blaffte Trav. „Verheiratet heißt tabu. Und was meinen Sie mit einer glücklichen Ehe? Meinen Sie, es sei keine glückliche Ehe? Weil Sie wissen sollten, dass es eine *sehr* glückliche Ehe ist."

Bryce regte sich auf seinen Armen.

„Trav", flüsterte Daisy und nickte in Bryces Richtung.

Maggie betrachtete die drei. „Wir sollten jetzt wohl besser nach Hause gehen. Danke für den netten Abend."

Jorge half Maggie in ihren Mantel, und sie lächelte ihn verliebt an. Die Frischverheirateten gingen, und jetzt war Daisy allein mit den drei fordernden Männern in ihrem Leben – Ehemann Nummer eins, zukünftiger Ehemann Nummer drei und dem kleinen Schreihals.

„Sobald ich Bryce ins Bett gebracht habe, sehe ich nochmal nach dem Generator", sagte Trav.

„Okay, dann räume ich in der Zwischenzeit auf", sagte Daisy. Sie fing an, die Schüsseln und Snackreste einzusammeln und sah zu Max hinüber, der einfach dastand. „Du könntest auch ein paar Gläser nehmen."

Sie ging in die Küche und schaltete die eine Lampe an, die funktionierte. Max stellte die Gläser in die Spüle. Sie beschäftigte sich damit, die übriggebliebenen Cookies in einen Plastikcontainer zu packen.

„Daze, es tut mir wirklich leid, wie es zwischen uns geendet hat", sagte Max in die Stille hinein.

Daisy wandte sich von ihm ab und warf die Doritokrümel in den Müll. Sie war seine Entschuldigungen leid. „Du hast dich bereits entschuldigt."

„Ich muss dir etwas gestehen."

Sie drehte sich um.

„Ich habe jemandem erzählt, dass wir verheiratet waren. Meinen Eltern."

Entsetzt öffnete sie ihren Mund. Ihre Beine fühlten sich zittrig an, und sie setzte sich schnell auf einen Stuhl. „Wir haben doch gesagt, wir erzählen es erst, wenn ich in der Schwangerschaft weiter bin."

„Ich weiß." Er setzte sich neben sie. „Ich konnte sowas Großes aber einfach nicht vor ihnen verheimlichen. Sie haben gedroht, mich nicht mehr finanziell zu unterstützen, wenn ich mich nicht scheiden ließe. Ich hätte die Schule verlassen und irgendeinen Mistjob annehmen müssen. Ich war hin- und hergerissen. Ich wollte dich nicht in dem Elend alleinlassen, aber als du dann schwanger warst–"

„O mein Gott." Sie stützte den Kopf in ihre Hände. „Jetzt ergibt das alles so viel Sinn." Ihre Gedanken wandelten sich von Entsetzen beinahe zu Erleichterung. Max *hatte* sie geliebt, nur … nicht genug. Sie hätten sich etwas einfallen lassen können, auch ohne die Hilfe seiner Eltern. Es wäre nicht leicht gewesen, doch sie hätten es hinbekommen. Wenn er nur mit ihr geredet hätte. Doch jetzt war es zu spät.

„Ich hätte niemals auf sie hören sollen", sagte Max. „Mrs. O'Hare hat Recht. Das Leben ist zu kurz, um es zu vergeuden. Ich habe dich immer geliebt, und wenn du jetzt nicht glücklich verheiratet bist …"

Sie hob ihren Kopf und sah, dass Max auf ein Knie hinuntergegangen war. Er hielt den Funkelring aus Plastik in die Höhe, wie er es vor all den Jahren getan hatte.

Sie schnappte nach Luft.

„Daisy, willst du mich noch einmal heiraten?"

19

———

„Nein!" Daisy unterbrach sich, denn ob sie es nun wollte oder nicht, spürte sie, dass sie schwach wurde, als sie sich an die Vergangenheit erinnerte, die Versprechungen, die sie einander irgendwann einmal gemacht hatten, dass sie Seelenverwandte wären, deren Leben zusammengehörte. Er hatte gesagt, er würde sie in zehn Jahren finden. Er kam ein wenig spät, doch er hatte sie gefunden. Es waren seine Eltern, die sie auseinandergebracht hatten, äußere Mächte, nicht sie. Sie hätten es vielleicht geschafft. „Nenn mir einen guten Grund, warum ich mich scheiden lassen und dich heiraten sollte, Max Parker."

„Ich liebe dich. Das habe ich immer. Das werde ich immer." Seine Stimme war vor Emotion ganz rau. „Mach mich bitte zum glücklichsten Mann auf Erden. Noch einmal." Er ließ ihren Blick nicht los, und sie spürte die von Herzen kommende Emotion tief in ihrer Seele.

Und dann erinnerte sie sich an das wahre Leben. An ihr Leben. Sie war jetzt eine Mom. Und soweit er wusste eine Ehefrau.

„Max. Steh bitte auf. Das würde nie funktionieren. Ich habe Bryce. Ich habe mich verändert."

Er blieb auf seinem Knie. „Ich nicht. Und ich werde dir

dabei helfen, ihn großzuziehen. Wenn du dich ein bisschen verändert hast, ist das okay. Ich liebe auch die neue Daisy."

Sie war so verwirrt. Wie konnte sie denn für zwei Männer zugleich dahinschmelzen? Waren ihre Hormone dermaßen durcheinander?

„Ich werde nicht aufstehen, bis ich eine Antwort habe", sagte Max.

Sie seufzte. „Gute Nacht, Max."

Sie stellte das Licht aus, ließ ihn in der Dunkelheit auf dem Knie.

„Ich bewege mich immer noch nicht", rief Max. „Du wirst mich am Morgen genau hier finden."

„Trav wird gleich hier durchkommen, um hinten nach dem Generator zu sehen."

Sie hörte ihn stöhnen.

„Denk doch einfach mal darüber nach", sagte er. „Ich kann dich glücklich machen."

Sie sagte nichts. Sie ging hinauf, um sich bettfertig zu machen, hoffte darauf, richtig gut schlafen zu können. Keine weiteren männlichen Forderungen. Sie waren immer an Bedingungen geknüpft.

Als Daisy in Maggies Schlafzimmer kam, stellte sie fest, dass Trav noch keine Zeit gehabt hatte, das Bettchen zurückzubringen. Na schön. Shane schien sich ja von Bryces Schreien nicht wecken zu lassen, deswegen war es vermutlich in Ordnung. Sie legte sich in einem frischen Nachthemd von Maggie ins Bett, sie war die Kleider, die sie nun schon seit zwei Tagen trug, leid. Letzte Nacht hatte sie Maggies Nachthemd getragen, um auf Trav nicht verführerisch zu wirken; heute Nacht wollte sie es einfach nur warm und gemütlich haben. Das war ein nicht enden wollender Abend gewesen, und sie konnte es nicht erwarten, wieder in ihr – von Bryces regelmäßigen Schreiattacken abgesehen – ruhiges und friedliches Leben in ihrem winzigen Apartment zurückzukehren. Wahrscheinlich würde sie in Travs Haus umziehen müssen. Sie hatte versprochen, ihn zu heiraten. Aber war ein Versprechen, das nur gegeben wurde, um eine Lüge zu vertuschen, überhaupt gültig? Sie hatte den Eindruck, als versuchte sie, ein Feuer mit Öl zu löschen.

Trav kam herein und schälte sich bereits aus seinem Hemd. Sie hatte das Licht auf dem Nachttisch angelassen und erhaschte einen Blick auf seine goldene Haut, seine breiten Schultern und die festen Muskeln. Er hatte einen Waschbrettbauch. Ihr Körper reagierte augenblicklich, ihre Nippel in Habachtstellung, während sich auch eine Etage tiefer alles bereit machte für Action. Sie setzte sich auf und zog das Nachthemd dort hoch, wo es unter ihren Beinen klemmte.

Er ließ seine Jeans fallen. Seine Unterhose spannte über seiner Erektion, und sie bekam eine trockene Kehle. Himmel, den Stressabbau konnte sie gebrauchen. Wenigstens war das etwas, worauf sie bei Trav zählen konnte. Sie konnte locker lassen. Keine verwirrenden Emotionen. Einfach nur ihre verflochtenen Körper, Haut an Haut.

Doch dann musste er es ruinieren, indem er zu sprechen anfing.

„Sag ihm, er soll dich in Ruhe lassen, bevor sein Gesicht Bekanntschaft mit meiner Faust macht."

Sie schob das Nachthemd wieder hinunter. „Trav, du wirst ihn nicht anrühren."

Er kroch unter die Bettdecke. Sie spürte die willkommene Wärme seines Körpers und kämpfte gegen den Drang an, sich an ihn zu schmiegen. Sie durfte ihn nicht glauben lassen, dass es in Ordnung war, Max zu verprügeln, nur, weil er sie ansah. Was, wenn er wüsste, dass Max ihr gerade einen Antrag gemacht hatte? Sie legte sich hin und faltete die Hände auf ihrem Bauch, damit sie sie bei sich behielt.

Trotzdem war es nicht einfach. Ihr Körper sehnte sich nach ihm. Himmel, eine Nacht, und sie sehnte sich verzweifelt nach mehr. Ihre Libido war zurück. Und fixiert auf den nächsten warmen Körper. Sie sollte froh sein, dass sie sich das Zimmer mit Trav teilte. Was, wenn Max hier wäre? Würde sie auch mit ihm schlafen?

„Du bist meine Frau", sagte er.

Ihre Libido gefror. *Keine Party heute Nacht.* Wenn dieser Frau-Kommentar nicht ein eiskalter Wassereimer Realität gewesen war, wusste sie nicht, was es sonst sein sollte. Das Ganze wäre nur überboten worden, wenn Bryce aufgewacht wäre und geschrien hätte.

„Nicht wirklich", sagte sie.

„Daze, du hast es versprochen."

„Ich weiß, dass ich es versprochen habe, aber möchtest du wirklich jemanden heiraten, der dazu gezwungen wird, weil er es unter verzweifelten Umständen versprochen hat?"

Er rückte das Kissen unter seinem Kopf zurecht. „Ja."

„Warum?"

„Es hat sich nichts geändert. Wir sollten immer noch zusammen sein."

„*Sollten.* So funktioniert das nicht. Man heiratet nicht, weil man es sollte, man heiratet, weil man es will."

Er sah sie mit Engelsgeduld an. „Ich habe meinen Teil des Deals erfüllt. Jetzt bist du dran."

„Ich soll mich für den Rest meines Lebens an dich binden, weil ich dran bin?"

„Ja. Ist das so schlimm?", fragte er jetzt und hörte sich wütend an.

Sie wollte gerade schon etwas darauf erwidern, als sie plötzlich innehielt. „Du wirst ja wirklich wütend."

„Und ob ich das bin. Hör auf zu diskutieren und heirate mich."

Ein Hoffnungsschimmer flammte in ihr auf. Sie schaltete das Licht auf dem Nachttisch aus und rutschte näher zu ihm, bevor sie sich auf die Seite rollte, um ihn anzusehen. Er legte einen Arm um sie.

„Du bist so romantisch", neckte sie ihn.

„Romantisch kann ich nicht", sagte er schlicht. Er war wieder sein ruhiges, unerschütterliches Selbst.

Sie schob seinen Arm von sich herunter und legte sich wieder flach auf den Rücken. „Wenn du versuchen würdest, mir ein bisschen den Hof zu machen, wenn wir ein wirkliches Date hätten, anstatt von mir zu fordern, dass ich dich heiraten soll, würde es vielleicht besser laufen zwischen uns."

Vernehmbar stieß er einen Atem aus. „Ich biete dir alles an. Jeden Cent, den ich besitze, ein Haus, eine stabile Zukunft für unseren Sohn. Was möchtest du denn noch mehr von mir?"

Ein Moment verstrich in Schweigen.

„Man sollte nur heiraten, wenn man einander liebt", sagte sie leise.

Er schnaubte. „Ich habe dir schon gesagt, wie ich beim Thema Liebe empfinde. Das ist eine Fiktion, die die Firmen erfunden haben, damit wir mehr Geld ausgeben. Alles hängt dran. Frauen kaufen Schönheitsprodukte oder was auch immer. Männer kaufen Diamanten, Blumen, Karten, Schokolade, Abendessen - es hört nie auf."

„Das ist keine Fiktion, es ist real."

Er atmete scharf aus. „Du wartest darauf, dass jemand hier hereingewalzt kommt wie ein weißer Ritter mit blumigem Gerede."

„Das nennt man einen Kavalier", sagte sie steif.

„Ich weiß, dass Max dir schleimige Versprechungen macht von einer Karriere in seinen Talkshows und Werbespots." Er stützte sich auf einen Ellbogen, und sie konnte im Mondlicht sehen, wie angespannt sein Kiefer war. „Willst du das? Max? Sag es mir einfach."

„Nein", sagte sie ruhig. „Ich will Max nicht." Sie war sich ziemlich sicher, obwohl er sie wirklich zu lieben schien. Waren sie für immer Seelenverwandte? War Max ihr Schicksal? Warum war alles nur so kompliziert?

„Du solltest heute Nacht auf dem Fußboden schlafen", sagte sie zu ihm.

„Warum?"

„Weil die letzte Nacht nicht wiederholt werden wird."

„Wir werden nur schlafen."

Das kaufte sie ihm absolut nicht ab. „Ich brauche Raum."

Sie legte sich auf die Seite und rutschte zur Bettkante.

„Wirklich schade. Ich habe dir eine Menge Raum gegeben, und weißt du, was es mir gebracht hat? Null Komma nichts."

Sie warf einen Blick über ihre Schulter und sah ihn an, wie er auf seiner Seite lag und sie betrachtete. Er sah verärgert aus. Ein Teil von ihr mochte es, dass er jetzt sein wahres Ich zeigte, nicht einfach nur herumwitzelte. Dennoch war er immer noch zu fordernd. Sie konnte nicht zulassen, dass er sie einfach so überrumpelte. Niemand schubste Daisy Garner herum.

Sie schob ihr Kissen zwischen sie und legte ihren Kopf auf ihren Arm. Er warf das Kissen zu Boden.

„Das war mein Kissen!"

„Schlaf."

Sie kletterte aus dem Bett und holte das Kissen, dann legte sie sich ans Fußende der Matratze. Er packte sie an der Hüfte, zog sie an sich und legte sich in Löffelchenstellung hinter sie.

Offensichtlich freute er sich, sie zu sehen.

Sie drehte sich um und öffnete ihm ihre Arme. „Du bist ein sturer Mann."

„Ja. Und du *wirst* meine Frau werden."

Sie warf einen Arm und ein Bein über ihn. Er legte seinen Arm um sie.

„Nein", sagte sie.

Er zog sie unter sein Kinn. „Doch."

„Ich liebe dich nicht", sagte sie verschlafen. Die Wärme seines Körpers entspannte sie, und sie schloss die Augen, atmete seinen sauberen Duft ein.

Er streichelte ihren Rücken. „Doch, das tust du."

„Ich glaube nicht an Liebe", murmelte sie. „Das haben sich nur irgendwelche Unternehmen ausgedacht."

Er lachte leise. „Das ist richtig, Frau."

Sie lagen in der Dunkelheit und hielten einander fest. Sein Arm wurde schwer auf ihr. Sie schob seinen Arm von sich und zog ihr Nachthemd hoch. Sie hatte gerade geschafft, es über ihre Hüfte zu ziehen, als sie plötzlich innehielt, weil sie ein leises Schnarchen hörte.

Er war eingeschlafen.

Sie seufzte, schob das Nachthemd wieder herunter und kuschelte sich an ihn. Sie konnte ihm keine Vorwürfe machen, nachdem es gestern Nacht so spät geworden war und er den ganzen Tag gearbeitet hatte … Räumen, Schneeschippen, Generatoren nachfüllen und in der Notunterkunft helfen waren kein Zuckerschlecken.

Trotzdem war sie überraschend enttäuscht.

20

Trav kehrte früh am Morgen zurück, nachdem er den Generator an seinem und Grans Haus nachgefüllt hatte, und ging die Treppe hinauf, um zurück zu Daisy ins Bett zu kriechen. Die Nacht zuvor war er aus purer Erschöpfung eingeschlafen, doch er hätte nichts gegen etwas Morgen-Action, bevor die anderen aufwachten.

Im Flur blieb er abrupt stehen, als er den Anblick vor sich wahrnahm. Max stand vor Daisy, die nur ein Handtuch trug, ihre blasse Haut ganz rosig von einer warmen Dusche. Zorn rauschte durch Trav, und er zählte bis zehn. Dieses Arschloch konnte es einfach nicht akzeptieren. Daisy würde niemals mit Max zusammen sein.

„Hast du über das nachgedacht, was ich gesagt habe?", fragte Max. Er hatte Trav den Rücken zugewandt, und Trav näherte sich leise, um zu hören, was der Mann zu sagen hatte.

Daisy machte ganz große Augen, als sie Trav sah. Sie wich einen Schritt von Max zurück. „Bitte, Max, das ist nicht der richtige Zeitpunkt."

Max packte ihren Arm. „Es *ist* der einzige Zeitpunkt. Wir fahren heute zurück. Ich habe mit Ryan gesprochen. Die Straßen sind frei."

Daisy befreite sich von ihm und zog sich Richtung Schlafzimmer zurück.

Max wollte ihr folgen. Trav legte eine Hand auf seine Schulter. „Es ist wirklich Zeit, dass Sie zu Ihrem schicken Job in der Stadt zurückkehren."

Max wirbelte herum, um Trav anzusehen. Seine Augen waren riesengroß, sein Mund offen. „Ich –"

„Halten Sie die Klappe, bevor ich Ihnen in den Arsch trete, weil Sie es gewagt haben, Hand an meine Frau zu legen", knurrte Travis.

Max stieß Trav gegen die Brust. „Sie war mal meine Frau. Wir sind Seelenverwandte. Ich habe sie gebeten, mich wieder zu heiraten."

„Sie heiraten! Seelenverwandte!", spie Trav. „Was für ein Unsinn. Sie können wirklich nur Scheiße labern! Woher haben Sie das, aus einem Selbsthilfebuch mit dem Titel *Worauf Frauen stehen*? Wenn Sie sie wirklich lieben würden, hätten Sie sie erst gar nicht verlassen." Er stieß ihn wütend von sich. „Sie hatten Ihre Chance, und Sie haben sie vermasselt."

Max kniff die Augen zusammen. „Wollen wir das draußen entscheiden?"

„Ich würde den Bürgersteig mit Ihnen fegen, wenn Daisy nicht wäre. Aus irgendeinem Grund möchte sie nicht, dass ich mich Ihres hübschen Knabengesichts annehme. Sie ist zu gut für Sie."

Max baute sich vor ihm auf. „Sie liebt Sie nicht, Arschloch."

Trav packte Max' Hemd und stieß ihn fort. „Sie meinen, sie liebt *Sie* nicht."

„Hört auf!", schrie Daisy.

Max und Trav drehten sich gleichzeitig um. Sie stand im Flur, nun in einem von Grans Flanellnachthemden.

„Warum trägst du das?", fragte Trav.

Sie winkte ab. „Ich musste mir schnell was überziehen."

„Du hast mich einmal geliebt", sagte Max. „Tust du es immer noch, wenigstens ein kleines bisschen?"

„Sag mir, dass du diesen Idioten nicht mehr liebst", sagte Trav mit leiser, ruhiger Stimme.

Daisy drehte sich zu Max um. „Ich werde immer einen Platz für dich in meinem Herzen haben. Du warst meine erste

Liebe. Aber ich liebe dich nicht. Verstehst du das? Du wirst immer etwas Besonderes für mich sein."

Max ließ die Schultern hängen. „Ich verstehe. Es gefällt mir nicht, aber ich verstehe es." Er drehte sich zu Trav um. „Sie haben gewonnen, Mann."

Verdammt richtig.

„Nein, er gewinnt nicht", sagte Daisy. „Ich bin kein Preis, um den man kämpft. Trav, ich liebe dich, weil du Bryce liebst. Das wird sich niemals ändern. Aber ich liebe dich auch nicht auf *diese* Weise. Wie könnte ich auch? Ich kenne dich doch nicht wirklich."

Das fühlte sich an wie ein Dolch in seinem Herzen.

„Natürlich kennst du mich", protestierte Trav.

„Ich kenne deine Scherze, deinen Humor, aber ich kenne dich nicht."

„Aber das bin ich", sagte er, vollkommen außer sich. Er spürte, wie ihm die Hitze den Nacken hinaufkroch, weil Max Zeuge dieser Szene wurde. Er drehte sich zu Max um. „Verschwinden Sie!"

Max huschte davon, eilte hinunter.

„Ich glaube, dass da mehr ist, aber du öffnest dich mir nie."

„Verdammt, was soll ich denn noch tun? Wie ein Idiot weinen und dir hinterhersabbern?"

Bryce begann, wie üblich aus voller Kehle zu schreien, damit alle wussten, dass er wach war. Daisy ging in Shanes Zimmer, um ihn zu holen. Trav folgte ihr. Shane schlief immer noch tief und fest.

Daisy scheuchte ihn zur Tür hinaus. Er wartete und folgte ihr und Bryce zurück in Grans Zimmer. Sie kletterte ins Bett und schob sich die Kissen in den Rücken, um ihn zu stillen.

Trav ging vor dem Bett auf und ab. „Erst habe ich es mit deinem Ex zu tun. Dann willst du, dass ich zum Schwächling mutiere. Du möchtest, dass ich jemand bin, der ich nicht bin."

Daisy sah ihn nur an und schüttelte traurig den Kopf, was seinen frustrierten Zorn nur noch anheizte. Er stürmte aus dem Zimmer. Diese Frau wollte zu viel.

Er ging nach draußen; das beruhigte ihn immer. Die eisige

Luft, die Schneefelder, die sich bis zum Horizont ausbreiteten, die kahlen Bäume. Er starrte auf den Schnee im Vorgarten, der vollkommen unberührt war, bevor er zu Grans Schlafzimmerfenster hinauf blickte.

Dann tat er etwas, das er schon lange nicht mehr getan hatte. Er machte sich zu einem vollkommenen Idioten.

~

„Das war ein interessanter Sturm", sagte Daisy zu Bryce, während sie durch Maggies Schlafzimmer ging und ihm den Rücken tätschelte, damit er sein Bäuerchen machte. „Aber wir werden bald nach Hause gehen. Spätestens in ein paar Tagen. Sobald wir in unserem Haus wieder Strom haben. Dann wird das Leben wieder normal."

Rülps.

„Braver Junge." Sie zog sich schnell an, dann machte sie mit einer Hand das Bett, während sie Bryce auf der Hüfte hielt, zog die Decke zurecht, warf die Kissen gegen das Kopfbrett. Nicht perfekt, aber es musste reichen. Zu Hause machte sie ihr Bett nie. Hier in Maggies Haus fühlte sie sich wie ein Gast. Sie konnte hören, wie Jessica und Max unten umherliefen, und entschied, oben zu bleiben.

Sie setzte Bryce aufs Bett und sang eines ihrer Lieblingslieder. Es war alt aber immer noch gut: „Ironic" von Alanis Morissette. Dabei ging sie ihrer üblichen Massageroutine nach. Als sie fertig war und gerade überlegte, ob sie ihn nehmen und sich zum Haus ihrer Schwester davonstehlen, hörte sie etwas am Fenster.

Ping. Ping.

Was zum? Sie ging zum Fenster, als ein weiterer Kieselstein dagegen schlug. Sie sah hinunter und Trav winkte ihr zu.

Er war vollkommen und absolut nackt. Im Schnee. Sie sah genauer hin. Er stand am Ende eines Pfeiles, den er in den Schnee gemalt hatte. Und ihr Name stand auch dort. Als bräuchte sie ihren Namen und einen Pfeil, um ihn zu bemerken.

Sie setzte Bryce auf den Boden und öffnete das Fenster. „Was machst du denn da, du verrückter Kerl?"

„Ist es denn nicht offensichtlich?"

„Nein!"

Die Kälte hatte definitiv einen schrumpfenden Effekt.

„Ich bin nackt für dich. Ich habe mich dir geöffnet."

Er begann, wie ein Muskelprotz zu posieren – angespannter Bizeps (beeindruckend), eine Brustbewegung zur Seite (lecker), dann senkte er die Arme zu einer Wahnsinnsanspannung und verzog übertrieben das Gesicht dabei (lächerlich). Sie kicherte.

Oh-oh. Ihre Eltern fuhren in ihrem Toyota Highlander vor und parkten an der Straße. Trav hatte sie nicht bemerkt.

Er deutete mit einer Hand und hob ein Bein wie ein Wasserspeier.

„Trav, Liebling, komm rein. Es ist zu kalt dafür. Lass uns reden."

Er hörte auf zu posieren und stemmte seine Hände in die Hüfte. „Kein Reden mehr. Ich habe gehandelt. Und ich werde nicht reinkommen, bis du nicht einverstanden bist, das zu tun, was du versprochen hast."

Sie sollte ihn wirklich warnen.

Doch es war nicht leicht, dem Unvermeidlichen nicht zuzusehen.

Kopfschüttelnd sah sie ihn an und beobachtete, wie ihre Mom auf der Beifahrerseite ausstieg und den Weg hinaufkam. Dad war direkt hinter ihr.

Mom blickte von Trav hinauf zu Daisy. Daisy winkte ihr zu. Travs Kopf wirbelte herum. Sofort presste er seine Hände vor seine Männlichkeit – die klassische Pose des Adams, der gerade aus dem Paradies verstoßen wurde.

„Daisy, du solltest ihn wirklich reinlassen", schalt ihre Mom sie. „Es ist kalt."

„Verdammt kalt", sagte ihr Dad. „Komm mit uns rein, mein Sohn. Wir kriegen dich schon wieder warm."

Trav stürzte ins Haus. Selbst von oben konnte sie sehen, wie rot sein Gesicht war.

Sie schmunzelte und schloss das Fenster. Sie wusste nicht, was er mit dieser Aktion hatte beweisen wollen.

Dennoch konnte sie nicht aufhören zu lächeln.

Sie ging mit Bryce hinunter, als Trav an ihr vorbeischoss.

„Du hättest ruhig was sagen können", murmelte er.

„Lass einfach nächstes Mal deine Klamotten an", lachte sie über die Schulter.

Sie traf ihre Eltern im Wohnzimmer, wo sie sich mit Rico unterhielten. Er drehte sich um, als er sie sah.

„Jetzt hast du ihn aber drangekriegt", meinte Rico.

Daisy grinste. „Er spinnt."

Rico schüttelte den Kopf und ging in die Küche.

„Worum ging es denn?", fragte ihr Dad. „Habt ihr euch gestritten?"

Daisy winkte das ab. „Nur eine dumme Wette. Aber was macht ihr denn hier?"

Ihre Eltern tauschten einen Blick aus.

„Wir wollten nur nachsehen, wie es dir und Bryce bei diesem Stromausfall geht", sagte ihr Dad.

„Habt ihr auch nach Liz gesehen?", fragte Daisy angespannt.

„Wir wussten, dass es ihr gut gehen würde", sagte ihre Mom. „Sie plant ja immer im Voraus."

„Aber wir sind auch dort vorbeigefahren", ergänzte ihr Dad.

Sie wusste, dass ihre Eltern meinten, dass sie immer jemanden brauchte, der sich um sie kümmerte. Sie würde es schon schaffen, wenn sie musste. Sie würde niemals zulassen, dass Bryce etwas zustieß.

„Ich habe dir doch gesagt, dass es Daisy und Bryce gut geht, Clive", sagte ihre Mom, während sie Bryce aus Daisys Armen nahm. „Trav hat sich anscheinend um sie gekümmert. Sie haben Wärme und Strom." Sie küsste Bryces kleine Finger. „Wie sieht's mit dem Essen aus, Liebes?"

„Alles gut. Trav hat sich auch darum gekümmert", sagte Daisy.

„Ich bin so froh, dass ihr beide endlich heiratet", sagte ihre Mom.

Daisy bedeutete ihr rasch, leise zu sein. Im Haus war alles still, das hieß aber nicht, dass Max und Jessica schon weg waren.

Ihre Mom nickte langsam. Die Botschaft war angekommen.

„Ich wäre auch ohne Travs Hilfe klargekommen", sagte Daisy.

„Im Notfall kannst du immer zu uns nach Hause kommen", sagte ihr Dad. „Dein altes Zimmer wartet auf dich."

„Danke, Dad, aber es geht mir gut. Ich brauche niemanden, der sich um mich kümmert. Wenn die Kacke am Dampfen ist, bin ich ganz oben drauf." *Moment, das war nicht so gut angekommen.*

„Daisy! Deine Ausdrucksweise", sagte ihre Mom und hielt Bryce die Ohren zu. „Und sprich nicht so mit deinem Vater."

Ihr Dad tätschelte ihrer Mom das Knie. „Ist schon in Ordnung. Ich weiß, was sie meint. Sie ist erwachsen. Aber selbst Erwachsene brauchen hin und wieder Hilfe."

„Nicht, wenn sie verheiratet sind", sagte ihre Mom. „Dann können sie sich aneinander lehnen."

„Ich brauche keine … vergiss es." Daisy kochte. Für ihre Eltern würde sie immer die Versagerin sein.

Trav kam die Treppe herunter. „Wie geht es euch?", rief er gut gelaunt. Er drückte ihrem Dad die Hand und küsste ihre Mom auf die Wange.

Ihre Mom begutachtete ihn von oben bis unten. *Igitt.*

„Gut, gut." Ihr Dad lächelte. „Schade, dass du diese Wette verloren hast."

Daisy neigte ihren Kopf und sah Trav vielsagend an.

„Ja. Zu schade." Er ging einen Schritt zur Tür, offensichtlich war es ihm immer noch unangenehm, ihren Eltern unter die Augen zu treten.

„Trav, dieser Generator, den du uns empfohlen hast. Der läuft wie ein Traum", sagte ihr Dad. „Kann mich wirklich nicht beschweren."

„Wir sind nur so froh, dass Daisy dich hier hatte und du ihr bei alldem geholfen hast", sagte ihre Mom.

Trav lächelte und drehte sich zu Daisy um. Sein Lächeln verschwand, als er ihren wütenden Gesichtsausdruck sah. „Also, ich muss mich verabschieden. Ich muss nach Gran sehen." Er zerzauste Bryces Haar, nahm sich seine Jacke und ging zur Tür.

„Wir werden dann auch wieder fahren, Liebling", sagte ihr Dad. „Wir müssen nach dem Garner's sehen. Uns vergewissern, dass die Rohre nicht einfrieren."

„Sicher. Ich sehe euch dann später." Daisy umarmte ihren Dad.

Ihre Mom reichte ihr Bryce zurück. „Lass es uns wissen, wenn du irgendetwas brauchst."

„Es geht uns gut", sagte Daisy zwischen ihren Zähnen hervor.

„Mmm-hmm", machte ihre Mom wenig überzeugt. Dann waren sie weg.

„Mann!", schrie Daisy. Da erschreckte Bryce, und er begann zu weinen. Sie seufzte und streichelte seinen Rücken. „Ist schon in Ordnung, Baby. Mama geht es gut."

Fünf Minuten später hatte sie ihn beruhigt und ging nach oben, um seine Lieblingsdecke und die Windeltasche zu holen.

Sie betrat Maggies Schlafzimmer und blieb abrupt stehen. Jessica saß am Fußende.

„Mein Handy hat Empfang", trällerte Jessica.

21

„Schön für Sie", sagte Daisy und ging an der grässlichen Frau vorbei.

„Das ist wirklich schön für mich", sagte Jessica. „Ich konnte ein paar Dinge über Sie herausfinden, die Ihre Follower sicherlich sehr interessant finden werden."

„Ich weiß nicht, wovon Sie reden." Sie nahm sich die Windeltasche und sah sich nach der Decke um. Die musste wohl noch in Shanes Zimmer sein.

Jessicas Stimme klang scharf und wenig freundlich, als wären sie in einem Gerichtssaal. „Das hier ist nicht Ihr Haus, stimmt's?"

Daisy strich sich mit einer Hand über das Gesicht. „Lassen Sie mich Bryce wegbringen, dann können wir uns unterhalten."

„Das wäre gut."

Daisy klopfte bei Shane an die Tür. „Kannst du ihn kurz nehmen?"

Shane setzte sich langsam im Bett auf. „Klar."

Sie reichte ihm Bryce und ging zurück ins Schlafzimmer, wo Jessica im Schrank herumschnüffelte.

„Schon interessant, dass alles hier in Kleidergröße zwei ist, wo Sie doch ganz offensichtlich" – Jessica betrachtete Daisy von oben bis unten – „mindestens Größe zwölf tragen."

Sie hatte Größe acht, doch sie blieb ruhig und atmete tief ein. „Also erzählen Sie schon, was Sie herausgefunden haben, als Sie wieder telefonieren konnten."

„Warum fangen wir nicht damit an, dass Sie mir die Wahrheit erzählen?" Jessica näherte sich ihr, schlug bei jeder Frage dramatisch mit der Faust auf ihre Hand. „Warum spielen Sie uns etwas vor? Wie weit reicht die Lüge?"

Daisy sah sie ruhig an. Sie würde nicht mehr zugeben, als sie musste. Jessica würde es lieben, ihren Namen in den Schmutz zu ziehen.

Jessica stand da, die Arme vor der Brust verschränkt. Ihr gehässiges Lächeln sah triumphierend aus. „Ich weiß, dass das nicht Ihr Haus ist." Ihre eisblauen Augen glühten, als sie sich ihrer Beute näherte. „Das habe ich mit einem Anruf herausgefunden. Ich dachte es mir schon, als sie sich in der Küche nicht auskannten."

Daisy atmete scharf aus. „Es ist nicht mein Haus, aber es war die Inspiration für das Haus in meinem Blog. Keiner möchte über mein schäbiges kleines Apartment lesen."

„Sie haben uns also alle ein Theaterstück vorgespielt, um die Zuschauer von *Morgens bei Jessica* in die Irre zu führen." Jessica nickte. „Oh ja, ich weiß das. Ich habe meine Assistentin gebeten, sich die Grundbucheinträge anzusehen. Das hier ist Maggies Haus. Das erklärt, warum es so viel ballaststoffreiches Essen gibt. Und Trav wohnt in dem Haus auf der anderen Straßenseite. Sie wohnen nicht einmal mit ihm zusammen. Sie wohnen in einem Apartment."

Daisy presste ihre Lippen aufeinander. *Reiß dich zusammen. Gib nichts Weiteres zu.*

Jessica redete sich in Fahrt. „Sie sind nicht einmal getrennt. Sie waren nie zusammen. Ich wette, Sie haben nicht einmal einen Eheeintrag. Das werde ich herausfinden, sobald dieses jämmerliche Rathaus wieder öffnet. Aber das hier weiß ich." Sie zählte die Beweise an ihrer Hand ab. „Die Geschichten über Ihr erstes Date stimmen nicht überein. Trav hat Bryce an *seinen* Tagen, und ich habe gehört, wie Sie gesagt haben, dass Sie ihn nicht einmal kennen. Wer kennt denn seinen eigenen Ehemann nicht?"

„Das war eine private Unterhaltung!", rief Daisy. „Sie haben gelauscht. Dazu hatten Sie kein Recht!"

Jessica lachte. „Und dann Ihre Kochkünste. Was für ein Witz! All diese Gourmetrezepte, über die Sie geschrieben haben, und dann kommen Sie mir mit gegrilltem Käse. Und keine vorbereiteten Mahlzeiten. Nur noch eine weitere Lüge!"

Adrenalin schoss durch Daisys Beine. Sie wollte unbedingt aus diesem Haus rennen und niemals zurückblicken. Doch sie konnte es nicht. Bryce brauchte sie. Es war an der Zeit, dass sie kämpfte, anstatt die Flucht zu ergreifen.

Jessica starrte sie an. „Deswegen hat Max Ihnen auch seine Liebe gestanden. Er weiß, dass Sie nicht glücklich verheiratet sind. Oh ja, ich habe diese kleine Szene heute Morgen mitbekommen." Auf Daisys überraschten Gesichtsausdruck hin schüttelte Jessica traurig den Kopf. „Zwei Hirsche, die ihre Geweihe wetzen, wegen eines", – sie machte Gänsefüßchen in die Luft – „*unschuldigen* Täubchens. Auf dem Flur direkt vor meinem Schlafzimmer. Wirklich, das ist einfach zu gut."

Daisy ermahnte sich, den Köder nicht zu schlucken. Sie wollte Jessica nicht noch mehr Munition geben als sie bereits hatte.

„Haben Sie sich das Baby auch ausgeliehen? Ist er nur ein Wonneproppen in Ihrer Fantasiewelt?" Jessica tippte sich mit einem blutroten Fingernagel gegen die Lippen. „Das ist wohl auch der Grund, weswegen er so viel weint. Er will seine wahre Mommy."

Da verlor Daisy die Kontrolle. „Ich bin seine wahre Mommy!"

„Aber Trav ist nicht Ihr Ehemann, oder etwa doch? Ich sollte Max sagen, dass Sie zu haben sind."

„Wir werden bald heiraten", sagte Daisy. „Wir wollten eigentlich gestern heiraten. Sie können im Rathaus nach unserem Antrag fragen."

Jessica sah sie von oben herab an. „Wie konnten Sie das nur tun? All diese Mütter, die bei Ihnen Inspiration gesucht haben, die sich *bemühen*, auch nur ein Bruchteil der Ehefrau und Mutter zu sein, die Sie sind, die sich *minderwertig* fühlen wegen Ihrer Lügen."

Daisy spürte, wie ihre Unterlippe zu zittern begann, und biss darauf. Sie hatte niemals gewollt, dass andere Moms sich schlecht fühlen. Verdammt, sie hatte sich immer wie eine wenig perfekte Mutter gefühlt. Sie hätte nicht so tun sollen, als wäre sie die perfekte Mom und Ehefrau.

„Tut mir leid", sagte Daisy mit erstickter Stimme. „Es ist einfach nur irgendwie passiert. Ich habe das perfekte Leben erfunden, damit *ich* mich nicht mehr so minderwertig fühle. Ich wollte niemals, dass irgendwer sonst sich so fühlt."

Jessica nickte langsam. „Danke, Daisy, dass sie mir endlich die Wahrheit sagen. Das ist sogar eine noch größere Story als die, die wir schon haben. Ich kann es nicht abwarten, Ihre Scharade in der Sendung bloßzustellen."

Daisy machte große Augen. „Ich werde nicht wieder in Ihre Show kommen."

„Das müssen Sie auch nicht." Sie öffnete ihre Hand, um ihr ein kleines schwarzes Aufnahmegerät zu zeigen. Sie drückte auf einen Knopf. Daisys Stimme war laut und deutlich zu hören. „Es tut mir leid. Es ist einfach nur irgendwie passiert. Ich habe das perfekte Leben erfunden –"

Daisy griff nach dem Aufnahmegerät, doch Jessica war schneller.

„Das dürfen Sie nicht benutzen", sagte Daisy. „Das haben Sie ohne mein Einverständnis aufgenommen."

Jessica lächelte kalt. „Leute, die betrügen, bekommen keine Sonderbehandlung, wenn ein Journalist sie durchleuchtet. Ich werde nicht lange dazu brauchen, alle Beweise gegen Sie zu sammeln. Dann werde ich die Einschaltquoten bekommen, die Max mir versprochen hat, als er Sie als Gast vorgeschlagen hat. Wir sehen uns dann im Fernsehen." Sie schob sich an Daisy vorbei.

Daisy drehte sich um. „Sie sollten dieses Haus besser schnell verlassen, Sie Miststück!"

„Mit Vergnügen." Jessica stürmte die Treppe hinunter.

Daisy setzte sich auf die Bettkante und starrte auf ihre Hände, während sich eine finstere Wolke über ihr zusammenbraute.

Trav kam gut gelaunt nach Hause. Die Straßen waren frei, die Handys hatten wieder Empfang, und er hatte gesehen, wie Jessica und Max im Van der Crew davongefahren waren.

„Daisy, ich bin zu Hause!", rief er.

Shane traf ihn mit Bryce auf dem Arm im Wohnzimmer. „Sie hat sich in Grans Schlafzimmer eingeschlossen und weigert sich, rauszukommen."

„Was ist passiert?"

„Ich weiß nicht. Sie will es nicht sagen. Sie hat nur gesagt, ich soll Bryce hochbringen, falls er weint. Bis jetzt ist er ruhig."

Trav beschlich ein ungutes Gefühl. Schnell lief er die Treppe hinauf und klopfte an die Tür. „Mach auf, Daisy. Ich bin's."

Zu seiner Überraschung sprang die Tür auf. Sie hatte geweint. Er nahm sie in die Arme. „Was ist passiert?"

„Ist sie weg?"

„Jessica und Max sind mit dem Rest der Crew abgefahren. Wir sind sie endlich los."

Sie löste sich von ihm. „Jessica weiß es. Sie weiß alles. Sie wird mich in der Sendung bloßstellen und mich fertigmachen."

„Woher hat sie das denn alles?"

„Ich weiß es nicht. Sie sagte, sie wüsste, dass wir schwindeln, und ich habe es zugegeben … *Mist*. Sie hat nie gesagt, was sie wirklich weiß. Sie hat mich reingelegt." Sie schlug sich mit der flachen Hand gegen die Stirn. „Ich bin so dumm. Sie hat aufgenommen, wie ich die Lüge gestanden habe. Auf diesem dummen kleinen Aufnahmegerät, das sie in ihrer Hand versteckt hatte. Es ist nur eine Frage der Zeit, bis sie alles überprüft hat."

Er starrte sie an. „Warum hast du zugegeben, dass du gelogen hast, nach all dem, was wir hier aufgezogen haben?"

„Sie hat mich immer weiter gedrängt, hat mir gesagt, ich trage die falsche Größe, bin im falschen Haus. Sie hat gewusst, dass wir nicht zusammenwohnen. Und die ganze Zeit hat sie so gehässig gegrinst."

„Da hast du ihr alles erzählt?"

Sie sah auf ihre Hände hinab. „Sie hat gesagt, ich sei gar nicht Bryces wahre Mom." Sie sah ihm in die Augen. „Da habe ich die Kontrolle verloren."

„Aw, Daze, du musst deine aufbrausende Art wirklich unter Kontrolle bringen."

„Ich kann nichts dagegen tun!", rief sie. „Ich bin ruiniert, bevor ich überhaupt angefangen habe. All diese Karrierechancen, von denen Max gesprochen hat – *Peng!* Weg! Kein Blog, keine Talkshows, nichts. Und weißt du, was das Schlimmste ist? Selbst wenn ich dich heirate, wird es nicht wieder gut."

Ihm gefiel die Richtung nicht, in die das alles führte. „Wir könnten einfach sagen, dass es uns so vorkam, als wären wir schon verheiratet, weil wir schon so lange zusammen sind. Lass es so klingen, als wären wir nur nicht dazu gekommen, es offiziell zu machen."

„Keine Lügen mehr! Und keine überstürzte Hochzeit. Es ist falsch. Diese ganze Sache war von Anfang an falsch, und ich bin einfach die Dumme, die gedacht hat, ich könnte eine Sache gut machen, ohne es zu vermasseln."

Tränen strömten über ihr Gesicht, und sie wischte sie mit ihrem Handrücken weg.

„Komm schon, wir können es mit ihr aufnehmen", sagte Trav mit beruhigender Stimme. „Jessica ist ein klapperdürres Ding. Ein einziger Windstoß reicht, um sie umzuhauen."

Sie sah ihn mit hartem Blick an. „Nicht alles ist ein Witz."

„Ich weiß das."

„Ich bin raus." Sie hob ihr Kinn. „Aus allem." Sie stürmte aus dem Schlafzimmer, und er folgte ihr, als sie die Treppe hinunter und zur Haustür lief.

Sie blieb mit der Hand am Türknauf stehen. Langsam drehte sie sich um.

Er sah sie aufmerksam an.

Sie blickte zur Decke. „Ich laufe nicht davon. Ich wünschte nur, ich würde hier nicht festsitzen."

„Lass uns spazieren gehen. Dann bekommst du einen

klaren Kopf." Er kam zu ihr an die Tür und reichte ihr ihre Jacke.

Sie traten gemeinsam in die Kälte hinaus.

~

Trav hatte recht, dachte Daisy. Das Laufen sorgte wirklich dafür, dass sie sich besser fühlte. Vor allem, als sie an Liz' und Ryans Haus anhielten.

Ryan öffnete die Tür und grinste. „Endlich sind wir diesen Trubel los, und dann taucht ihr auf."

„Ja, ja", sagte Trav.

Sie gingen hinein, und Liz kam in die Diele gerannt. Sie trug Gummihandschuhe, die ihr bis zu den Ellbogen reichten. „Oh, hi, Leute. Ich wollte nur hinter unseren Gästen her putzen. Ihr glaubt nicht, wie das Badezimmer aussieht." Sie erschauderte. „Männer." Sie drehte sich zu Ryan um. „Bei diesen Ferkeln sehe ich aus, als wäre ich ein Ordnungsfanatiker."

„Ich mag Ordnungsfanatiker." Er küsste sie auf die Nasenspitze.

„Ryan, ich bin total eklig", protestierte Liz.

„Ich werde dir beim Putzen helfen, Schwesterchen", sagte Daisy.

Liz blieb der Mund offen stehen. „Du möchtest mir beim Putzen helfen?"

„Klar."

Trav und Ryan gingen ins Wohnzimmer zum Ledersofa und dem riesigen Fernsehbildschirm. Nur, dass der Fernseher keinen Strom hatte. Trotzdem setzten sie sich davor.

Daisy folgte Liz ins Gästebad. „Ist doch schon sauber."

„Nein, ist es nicht", sagte Liz. „Ich habe gerade erst angefangen. Du hast nur Glück, dass ich die Toilette schon geputzt habe." Sie reichte Daisy ein paar Papiertücher und den Glasreiniger. „Hier, mach du den Spiegel."

Liz ging auf alle Viere und begann, den Boden zu schrubben. Wenigstens ging sie nicht mit einer Zahnbürste an die Fugen.

Daisy sprühte den Reiniger auf den Spiegel und polierte ihn in großen Kreisen.

„Keine Kreise", sagte Liz und sah vom Boden auf. „Von oben nach unten. Verstanden?"

„Verstanden."

Ein paar Augenblicke lang putzten sie schweigend.

„Erzähl mir, warum du traurig bist", sagte Liz.

Daisy drehte sich abrupt um. „Ich habe doch gar nicht gesagt, dass ich traurig bin."

„Du hast noch nie in deinem Leben freiwillig geputzt. Was ist passiert? War es Jessica? Sie ist hier vorbeigekommen und hat die Crew herumgescheucht. Da hatte ich schon ein schlechtes Gefühl bekommen. Sie ist gar nicht so adrett und nett, wie sie im Fernsehen rüberkommt."

Daisy erzählte ihr die ganze fürchterliche Geschichte.

„Ach, Daisy, das tut mir so leid."

Daisy wischte über den Spiegel. Sie putzten leise weiter, während Daisy sich wegen ihres letzten Schlamassels schalt. Wegen ihres Fehlers, der zweifellos auf sie und Bryce zurückfallen würde. Sie sah zu ihrer Schwester hinüber, die eine Zahnbürste aus der Gesäßtasche zog und anfing, damit die Fugen zu schrubben.

„Können Bryce und ich für den Rest des Stromausfalls bei euch bleiben?", fragte Daisy.

Liz hörte auf zu schrubben. „Natürlich, du bist hier immer willkommen, aber möchtest du nicht bei Trav bleiben? Ich weiß, dass ihm etwas an dir liegt."

Daisy wandte sich ab und sah ihr trauriges Spiegelbild. Ihr Gesicht war vor Elend ganz faltig.

Liz sprang auf. „Nein, schon in Ordnung. Vergiss, dass ich das gesagt habe. Du kannst hierbleiben."

Daisy nickte. „Danke dir." Sie schniefte. „Trav versteht es einfach nicht. Ich bin ruiniert. Und er macht nichts anderes, als darüber zu *witzeln*. Über sowas kann man doch keine Witze machen!"

„Okay, erstens bist du nicht ruiniert. Das wird irgendwann vorübergehen. Und was das Scherzen angeht … Jeder geht anders mit sowas um. Ich putze."

Daisy betrachtete ihre Schwester. „Bist du wegen irgendetwas traurig?"

„Nein, manchmal muss ich einfach putzen, um alles wieder in Ordnung zu bringen. Manchmal *muss* ich. Verstehst du den Unterschied?"

Für Daisy war Putzen gleich Putzen, trotzdem nickte sie.

Sie polierte den Spiegel zu Ende und warf die Papiertücher weg. „Dann gehe ich jetzt Bryce und unsere Sachen holen - dann kommen wir zurück. Ich bringe auch sein Spielzeug mit."

„Okay, Süße. Bis gleich." Liz machte sich wieder daran, das zu schrubben, was für Daisy bereits wie ein sauberer Fußboden aussah.

Sie blieb am Wohnzimmer stehen, um Trav zu sagen, dass sie ging.

Er sprang vom Sofa auf. „Warte, ich begleite dich."

Sie holten ihre Jacken, verabschiedeten sich und gingen zur Tür hinaus.

„Fühlst du dich jetzt besser?", fragte Trav.

„Ein bisschen. Liz scheint immer das Richtige sagen zu können."

„Ja, Ry ist für mich auch so."

Sie lächelte, freute sich für ihn. „Ich übernachte eine Weile bei Liz. Jetzt, da Jessica und die Crew weg sind, müssen wir nicht mehr so tun als ob. Außerdem weiß ich, dass es nur eine Frage der Zeit ist, bis die Presse sich auf mich stürzen wird. Da fühle ich mich besser, wenn ich bei einem Polizisten wohne."

„Ich kann dich beschützen. Bleib bei mir."

„Ich möchte nicht, dass du auf falsche Gedanken kommst."

Er blieb abrupt stehen. „Und was für Gedanken wären das?"

„Dass wir ein Paar sind." Sie ging weiter. „Denn das sind wir nicht."

Er holte sie wieder ein. „Wir sind kein ..." Er schnitt mit der Hand durch die Luft. „*Na schön!* Mach, was du willst. Ich bin das Betteln leid."

„Trav, komm schon. Ich bleibe nur eine Weile bei ihnen. Vielleicht später –"

Er schob seine Hände in die Taschen. „Vergiss es."

Er ging voraus zu Maggies Haus.

In einer halben Stunde hatten sie alles gepackt und brachte es zu Liz' Haus. Ohne ein weiteres Wort fuhr er davon.

22

Daisy konnte die Wolke des Elends, die sie umgab, nicht loswerden. Es war nun drei Tage her, seit sie zu Liz und Ryan gezogen war, und sie konnte sich kaum überwinden, das Gästezimmer zu verlassen. Noch waren keine Reporter gekommen. Jessica wartete wohl auf den perfekten Moment. Jessicas Worte gingen ihr immer wieder im Kopf umher, *all diese Mütter, die bei ihr Inspiration gesucht haben, die sich bemühen, auch nur einen Bruchteil der Ehefrau und Mutter zu sein, die sie war, die sich minderwertig fühlten wegen ihrer Lügen.* Und sie konnte nichts dagegen tun. Es gab immer noch keinen Strom, das war nun schon seit fünf Tagen so. Sie wollte unbedingt ihren Blog auf den neuesten Stand bringen. Sich entschuldigen, bevor die Show vor einem Millionenpublikum ausgestrahlt wurde, in der Jessica jeglichen Schmutz, den sie nur ausgraben konnte, ans Tageslicht zerren würde.

Sie wusste von Max, dass die Show noch nicht ausgestrahlt worden war, obwohl es in der Stadt Strom gab und Jessica angestrengt daran arbeitete, alle Anschuldigungen zu untermauern. Anfangs, als Max sie am Montagmorgen vom Studio aus angerufen hatte, hatte sie gedacht, dass er ihr vielleicht helfen könnte.

„Ich werde die Ausstrahlung verhindern", hatte Max

gesagt. „Wir werden Schadensbegrenzung betreiben. Wenn du deinen Blog beendest–"

„Erstens haben wir immer noch keinen Strom. Zweitens, selbst wenn wir Strom hätten, würde ich meinen Blog nicht aus dem Netz nehmen! Von allem, was ich je getan habe, ist der Blog das einzige, auf das ich stolz bin." Abgesehen von Bryce natürlich. Der Blog war vielleicht kein genaues Spiegelbild ihres Lebens, aber seine Essenz war es schon.

„Daze, sie wird dich ruinieren. Sie tut alles für die Einschaltquote. Das ist es ja auch, was der Sender so an ihr liebt."

„Dann bin ich wohl am Ende."

„Ich werde mein Bestes tun. Aber wenn sie dann zu denen weiter oben geht, habe ich es nicht mehr in der Hand."

Später am selben Tag ging Jessica *zu denen weiter oben*. Max ließ es Daisy wissen, sobald er es herausfand.

„Ich war bei dem Meeting dabei", sagte Max. „Ich habe ihnen gesagt, dass es dir gegenüber nicht fair ist, doch Jessicas Argument hat sie überzeugt. Die Einschaltquoten könnten große Sponsoren anlocken. Das ist genau das, was der Sender braucht, um wettbewerbsfähig zu bleiben. Gerber Babynahrung hat bereits sein Interesse bekundet."

„Also lässt du sie das einfach machen?", fragte Daisy.

„Ich habe wirklich keine andere Wahl. Für meine Karriere wäre es Selbstmord gewesen, wenn ich zugelassen hätte, dass meine persönlichen Gefühle dem Geschäft des Senders im Wege stehen."

Daisy konnte nicht fassen, dass Max ihr so in den Rücken fallen würde, nachdem er sie angefleht hatte, ihm eine zweite Chance zu geben. Die Show würde gesendet werden, die Frage war nur, wann und wie lange es dauerte, bis Jessica alles beisammenhatte.

Und dann hatte Max doch tatsächlich den Nerv, es noch einmal bei ihr zu versuchen. „Daisy, jetzt, da ich weiß, dass du Single bist–"

„Denk erst gar nicht dran!"

„Das sollte sich nicht auf uns auswirken. Es ist Jessicas Schuld–"

„Es gibt kein *uns*!" Sie legte auf.

Sie konnte es nicht fassen, dass sie auf sein Süßholzgeraspel hereingefallen war, und das nur wegen ihrer nostalgischen Erinnerungen an ihre Collegetage.

Jetzt steckte Liz ihren Kopf zur Schlafzimmertür herein. „Daisy?"

Daisy antwortete nicht, sie war in ihre Erinnerungen versunken. Liz musste wohl hereingekommen sein, denn im nächsten Moment wurden die Jalousien geöffnet. Sie blinzelte in das gleißende Wintersonnenlicht, das vom Schnee reflektiert wurde. „Süße, es ist fast Mittag. Steh auf."

Daisy schob sich das zerzauste Haar aus den Augen. Trav hatte Bryce früh am Morgen abgeholt, und sie war gleich zurück ins Bett gegangen.

Liz setzte sich ans Fußende. „Ich mache mir Sorgen um dich."

„Es ist alles in Ordnung."

Liz' Mund verzog sich zu einer geraden Linie. „Die Stadtwerke sagen, dass wir heute wieder Strom bekommen."

„Gut", sagte Daisy. Dann konnte sie zurück in ihre Wohnung. Sie hasste es, sich Liz und Ryan aufzudrängen, die noch immer in ihrer Flitterwochenphase waren. Sie fühlte sich hier wie das fünfte Rad am Wagen. Obwohl es besser war als im Haus ihrer Eltern, wo sie sich nur wie eine vollkommene Enttäuschung fühlte. Und besser, als bei Trav zu wohnen, der immer noch wütend auf sie war, weil sie gesagt hatte, dass sie kein Paar waren, auch wenn das die Wahrheit war.

Liz rutschte näher und nahm Daisys Hand. „Du musst dich vor mir nicht verstellen. Ich weiß, dass du verletzt bist. Aber weißt du was? Ich glaube nicht, dass es so schlimm ist, dass du ein schönes Haus in deinem Blog beschrieben hast. Du hast viele Leute glücklich damit gemacht, dass sie sich ein solch wundervolles Haus vorstellen konnten."

Daisy sagte nichts.

„Und du bist ohnehin so gut wie mit Travis verheiratet. Er betet dich und Bryce förmlich an. Es ist nur eine Frage der Zeit, stimmt's?"

Daisy wandte den Blick ab. „Ich weiß nicht."

„Liebst du ihn?", fragte Liz. „Denn alles, was er für dich und Bryce tut, spricht Bände über seine Liebe für dich. Manchmal können Männer es einfach nicht in Worten ausdrücken."

Daisy schnaubte und dachte an Travs Meinung, dass Liebe eine rein kommerzielle Erfindung sei. „Ich wünschte, ich könnte sagen, dass es so einfach ist." Sie spielte mit der Satineinfassung der Decke. „Du weißt, ich mag es, wenn die Dinge einfach sind, aber es ist kompliziert. Ich liebe Trav dafür, dass er so gut zu Bryce ist. Und ich glaube, er liebt mich auch wegen Bryce. Es ist nicht, als wären wir uns begegnet und wir hätten uns verliebt. Wir haben das Pferd von hinten aufgezäumt, und das kann man nicht ändern." Sie starrte ins Nichts, tief in Gedanken versunken. „Das kann man einfach nicht."

Einen Moment lang herrschte Stille.

„Wann hast du jemals etwas in der richtigen Reihenfolge getan?", fragte Liz. „Die Daisy, die ich kenne, würde nicht zulassen, dass sie das aufhält. Sie würde sich daran machen, und alle anderen sollten sich zum Teufel scheren."

„Das hier ist anders."

Liz zog die Decke weg. „Zieh dich an."

Daisy zog die Decke wieder zu sich. „Ich weiß, du meinst es gut, aber ich will einfach nicht aufstehen."

Liz packte Daisys Arme und zog so kräftig, dass Daisy im nächsten Moment halb aus dem Bett hing und beinahe herausgefallen wäre.

„Okay, okay!" Daisy rutschte auf den Boden und zog sich die Decke über den Kopf.

„Ich glaube, wir müssen eine kleine Racheaktion planen", sagte Liz.

Daisy grunzte.

„Dieses Miststück Jessica Larsen wird damit nicht durchkommen", sagte Liz.

Daisy spähte unter der Decke hervor und starrte sie an. „Liz, ich habe dich noch nie so reden gehört."

„Ich hatte auch nie zuvor mit einer Jessica Larsen zu tun, die dafür verantwortlich ist, dass es meiner Schwester elend geht", erwiderte Liz. „Ich würde vorschlagen, wir bewerfen ihre Limo mit Eiern und warten dann draußen vor dem Studio mit Schildern, auf denen steht *Jessica Larsen ist eine Ratte*. Oder wir starten online eine Petition gegen diffamierenden Journalismus!"

„Gibt es so etwas?", fragte Daisy.

„Sicher", erwiderte Liz.

„Ich weiß nicht."

„Wir sollten sie verklagen", sagte Liz und rieb die Hände aneinander. Daisy bekam große Augen, als sie diese neue rachelustige Seite an Liz entdeckte. „Für emotionales Leid und Rufschädigung."

„Ich möchte nicht, dass sie weiß, dass ich leide", sagte Daisy.

Liz' Gesicht erhellte sich. „Ich weiß! Einen Blog darüber, wie grässlich sie im wahren Leben ist. Du stellst sie bloß."

„Ich möchte nicht auf ihr Niveau sinken", sagte Daisy. „Obwohl ich nichts dagegen hätte, ihr was in ihren Weizengras-Smoothie zu mischen."

Liz nickte wissend. „Laxoberal."

„Nein, noch viel besser, einen kalorienreichen Milchshake", sagte Daisy. „Hast du gesehen, wie dürr sie ist?"

Liz kicherte.

Daisy lächelte sie halbherzig an. „Ich bin dir sehr dankbar für deine Racheideen, aber es ist hoffnungslos. Ich habe gelogen. Sie hat die Wahrheit herausgefunden. Was auch immer sie in der Show auspackt, ich habe es verdient."

„Nein, das hast du nicht", beharrte Liz. „Du musst das nicht einfach so im Liegen hinnehmen."

„Ich sitze", sagte Daisy und bemühte sich um einen scherzhaften Ton. Ihr Handy klingelte, und sie nahm es vom Nachttisch. Max.

Sie hob einen Finger in Richtung ihrer Schwester und ging mit dem Handy hinaus auf den Flur. „Hi, Max. Was ist los?"

„Ich fürchte, ich habe schlechte Neuigkeiten. Die Show über dich wird morgen früh ausgestrahlt. Es tut mir so leid, Daisy. Ich habe das Gefühl, dass es meine Schuld ist, weil ich sie überhaupt erst auf dich aufmerksam gemacht habe. Wenn ich nicht wäre, hätte Jessica niemals von dir gehört."

„Es ist nicht deine Schuld. Niemand sonst hat Schuld außer mir."

„Sie hat mit jemandem in deinem Ort gesprochen und einen Antrag auf Eheschließung gefunden, auf dem steht, dass Trav Ehemann Nummer drei wäre und dass ihr diesen Antrag erst gestellt habt, als du wusstest, dass du in der Show auftreten würdest."

„Sonst noch etwas?"

„Sie hat herausgefunden, wo du wohnst, und hat ein Foto von deinem Apartmentgebäude."

„Das ist Verletzung meiner Privatsphäre!"

"Sie darf die Adresse nicht hergeben, aber sie darf das Gebäude zeigen."

„Ich hasse sie."

„Sie hat Aufnahmen davon, wie Bryce schreit."

„Er ist ein Baby. Babys schreien nun einmal."

„Das gehört alles in ihre Geschichte darüber, dass nichts so ist, wie du es in deinem Blog beschrieben hast."

Sie presste ihre Lippen aufeinander. „Können wir sie davon abhalten, die Babyaufnahmen zu zeigen?"

„Tut mir leid. Du hast eine Einverständniserklärung unterschrieben."

Sie blähte ihre Wangen auf. „Okay. Danke für die Warnung. Ich muss los."

„Warte! Geht es dir gut?"

„Richtig großartig."

„Wir können PR machen", sagte Max. „Können alles in ein positives Licht rücken. Ich kann das über einige meiner Kontakte verbreiten."

„Nein, ich bin fertig. Lass es einfach laufen."

„Ich ruf dich wieder an. Bye."

Bevor sie noch sagen konnte *Spar dir die Mühe*, hatte er schon aufgelegt.

Sie ging zurück zu Liz.

„Was?", fragte Liz.

„*Morgens bei Jessica* strahlt die Sendung über die Hochstaplerin Daisy Garner morgen aus."

„Oh nein, tut mir leid, Süße", sagte Liz vorsichtig.

„Danke", sagte Daisy schwach.

Liz begann zu strahlen. „Hey, wenigstens in Clover Park wird es niemand sehen, da ja der Strom noch …" Sie sprach nicht weiter, als das Licht flackernd aufleuchtete und einige Pieptöne zu hören waren, als die Geräte wieder angingen.

„Wir werden sie boykottieren", sagte Liz feierlich.

Daisy biss sich auf die Lippe. Zeit, sich der Sache zu stellen.

~

Daisy fuhr am Nachmittag bei Trav vorbei, um Bryce abzuholen und dann zum ersten Mal seit dem Sturm zu ihrem Haus zu fahren.

„Hey", sagte Trav. „Du bist früh dran."

Bryce saß in seinem Exersaucer, schlug auf den hüpfenden Schmetterling und wackelte mit seinen kleinen Beinchen.

„Ich weiß. Ich wollte nur, dass er sich wieder an sein Zuhause gewöhnt, jetzt, da wir wieder Strom haben. Zurück zur Routine. Würdest du mir sein Bettchen und die anderen Sachen aus Maggies Haus bringen?"

„Kein Problem." Er betrachtete sie. „Geht es dir gut, Daze?"

„Nein, tut es nicht, aber ich kann niemandem die Schuld daran geben, außer mir selbst." Sie hob Bryce aus seinem Exersaucer, und er streckte seine beiden Fäustchen zu einer Babyumarmung vor. Sie lächelte. Er war kein einfaches Baby, aber sie vermisste ihn, wenn er bei seinem Dad war.

„Sei nicht zu streng mit dir", sagte Trav. „Was hast du schon getan? Einen Blog geschrieben? Seit wann ist das ein Verbrechen?" Er schob ihr die Windeltasche auf die Schulter.

Er war wieder fröhlich und nett. Das überraschte sie, nach der Art und Weise, wie sie zuletzt auseinander gegangen waren.

„Ich habe gelogen", sagte sie. „Und *Morgens bei Jessica* wird mich morgen bloßstellen."

Er schüttelte den Kopf. „Was kann sie schon sagen? Daisy besucht das Haus, das sie beschrieben hat, nur? Daisy ist nicht verheiratet? Wir könnten mit Leichtigkeit heiraten." Er schnipste mit den Fingern. „Einfach so."

Daisy schüttelte den Kopf, denn sie wusste, es war zu spät, um noch irgendetwas zu reparieren. Sie musste das einfach durchstehen. „Ich sehe dich dann in meinem Apartment."

„Klar, bis dann." Er küsste Bryces kleine Faust und hob seine Hand für ein Baby-High-Five. „Bis später, kleiner Mann."

Daisy schnallte Bryce in seinen Autositz und fuhr zurück zu ihrem Apartment auf der anderen Seite der Stadt. Sie bog auf den Parkplatz und wurde gleich langsamer. Nachrichten-wagen standen auf dem Parkplatz, außerdem hatte sich eine Gruppe Reporter mit Kameras und Mikrofonen an dem Weg versammelt, der zu ihrem Apartment führte. *Mist.*

Sie machte kehrt und fuhr geradewegs zu Liz' Haus zurück.

23

Daisy schafft alles
Single Mom

Eine Entschuldigung an meine LeserInnen

Liebe Leserinnen, danke für Ihre Unterstützung und Ihren Enthusiasmus für diesen Blog. Das hier wird mein letzter Beitrag sein. Ich wollte mich an Sie wenden, bevor Sie es morgen im Fernsehen hören. Ich habe über mein perfektes Leben gelogen. Die Wahrheit ist, ich bin eine alleinerziehende Mutter, die in einem schäbigen Ein-Zimmer-Apartment lebt. Ich arbeite als Kellnerin im Restaurant meiner Eltern. Es ist weder glamourös noch lustig. Tatsächlich ist mein Baby sowohl eine Freude (für mich) als auch ein anstrengender Schreihals.

Der Grund dafür, dass ich von etwas Besserem geträumt habe, waren meine eigenen Unzulänglichkeiten als Mutter und das Leben, das ich meinem Sohn bieten kann. Diese Hoffnungen und Träume habe ich in meinem Blog zum Ausdruck gebracht, indem ich meine Fantasie mit Ihnen allen geteilt und so getan habe, als wäre es die Realität.

Es tut mir wirklich sehr, sehr leid.

Sollte ich jemanden dazu gebracht haben, das Gefühl zu

haben, mit meinem perfekten Leben nicht mithalten zu können, möchte ich nicht, dass sie sich minderwertig fühlen. Wir machen alle das Beste aus dem, was wir haben. Einige unter uns schaffen es besser als andere.

Morgen, bei *Morgens bei Jessica*, können sie das Apartmenthaus sehen, in dem ich wohne. Sie hören vielleicht, dass ich gestehe, gelogen zu haben, bei einer Aufnahme, die Jessica auf einem Aufnahmegerät gemacht hat, das sie versteckt in ihrer Hand gehalten hat. Vielleicht werden sie sogar Aufnahmen von meinem Baby, Bryce, sehen, das schreit (wie er es jeden Abend tut). Dafür habe ich keine Einverständniserklärung gegeben, als ich unterschrieben habe, bei *Morgens bei Jessica* aufzutreten. Ich werde jedoch nicht persönlich in der Show auftreten.

Damit möchte ich nicht sagen, dass ich Jessica oder der Show einen Vorwurf mache, weil sie meine Fantasien als Lügen bloßstellen werden. Ich übernehme hiermit die volle Verantwortung für diese Lügen und werde in der Presse keinen weiteren Kommentar dazu abgeben.

Freundliche Grüße

Daisy Garner

~

Trav schaltete *Morgens bei Jessica* ein und beobachtete grimmig, wie Jessica sich von der charmanten Gastgeberin zu einer aggressiven Enthüllungsjournalistin verwandelte. Daisy hatte ihm bereits gesagt, dass sie die Show nicht ansehen würde.

Jessica sah direkt in die Kamera, einen traurigen Ausdruck im Gesicht. „Ich hatte gehofft, Ihnen heute einen Beitrag über die Frau hinter *Daisy schafft alles* bringen zu können. Ich hatte gehofft, Ihnen Ihre wunderbare Familie präsentieren zu können. Ihren lieben Ehemann. Baby Wonneproppen. Ihr wunderschönes Haus. Leider kann ich das nicht. Sie fragen warum? Weil alles eine Lüge war. Sehen Sie selbst."

Sie drehte sich zu einem Bildschirm hinter sich um. Daisys

Blogbeitrag, in dem sie sich für ihre Lügen entschuldigte, erschien dort.

Trav fluchte. Sie benutzten Daisys eigenen Blog gegen sie.

Jessica las den Beitrag laut vor und stellte gezielt die falschen Stellen in den Vordergrund – *gelogen, ermüdender Schreihals, vorgetäuscht.*

„Und ich fürchte, das ist noch nicht alles", sagte Jessica und sah in die Kamera. „Ich darf die Aufnahme, die ich habe, nicht vorspielen, aber ich kann ihnen ein Transkript in Daisys eigenen Worten vorlesen. Und ich zitiere: Es tut mir leid. Es ist einfach irgendwie passiert. Ich habe das perfekte Leben erfunden."

Jessica hob ihre Brauen. „Ich weiß ja nicht, wie es Ihnen geht, aber in meinem Leben passieren die Dinge nicht einfach so. Wenn es passiert, dann mit Absicht. Intention. Das Haus, in dem Daisy wohnt, ist kein schönes viktorianisches, um das sie sich liebevoll kümmert, nein. Sie wohnt hier."

Auf dem Bildschirm erschien ein Foto von Daisys Apartmenthaus. Trav schlug mit einer Faust aufs Sofa. „Das dürfen sie nicht zeigen!", schrie er den Fernseher an. „Damit bringen sie sie und Bryce in Gefahr!"

„Ihr Ehemann … existiert gar nicht", fuhr Jessica fort. „Tatsächlich haben wir herausgefunden, dass Daisy nach ihrer Zusage, in meiner Show aufzutreten, erst einen Antrag auf Eheschließung gestellt hat. Sie wollte also ihre Lüge vertuschen."

Es folgte ein Interview mit der Stadtsekretärin, Sally, die ins Mikrofon sprach. „Ja, das stimmt. Daisy und Trav haben am siebzehnten Februar einen Antrag auf Eheschließung gestellt." Sie sprach mit leiser Stimme weiter. „Und, zwischen ihnen und mir, für Daisy war es die dritte Ehe." Sie straffte ihre Schultern und schob ihre breite Hüfte heraus. „Aber ich habe den beiden die Daumen gedrückt, dass sie es durchziehen. Es ist so schade, dass sie es nicht getan haben."

Trav konnte es nicht fassen. Sally hatte jegliches Vertrauen gebrochen, das man einem Beamten entgegenbrachte. Die Frau hatte dem Klatsch nie widerstehen können, doch mit

einem Reporter über private Details zu reden? Das war
unverzeihlich.

Jessica fuhr fort. „Das hier ist die Beziehung, die Daisy
tatsächlich mit dem Mann hat, der ihr Kind gezeugt hat." Sie
drehte sich zu dem Bildschirm hinter sich. Er sah, wie er
selbst auf die Kamera zulief und sie mit seiner Hand
abdeckte. Daisy rief: „Trav, hör auf! Du machst dich zum
Narren!"

Jessica wiederholte den Klip dreimal, und jedes Mal
spürte Trav, wie seine Wut wuchs. Wie konnte sie es wagen?
Das war doch völlig aus dem Kontext gerissen. Er war zur
Kamera gelaufen, als Jessica immer weiter nach Details über
ihr Liebesleben gefragt hatte.

„Und lassen Sie mich Ihnen Baby Wonneproppen zeigen",
flüsterte Jessica beinahe. Es folgten Aufnahmen des
weinenden Bryce.

Verdammt. Sie durften Bryce nicht zeigen, oder doch?
Dann fiel ihm ein, dass sie eine Einverständniserklärung für
die ganze Familie unterschrieben hatten. Das sah für ihn aus,
als wäre es das Ende ihres Interviews gewesen. Er erinnerte
sich daran, wie Bryce angefangen hatte zu weinen. Er hatte
gedacht, die Kameras hätten nicht weiter gefilmt.

Jessica verzog das Gesicht. „Autsch. Und hier ein paar
Aufnahmen, die wir gedreht haben, bevor uns klar war,
dass nichts von dem, was Daisy Garner sagte, die Wahrheit
ist."

Auf dem Bildschirm fragte Jessica sie nach ihrem ersten
Date, und sie gaben abweichende Antworten. Trav stand auf,
seine Hände zu Fäusten geballt. Jessica hatte kein Recht,
Daisy so durch den Dreck zu ziehen. Er sah es sich bis zum
bitteren Ende an, wie Jessica Aufnahmen, die sie bereits
ausführlich kommentiert hatte, geradezu melkte, die Wahrheit mit den Lügen, die sie erzählt hatten, verglich. Endlich
war Jessica fertig. „Sie sind eine Schande, Daisy Garner, weil
Sie dafür gesorgt haben, dass ehrliche, hart arbeitende Mütter
sich minderwertig fühlen im Vergleich zu Ihrem glamourö-
sen, vollkommen fiktiven Leben." Traurig schüttelte sie den
Kopf, dann drehte sie sich mit einem falschen Lächeln zur

Kamera um. „Bleiben Sie am Apparat für Abnehmtipps von Dr. Larry, die wirklich funktionieren."

Trav stellte den Fernseher aus und ging direkt in Shanes Laden. Sein Bruder war mit einem Anwalt befreundet. Irgendwie mussten sie es schaffen, aus der Sache eine Klage zu basteln. Jessica hatte nicht das Recht, Daisy so im Fernsehen zu demütigen, nur weil sie einen dummen Fehler in einem dummen Blog gemacht hatte.

Sein Bruder servierte gerade Kaffee. Morgens war der Eisdielenteil seines Geschäfts geschlossen, stattdessen gab es Kaffee und Snacks. An einem kalten Februarmorgen wollte niemand Eis essen.

„Shane, ich brauche Gabes Nummer. Ich werde Jessica Larsen und Rogue TV vor Gericht ziehen."

Shane hob die Brauen und servierte einem weiteren Gast seinen Kaffee. Er kam hinter dem Tresen hervor. „Ganz langsam. Wovon sprichst du eigentlich? Du willst jemanden verklagen?"

„Spreche ich russisch? Hast du gesehen, wie Jessica Larsen Daisy gerade im Fernsehen zerrissen hat?"

„Nein, ich habe es nicht gesehen. Ich arbeite." Er verzog das Gesicht und bedeutete ihm, ihm an einen ruhigen Tisch in einer Ecke des Ladens zu folgen. „Wie schlimm ist es?"

Trav zog einen Stuhl vor und setzte sich. „Schlimm. Sie hat gezeigt, wie Bryce schreit, Daisys Apartment, ihren Entschuldigungsbeitrag im Blog, dann hat sie das ursprüngliche Interview gezeigt und die Lügen aufgezählt. Selbst Sally Phillips hat darüber geplaudert, dass wir nicht verheiratet sind."

Angewidert rümpfte Shane die Nase. „Sally hat geplaudert? Wow, so viel zum Thema Diskretion und Loyalität?"

„Ich weiß! Wir müssen eine Klage einreichen."

„Du solltest langsam machen", sagte Shane. „Möchte Daisy Klage erheben?"

„Ich habe sie nicht gefragt."

„Dann frag sie doch erst einmal. Wenn ich sie wäre, würde ich es lieber auf sich beruhen lassen. Ein langer Gerichtsprozess, den ihr vielleicht nicht einmal gewinnt, zieht die Sache

nur weiter in die Länge, ganz zu schweigen davon, was da an
Anwalts- und Gerichtskosten auf euch zukommen."

„Ich werde später mit Daisy reden."

„Ich glaube nicht, dass es eine gute Idee ist, vor Gericht
zu gehen."

„Ich habe dich nicht gefragt, was du davon hältst! Gib mir
einfach die Nummer."

Die Tür ging auf, und Rachel Miller, Liz' beste Freundin,
in die Shane heimlich verliebt war, betrat den Laden. Shane
stand auf und winkte ihr verhalten zu. „Ich muss wieder an
die Arbeit."

Trav ließ nicht locker und nahm seinen Bruder in den
Schwitzkasten. „Gib mir die Nummer, dann kannst du deine
Freundin sehen."

Shane riss sich los. „Hör auf damit!" Sein Gesicht war
leuchtend rot.

Rachel kam näher. „Hey, gibt es hier Kopfnüsse? Lasst
mich mitmachen." Sie rieb ihre Fingerknöchel an Shanes
Kopf. Er ließ es lächelnd geschehen.

Trav wandte sich an Rachel. „Shane will mir nicht die
Nummer des Anwalts geben, mit dem er befreundet ist,
damit ich Jessica Larsen wegen ihres Beitrags über Daisy vor
Gericht bringen kann."

Rachel schüttelte den Kopf. „Ich habe das heute Morgen
gesehen. Ich glaube, du solltest wirklich Klage erheben. Ich
kenne eine Menge Anwälte. Ich könnte den Kontakt für dich
herstellen."

„Danke", sagte Trav. Er zog seine Visitenkarte aus dem
Geldbeutel und reichte sie ihr.

„Ich glaube immer noch, dass es eine schlechte Idee ist",
sagte Shane ruhig.

Trav war Shanes Lasst-uns-alle-Freunde-sein-Haltung
leid. „Und ich glaube, du solltest aufhören, so zu tun, als
wärst du nur mit Rachel befreundet, und sie endlich zu einem
Date einladen." Er hob seine Brauen und blickte in Rachels
Richtung, um zu sehen, wie sie die Neuigkeit aufnahm.

Sie neigte ihren Kopf und beobachtete Shanes Reaktion.

Shane wurde rot, öffnete seinen Mund und schloss ihn

wieder. „Keine Sorge." Rachel warf ihren Pferdeschwanz über die Schulter. „Wir sind aus gutem Grund nur Freunde. Freundschaft hält länger als diese ganze Freund-Freundin-Geschichte. Meinst du, ich könnte was Koffeinhaltiges bekommen?"

Trav fuhr bei Ry zu Hause vorbei, um nach Daisy zu sehen. Sie hatte ihm gesagt, dass sie noch etwas länger dableiben würde. Reporter standen auf dem Bürgersteig und eilten mit ihren Mikrofonen auf ihn zu.

„Sind Sie Daisys angeblicher Ehemann?", fragte einer.

„Was hat Sie dazu gebracht, das zu tun?"

„Haben Sie geglaubt, die Wahrheit würde nicht herauskommen?"

Er schob sich an ihnen vorbei. „Kein Kommentar." Er blieb an der Haustür stehen. Ein paar waren ihm auf die Veranda gefolgt. „Das hier ist Privatbesitz. Verschwinden Sie, oder ich rufe die Polizei."

Sie zogen sich zurück, doch die Kameras waren immer noch auf ihn gerichtet. Er klopfte an die Tür. Daisy öffnete, versteckte sich halb hinter der Tür und ließ ihn herein.

„Hi." Ihre Stimme klang niedergeschlagen. Sie war immer noch im Pyjama – eine alte Jogginghose von Ry, die sie an der Taille und an den Knöcheln umgekrempelt hatte, und eines von Rys alten Sweatshirts. Sie war immer noch nicht nach Hause gekommen, um sich frische Kleidung zu holen. Liz war kleiner als sie, und vermutlich konnte sie die Kleidung ihrer Schwester nicht tragen, ohne, dass sie überall zu kurz war.

„Hey", sagte er. „Ich kann bei dir zu Hause vorbeifahren und dir ein paar Sachen holen."

„Die hier sind schon gut."

„Hast du die Show gesehen?"

„Nein, ich habe dir doch gesagt, dass ich sie mir nicht ansehen würde."

„Ich werde von Rachel den Namen eines Anwalts bekommen. Du kannst Klage erheben. Jessica hat kein Recht, dich und dein Privatleben so durch den Dreck zu ziehen."

„Sprich leise. Ich habe es gerade geschafft, Bryce in sein Bettchen zu bringen." Daisy schlurfte in die Küche zurück, wo eine Tasse Kaffee stand. „Nimm dir einen Kaffee, wenn du willst."

Er ignorierte den Kaffee und gesellte sich zu ihr an den Tisch. „Du musst nur ein Wort sagen, dann nehmen wir uns dieses Miststück vor."

„Nein. Es ist vorbei. Ich bin Geschichte."

Der Tonfall. Ihr zerzaustes Haar, das blasse Gesicht. Die schiere Resignation ließ die Alarmglocken in Travs' Kopf schrillen. Er dachte an seine Mom und ihren Kampf gegen die Depression, der in Selbstmord geendet war.

„Daze, du kannst sie nicht einfach damit durchkommen lassen." Er beugte sich vor, starrte in ihr ausdrucksloses Gesicht, versuchte, zu ihr durchzudringen. Sie wandte sich ab. „Du musst dich wehren."

Sie seufzte. „Ich will mich nicht wehren. Ich hab's vermasselt. Nichts, was sie gesagt hat, kann schlimmer sein als die Wahrheit. Ich habe Millionen von Müttern angelogen. Mütter, die genauso gekämpft haben wie ich, die das Gefühl hatten, einem Standard gerecht werden zu müssen, den ich mir ausgedacht hatte."

„Nein, du hast sie inspiriert. Du hast ihnen Hoffnung gegeben."

„Einen Scheißdreck habe ich ihnen gegeben."

Panik stieg in ihm auf. Die Anzeichen der Depression – Hoffnungslosigkeit, Erschöpfung, sich gehen lassen. Er konnte sie nicht verlieren, wie er seine Mutter verloren hatte. Ihr Sohn brauchte vor allem sie.

„Daze, bitte. Vielleicht solltest du mit jemandem reden. Du kannst mit mir reden. Oder vielleicht mit einem Therapeuten. Depression kann man behandeln."

Als er siebzehn Jahre alt war, hatte Gran ihn gezwungen, einen Therapeuten zu besuchen, als Alternative dazu, dass die Polizei sich mit seinem letzten Mist befasste. Den ganzen ersten Monat hatte er sich geweigert zu reden, doch als er erst einmal losgelegt hatte, hatte er gelernt, wie er seine Wut über den Tod seiner Mutter loswerden konnte. Diese Wut loszuwerden, hatte sein Leben verändert. Es brachte sie nicht zurück, doch es hatte ihm geholfen, wieder ruhig atmen zu können.

Daisy sah ihn ausdruckslos an. „Ich bin nicht depressiv. Ich bin nur am Arsch. Auf Dauer am Arsch."

„Das bist du nicht. Ich schwöre dir, das bist du nicht."

Sie nahm den Verlobungsring und den Ehering, den er ihr gegeben hatte, vom Finger, drückte ihm beides in die Hand und schloss seine Finger darum. „Hier. Ich bin fertig mit den Lügen."

„Nein, Daisy, ich will, dass du sie behältst." Er legte die Ringe auf den Tisch.

Mit den Händen im Schoß starrte sie ihren Kaffee an. „Geh bitte. Ich will allein sein."

Ihm drehte es den Magen um. Das durfte nicht schon wieder passieren. Er konnte das nicht noch einmal durchstehen.

„Jetzt", blaffte sie.

„Ich werde gehen. Aber ich werde morgen wieder nach dir sehen."

Sie drehte sich um und starrte aus dem Fenster.

Er ging und rief sofort Ry an. Der Anrufbeantworter meldete sich: „Ruf mich an, sobald du kannst. Ich bin's, Trav."

~

Trav betrat das Polizeirevier in Fieldridge und sah sich nach Ryan um. Er erfuhr, dass er gerade Streife fuhr, deswegen setzte er sich und wartete auf einem der kalten, harten Plastikstühle. Trav wusste, dass er Ry nicht bei der Arbeit stören sollte, doch niemand würde die Dringlichkeit, eine Depression zu behandeln, besser verstehen als sein Bruder. Er war es schließlich gewesen, der ihre Mutter gefunden hatte.

Er stützte seinen Kopf in seine Hände. Erinnerungen an diese grässliche Zeit fluteten sein ohnehin schon verwirrtes

Gehirn. Er war fünfzehn gewesen und hatte es wie üblich nicht eilig gehabt, nach der Schule nach Hause zu kommen. Er war einen Umweg gegangen und hatte in Ricos Straße noch Fußball mitgespielt.

Sein Vater hatte ihn in der Sekunde, als er zur Tür hereinkam, abgepasst. „Wo bist du gewesen?"

„Ich hab unterwegs noch Fußball gespielt."

Der Mund seines Dads war zu einer grimmigen Linie geworden. Trav ging einen Schritt Richtung Küche. Er kam um vor Hunger.

Sein Dad hielt ihn am Ärmel fest. „Setz dich. Wir müssen uns unterhalten."

Trav dachte sich, dass er schon wieder in Schwierigkeiten steckte. Er hatte diese Woche schon Hausarrest, das hielt ihn jedoch nicht davon ab, sich spät in der Nacht, wenn alle anderen schliefen, nach draußen zu schleichen. Der große Bruder seines Freundes Matt versorgte sie mit Bier, das sie im Wald hinter Matts Haus tranken.

Sie setzten sich nebeneinander aufs Sofa.

„Deine Mutter ist heute Nachmittag gestorben", sagte sein Dad steif. „Sie ist im Schlaf gestorben. Friedlich."

„Was? Sie war doch gar nicht krank! So alt ist sie nicht!"

„Manchmal passiert sowas eben", sagte sein Dad.

Erst da fiel ihm auf, dass seine Brüder nicht da waren. „Wo sind Ry und Shane?"

„In ihren Zimmern."

Das konnte nicht sein. Seine Mom würde jeden Moment aus ihrem Zimmer kommen.

Travs Stimme war ganz leise, kaum ein Flüstern, als er fragte: „Wo ist Mom?"

Sein Vater unterdrückte mühsam ein Schluchzen. „Der Krankenwagen hat sie mitgenommen."

„Ich will sie sehen! Ich konnte mich nicht verabschieden!"

„Ich werde dich nicht ins Leichenschauhaus bringen. Du wirst dich bei der Beerdigung verabschieden müssen." Sein Vater rieb sich die Nasenwurzel. „Ich muss mich um ein paar Sachen kümmern. Geh zu Ry."

Er war zu Rys Zimmer gerannt. Sein Bruder lag in der

Dunkelheit und starrte schweigend an die Decke. Wenigstens würde Ry vor ihm nicht zerfließen wie ihr Dad.

Trav schaltete das Licht an. „Ist das wahr? Ist Mom wirklich im Schlaf gestorben?"

Ry setzte sich auf, kniff die Augen zusammen, weil das Licht so grell war. „Ja, das stimmt."

Trav sah seinem Bruder in die Augen. „Aber das ergibt keinen Sinn. Sie war nicht krank."

Ry starrte seine verschränkten Hände an. „Sie ist fort, und nichts, was wir tun, kann sie zurückbringen."

Trav brach in Tränen aus. Ry saß als stiller Beobachter dabei.

Shane schaute zur Tür herein. „Ich kann es nicht glauben."

„Ich weiß, Kumpel", sagte Ry. „Ihr beide könnt heute Nacht hier schlafen, wenn ihr wollt."

Trav und Shane, der jüngste, teilten sich ein Zimmer, während Ry sein eigenes hatte. Die ganze Woche über kampierten sie auf Rys Fußboden.

Nach der Beerdigung war Trav so wütend gewesen. Der Sarg war offen gewesen. Sie hatte perfekt ausgesehen. Keine Wunden, deswegen strich er Mord von seiner Liste. Dennoch wusste er, dass sein Dad gelogen hatte, als er gesagt hatte, dass seine Mom im Schlaf gestorben war. Er war nicht dumm. Es musste Selbstmord gewesen sein. Nachdem alle wieder zur Schule und zur Arbeit gegangen waren, hatte Trav seinen Unterricht geschwänzt und war nach Hause gelaufen, um nach Beweisen zu suchen. Es musste einen Abschiedsbrief geben. Seine Mom hätte sie niemals verlassen, ohne sich zu verabschieden.

Er hatte das Zimmer seines Vaters auseinandergenommen, jede Schublade durchsucht, das Nachtschränkchen, unterm Bett nachgesehen, unter der Matratze, im Schrank, überall und hatte nichts gefunden. Hatte sein Vater den letzten Brief seiner Frau weggeworfen? Ihn verbrannt?

Er durchsuchte den Müll und fand auch dort nichts. Dann durchsuchte er Rys Zimmer. Es wäre typisch für seinen großen Bruder, zu versuchen, ihn vor der Wahrheit zu beschützen. Nichts.

Er war kurz davor aufzugeben, als ihm Dads Aktentasche einfiel. Ob der Brief wohl darin versteckt war? Er wartete, versuchte, die Zeit totzuschlagen, bis sein Vater am nächsten Morgen duschen ging, dann durchsuchte er die Aktentasche – nichts. Nur dumme Marketingpläne. Dann sah er das schwarze Lederportemonnaie, das auf der Kommode mit einer Handvoll losem Wechselgeld lag.

Die Dusche wurde ausgestellt. Er musste schnell sein. Er öffnete es, Geld, Fotos – ihr Hochzeitsfoto, Schulbilder von ihm und seinen Brüdern, die mindestens fünf Jahre alt waren – dann fand er sie. In einem kleinen Fach hinter den Kreditkarten. Eine zusammengefaltete Nachricht.

Der Abschiedsbrief.

Ihre letzten Worte an sie: „Ich liebe euch alle."

Wie konnte sie sagen, dass sie sie liebte, und sie dann so verlassen?

Die Badezimmertür ging auf, und mit der Nachricht in der Hand sah er seinen Vater an.

„Was zum Teufel tust du da?", blaffte sein Dad.

„Du hast gelogen!", brüllte Travis. „Ich hasse dich!" Er hatte die Nachricht fallen gelassen und war davongelaufen, aus dem Haus, die Straße runter, bis ans andere Ende der Stadt – in den Wald hinter Matts Haus, wo sie das Bier versteckt hatten.

Ry hatte ihn zusammengekauert im Wald gefunden, einen Haufen leere Bierdosen um sich herum. „Komm nach Hause, Trav."

Trav hatte mit verquollenen Augen aufgesehen. „Du wusstest es, nicht wahr? Du hast mich auch angelogen!"

Ry sah zu Boden.

Trav sprang auf und stieß Ry mit beiden Händen. „Sag mir einfach die Wahrheit!"

Ry sah ihm in die Augen, ein grimmiger Ausdruck im Gesicht. „Ich wusste es. Ich habe sie gefunden. Ich wünschte, es wäre nicht so. Ich hatte gehofft, dass du es nicht mit dir herumschleppen musst."

„Ich hasse dich, du Lügner!" Er schlug auf Rys Brust ein, wütend wegen all der Lügen, wegen der Ungerechtigkeit des

Ganzen. Ry legte seine Arme um ihn, zog ihn an sich, um zu verhindern, dass er ihn weiter schlug. Trav hörte auf zu kämpfen und wurde starr. Dann weinte er, laute, atemlose Elendsbekundungen.

Ry ließ ihn weinen, bis er keine Tränen mehr hatte. Dann brachte er ihn nach Hause.

Trav dachte in den folgenden Wochen oft an den Abend vor ihrem Tod. Sie hatte den ganzen Tag in Pyjama und Bademantel verbracht, wie üblich. Wenn er so zurückblickte, war das ein Warnsignal gewesen. Er war im Bett gewesen und hatte gelesen. Sie hatte versucht, ihn zuzudecken.

Er hatte seine Beine wieder unter der Decke hervorgezogen. „Ich mach das schon, Ma."

Sie hatte sein zerzaustes Haar aus seiner Stirn gestrichen. „Denkst du manchmal noch daran, aus dem Fenster nach Nimmerland zu fliegen?" Sie lächelte ihr trauriges Lächeln, das nicht bis zu ihren Augen reichte, und streute Feenstaub über ihn.

„Dafür bin ich zu alt", hatte er gesagt, obwohl es ihm insgeheim gefiel, dass sie sich daran erinnerte. Es war lange her gewesen. Jahre.

Sie beugte sich vor und küsste seine Stirn, ihre Haare kitzelten seine Nase. „Man ist nie zu alt für Träume. Denk einen glücklichen Gedanken und flieg in deinen Träumen."

Seine Mutter war schließlich geflogen. Für immer jung im Nimmerland.

Jetzt stand Ry in seiner Uniform vor ihm. „Hey, was machst du hier? Ich hätte dich zurückgerufen. Ich musste nur zu einem Unfall."

Trav atmete laut aus. „Etwas stimmt nicht mit Daisy. Sie ist … Seit Jessica von der Lüge weiß, ist sie so … deprimiert. Sie wohnt doch bei dir. Meinst du, sie muss behandelt werden?"

Ry setzte sich neben ihn. „Sie ist nicht wie Mom. Jeder wäre niedergeschlagen, wenn alles so in die Brüche geht. Liz sagt, dass sie immer auf ihren Füßen landet."

„Ist dir aufgefallen, wie blass sie aussieht?", fragte Trav

unruhig, bemühte sich, seine Panik in Schach zu halten. „Und sie sieht so müde aus. Sie achtet gar nicht auf sich."

„Aber sie kümmert sich gut um Bryce." Ry klopfte ihm auf die Schulter. „Sie setzt schon die richtigen Prioritäten. Gib ihr Zeit. Das ist vorübergehend, das verspreche ich dir."

Trav stieß einen Atemzug aus. „Ja, okay."

„Und solange sie bei uns wohnt, wird Liz sich um sie kümmern, also mach dir keine Sorgen."

Trav lächelte. Liz war Daisy gegenüber wie eine Glucke, obwohl sie die jüngere Schwester war.

Ry stand auf. „Diese verdammten Reporter sollten allerdings besser aufhören, sie zu verfolgen. Heute Morgen bin ich kaum aus meiner eigenen Einfahrt gekommen."

„Können wir sie nicht zwingen, sich fernzuhalten?"

„Von der Straße können wir sie nicht verscheuchen, die ist nicht Privatbesitz. Hör zu, ich muss zum Chief, aber komm doch heute Abend zum Essen vorbei."

„Mach ich. Danke, Ry."

„Klar doch."

Als Trav ging, hatte er das Gefühl, endlich nicht mehr in der Achterbahn zu sitzen und wieder festen Boden unter den Füßen zu haben.

~

Nur weil Liz darauf bestand, gesellte Daisy sich zu ihnen zum Abendessen. Dabei wollte sie wirklich viel lieber im Gästezimmer bleiben. Sobald die Reporter abzogen, würde sie nach Hause fahren. Sie musste einfach allein sein, ohne dass alle so ein Getue um sie machten. Es wäre schön, wenn sie endlich aufhören würden, sie zu bemuttern.

„Brauchst du Hilfe, Schwesterchen?", fragte Daisy mit Bryce auf dem Arm.

Liz zog gerade einen Hackbraten aus dem Ofen. Die Kartoffeln kochten auf dem Herd, und im Dampfkochtopf kochte irgendetwas, wahrscheinlich Gemüse.

„Ich mache das schon", sagte Liz. „Ich mache noch den Kartoffelbrei, und alles andere ist fast fertig."

Ry kam herein und schnupperte. „Oh, du verwöhnst mich. Hast du den Hackbraten selbst gemacht?"

„Den habe ich aufgewärmt", gab Liz zu. „Er ist vom Garner's. Ich weiß, dass Trav ihn besonders mag."

Daisy versteifte sich und drehte sich zu Liz um. „Du hast mir nicht gesagt, dass Trav zum Abendessen kommt. Er wird mich wegen meiner Klamotten nerven oder ständig fragen, ob es mir gut geht."

„Geht es dir gut?", fragte Ry.

„Mir geht es gut", sagte Daisy.

Liz betrachtete ihr zu großes Sweatshirt und die Jogginghose, die sie sich von Ry geborgt hatte. „Ich habe ein Kleid, das dir passen müsste, bei dir endet es wahrscheinlich ein Stück über dem Knie. Ich kann es dir holen."

„Vergiss es. Ich fühle mich wohl." Sie kämmte sich mit den Fingern die Haare aus dem Gesicht. Ihre Hand verhakte sich in einem Knoten, und sie gab auf. Stattdessen konzentrierte sie sich auf Bryce. Sie setzte ihn in seinen Hochstuhl und legte ihm sein Lätzchen um.

Liz ging zurück an den Herd. Ry setzte sich an den Tisch.

Daisy betrat Liz' Vorratskammer, in der alles alphabetisch sortiert war. Ihre Schwester hatte einen ganzen Vorrat Bio-Babynahrung parat, für den Fall, dass sie auf Bryce aufpasste. Sie holte Erbsenpüree hervor.

Es klingelte an der Tür.

Daisy zuckte zurück. Glaubst du, es ist ein Reporter?"

„Ich mach auf", sagte Ry. „Dürfte Trav sein."

Sie musste sich beruhigen. Nur, weil die Reporter ständig an ihrer Tür klingelten und anriefen, hieß es nicht, dass jede einzelne Person versuchte, sie zu zerreißen. Es war nur Trav. Er würde nichts Schlimmeres tun, als ganz besorgt sein wie alle anderen in ihrem Leben, die kein Vertrauen in sie hatten.

Trav kam herein. Die Sorge stand ihm ins Gesicht geschrieben, als er Daisy ansah. Schnell verlagerte er seinen Fokus auf das Baby. „Wie geht es dir Brycey-Junge?"

„Da-da-da-da", sang Bryce, patschte begeistert auf den Tisch seines Hochstuhls.

Trav lächelte und hob ihn aus dem Stuhl. „Das ist richtig. Da-da." Zu Bryces großer Freude hob er ihn in die Luft.

„Er muss noch gefüttert werden", sagte Daisy.

„Okay." Trav setzte Bryce zurück in den Hochstuhl. „Ich mach das." Er streckte seine Hand nach dem Glas und dem Löffel aus.

„Ich mach das schon", sagte Daisy. „Wenigstens das kann ich."

„Natürlich kannst du das", sagte Trav beruhigend.

Daisy fütterte Bryce und ignorierte dabei die Tatsache, dass Trav sie anstarrte, als könnte sie jeden Moment umkippen.

„Geht es dir gut, Daisy?", fragte er vorsichtig.

Sie fütterte Bryce mit einem weiteren Löffel Erbsenpüree. „Alles gut."

„Sicher?"

„Mir geht es gut", sagte sie mit zusammengebissenen Zähnen.

Liz und Ry brachten das Essen an den Tisch, und alle luden ihre Teller voll. Daisy aß ein paar Bissen vom Hackbraten und hörte dann auf. In letzter Zeit hatte sie wenig Appetit. Sie fütterte Bryce zu Ende und ging dann mit ihm zur Spüle, um abzuwaschen.

„Meinst du wirklich, dass es ihr gut geht?", hörte sie Trav fragen.

„Sie ist nur ein bisschen traurig", sagte Liz.

Daisy ließ das Wasser laufen, damit sie nicht hören musste, wie sie über sie sprachen. Als sie zurück zum Tisch kam, musterte Trav sie. Sie vermied es, ihm in die Augen zu sehen. „Möchtest du Bryce nehmen?", fragte sie. „Ich habe keinen großen Hunger. Ich gehe mich ausruhen."

Trav nahm Bryce. „Geht es dir gut?"

„Hör auf zu fragen, ob es mir gut geht! Die Antwort ändert sich nicht, auch wenn du hundertmal fragst. Mir geht es gut, mir geht es gut, mir geht es gut!"

Trav blieb der Mund offen stehen. „Okay, okay. Ich werde nicht mehr fragen."

„Du musst dich nicht um mich kümmern."

Er hob eine Hand. „Niemand versucht, sich um dich zu kümmern."

„Gut! Denn mir geht es gut." Sie stapfte nach oben und warf sich aufs Bett.

Da sie zu verärgert war, um sich zu entspannen, stand sie auf und öffnete Liz' Laptop. Sie öffnete ihren Blog, um zu überprüfen, wie ihre Leser ihre Entschuldigung vom vorigen Abend aufgenommen hatten. Es gab mehr als hundert Kommentare. Sie begann zu lesen.

Du bist eine verlogene Schlampe.
Ich kann nicht fassen, dass ich meine Zeit damit verschwendet habe, deinen scheiß Lügenblog zu lesen.

Hure! Jemand anderes sollte dieses arme Bastard-Baby großziehen.

Sie hörte auf zu lesen und klappte den Laptop zu.

Sie starrte zu Boden. Es hatte alles so unschuldig begonnen. Feiertage und der erste Zahn des Babys.

Vielleicht war nicht alles schlecht. Was war aus all den netten Leuten geworden, die sonst kommentiert hatten? Irgendwer würde doch sicherlich ein nettes Wort für sie übrig haben. Sie öffnete den Laptop und scrollte durch die Kommentare.

Honey, such dir professionelle Hilfe für deinen Wahnzustand.

LÜGNERIN!!!!

Du bist eine erbärmliche Mutter.

· · ·

Ihre Hände begannen zu zittern, und sie schloss die Augen ganz fest gegen den Schmerz. Sie wusste, dass sie keine perfekte Mutter war. Sie würde niemals mit ihrer Mutter mithalten können, doch sie hatte nie gedacht, dass sie eine schlechte Mutter für Bryce war.

Sie bewegte den Cursor nach oben im Blog.

Diesen Blog löschen. Sind Sie sicher? Ja.

Der Blog war verschwunden.

Und ihr perfektes Leben mit ihm.

24

Daisy sah zwischen den Vorhängen hindurch auf die Straße. Die Reporter campten immer noch vor Liz und Ryans Haus. Verdammt. Hatten sie denn nicht einmal samstags frei? Sie wusste, dass es in den letzten Tagen für Ry und Liz schwierig gewesen war, zur Arbeit zu kommen. Sie hatte nicht gearbeitet. Ihre Eltern verstanden, dass sie ein bisschen Urlaub brauchte.

„Ich muss ein paar Sachen erledigen", sagte Liz, während sie sich von hinten näherte. „Möchtest du mitkommen? Nichts Aufregendes, aber wir könnten irgendwo zu Mittag essen."

Daisy schüttelte den Kopf. Sie wollte wirklich nicht nach draußen gehen. „Schon okay, Schwesterchen. Ich bleib einfach mit Bryce hier." Er machte gerade sein Mittagsschläfchen, das gewöhnlich nur eine Stunde dauerte.

Liz musterte sie. „Du bist überhaupt nicht rausgegangen und hast auch niemanden angerufen. Lad doch ein paar Freunde hierher ein!"

„Gute Idee." Sie hatte nicht vor, ihre Freunde anzurufen. Sie wollte einfach allein sein.

Liz sah erleichtert aus. „Gut. Okay, dann sehe ich dich, wenn ich zurückkomme. Ruf mich auf dem Handy an, wenn du irgendwas brauchst. Ryan sollte gegen fünf von seiner Schicht zurückkommen."

„Ich bin mir sicher, dass ich dich nicht anrufen muss."

Liz winkte ihr zum Abschied zu, straffte ihre Schultern und ging zur Haustür hinaus. Daisy hörte, wie sich die Horde von Reportern auf sie stürzte und die feste Stimme ihrer Schwester: „Falsche Schwester. Daisy ist nicht zu Hause."

„Ich sehe ihren Wagen", sagte jemand.

„Ihr Freund hat sie abgeholt", erwiderte Liz.

Einen Augenblick später hörte sie Liz davonfahren.

Daisy schaltete den Fernseher ein und sah sich eine Wiederholung von *Law & Order: SVU* an.

Bryces Schreien drang sowohl aus dem Babyphon, das Liz aufgestellt hatte, als auch von oben zu ihr hinunter. Das Kind hatte kräftige Lungen. Sie kümmerte sich um ihn, gab ihm zu essen und setzte sich wieder vor den Fernseher. Bryces Schaukel drehte sie andersherum, damit er keine brutalen Bilder zu sehen bekam.

Draußen hörte sie jemanden kommen und blickte zum Fenster hinaus. O mein Gott. Max kam die Stufen zur Haustür hinauf und schob Reporter links und rechts beiseite. Er klingelte.

Sie öffnete die Tür, blieb aber für die Reporter außer Sicht. Er trat ein, und sie schlug die Tür hinter ihm zu.

„Max, was willst du hier?"

Er fuhr sich mit einer Hand durch seine dicken, schwarzen Haare. „Freut mich auch, dich zu sehen, Daze."

„Du hättest nicht herkommen sollen. Die Aasgeier da draußen werden herausfinden, wer du bist. Sie werden breittreten, dass ich mich mit meinem Ex-Ehemann treffe!"

„Beruhige dich. Niemand interessiert sich für mich." Er blickte zu dem Fernseher, in dem immer noch *Law & Order: SVU* lief, dann hinüber zu Bryce, der auf das Sternemobile, das über seiner Schaukel hin, einschlug. „Hey, Bryce." Max drehte einen der Sterne, und Bryce starrte ihn an. Max deutete auf das Ledersofa. „Können wir uns unterhalten?"

Daisy folgte ihm schweigend zum Sofa. Sie wollte nicht reden, und schon gar nicht mit Max, der sie entweder wegen einer Beziehung nerven würde (die nicht passieren würde) oder mit ihr über das Blog-Fiasko reden wollte (auch darüber wollte sie nicht reden). Doch er war den ganzen Weg von der Stadt hierhergekommen, und draußen waren Reporter, deswegen warf sie ihn nicht gleich wieder aus dem Haus. Sie stellte den Ton leiser, aber nicht aus.

Er beugte sich vor, stützte seine Ellbogen auf die Knie. „Wie geht's dir?"

„Mir geht es gut. Du hättest nicht den ganzen Weg herkommen müssen, um mich das zu fragen."

„Charmant wie immer."

Sie zog eine Braue hoch. Sie fragte sich, wie lange sie wohl warten musste, bevor sie ihn zum Teufel schicken konnte. „Warum bist du hier? Sag es mir einfach."

„Ich kann dich bei *Katie* unterbringen, damit du der Welt deine Seite der Geschichte erzählst. Ich hab noch was gut bei ihr, doch natürlich weiß Katie auch, dass es ihre Einschaltquoten in die Höhe treiben wird, wenn du da auftrittst."

Katie war sogar eine noch größere Show als *Morgens bei Jessica*. Das war eine Nachmittagsshow, die sogar ihre Mom gerne sah. An einem normalen Tag wäre sie vor Freude in die Luft gesprungen. Doch heute war kein normaler Tag.

Daisy schüttelte den Kopf. „Keine Talkshows mehr."

„Ich denke wirklich, dass du etwas zu der ganzen Sache sagen solltest. Katie wird keine bösen Fragen stellen. Sie wird alle Fragen vorher mit dir absprechen."

„Max, nein. Ich möchte einfach, dass diese ganze Sache ein Ende hat. Ich möchte, dass diese Reporter verschwinden und keine weiteren Geschichten zu erzählen haben. Außerdem hatte Jessica recht. Ich bin eine Lügnerin und eine Hochstaplerin. Wenn ich zu *Katie* ginge, würde ich ihr das Gleiche sagen."

Er rückte näher und hielt ihre Hand warm umschlungen. „Ich kann das wieder geradebiegen. Lass mich dir helfen. Ich formuliere dir vorher die Antworten aus und gebe dem Ganzen einen positiven Dreh. Dann musst du sie nur auswendig lernen und vor der Kamera vortragen."

Sie zog ihre Hand zurück. „Du warst keine große Hilfe, als

Jessica die Show bei euren Bossen durchgeboxt hat. Du hast gesagt, dass es ein gutes Geschäft ist. Die Art von Hilfe brauche ich nicht."

Max presste seine Lippen aufeinander. Er deutete mit dem Kopf in Richtung der Reporter vorm Haus. „Was willst du mit denen machen?"

„Nichts. Ich ignoriere sie einfach. Sage kein Kommentar."

„Komm mit mir in die Stadt. Ich wohne im dreiundzwanzigsten Stock und das Haus hat einen Portier. Da wird dich niemand belästigen."

Sie starrte ihn an. „Du willst, dass ich zu dir ziehe?"

„Du und Bryce. Ja."

„Und in deinem Bett schlafe."

Er lachte. „Das überlasse ich ganz dir. Ich habe auch ein Schlafsofa."

„Aber du hoffst darauf."

Er hob seine Hände. „Ich hoffe, mit dir zusammen sein zu können, ja, denn ich liebe dich. Ich werde niemals aufhören, dich zu lieben."

Sie wandte ihre Aufmerksamkeit wieder dem Fernseher zu. „Bitte geh."

Er stand vor dem Bildschirm. „Daisy, ich will nicht gehen. Ich will dir helfen. Lass zu, dass ich mich um dich kümmere."

„Ich will deine Hilfe nicht." Sie sah ihn wütend an. „Und ich will auch dich nicht."

„Dann bist du jetzt mit Trav zusammen?"

„Ich bin mit niemandem zusammen. Es gibt nur mich und Bryce, und so wird es auch bleiben."

Er kniete vor ihr nieder und nahm ihre Hände in seine. Sie schnaubte.

„Hör mir einfach nur zu", sagte Max. „Ich kann dir Folgendes bieten – ein gutes Leben in der Stadt, ein hübsches Apartment, ein lebendiges Gesellschaftsleben. Ich kann deinen Ruf wiederherstellen. Wenn du arbeiten möchtest, habe ich so viele Verbindungen, dass ich dir auf jedem Karriereweg helfen kann. Ich kann mich um dich und Bryce kümmern und für den Rest meines Lebens jeden Tag versuchen, dich glücklich zu machen. Sag nur ein Wort, Daisy, und all das hier", – er deutete auf die Reporter – „verschwindet, und dein neues Leben beginnt."

Die alte Daisy hätte sich auf das Angebot gestürzt. Ein leichtes Leben wartete auf sie. Keine Arbeit, keine Mühen, aber auch kein Selbstrespekt.

„Es ist so einfach", murmelte sie.

Seine Augen leuchteten auf, hoffnungsvoll. „Ja. Es ist wirklich so einfach. Komm einfach mit mir." Er stand auf und zog an ihrer Hand.

Auch sie stand auf und sah ihn an. „Ich hoffe, du findest jemanden, der dich wirklich verdient hat. Die Art von Mensch, die Verständnis dafür hat, dass dir Einschaltquoten wichtiger sind als das Leben anderer. Leb wohl, Max."

Er blinzelte, nickte und wandte sich zum Gehen. Sie sah zu, wie er ging, seine Anspannung in jedem Schritt spürbar. Dann schloss sich die Tür leise hinter ihm.

Sie seufzte erleichtert. Sie war wieder allein. Niemand fragte nach ihr, niemand versuchte, sie zu ändern, nur sie und Bryce. Das war alles, was sie brauchte.

~

Trav saß am Samstagabend mit Rico im Garner's und trank ein Bier. Die Knicks spielten im Fernseher über der Bar, doch seine Gedanken waren nicht beim Spiel. Er drehte sich zu Rico um. „Ry sagt, Max ist vorbeigekommen, um Daisy zu besuchen, doch sie hat ihn in die Wüste geschickt."

Rico schüttelte den Kopf. „Das hätte er dir nicht sagen sollen."

„Warum nicht? Würdest du es nicht wissen wollen, wenn ein Ex sich an deine Frau ranmacht?"

„Sie ist nicht deine–"

„Du solltest jetzt besser die Klappe halten."

„Ihr Jungs tratscht wie ein Haufen alter Weiber. Dann ist er eben vorbeigekommen. Wen interessiert das schon? Sie hat ihn rausgeschmissen. Geht es dir jetzt besser, weil du das weißt?"

Travis zupfte am Etikett seiner Bierflasche. „Nein", gestand er.

Rico nickte und wandte seine Aufmerksamkeit wieder den Knicks zu.

„Er hat ihr angeboten, bei ihm einzuziehen", sagte Trav.

Ricos Kopf wirbelte herum. „Soll das ein Scherz sein? Das ist so was von falsch. Ich würde ihm in den Po treten."

„Siehst du? Hab ich dir doch gesagt."

„Was für ein Arschloch."

„Ich weiß!" Trav fühlte sich minimal besser, weil Rico auf seiner Seite war. „Sie sollte bei mir wohnen."

Rico hob seine Hand. „Hör jetzt besser auf. Sie hat ihn in die Wüste geschickt, als er sie gebeten hat, bei ihm einzuziehen. Meinst du, bei dir würde sie anders reagieren? Denn ich muss schon sagen, die Geschichte ist nicht auf deiner Seite."

Trav nahm einen Schluck von seinem Bier. „Wie hast du so schön gesagt? Ich soll sie zu mir kommen lassen, nicht wahr?"

Rico wandte sich wieder dem Spiel zu. „Das ist mein Motto. Und sie tun es immer."

Schon, aber Rico hatte auch keine bestimmte Frau, von der er wollte, dass sie zu ihm kam. Er konnte es sich leisten, sich zurückzulehnen und aus denen, die ihm über den Weg liefen, eine X-beliebige auszuwählen. Trav jedoch wollte Daisy. Er stieß einen frustrierten Seufzer aus. Er war jetzt nicht einen Deut näher dran, mit ihr eine Familie zu haben, als an dem Tag, an dem Bryce zur Welt gekommen war.

Er hatte keine Ahnung, wie er an sie rankommen sollte.

Er wusste nur, dass er es versuchen musste.

∼

Am Samstag verloren die Reporter endlich das Interesse und verschwanden, und Daisy atmete erleichtert auf. Bryce fuhr mit Trav zu seinem Daddy-Sohn-Tag. Trav wurde wirklich langsam lästig. Jeden verdammten Tag kam er vorbei, um sie zu sehen, musterte sie, als würde sie noch vor seinen Augen verschwinden. Sie war froh, dass er heute mit Bryce beschäftigt sein würde.

Sie bog in die Einfahrt ihrer Eltern, nur zehn Minuten Fahrt von Rys und Liz' Haus entfernt, und klopfte an die Haustür. Sie hätte ihren Schlüssel benutzen können, aber sie hatte auf unangenehme Weise gelernt, dass man nicht ohne Warnung bei ihnen auftauchen sollte. Das Bild, wie ihre Eltern nackt auf dem Sofa lagen, hatte sich in ihr Gehirn gebrannt. Mal im Ernst, oben hatten sie vier Schlafzimmer – warum mussten sie es ausgerechnet im Wohnzimmer tun?

Ihr Dad öffnete die Tür. „Hey, mein Schatz, schön, dich zu sehen. Wie fühlst du dich?"

Sie stellte sich auf die Zehenspitzen, um ihn auf die Wange zu küssen. „Gut." Ihre Standardantwort heutzutage. „Wie geht es euch?"

„Gut." Er drehte sich um und rief in Richtung Treppe: „Heather, deine Tochter ist hier!"

„Welche?"

„Welche hättest du denn gern?", rief Daisy.

Ihre Mom kam die Treppe herunter. „Daisy, genau die, die ich mir erhofft hatte, Süße, wir müssen uns unterhalten."

„Worüber?"

„Darüber." Ihre Mom näherte sich ihr, nahm eine Locke von Daisys Haaren, zupfte an den Seiten von Ryans viel zu großem Sweatshirt. „Dieser Look steht dir wirklich überhaupt nicht."

Daisy winkte das ab. „Nachher fahre ich zu mir nach Hause. Dann kann ich wieder meine eigenen Klamotten anziehen."

Ihre Mutter starrte sie an. „Und deine Haare. Du musst dir die Haare waschen. Und sie bürsten."

„Das werde ich. Bald."

Ihre Mom stemmte die Fäuste in die Hüften. „Liz sagt, dass du das Haus nicht verlässt und dass dich niemand besucht hat."

Der verdammte Garner-Buschfunk.

„Ich bin doch hier, oder etwa nicht?", schnappte Daisy.

„Ich habe das Haus verlassen. Nächstes Mal, wenn ihr über mich sprecht, musst du Liz Bericht erstatten."

„Möchtest du Kakao mit Marshmallows?", fragte ihre Mom und eilte bereits Richtung Küche.

Das Getränk versprach nostalgische Gedanken an verschneite Tage, an denen sie schneefrei gehabt hatten. Ihre Mom war dann mit ihr und Liz zu Hause geblieben und hatte Kakao gekocht, der dann bereitstand, sobald sie vom Spielen im Schnee wieder hereinkamen.

„Ja, bitte." Sie folgte ihr in die Küche und setzte sich in die gemütliche Frühstücksnische. Sie saß immer noch stets an ihrem alten Platz, gegenüber des Fensters, wo sie einen Blick auf den Garten, die Bäume und, in wärmeren Monaten, blühende Azaleenbüsche hatte.

Ihr Dad kam hinzu. „Ich fahre in die Stadt, um eine neue Schaltung zu besorgen. Brauchst du etwas?"

„Wir brauchen nichts, danke", erwiderte ihre Mom. Ihr Dad küsste ihre Mom auf die Lippen. Die Ehe ihrer Eltern war stark. Sie hätte mit ein bisschen weniger Liebesbekundungen vor den Kindern gut leben können, doch sie freute sich für sie. Es sah so aus, als hätte sich nichts geändert. Sie waren immer noch verliebt. Sie arbeiteten zusammen und genossen das Zusammensein mit dem anderen. Soweit sie sich erinnern konnte, stritten sie sich nie.

Ihr Dad ging und ließ Daisy mit ihrer Mom allein.

Ihre Mom bereitete den Kakao zu. Daisy saß still da und beobachtete, wie ihre Mom arbeitete. Der Anblick beruhigte sie. Kurz darauf setzte ihre Mom sich zu ihr an den Tisch mit zwei dampfenden heißen Kakaotassen.

Daisy nahm einen Schluck. „Mom, woher wusstest du, dass es richtig ist, Dad zu heiraten?"

Ihre Mom sah überrascht aus angesichts der Frage. „Natürlich weil wir einander geliebt haben."

„Schon, aber woher wusstet ihr, dass die Ehe die richtige Wahl war?" Sie rührte die winzigen Marshmallows in ihrem Kakao. „Wart ihr so etwas wie Seelenverwandte? Wie zwei Hälften, die einander gefunden und ein Ganzes ergeben haben?"

Ihre Mom sah sie an, als hätte sie nicht mehr alle Tassen im Schrank.

Daisy drängte weiter. „Max sagt nämlich, dass wir Seelenverwandte seien. Er will mich heiraten."

„Mr. Big Shot Produzent", murmelte ihre Mom. „Nein."

„Was meinst du damit, nein?"

„Ich meine, nein, ich glaube nicht an Seelenverwandte, also, eine Person, die nur für dich bestimmt ist. Ich glaube, die Herzen der Menschen sind größer als das. Man kann mehrmals leben. Der Mensch, der richtig für dich ist, ist der Mensch, den du wirklich magst, und mit dem du durch dick und dünn gehen möchtest. Und natürlich hilft auch die Chemie." Sie lachte.

Daisy dachte darüber nach.

„Daisy, ich meine außerdem, nein, Max ist nicht der *Eine* für dich."

„Aber ich habe ihn mal geliebt."

„Aber du liebst ihn jetzt nicht."

Sie schüttelte den Kopf. „Nein, das tue ich nicht."

Schweigend tranken sie ihren Kakao.

„Süße, ich sage immer noch, dass du Trav heiraten solltest", sagte ihre Mom. „Er hat dich oft genug gefragt."

Daisy sah ihre Mom mit erstaunten Augen an. „Aber ihn liebe ich auch nicht."

„Du kannst *lernen*, ihn zu lieben."

Daisy rutschte unbehaglich auf ihrem Platz hin und her. „Ich möchte ihn nicht heiraten und hoffen, dass ich ihn eines Tages liebe. Das ist nicht richtig."

„Er ist Bryces Vater!"

Daisy stand abrupt auf. „Ich fahre jetzt nach Hause."

Ihre Mom kniff die Augen zu ihrem patentierten Stahl-Mom-Blick zusammen. „Setz dich hin. Du wirst vor dieser Unterhaltung nicht davonlaufen."

Daisy setzte sich.

Ihre Mom atmete tief ein und sah zur Decke. „Ich werde dir jetzt etwas erzählen, von dem ich geschworen habe, dass ich es dir niemals erzählen werde."

Damit hatte sie ihre Aufmerksamkeit. Daisy saß unbeweglich da.

„Willst du wissen, woher ich wusste, dass es richtig ist, deinen Dad zu heiraten? Ich wusste es nicht. Das kam erst viel später. Ich war schwanger mit dir, und er hat mich gebeten, ihn zu heiraten, was ich dankbar annahm."

Daisy öffnete überrascht ihren Mund. „Du warst schwanger mit mir?"

Ihre Mom sah ein bisschen gereizt aus, weil sie gezwungen war, ihr das erzählen. „Ja. Wir haben gesagt, dass du ein Flitterwochen-Baby bist, und niemand hat den Unterschied bemerkt. Du wurdest aus einem Impuls heraus gezeugt, genau wie Bryce, und ich habe es nie bereut. Nicht eine Minute." Trotzig hob sie ihr Kinn.

Daisys Gedanken wirbelten durcheinander angesichts dieser Neuigkeit. Plötzlich verstand sie, warum ihre Mom sie zu Trav drängte.

„Hast du mir deswegen gesagt, dass ich Trav heiraten soll? Du möchtest für mich das gleiche Glücklich-bis-an-ihr-Lebensende, das auch du bekommen hast?"

„Naja, schon."

Daisy sah ihre Mom in völlig neuem Licht. Sie lächelte. „Ich wusste nicht, dass du jemals etwas Impulsives getan hast. Ich dachte, das wäre mein Gebiet."

Ihre Mom grinste. „Was denkst du, von wem du das hast?"

Daisy konnte es nicht fassen. Die ganze Zeit hatte sie gedacht, dass sie in den Augen ihrer Mom nur eine Versagerin war, während ihre Mom tatsächlich all die Dinge gesehen hatte, die sie gemeinsam hatten. Aber sie hatte es vermasselt. Und zwar um einiges schlimmer, als ihre Mom es getan hatte.

„Ach, Mom, ich habe wirklich so viel kaputt gemacht. Wusstest du, dass ich mir das meiste in meinem Blog ausgedacht habe, weil ich dachte, du seist so perfekt. Ich wollte auch so sein?"

Ihre Mom lachte. „Wirklich? Ich dachte, du hättest es

getan, weil du gerne Geschichten erzählst. Du hattest immer schon eine großartige Fantasie."

Vielleicht war es das, was sie hätte tun sollen. Geschichten schreiben, anstatt so zu tun, als wäre ihr Traumleben die Realität. Sie trank ihren Kakao, und ihre Mom tat dasselbe, während sie sie über den Rand ihrer Tasse beobachtete.

„Daisy, du bist eine großartige Mom. Du gehst wunderbar mit Bryce um. Da hast du schon viel erreicht. Man muss nicht perfekt sein, um seine Sache gut zu machen."

„Ich habe immer geglaubt, dass du die perfekte Mom seist. Du zeigst mir immer, wie ich Bryce beruhigen kann, und bei mir dauert es ewig. Bei dir klappt das einfach so." Sie schnippte mit den Fingern.

Ihre Mom lächelte beschwichtigend. „Ich bin entspannt. Babys spüren das. Du bist die meiste Zeit erschöpft. Ich bewundere deine Kraft. Obwohl du so wenig Schlaf bekommst und so hart im Garner's arbeitest, tust du immer noch das Beste für ihn. Das ist mehr, als ich getan habe. Ich bin mit dem Schlafmangel nicht gut klargekommen. Deine Großmutter hat die Nächte für mich übernommen."

Daisy machte vor Überraschung ganz große Augen. „Grandma? Das habe ich nicht gewusst."

„Sie hat das ganze erste Jahr bei uns gewohnt. Sie hat die Nächte übernommen, ich die Tage. Und ich habe keinen stressigen Job gehabt. Dein Dad und ich waren gerade erst dabei, das Garner's zu planen. Wir hatten Ersparnisse von seiner Profikarriere."

Ihr Dad war früher Quarterback bei den New England Blazers gewesen. Also *war* es tatsächlich einfacher für ihre Mom gewesen. Sie war keine perfekte Mom gewesen. Das bedeutete, dass Daisy nicht die am wenigsten perfekte Mom aller Zeiten war. Eine vage Erinnerung an ihre Großmutter im Haus meldete sich zu Wort. „Sie war auch bei uns, als Liz noch ein Baby war, stimmt das? Als ich drei war. Ich erinnere mich daran, dass ich ihr dabei geholfen habe, Erdnussbuttersandwiches zum Mittagessen zu machen."

Ihre Mom lächelte. „Ohne sie hätte ich es nicht geschafft."

Sie drückte Daisys Hand. „Und jetzt gebe ich das weiter. Ich habe dir doch mit Bryce geholfen, nicht wahr?"

Das hatte sie. Sie war nicht eingezogen – dafür gab es im Garner's zu viel Arbeit –, doch sie hatte viele Nachmittage übernommen und war immer kurzfristig bereit einzuspringen, wenn sie sie brauchten.

„Daisy, der Rest deines Lebens wartet darauf, dass du die Zügel in die Hand nimmst. Hast du vor, dich weiter zu Hause einzuigeln, oder wirst du wieder rausgehen?"

Daisy richtete sich auf. „Was für eine Frage. Ich gehe wieder raus."

„Das ist mein Mädchen. Und gib Trav eine Chance. Ich habe ein wirklich gutes Gefühl bei euch beiden."

„Das sagst du nur, weil du möchtest, dass ich Bryces Vater heirate."

„Ich würde dich niemals drängen, wenn ich nicht glauben würde, dass er ein toller Hengst ist." Sie verbarg ein Lächeln, indem sie an ihrem Kakao nippte.

„Mom!"

„Was? Ich habe ihn doch in seiner vollen frontalen Glorie gesehen."

Daisy erschauderte. „O. Mein. Gott. Das hast du gerade nicht gesagt. Behalt du mal schön deine Augen auf Dad."

„Am Schauen ist doch nichts falsch."

„Unsinn! Meine Mom beaugapfelt meine …"

Ihre Mom grinste. „Liebe?"

„Meine … irgendwas. Ich weiß nicht, was er ist."

Ihre Mom wurde ernst. „Ich denke, es ist an der Zeit, dass du das herausfindest."

25

Trav wusste, dass er ein bisschen lockerer sein sollte, wenn es um Daisy ging. Sie war nun schon seit einer Woche deprimiert. Er sollte sich nicht so viele Sorgen machen. Ry sagte ihm ständig, dass er sich beruhigen solle. Dennoch hatte er das Bedürfnis, jeden Tag nach ihr zu sehen.

Er klingelte an ihrer Wohnung.

Daisy öffnete. „Mir geht es gut, Trav. Du musst nicht ständig nach mir sehen."

Er trat ein und musterte sie kurz. Sie trug saubere Kleidung – Jeans und einen flauschigen Pullover mit V-Ausschnitt – und sie hatte sich die Haare gewaschen. Das war schon mal ein Schritt in die richtige Richtung.

„Tue ich nicht", sagte er und zog seine Jacke aus. „Ich besuche nur Bryce."

Ihm entging nicht, dass sie die Augen verdrehte, als er zu Bryce ging, der auf seiner Decke gerade dabei war, etwas auszuprobieren, das aussah wie Baby-Push-ups. „Das ist neu."

Sie stellte sich an seine Seite und er atmete ihren Zitrusduft ein. „Ich glaube, er wird bald krabbeln", sagte sie.

Überrascht drehte er sich zu ihr um und schenkte dann wieder Bryce seine Aufmerksamkeit. „Wirklich? Schon?" Er grinste und klopfte sich auf die Brust. „Das ist mein Junge."

„Jetzt müssen wir alles babysicher machen." Sie setzte sich im Schneidersitz auf den Boden. „Und ich meine *alles*. Da sind wir gut beschäftigt."

Er setzte sich neben sie, imitierte ihre Sitzhaltung. „Wie geht es dir?"

„Gut", sagte sie mit zusammengebissenen Zähnen.

„Ich habe mich gefreut, als ich gehört habe, dass du wieder zur Arbeit gehst. Es ist gut, dass du dich beschäftigst, unter Menschen kommst."

„Nicht, wenn diese Menschen einen anstarren, als wäre man ein Freak, weil Jessica Larsen im nationalen Fernsehen dafür gesorgt hat, dass man wie ein Monster klingt."

„Keiner hält dich für einen Freak. Sie halten dich wahrscheinlich für berühmt. Sie sind neugierig."

Sie schnaubte. „Berühmt wie ein Freak."

„Wahrscheinlich ist es eher so", – er sprach hinter seiner Hand weiter – *„da ist ja dieses unglaublich schöne Garner-Mädchen."*

„Das ist Liz."

„Mit diesem freaky-heißen Körper."

Sie schlug ihm auf die Brust und lehnte ihren Kopf an seine Schulter. Bryce schaffte es, sich vom Boden hochzustützen, und schwankte nun auf Händen und Knien vor und zurück.

„Oh!", entfuhr es Daisy.

Bryces Brust fiel auf die Decke, sein Po in der Luft, und er bemühte sich, sich wieder aufzurappeln.

Daisy richtete sich auf und klatschte in die Hände. „Wie süß! Los, Bryce!"

Bryce stemmte sich hoch und schwankte vor und zurück.

Sie saßen da und beobachteten, wie Bryce versuchte, zu krabbeln, bis der Junge müde wurde und zu weinen begann. Daisy hob ihn hoch und hielt ihn an sich gedrückt, während sie leise auf ihn einredete.

Als Trav das sah, zog sich seine Brust zusammen. Er wollte nicht, dass Bryce den Schmerz, seine eigene Mutter zu verlieren, erfuhr.

„Ich bekomme immer noch gehässige Mails", sagte Daisy.

Er schüttelte den Kopf. „Diese Leute haben wirklich nichts Besseres zu tun? Hat dich irgendjemand bedroht?"

„Keine Morddrohungen", sagte sie und streichelte Bryces Rücken. „Aber trotzdem", fügte sie hinzu.

„Wenn dich jemand bedroht, leite die Info gleich an Ry weiter. Er wird sich darum kümmern, und du kannst Anzeige erstatten."

Sie ging zum Sofa und setzte sich. „Alle hassen mich, Trav." Ihre Stimme war ganz leise.

Er setzte sich zu ihr aufs Sofa. „Niemand hasst dich."

Sie nickte. „Doch, das tun sie. Sie tun es wirklich. Und ich kann nichts dagegen tun. Ich habe es vermasselt, und die Leute wollen, dass ich dafür zahle." Sie sah ihm in die Augen. „Wenn sie nur wüssten, wie ich mich fühle, dann wüssten sie, dass ich jede Minute an jedem Tag dafür zahle."

Die Panik krallte sich an sein Herz. Das Atmen fiel ihm schwer. Er sprang auf und eilte in die Küche, wo er sich ein Glas Wasser nahm. Er konnte nicht zulassen, dass das so weiterging. Die Leute quälten sie, rieben ihr ihre Fehler unter die Nase und ignorierten, dass sie auch Richtiges und Gutes getan hatte. Als Teenager war er in einer ähnlichen Situation gewesen. Das war so weit gegangen, dass er nicht einmal etwas hatte sagen müssen, sein Ruf sprach für sich. Sogar die Lehrer an seiner Schule hatten sich davor gefürchtet, ihn in ihrer Klasse zu haben. Väter wollten nicht, dass er mit ihren Töchtern ausging, obwohl er sich Mädchen gegenüber nie respektlos verhalten hatte. Er liebte Frauen. Er liebte Daisy.

Himmel, er war ein Idiot. Warum hatte er nur so getan, als wäre Liebe etwas, das sich irgendwelche Unternehmen ausgedacht hatten? Er liebte Daisy so sehr, dass es ihm Schmerzen bereitete, wenn sie litt. Wenn sie glücklich war, war er glücklich. War es nicht Liebe, wenn man sich um jemand anderen so sehr sorgte, sogar mehr als um sich selbst?

Er setzte sich wieder neben sie. Bryce schlief tief und fest in ihren Armen.

„Lass mich mal." Er griff nach seinem Sohn.

Sie schüttelte den Kopf. „Dann wacht er vielleicht auf", flüsterte sie.

Er ignorierte sie, hob Bryce aus ihren Armen, trug ihn ins Schlafzimmer, wo er ihn vorsichtig in sein Bettchen legte. Der kleine Junge drehte sich friedlich schlummernd auf die Seite.

Er kehrte zu Daisy zurück und setzte sich aufs Sofa. Sie saß einfach nur da, mit offenem Mund, und starrte ihn an. „Wie hast du das gemacht?"

„Was gemacht?"

„Ihn bewegt, ohne ihn aufzuwecken. Ich muss ihn immer mindestens eine halbe Stunde lang halten."

Er zuckte die Schultern. „Das mache ich immer so."

„Ich wünschte, das würde bei mir auch funktionieren."

„Vermutlich ist er in deinen Armen im Himmel und wird wütend, wenn er von dort fortmuss."

Sie schnaubte.

„Ich weiß, dass es mir so gehen würde." Er rutschte hinunter und legte seinen Kopf auf ihren Schoß. Sie streichelte sein Haar. „Daisy, ich liebe dich."

Ihre Hand hielt inne, und er sah in ihrem Gesicht keine Freude, sondern Schmerz. Sie starrte in den Raum, sah ihm nicht in die Augen. „Liebe mich nicht, Trav. Ich verdiene dich nicht."

Er setzte sich auf. „Doch, das tust du. Ich verdiene dich nicht."

„Tu das nicht. Sag das nicht nur, weil ich es gesagt habe. Außerdem irrst du dich. Es wird lange dauern, bis ich je die Liebe und den Respekt von irgendjemandem verdienen kann. Bei mir geht immer alles nur schief."

Er nahm ihre Hand. „Ich hatte früher auch einen schlechten Ruf, aber das weißt du ja."

Sie schüttelte den Kopf. „Das ist nicht dasselbe. Da warst du noch ein Kind."

„Auch Erwachsene machen Fehler. Du bist ein Mensch. Das Wichtige ist nur, dass du denselben Fehler nicht noch einmal machen wirst."

Sie seufzte und lehnte ihren Kopf an seine Schulter. „Ich bin so müde. Kann ich mich einfach hier ausruhen, einfach so?"

„Ja, das kannst du." Er legte einen Arm um ihre Schultern

und hielt sie fest. Er war nicht traurig, dass sie nicht gesagt hatte, dass auch sie ihn liebte. Er verstand sie gut, denn sie war ganz so wie er. Sie hatte einen niederschmetternden Schlag gegen ihr Selbstbewusstsein eingesteckt und musste sich erst wieder ganz fühlen. Er konnte sie nicht allein aus ihrem Morast ziehen, doch die Erfahrung, wie sein eigenes Leben in die Spur gekommen war, verhalf ihm zu einer guten Idee, wer genau das konnte.

Daisy spürte Travs Abwesenheit intensiv. Er hatte die ganze Woche nicht nach ihr gesehen, und er war abweisend gewesen, als er Bryce gestern zum üblichen Daddy-Sohn-Tag abgeholt hatte. Während sie so sehr damit beschäftigt gewesen war, wütend auf ihn zu sein, weil er ständig nach ihr sah, hatte sie sich nicht die Zeit genommen, zu würdigen, warum er das tat. Er hatte ihr seine Liebe angeboten, und sie hatte sie ihm ins Gesicht zurückgeworfen.

Sie nahm ein paar Sno-Caps aus dem Schrank und machte es sich auf dem Sofa bequem. Vielleicht sollte sie ihn anrufen. Nein. Sie verdiente seine Liebe nicht. Sie verdiente gar nichts. Sie schob sich die Sno-Caps in den Mund und kaute.

Es klingelte an der Tür, und sie sprang auf, um zu öffnen, in der Hoffnung, dass Bryce nicht davon aufgewacht war. Sie öffnete die Haustür. Trav stand davor mit einer großen Pappschachtel. Er lächelte. Sie erwiderte das Lächeln, doch ihre Kehle schnürte sich zu. Er war da. Er hatte sie nicht aufgegeben.

„Hey." Er schob sich mit der Schachtel an ihr vorbei und stellte sie auf den Küchentisch. „Mach sie auf."

Sie öffnete den Deckel. Briefe. Viele, viele Briefe. Alle an sie adressiert.

„Was zum …?" Sie nahm einen Briefumschlag heraus und zog den Brief hervor. In Großbuchstaben stand oben: Warum Daisy Garner der Hammer ist …

Sie las den Brief von Mrs. Peters, ihrer Grundschullehrerin, während Trav über ihre Schulter sah. Die krakelige Schrift kam gleich auf den Punkt:

Daisy war die Art Mädchen, die die Jungs gerne gejagt und an den Zöpfen gezogen hat. Doch anders als andere kleine Mädchen, die dann gezetert oder geweint haben, hat Daisy sich gewehrt. Sie stahl ihre Baseballmützen und spuckte, wenn sie beim Ausschank half, in den Saft der Übeltäter. Da wusste ich, dass dieses Mädchen genauso stark und unerschrocken werden würde wie die Frau, die sie heute ist.

Mach weiter so, Daisy.

Mrs. Bertha Peters

Daisy schlug sich die Hand vor den Mund, hin- und hergerissen zwischen Lachen und Weinen.

„Du hast ihnen in den Saft gespuckt?", fragte Trav. „Ich bin froh, dass ich mich damals nicht mit dir angelegt habe."

Daisy lachte. „Und ob ich das habe. Und Mrs. Peters hat nie etwas gesagt. Ich dachte, sie hätte es gar nicht mitbekommen." Der nächste Brief war von Sally Phillips, der Stadtsekretärin.

Oben stand in Großbuchstaben dasselbe: Warum Daisy Garner der Hammer ist. Trav musste wohl einen ganzen Stapel davon ausgedruckt haben und war dann durch die Stadt gelaufen, um Antworten für sie zu sammeln. Sie sah Trav an, der den Brief las, und ihr traten die Tränen in die Augen. Er schmunzelte, während er las, deswegen las auch sie, um zu verstehen, was daran so lustig war.

Ich hätte vielleicht nicht mit dem Reporter über Sie reden sollen, Daisy. Ich fürchte, ich war ein bisschen zu aufgeregt, weil ich im Fernsehen war. Deswegen verstehe ich jetzt sehr gut, warum vielleicht auch Sie gelogen haben, um ins Fernsehen zu kommen. Ich erzähle allen, die ins Rathaus kommen, dass das alles ein dummer Fehler war; dann erinnere ich sie an das Mal, als Sie zehn Jahre alt waren und direkt vor diesem Zimmer gesessen haben. Damals haben Sie Anstecknadeln an alle, die hereinkamen, verteilt, auf denen stand: ‚Wählen Sie Sally Phillips zur Stadtsekretärin‘, da Sie damals entschieden hatten, Demokratin sein zu wollen. Ich habe es nicht übers Herz gebracht, Ihnen zu sagen, dass es keine Gegenkandidaten gab, denn wer wollte sich schon dieser feurigen Leidenschaft in den Weg stellen, nachdem Sie gerade erst die Politik entdeckt hatten? Verlieren Sie niemals dieses Feuer, Daisy. Halten Sie es ganz dicht an Ihrem Herzen. Die Welt braucht mehr Menschen wie Sie, die aus dem Herzen heraus handeln.

Herzliche Grüße

Sally Phillips

Ihre Knie gaben nach, und langsam sank sie auf einen Küchenstuhl. Sie zog den nächsten Brief hervor und den nächsten und nächsten. Von allen in der Stadt – Alan Zinkman, dem Briefträger, Gary aus dem Bio-Supermarkt, ihrem alten Fußballtrainer. Ihrer Familie, seiner Familie, ihren Freunden. Von allen. Und dann kam sie zu dem Brief von Chief Bailey.

Sie drehte sich zu Trav um. „Hier steht, den sollen wir zusammen lesen."

Er rückte näher.

Warum Daisy Garner der Hammer ist … *(Und Trav auch)*

Sie lächelte Trav an und las weiter.

Daisy und Trav, als ich hörte, dass ihr beide ein Kind habt, dachte ich, pass bloß auf, Clover Park. Ihr beide habt ganz schön viel Ärger gemacht, aber wollt ihr etwas wissen? Ich habe immer das Gute in euch beiden gesehen. Ich habe versucht, euch Angst einzujagen, damit ihr auf den rechten Pfad gelangt. Trav, ich glaube, bei dir hat das funktioniert. Aber, Daisy, dich erschreckt man nicht so leicht. Du bist tough, stur und stark. Und das wird dir durch diesen Ärger mit der TV-Sendung helfen. Vielleicht findest du dich, wenn du auf der anderen Seite herauskommst, auf einem neuen Pfad wieder. Den, auf dem Travis schon die ganze Zeit unterwegs ist. Daisy und Trav, ihr seid der Hammer, denn ganz egal, was euch widerfährt, ihr macht einfach weiter. Und was Bryce angeht, da kann ich nichts anderes sagen als was man sät, das wird man ernten. Was auch immer er einmal anstellen mag, vergesst nie, das Gute in ihm zu sehen.

Chief Glenn Bailey

„O Gott", sagte Daisy. „Ich fang gleich an zu heulen."

Trav sah sie beunruhigt an. „Das sollte dir eigentlich helfen, dich besser zu fühlen."

Sie warf ihre Arme um ihn. „Das tut es auch. Ich kann es nicht fassen, dass du das getan hast. Warum?"

Er löste sich von ihr, um ihr in die Augen zu sehen. „Ich hab mal in einer ähnlichen Situation gesteckt. Tatsächlich war meine Situation sogar viel *schlimmer* als deine. Als ich ein Teenager war, habe ich eine ganze Menge verrückten Scheiß abgezogen, und die Leute dieser Stadt haben mir dabei geholfen, mich zusammenzureißen. Sie haben an mich geglaubt, als ich selbst nicht mehr an mich geglaubt habe. Das wollte ich für dich. Und das habe ich nicht getan, um dich zu beglucken. Ich habe es getan, weil ich an dich glaube." Er nahm sich eine Handvoll Briefe. „Und all diese Leute glauben auch an dich."

Sie öffnete den Mund und schloss ihn wieder. Sie hätte Clover Park im ersten Moment, in dem das möglich gewesen wäre, den Rücken gekehrt. Und jetzt hieß ihre Heimatstadt, ihre Gemeinde, sie wirklich mit offenen Armen willkommen, obwohl sie wusste, dass sie wieder alles vermasselt hatte.

Und Trav – der Typ, den sie bei jedem Wort von einer gemeinsamen, stabilen Zukunft, das aus seinem Mund gekommen war, von sich gestoßen hatte – war erstaunlicherweise immer noch da. Und sie war so froh darüber. Er war nicht wie Max. Er würde ihr niemals den Rücken zukehren oder sie verlassen. Er hatte ihr das auf jede erdenkliche Art und Weise vom ersten Abend, an dem sie zusammen gewesen waren, gezeigt. Sie hatte sich diese Nachrichten angehört, die er auf ihr Handy gesprochen hatte, nachdem sie die Stadt verlassen hatte. Sie waren süß gewesen, aber sie hatte zu viel Angst gehabt, um einer Beziehung eine Chance zu geben.

Travs erste Nachricht: „Hör zu, ich schleppe nie jemanden aus der Bar ab, aber dich habe ich immer gemocht." Und die nächste: „Daisy, das war kein One-Night-Stand für mich. Ich möchte dich wiedersehen." Und sein letzter Versuch: „Ich weiß ja nicht, was diese Nacht dir bedeutet hat, aber … wie dem auch sei, ruf mich an, wenn du mal ausgehen möchtest. Pass auf dich auf."

Jetzt war ihre Stimme ganz leise, und sie schluckte die Tränen herunter. „Ich-ich weiß nicht, was ich sagen soll. Das ist alles so …"

Er zog einen Umschlag aus seiner Gesäßtasche und reichte ihn ihr. „Hier, lies meinen."

Mit zitternden Händen nahm sie ihn entgegen.

~

Trav schob seine Hände in die Taschen und hoffte verdammt noch mal, dass sie ihn nicht verurteilen würde, dass sie es verstehen würde.

Er musste nicht mit ihr mitlesen. Er kannte ihn auswendig. Er hatte zehn Anläufe gebraucht, um ihn hinzubekommen.

Warum Daisy Garner der Hammer ist …

Daze, ich bin so verdammt stolz auf dich. Du hast dir von dem Tag, an dem unser Sohn geboren wurde, den Arsch aufgerissen. Hast ihn immer an erste Stelle gesetzt. Du erziehst ihn mit so viel Liebe, obwohl er ein anstrengendes Kind ist und immer noch einen Schritt weitergeht, um seinen Willen durchzusetzen. Du erstaunst mich. Du hast die Wahrheit in deinem Blog eben ein bisschen gedehnt. Du hast dich entschuldigt, und für mich reicht das. Deswegen bist du der Hammer.

Alles, was du über mich gehört hast, stimmt. Alkohol, Drogen, Diebstahl, Vandalismus, Schlägereien. Es war nur eine Frage der Zeit, bevor ich in den Jugendknast gewandert wäre. Mit siebzehn war ich ganz unten, als ich in der Highschool eingebrochen und meine Akte in Brand gesetzt habe. Ich war es leid, dass mich alle immer gleich verurteilten, sobald ich irgendwo aufgetaucht bin. Ich weiß, das ergibt keinen Sinn. Ich habe wirklich schlimme Sachen gemacht. Jedenfalls dachte ich, das Feuer wäre aus, als ich die Akte in den Müll geworfen habe, doch irgendwie sind Funken auf anderes Papier geflogen, und ehe ich mich versah, hatte sich das Feuer ausgebreitet. Ich bin abgehauen, habe allerdings auf der Flucht noch den Feueralarm eingeschlagen.

Den Rest der Geschichte kennst du vermutlich. Die Feuerwehr kam rechtzeitig, um die Schule zu retten. Das Sekretariat war zwar ausgebrannt, doch von der Bausubstanz her noch in Ordnung. Ich habe mich nicht gemeldet, obwohl ich es hätte tun sollen. Sie kamen und haben mich geholt. Wie sich herausstellte, hatte eine Sicherheitskamera aufgenommen, wie ich eingebrochen war. Mir stand eine Klage für Einbruch, unerlaubtes Eindringen, Brandstiftung und Zerstörung öffentlichen Eigentums bevor. Direktor Herzog wollte, dass ich dafür bezahle. Er hasste mich für all den Ärger, den ich verursacht hatte, und ich konnte ihm keinen Vorwurf deswegen machen.

Doch ein paar Menschen, die an mich geglaubt haben, reichten aus. Das waren Gran, Ry und Chief Bailey. Der Chief hat den Direktor beruhigt, und die Stadt hat zugestimmt, dass ich es mit Sozialstunden wiedergutmachen kann. Ich habe Rasen gemäht, Müll eingesammelt und von Hand jedermanns Garten vom Unkraut befreit. Hast du eine Ahnung, wieviel Unkraut im Frühling und Sommer hier wächst? Ich schon. Um es kurz zu fassen: Ich habe gerne draußen gearbeitet, und jetzt bin ich Landschaftsarchitekt. Deswegen schätze ich, ist es am Ende doch ganz gut ausgegangen.

Daze, wie in meinem Fall steht jetzt die ganze Stadt hinter dir. Es tut mir leid, dass ich dich so gedrängt habe, mich zu heiraten, nur, weil es das Beste für Bryce wäre. Ich schätze, meine nichtsnutzige Familie hat dafür gesorgt, dass ich so dringend ein besseres Leben für Bryce wollte. Ich habe wieder mal das Pferd von hinten aufgezäumt, wie üblich. Deswegen werde ich dich nur das eine fragen. Begleitest du mich auf ein erstes Date? Wir können eine Nische hinten im Garner's nehmen und den ganzen Abend über unsere Träume, unsere Hoffnungen für die Zukunft, was wir lieben, was wir hassen, reden, so wie wir es im Interview erzählt haben.

In Liebe

Trav

Sie sah ihn an, ihr Lächeln strahlend und sonnig, und sein Herz füllte sich vor Freude darüber, dieses Lächeln wiederzusehen.

„Ja, Travis O'Hare, ich werde mit dir auf ein erstes Date gehen."

26

Daisy konnte es nicht fassen, dass Trav sich so gut an ihr erfundenes erstes Date erinnerte, doch sie erlebte es tatsächlich. *Ja* zu Trav zu sagen, war das Beste, was sie je getan hatte. Er hielt ihr die Tür des Garner's auf, als sie den Pub verließen. Es war spät. Sie hatten sich bereits zwei Stunden in einer Nische ganz hinten unterhalten, Horrorgeschichten über ihre Teenagerstreiche und Abenteuer ausgetauscht. Sie schworen sich, Bryce an der kurzen Leine zu halten.

„Und wohin jetzt?", fragte Travis.

„Komm mit zu mir", sagte sie.

Er grinste verschmitzt. „Da bin ich doch sofort dabei."

„Um zu reden!"

„Ah, ja, reden. Natürlich." Er klatschte ihr auf den Po. Sie zuckte zusammen und schlug zurück. „Genau das meinte ich."

„Ja, ja, ja", sagte sie.

Sie gingen zu ihrem Wagen und fuhren die kurze Strecke zu ihrer Wohnung. Bryce übernachtete heute bei ihren Eltern, die ganz aufgeregt waren, weil sie mit Trav auf ein Date ging.

Als sie bei ihr ankamen, goss sie zwei Gläser Weißwein ein und setzte sich zu ihm aufs Sofa.

„Danke", sagte er und nahm das Glas. „Also, über Hoffnungen, Träume, Vorlieben, Abneigungen haben wir gesprochen. Und Teenagergeschichten. Was möchtest du noch über mich wissen?"

„Erzähl mir, warum du mich liebst."

„Ich liebe dich, weil du strahlend und lebhaft bist, liebevoll und lustig und so-oo-oo *sexy*." Er wackelte mit den Brauen und sah sie lüstern an.

„Wie soll ich dich bloß ernst nehmen?", fragte sie lachend.

„Du möchtest mich ernst haben?" Er stellte das Weinglas ab und ging vor ihr auf ein Knie.

„Nein! Tu das nicht!"

„Daisy Garner, ich werde dich lieben, solange ich lebe –"

Sie legte ihre Fingerspitzen an seine Lippen und kniete sich neben ihn. „Jetzt bin ich dran. Ich werde dich lieben, solange ich lebe."

Er küsste ihre Finger und hielt ihre Hand.

„Ich habe dich vom ersten Moment an, als du Bryce gehalten hast, geliebt. Ich habe mich dagegen gewehrt, da ich mir selbst nicht über den Weg getraut habe. Doch jetzt tue ich das. Ich meine, jetzt traue ich mich. Travis O'Hare, wirst du mir die Ehre erweisen und mein Ehemann werden?"

Er nahm ihr Gesicht in beide Hände und drückte ihr einen zärtlichen Kuss auf die Lippen. „Wusste ich doch, dass ich dich rumkriegen würde."

„Also, was ist deine Antwort?"

Er wiegte seinen Kopf von einer Seite zur anderen, dachte nach. „Irgendwie gefällt mir dieser Umschwung. Ich glaube, jetzt könnte ich dich ein wenig zappeln lassen."

„Vielleicht muss ich dich nur ein wenig überzeugen", sagte sie und stürzte sich auf ihn. Sie warf ihn um und setzte sich rittlings auf ihn.

Er fuhr mit seinen Händen von ihrer Hüfte hinauf zu ihren Brüsten. „Das ist richtig. Ich brauche einige Überzeugung."

Sie zog ihr Oberteil aus und präsentierte ihren schwarzen Spitzen-BH.

Er stöhnte. „Ich liebe dich, Frau."

Sie lächelte, denn sie wusste, dass sie ihn für ihr Leben hatte und nicht wegen Bryce, sondern wegen ihnen beiden, die immer alles falsch herum angingen und dennoch einen Weg fanden, um gemeinsam vorwärts zu gehen.

Sie öffnete den Vorderverschluss ihres BHs. „Ich liebe dich auch, Mann", sagte sie verschmitzt, schwang den BH über ihren Kopf und warf ihn durchs Zimmer.

Er lachte. Langsam beugte sie sich vor. Ihr Busen rieb seine Brust, und er wurde ernst, als sie sich für einen Kuss vorbeugte. Sie hielt einen Hauch von seinen Lippen entfernt an. „Habe ich dich noch nicht überzeugt?"

Er hob einen Mundwinkel. „Ich fürchte nicht."

Da küsste sie ihn, plötzlich wild auf ihn. Er grub eine Hand in ihr Haar, hielt ihren Kopf, während er ihren Kuss erwiderte. Langsam und zärtlich kostete und knabberte sein Mund, während seine andere Hand ihre Wirbelsäule hinunter glitt und ihren Po packte. Er küsste sie, wie er es immer getan hatte, und es trieb sie in den Wahnsinn.

Sie unterbrach den Kuss. „Trav, ich will dich." Sie öffnete den Knopf ihrer Jeans, und seine Hand hielt ihre am Reißverschluss fest.

„Ich mach das." Er zog sie vom Boden hoch. Seine Hände machten kurzen Prozess mit der Hose und ihre Jeans und ihr Tanga landeten am Boden.

Sie zog ihr Oberteil aus und griff nach seiner Jeans.

„Mach mal langsam, Speed Racer", sagte er. „Das nennt man Vorspiel. Und erst einmal bist du dran."

Er küsste sie, und seine Hand glitt zwischen sie, um sie zu liebkosen. Sie stöhnte und streichelte ihn durch die Jeans. Er schob ihre Hand beiseite und machte sich daran, ihren Hals zu küssen, fuhr mit seiner langsamen sinnlichen Massage fort, berührte sie überall, außer an dem Ort, an dem sie es sich am meisten ersehnte.

„Jetzt bin ich dran", hauchte sie. „Ich will es dir geben."

„Oh, das wirst du", sagte er und bewegte sich nach oben, um ihre Ohrmuschel zu küssen. „Das wirst du."

Er verstärkte den Druck, und endlich drang er mit den Fingern in sie ein. Ihre Knie gaben nach, und sie gab sich dem Rausch der Gefühle hin. Sie schlang ihre Arme um seinen Hals und hielt sich für den Ritt einfach fest. Augenblicke später schrie sie laut auf, seinen Namen auf ihren Lippen.

Er küsste sie erneut. Sie schenkte ihm ein langsames Lächeln und ging auf ihre Knie hinunter, öffnete seine Jeans und zog sie mit seiner Unterhose hinunter. „Jetzt bist du dran."

Sie nahm ihn in ihren Mund und hörte, wie er scharf einatmete. Jetzt hatte sie es nicht mehr eilig, entschlossen, ihn zu quälen mit langsamem Kosten und tiefem Saugen, während ihre Hände ihn von unten umfassten und massierten.

Er beobachtete sie, und sie spürte den Moment, als er die Kontrolle zu verlieren begann. Sie löste sich von ihm und sah zu ihm auf. „Habe ich dich jetzt überzeugt?"

Er packte ihre Arme und zog sie hoch. „Das hier wird viel zu schnell vorbei sein, wenn du damit weitermachst." Er führte sie ins Schlafzimmer. „Und für mich ist eine Menge Überzeugungsarbeit nötig."

Sie kletterte aufs Bett, blieb auf allen Vieren und sah ihn über die Schulter an. „Nimm mich, Trav", sagte sie mit rauer Stimme.

„Jetzt sehe ich, was du da tust", sagte er und legte ein Kondom auf das Nachttischchen. „Und mir gefällt der Anblick, aber das wird sicherlich keine schnelle Nummer."

„Aber ich mag schnelle Nummern", sagte sie, legte sich auf ihren Rücken und spreizte die Beine für ihn. Sie ließ ihre Finger hinunterwandern und berührte sich selbst. „Bist du jetzt überzeugt?"

Er schloss die Augen. „Immer noch nicht", antwortete er heiser.

Als er sich auf ihr niederließ und mit einer einzigen, langen Bewegung in sie eindrang, nahm ihr das den Atem. Sie schlang ihre Arme und Beine um ihn, beugte ihre Hüfte, drängte ihn weiter. Er hielt inne, zog sich langsam heraus und stieß wieder hinein. Wieder. Und wieder. Er zwang ihr seinen Rhythmus auf. Sie hörte auf, sie ergab sich und überließ ihm die Führung. Sollte er sich doch alles nehmen. Sie gab ihm in vollkommener Unterwerfung alles, was sie hatte. Er musste den Moment gespürt haben, als sie kurz davor stand, denn plötzlich pumpte er fest und schnell, gab ihr die Erlösung, die sie brauchte. Einen Moment später schloss er sich ihr an.

Trav stützte sich auf die Ellbogen und lächelte sie an. Sie lächelte zurück, von Liebe für diesen Mann erfüllt.

Wieder küsste er sie. „Ich liebe dich."

„Ich liebe dich auch. Heißt das, dass du mein Ehemann werden wirst?"

„Vielleicht muss ich noch ein bisschen mehr überzeugt werden", sagte er schmunzelnd.

„Naja, wir haben ja noch die ganze Nacht vor uns."

Er knabberte an ihrer Unterlippe. „Oh ja, das haben wir."

Sie verbrachten die Nacht eng umschlungen und ihre Liebe brannte hell und lichterloh. Mittags standen sie zum Essen auf. Er ließ sie auf seinem Schoß sitzen, während sie gegrillten Käse aßen. Seine Hand spielte mit der Seite ihrer Brust, ihre Hand glitt durch sein Haar bis zu seinem Nacken.

Sie blickte ihm in die haselnussbraunen Augen und sah die Liebe, die ihr entgegenstrahlte. „Jetzt habe ich dich", sagte sie.

„Das hast du immer", antwortete er.

EPILOG

Sie heirateten im Juli barfuß am Strand.

Daisy wollte Liz' besonderen Tag im Juni nicht übertrumpfen – ein riesiges Ereignis, bei dem fast der ganze Ort eingeladen war, in einem riesigen Herrenhaus, das der Stadt gehörte und für besondere Ereignisse genutzt wurde. Liz hatte ausgesehen wie Scarlett O'Hara, als sie diese riesige Treppe zu ihrem eigenen Rhett Butler heruntergekommen war. Ihre Eltern hatten natürlich für das Catering gesorgt.

Daisy grub Trav gegenüber ihre Zehen in den Sand. Ihr Kleid aus zartem Chiffon endete vorn auf halber Höhe ihrer Wade, während es hinten eine Schleppe bildete. Trav sah in seinem Smoking und den über die Knöchel hochgerollten Hosen umwerfend aus. Ry stand neben Trav als einer seiner drei Trauzeugen und hielt Bryce, der einen Baby-Smoking trug. Ihr kleiner Kerl war jetzt offiziell ein O'Hare. Nächsten Monat würde er ein Jahr alt werden, und er konnte bereits laufen. Er war jetzt so viel glücklicher, seit er mobil war, und hatte sich zusammen mit ihr in Travs Haus schon richtig gut eingelebt. Die anderen beiden Trauzeugen, Shane und Rico, standen daneben. Liz war ihre Trauzeugin, und ihre beiden engsten Freundinnen, Amber and Zoe, ihre Brautjungfern.

Justice Fleming näherte sich dem glücklichen Paar, gerade als die Sonne begann, über dem Long Island Sound unterzugehen. Maggie hatte immer noch die Hoffnung gehabt, dass ihr neues Zertifikat als ordinierte Internetpfarrerin, das sie sich im Internet besorgt hatte, sie davon überzeugen würde, sich von ihr trauen zu lassen, doch sie blieben fest in ihrem Entschluss, lieber die Standesbeamtin zu nehmen.

Daisy atmete tief ein. Jetzt, da es Wirklichkeit wurde, zitterte sie vor Aufregung. Bei keiner ihrer vorhergehenden Hochzeiten war so viel vom Gelingen abhängig gewesen. Das künftige Glück ihres Sohnes. Sie hatte so viel von Trav verlangt. Konnte sie ihm so viel geben, wie er ihr gab?

Trav nahm ihre Hand ganz fest, er schien ihre Nervosität zu spüren. „Entspann dich. Es sind nur wir. Wir sind es für immer."

Und nur damit fühlte sie sich bereits besser. Es war dieses „Wir". Jetzt gab es wirklich ein Wir. Sie wohnten zusammen, erzogen Bryce gemeinsam, schliefen miteinander. Ihr Körper erwärmte sich, als sie daran dachte.

Justice Fleming, eine ältere Frau mit pfirsich-rosa gefärbtem Haar, sah sie an, um von ihr das Startsignal zu bekommen. Sie nickte.

„Freunde und Familie, wir haben uns heute hier versammelt, um die Eheschließung von Dorothy–"

„Daisy!", korrigierte sie mit brennendem Gesicht.

„*Daisy* Garner und Travis O'Hare zu begehen. An diesem wunderschönen Strand haben wir das Privileg, Zeuge der Liebe zweier junger Menschen zu werden, die unseren Herzen sehr nahe stehen."

„Ich habe mein eigenes Ehegelübde geschrieben", flüsterte Travis.

Daisy drehte sich überrascht zu ihm um. „Das hast du?" Sie hatte vorgehabt, das zu wiederholen, was auch immer die Standesbeamtin ihr sagen würde. Trav überraschte sie immer wieder. Wie als er ihr sagte, dass er das Haus erweitern wolle, und ihr dann einen umwerfenden Plan gezeigt hatte, den er entworfen hatte. Sie musste versuchen, da mitzuhalten. Sie freute sich auf die Herausforderung.

Trav lächelte. „Ja, ich werde anfangen."

„Der Bräutigam hat sein eigenes Ehegelübde vorbereitet

und würde gerne anfangen", verkündete Justice Fleming.

„Awww …", seufzte die Menge.

Trav räusperte sich. „Daisy, ich verspreche dir, dass ich mein ganzes, ehrliches Ich für dich sein werde. Du musst mit meinen Witzen leben, mit meiner Frisur nach dem Aufstehen und meinem Problem mit dem Zahnpastaverschluss."

Daisy lächelte, während die Menge kicherte.

Er fuhr fort. „Dafür verspreche ich, mich zurückzuhalten und dir niemals zu sagen, dass du in deinen Jeans fett aussiehst." Seine Augen funkelten verschmitzt. „Durch dick und dünn, gut und schlecht, für den Rest unseres Lebens."

Sie sah ihn an, und eine Welle der Zuneigung brandete durch sie hindurch. Sie hätte ihn am liebsten jetzt sofort geküsst. „Du alberner Kerl."

Er grinste. „Jetzt bist du dran, Liebling."

„Trav, ich verspreche dir, mein ehrliches Ich für dich zu sein und dir so viel zu geben, wie du mir bereitwillig von dir gegeben hast. Ich werde nicht die perfekte Ehefrau oder die perfekte Mutter sein, aber ich werde immer hart daran arbeiten, mein Bestes zu tun. Du wirst dich abfinden müssen mit …" Sie versuchte, sich irgendeine schlechte Angewohnheit einfallen zu lassen, bei der sie kein Problem damit gehabt hätte, sie ihrer Umwelt mitzuteilen.

Trav schüttelte den Kopf. „Wirklich? Dir fällt nicht eine Sache ein?"

Alle lachten.

Bleib einfach bei der Wahrheit.

„Mit meiner Unordnung", sagte sie. „Am Putzen liegt mir wirklich gar nichts. Und ich koche nicht. Dafür verspreche ich dir, dass ich keine Damenhygieneprodukte herumliegen lasse", – die Menge lachte, und sie hob ihre Stimme – „und süß zu dir sein werde, nur nicht, wenn ich PMS habe, und ich werde niemals sagen, dass ich Kopfschmerzen habe." Sie grinste. „Durch dick und dünn, gute und schlechte Tage, für den Rest unseres Lebens."

Er nahm ihr Gesicht in seine Hände und küsste sie langsam und zärtlich, wie er es immer tat, wenn er sie verrückt machen wollte nach mehr. Der Kuss wurde schnell heiß, und sie schlang ihre Arme um ihn, während die restliche Welt verblasste.

Justice Fleming räusperte sich. „Ich habe Sie noch nicht zu Mann und Frau erklärt."

Sie küssten einander weiter.

Die Standesbeamtin seufzte. „Okay, ich erkläre Sie hiermit zu Mann und Frau."

Alle jubelten. Trav löste sich von ihr, und sie lächelten einander an. Es gefiel ihr, dass sie einen Mann sah und nicht nur einen Dad, wenn sie ihn jetzt ansah.

„Sehe ich für dich aus wie Bryces Mom oder einfach nur Daisy?", fragte sie.

Er nahm ihre Wange. „Du siehst aus wie meine Frau, die heute Nacht verwöhnt werden wird."

Sie strahlte. Das hatte sie die ganze Zeit gewollt, naja, nicht den Teil mit dem Verwöhntwerden, aber … Naja, zugegebenermaßen, das auch.

~

Daisys privates Tagebuch – kein Linsen

Trav möchte, dass ich meinen Träumen folge, also geht es auf ins nächste Abenteuer. Vor der Aufregung wegen meines Blogs war ich ganz begeistert von der Babymassage, die bei Bryces Koliken Wunder gewirkt hat. Das hat meine geistige Gesundheit gerettet, weil ich damit eine Möglichkeit hatte, ihn zu beruhigen. Und es hat auch wirklich funktioniert (abgesehen von seiner allabendlichen Schlafenszeitschreistunde), deswegen gehe ich im Herbst zu einem Baby-Massagetraining, um Lehrerin zu werden!

Vielleicht fange ich nebenher auch an, einen Roman zu schreiben. Über eine alleinerziehende Mom, die immer mehr von einem Typen verlangte, der gab und gab und gab, bis sie endlich feststellte, dass sie an der Reihe war zu geben.

Ich glaube, es wird ein Happy End geben.

Daisy Garner O'Hare

Verpassen Sie nicht das nächste Buch in dieser Serie mit Shane und Rachel!

In den Falschen verguckt

Wenn sich zwischen zwei Freunden was zusammenbraut …

Rachel Miller weiß, dass ein Café mit einem kleinen Menü mit Kaffee und Gebäck aus ihrem schlecht laufenden Buchladen einen Platz zum Rumhängen machen wird. Doch als die Bank ihren Kreditantrag ablehnt und ihr bester Freund Shane einspringt, schwört sie, dass das Geschäft nie ihre Freundschaft ruinieren wird.

Der Gourmeteiscremeproduzent Shane O'Hare kennt sich mit Essen aus, nicht mit Frauen. Um Rachels Herz zu erobern, verkauft er heimlich seinen geliebten 67er Shelby Mustang und wird Partner in ihrem Café. Doch sie versucht, ihn mit einer Freundin zu verkuppeln.

Während sie gemeinsam das Café einrichten und Rachel erfährt, was Shane für sie geopfert hat, wird ihr bewusst, dass sie im Begriff ist, sich in ihn zu verlieben. Doch das kommt gar nicht in Frage. Zu viel hängt vom Erfolg dieses Vorhabens ab – ihre Karriere, ihre Freundschaft und ihr Herz.

Abonniere meinen Newsletter & verpasse keine meiner Neuerscheinungen: kyliegilmore.com/DEnewsletter

WEITERE BÜCHER VON KYLIE GILMORE

Happy End Buchblub Reihe

Hollywood Inkognito (Buch 1)

Ärger im Anzug (Buch 2)

Gewagtes Spiel (Buch 3)

Förmliche Vereinbarung (Buch 4)

Wenn der Bad Boy keiner ist (Buch 5)

Ein Störenfried zum Verlieben (Buch 6)

Schicksalsbegegnungen (Buch 7)

Eine Romantische Chance (Buch 8)

Ein sündhafter Flirt (Buch 9)

Ein unbequemer Plan (Buch 10)

Eine Happy End Hochzeit (Buch 11)

Die Clover Park Reihe

Das Gegenteil von wild (Buch 1)

Daisy schafft alles (Buch 2)

In den Falschen verguckt (Buch 3)

Ein Weihnachtsmann zum Küssen (Buch 4)

Vermieter küsst man nicht (Buch 5)

Nicht mein Romeo (Buch 6)

Bring mich auf Touren (Buch 7)

Clover Park Braut (Buch 7.5)

Gewagte Verlobung (Buch 8)

Retter in der Not (Buch 9)

Eine verführerische Freundschaft (Buch 10)

Ein Geschenk zum Valentinstag (Buch 11)

Raus aus der Tretmühle (Buch 12)

Die Clover Park STUDS Reihe

Almost Over It (Book 1)

Almost Married (Book 2)

Almost Fate (Book 3)

Almost in Love (Book 4)

Almost Romance (Book 5)

Almost Hitched (Book 6)

Die Rourkes Reihe

Königlicher Fang (Buch 1)

Königlicher Hottie (Buch 2)

Königlicher Darling (Buch 3)

Königlicher Charmeur (Buch 4)

ÜBER DIE AUTORIN

Kylie Gilmore ist die USA Today Bestsellerautorin der Happy End Buchclub Reihe, der Clover Park Reihe, der Clover Park STUDS Reihe und der Rourke Reihe. Sie schreibt unterhaltsame Romanzen, die die LeserInnen zum Lachen und zum Weinen bringen und zu einem Glas Eiswasser greifen lassen.

Kylie lebt mit ihrer Familie, zwei Katzen und einem verrückten Hund in New York. Wenn sie nicht gerade schreibt, Kinder bändigt oder bei Autorenkonferenzen pflichtbewusst Notizen macht, findet man sie beim Stretching – bis ganz nach oben ins oberste Regal, um dort ihren geheimen Schokoladenvorrat zu erreichen.